Harald Parigger
Der schwarze Mönch

*Harald Parigger* wurde 1953 in Flensburg geboren und studierte in Würzburg Geschichte und Germanistik. Nach seiner Promotion wurde er zunächst Lehrer an einem Gymnasium und arbeitete anschließend am Haus der Bayerischen Geschichte. Heute leitet er ein Gymnasium bei München. Neben wissenschaftlichen Aufsätzen schreibt er vor allem Geschichten für Kinder sowie historische Romane und Krimis für junge und erwachsene Leser, die bereits mehrfach ausgezeichnet wurden.
Weitere Titel von Harald Parigger bei dtv junior: siehe Seite 4

Harald Parigger

# Der schwarze Mönch

Roman



Deutscher Taschenbuch Verlag

Von Harald Parigger sind außerdem bei
dtv junior erschienen:
Im Schatten des schwarzen Todes
Die Hexe von Zeil
Komm, Bruder Tod, so bleich und rot

Das gesamte lieferbare Programm von
dtv junior und viele andere Informationen
finden sich unter www.dtvjunior.de.

FSC
www.fsc.org
MIX
Papier aus verantwortungsvollen Quellen
FSC® C006701

Ungekürzte Ausgabe
12. Auflage 2013
1998 Deutscher Taschenbuch Verlag
GmbH & Co. KG, München

Umschlagkonzept: Balk & Brumshagen
Umschlagbild: Tilman Michalski
Gesetzt aus der Garamond 11/12½'
Gesamtherstellung: CPI – Ebner & Spiegel, Ulm
Printed in Germany · ISBN 978-3-423-70519-6

Für Kilian und seine Freunde,
damit sie sich nichts vormachen lassen

von Köln
Speyer
Wimpfen
Nürnbe
Regens
Straßburg
Neckar
Rhein
Donau
Ulm
Augsburg
Landsberg
Mün
Basel
Konstanz
Lech
Inn
Mittenw
Innsbr
Brenner
Brix
Alpen
Trient
Verona
Cremona
Mantua
Po
Piacenza
Po-Ebene
Genua
Apennin

Speyer
0
500 km
Genua
Italien
Mittelmeer
Jerusalem
0
50
100
150 km
N
W
O
S

# Die Hauptpersonen der Geschichte

**Der schwarze Mönch** glaubt, dass er von Gott gesandt ist, und hat einiges zu verbergen

**Gerhard** hält es zu Hause nicht mehr aus und lässt sich auf ein großes Abenteuer ein

Die schöne und schweigsame **Irmingard** schwört einen Eid und hütet ein Geheimnis

**Der Mann in der grauen Kutte** hat ein schweres Schicksal und verfügt über eine furchtbare Waffe

**Georg** ist ein erstklassiger Schmied und verteidigt seine Freunde durchaus auch mal mit harten Fäusten

**Berthold** möchte gerne ein richtiger Gelehrter werden und durchschaut alles

**Bruno** ist aus tiefster Seele gläubig und durchschaut nichts

**Eckart** isst und trinkt gern und glaubt, dass er zum Ritter geboren ist

**Salomon** ist nicht nur ein guter Arzt, sondern auch ein weiser Mann mit einem großen Herzen

# 1

Ich sage euch, der verfluchte Feind wohnt in eurer Nachbarschaft«, schrie der Mönch, »und wer ihn nicht vernichtet, der ist verflucht wie er!« Er hob die Faust, dass der schwarze Kuttenärmel über den Ellenbogen zurückfiel, und schüttelte sie drohend gegen die Menschen, die um ihn herumstanden und ihn gebannt und furchtsam anstarrten.

»Jeder Gaukler kann euch täuschen; ihr seht seine billigen Kunststückchen und jubelt ihm zu, als ob er aus Dreck Gold gemacht hätte. Und der Satan soll euch nicht täuschen können? Woher wisst ihr, dass er nicht in einer braven Bürgersfrau lauert oder sich hinter der Maske von Jugend und Schönheit versteckt?«

Wieder fuhr die Hand aus dem weiten Ärmel und ein langer schmutziger Zeigefinger deutete auf eine ältere Frau und ein hoch gewachsenes Mädchen mit schwarzen Locken, das neben ihr stand.

Die beiden fuhren zusammen, bekreuzigten sich rasch und senkten den Blick um nur ja nicht aufzufallen.

Aber der Mönch beachtete sie nicht weiter. »Wahrlich, es kann niemand verwundern«, rief er, »dass ihm vor allem Frauen verfallen, dass es meistens Frauen sind, die in seinem Auftrag Seelen verderben, Mensch und Vieh töten und Gott abscheulich lästern. Denn die Frau ist von Natur aus schwach, feige und zur Untat bereit. Hat nicht Eva den Einflüsterungen der Schlange nachgegeben? War es nicht Lots Weib, das den Blick nicht von Sodom und Gomorrha hat wenden können? Glaubt mir, ihr armen Schafe, fast nichts haben die Frauen den Verlockungen des Teufels entgegenzusetzen! Wenn ihr den Satan sucht, so sucht ihn in euren Frauen und in euren Töchtern, in euren Müttern und in euren Schwestern. Seid immer auf der Hut und lasst euer Misstrauen nicht von eurer Liebe einschläfern. Denn die reinste Liebe ist die zu Gott . . .«

Der Prediger verfiel in einen seltsamen Singsang. Hoch aufgerichtet stand er auf den Stufen des Doms und streckte die Arme empor, die langen Finger wie Klauen gespreizt. Wer schon seinen Korb oder sein Felleisen aufnehmen und davongehen wollte, blieb wie unter Zwang stehen. Und je furchtbarer die Anklagen und je grässlicher die angedrohten Strafen wurden, umso größer wurde die Menschenmenge, die sich um den schwarzen Mönch versammelte.

Ganz am Rand der Menge stand ein Mann. Trotz des kalten Herbstwindes trug er keinen Hut, so dass man sein langes graues Haar sehen konnte, das sorgfältig und nach der neuesten Mode frisiert war. Er war in einen scharlachroten, mit Hermelin besetzten Mantel gehüllt. Dieser wurde von einer kostbaren goldenen Spange zusammengehalten, an der große Steine blitzten.

Schwer auf seinen Stock gestützt, stand er bewegungslos da und sah vor sich hin. Reich an Besitz war er, das sah man an seiner Kleidung, und reich an Einfluss musste er wohl auch sein, denn die Leute drängelten nicht, wenn sie in seine Nähe kamen, achteten darauf, dass sie ihn nicht stießen oder ihm auf die Füße traten, und grüßten ihn höflich.

Der Mann erwiderte keinen Gruß und wandte nicht einmal den Kopf, aber er wirkte dabei nicht hochmütig, sondern abwesend – so, als ob er mit seinen Gedanken in lange vergangenen Zeiten wäre.

»Er ist es!«, murmelte er vor sich hin, nachdem er eine Zeit lang dem Geschrei des schwarzen Mönchs gelauscht hatte. »Es gibt keinen Zweifel. Er ist alt geworden und noch hagerer, aber er ist es! Die Stimme, ich muss bloß diese Stimme hören, dieses Heulen eines Bluthundes, der seiner Beute auf der Spur ist!«

Der Mann hob den Kopf und jetzt sah man, dass er längst nicht so alt war, wie sein graues Haar, der Stock und die gebeugte Haltung glauben machten. Sein Gesicht war fast faltenlos und seine hellblauen Augen blickten scharf und klar. Auf der linken Wange, vom Ohransatz bis zum Mundwinkel, war sein kurz geschorener Vollbart auf Handbreite von einer hässlichen Narbe unterbrochen; die Haut war dort gespannt, rot und von weißen Linien durchzogen, eine tiefe

Delle war da, wo eigentlich die Erhöhung des Backenknochens hätte sein sollen.

Die Augen des Mannes wurden schmal, als er zu dem Prediger in der schwarzen Kutte hinüberblickte. »Ja, du bist es, du verfluchter Menschenverderber«, flüsterte er. »Und noch immer spuckst du Hass und Verderben in die Herzen, auch wenn du dich noch so sehr rühmst, ein Gesandter Gottes zu sein.«

»Glaubt einem«, schrie der schwarze Priester, »der als Lehensmann Gottes die Hölle auf Erden durchschritten hat; überall hausen die Kräfte der Finsternis! Besser ist es, zehn Unschuldige sterben, als dass einer von denen, die Gott lästern und SEINE Welt durch ihre Gegenwart verunreinigen, mit dem Leben davonkommt!«

Den Leuten, die mit offenen Mündern zuhörten, schien es, als ob die Gestalt in der schwarzen Kutte größer würde, Furcht erregend groß, wie der Engel der Rache.

Es wurde langsam düster auf dem Platz vor dem großen Dom. Die untergehende Sonne schickte einen letzten gleißenden Strahl über die Dächer der gegenüberliegenden Häuser. Der Strahl fiel auf die gespreizten Finger des Mönchs, als ob er ein feuriges Schwert in den Händen hielte.

»Er ist von Gott geschickt!«, rief da eine alte Frau. »Von Gott selbst um uns im Kampf gegen das Böse beizustehen! Betet und dankt Gott!«

»Ja, lasst uns beten!«

»Ein Wunder!«

»Hört, was Gott uns durch ihn zu sagen hat!«

Immer mehr Menschen legten die Hände zum Gebet zusammen und blickten andächtig zum Himmel oder mit ehrfurchtsvoller Scheu zu der dunklen Gestalt auf den Stufen des Doms.

O diese Narren! Der Mann im roten Mantel presste seinen Stock mit beiden Händen, als ob er ihn zerbrechen wollte. Spürten sie denn nicht die Bosheit hinter diesen Worten? Wer immer dem schwarzen Mönch folgte, würde einen Weg voll Trauer und Verzweiflung gehen. »Aber das lasse ich nicht zu!«, flüsterte der Mann. »Nicht in meiner Stadt!«

Plötzlich hob er seinen Stock und drängte sich durch die Menge. Rücksichtslos schob er die Menschen zur Seite, und wenn einer nicht gleich Platz machte, bekam er einen schmerzhaften Hieb.

Bald bildete sich eine Gasse und die erstaunte Menge ließ den erregten Mann ungehindert durch. Was er nur wollte?

Er stürmte auf den Mönch zu, der noch dastand mit ausgebreiteten Armen und mit weit aufgerissenen Augen in die Weite des Abendhimmels starrte. Er fasste ihn an der Kutte und schüttelte ihn.

»Du wirst diese Stadt verlassen!«, keuchte er. »Wenn Gott einen neuen Morgen werden lässt, hast du die Mauern der Stadt hinter dir, oder ich schlage dir mit diesem Stock den Schädel ein!«

Der schwarze Mönch war mehr erstaunt als erschrocken. Langsam ließ er die Arme sinken.

»Wer seid Ihr? Was wollt Ihr von mir?«, fragte er. Er sah dem anderen ins Gesicht, und als er die Aufregung darin sah, den verzweifelten Zorn, verzogen sich seine Lippen zu einem spöttischen Lächeln. Dann riss er sich los.

Anklagend deutete er auf den Mann im roten Mantel und rief in die Menge: »Ist das die Art, in der Speyer einen Diener Gottes empfängt, der vom Herrn Papst selbst beauftragt ist die Botschaft des wahren Glaubens zu verkünden?«

Einige Leute murrten oder schimpften sogar laut. »Lasst ihn in Frieden!«, rief einer. Und ein anderer: »Auch ein Patrizier muss Gottes Zorn fürchten!«

»Da seht Ihr es«, sagte der Mönch und wieder spielte das spöttische Lächeln um seine vollen, fast wulstigen Lippen, die seltsam abstachen von dem hageren, faltigen Gesicht. »Die Leute wollen Gottes Wort hören; sie würden eher Euch verdammen als mich aus der Stadt jagen.«

»Sie wissen nicht, wer du bist, Bruder Nikolaus«, erwiderte der Mann, »aber ich weiß es nur zu genau!«

Der schwarze Mönch erschrak sichtlich. Seine Augen wanderten unruhig über die Gestalt des Mannes, der immer noch mit erhobenem Stock vor ihm stand. Mit einer raschen Kopfbewegung schüttelte er die Kapuze seiner Kutte nach vorn, so dass sein Gesicht fast verborgen war. »Ihr irrt Euch«, murmelte er heiser. »Mein Name ist nicht Nikolaus. Ich bin Bruder Heinrich von Köln und Euch habe ich noch nie im Leben gesehen.«

Der andere schwieg. Wie solltest du mich auch erkennen, dachte er. Mit dem Jungen, den du vor dreißig Jahren verletzt und in Todesangst vor den Toren Genuas hast liegen lassen, habe ich wohl keine Ähnlichkeit mehr. Aber du, du hast dich kaum verändert!

Erneut überkam ihn ein solcher Hass auf den hageren Mann in der Kutte, dass er sich nur mühsam beherrschen konnte. »Was ist ein Name anderes als ein Mantel, den man sich umhängt«, rief er. »Deine Haut kannst du doch nicht wechseln. Du bist Nikolaus und für Nikolaus ist kein Platz in Speyer!« Ruhiger fuhr er dann fort: »Man nennt mich Gerhard den Reichen und ich bin Ratsherr in dieser Stadt. Was ich sage, hat Gewicht und du kannst sicher sein: Ich werde nicht ruhen, bis du auf Nimmerwiedersehen verschwunden bist!«

Der Mönch hatte seine Fassung wiedergewonnen. »Ihr seid ein wenig verwirrt, Herr Gerhard. Ihr verwechselt die Leute und geratet zu schnell in Wut«, entgegnete er lächelnd. »Habt Ihr zu viel Pfeffer gegessen? Oder macht Euch das kalte Wetter zu schaffen? Der Herbst bringt manchmal die Körpersäfte durcheinander ...«

Gerhard der Reiche senkte den Kopf und strich sich durch das graue Haar. Es war wie damals, als er Nikolaus in jedem Wortgefecht, in jeder Auseinandersetzung unterlegen war. Gegen sein spöttisches Lächeln, seine Kälte und seine Verachtung kam er nicht an. Aber stärker war er, viel stärker. Und wenn es sein musste, würde er den schwarzen Mönch auf der Stelle niederschlagen!

Plötzlich spürte Gerhard eine schwere Hand auf seiner Schulter und eine raue Stimme grollte: »Bleib ganz ruhig, Freundchen! Willst du vor der Kirche einen Diener Gottes prügeln?«

Gerhard drehte sich um. Vor ihm stand, mit Spieß und Kurzschwert bewaffnet, einer von den Bütteln des Schultheißen. Der sagte verlegen: »Verzeiht, Herr, ich habe Euch nicht erkannt. Aber was habt Ihr mit dem Mönch zu schaffen?«

Er wartete die Antwort nicht ab, sondern rief den Menschen, die noch immer vor den Stufen des Doms standen, zu: »Geht nach Haus, ihr Leute. Eure Weiber denken sonst, ihr hockt schon wieder im Wirtshaus und eure Männer warten mit knurrendem Magen auf das Abendbrot. Außerdem ist es bald dunkel und hier gibt es nichts mehr zu sehen.«

»Also, Herr«, fragte er dann erneut, »was habt Ihr gegen den Bruder vorzubringen?«

»Ach, nichts, was ich beweisen könnte«, erwiderte Gerhard müde und strich über die Narbe auf seiner linken Wange. »Ich bin ihm einmal begegnet. Da trug er einen anderen Namen, und wo er hinkam, da säte er Zwietracht, da hinterließ er Unglück und Verderben.«

»Das kommt in diesen Zeiten häufig vor, dass sich jemand einen neuen Namen gibt, weil ihn der alte den Kopf kosten könnte«, meinte der Büttel und musterte die hagere Gestalt in der

Kutte von oben bis unten. »Was habt Ihr dazu zu sagen, Bruder?«

»Gott vergebe ihm, dass er so Übles über mich spricht«, seufzte der Mönch, aber das Lächeln blieb in seinem Gesicht. »Ich habe ihm schon vergeben. Er verwechselt mich und will nicht einsehen, dass ich ein anderer bin. Seht selbst!« Er nestelte an seiner Kutte und zog dann ein mehrfach zusammengelegtes Pergament daraus hervor. Mit seinen langen dünnen Fingern faltete er es umständlich auseinander.

Es war ein großes, mit eleganten Schriftzügen bedecktes Blatt, an dessen unterem Ende ein kleines graues Siegel an einer Schnur herunterbaumelte. Der Mönch hielt dem Büttel das Pergament entgegen.

Der kratzte sich den Bart. »Für mich kann da alles und nichts draufstehen und das Siegel kenne ich nicht. Lest Ihr für mich, Herr!« Damit reichte er Gerhard das Blatt, der es genau ansah.

»Es ist lateinisch geschrieben«, sagte er nach einer Weile und begann zu übersetzen: »Wir, Gregor, von Gottes Gnaden Bischof von Rom und Diener der Diener Gottes, haben Sorge zu tragen, dass Unsere Kirche, die die Kirche des Herrn Jesus Christus ist, die ihr anvertrauten Schafe vor den Versuchungen des Satans schützt und bewahrt. Deshalb beauftragen und ermächtigen Wir Unseren lieben Bruder Heinricus . . .« Er las noch eine Zeit lang stumm weiter und nickte dann. Für den Moment hatte er verloren.

»Das ist ein Privileg des Herrn Papstes«, erklärte er dann, »versehen mit dem bleiernen päpstlichen Siegel. Dieser Bruder da, Heinrich, wie er sich nennt, hat das Recht, in allen süddeutschen Städten das Wort Gottes zu predigen und die Missachtung kirchlicher Vorschriften anzuprangern.« Er gab dem Mönch das Pergament zurück, der es sorgfältig zusammenlegte und wieder in seine Kutte schob.

Der Büttel zuckte die Achseln. »Was soll ich machen? Ihr sagt es selbst, Herr, Ihr könnt nichts beweisen. Und mit dem Privileg da scheint es ja seine Richtigkeit zu haben. Das Beste wird also sein, Ihr lasst den Bruder zufrieden. Ich werde schon ein Auge auf ihn haben.« Er grüßte höflich und ging davon.

Die beiden Männer standen allein vor dem mächtigen Portal des Doms. Das letzte fahle Tageslicht lag über dem Kirchplatz und die Schatten der Dämmerung machten das Gesicht des Mönchs noch hagerer und schärfer.

Wortlos standen sich die Männer eine Weile gegenüber. Endlich sagte Gerhard: »Und wenn Gott selbst dir ein Privileg ausgestellt hätte, so wärst du doch der Teufel!«

»Du lästerst!« Schneidend und böse klang jetzt die Stimme des Mönchs. Ganz nahe trat er an Gerhard heran. »Ich weiß nicht, woher du mich kennst«, flüsterte er drohend. »Aber wenn du mich kennst, dann wirst du wissen, dass ich meine Feinde vernichte. Denn meine Feinde sind die Feinde Gottes!«

Dann drehte er sich um, lief die Stufen hinunter und die schwarze Kutte verschmolz mit der hereinbrechenden Nacht.

Gerhard blickte ihm nach. Nikolaus lebte. Er war nicht verhungert oder verdurstet, keiner Seuche zum Opfer gefallen, nicht von einem Wegelagerer erschlagen worden in all den Jahren. Es war unfassbar, aber er, der so viele auf dem Gewissen hatte, lebte und, wie es schien, hatte er sich nicht geändert.

Gerhard stieg die Stufen zum Portal hinauf, öffnete mühsam die eisenbeschlagene Tür und betrat den Dom.

Es war finster und kalt in der riesigen Säulenhalle. Der schwere, würzigsüße Geruch von Weihrauch hing in der Luft und klein und verloren brannte vorne neben dem Altar das ewige Licht.

Gerhard ging darauf zu und blickte zu dem Kruzifix hinauf. »Du guter Gott«, rief er in die Stille hinein. »Wie kannst du es zulassen, dass dieses Scheusal in deinem Namen Unheil predigt!«

Aber die Säulen und Mauern gaben ihm nur das Echo seiner Stimme zur Antwort und das kleine Licht warf einen schwachen Widerschein auf den stummen Christus am Kreuz.

Bedrückt verließ Gerhard die Kirche und machte sich auf den Heimweg.

Unterdessen irrte der schwarze Mönch durch die menschenleeren Gassen der Stadt. Er fand sich nicht mehr zurecht, denn er war schon sehr lange nicht mehr hier gewesen. Und er hatte nicht einmal eine Laterne um das eine oder andere Haus anzuleuchten, ob es ihm nicht bekannt vorkäme. Das Kloster der Minderbrüder, wo er um Unterkunft bitten wollte, gab es seit zwölf Jahren, aber vor dreißig Jahren schon hatte er Speyer verlassen ...

Woher kannte ihn der Ratsherr Gerhard? War er etwa damals dabei gewesen?

Der Mann, der sich Bruder Heinrich nannte, fühlte sich plötzlich nicht mehr so sicher wie auf den Stufen des Doms. Bevor ihn die Vergangenheit doch noch einholte, war es womöglich wirklich besser, aus Speyer zu verschwinden. Es lebten vielleicht noch andere hier, die eine Rechnung mit ihm zu begleichen hatten.

Aber sollte er auf all das verzichten, was er seit vielen Jahren so heiß begehrte? Macht, Ansehen, Einfluss, Reichtum, um Gott endlich würdig dienen zu können? Für all das brauchte er diese Stadt.

Er würde bleiben und sich wehren, wenn ihm jemand ans Leder wollte. Sein Gewissen war rein, denn was er getan hatte, hatte er im Auftrag Gottes getan. Wo man Land rodet, da fallen Bäume, wer braten will, der muss erst schlachten, und wenn man die Seuche des Heidentums und der Ketzerei bekämpfen will, dann muss man Opfer bringen.

Außerdem waren es doch nur Kinder gewesen, unnütze Esser, größtenteils von Leibeigenen und von unehrlichen Leuten, und allerhand Lumpengesindel, das ohnehin die Erde nicht wert war, über die es lief. Nein, er hatte sich nichts vorzuwerfen, vor Gott jedenfalls nicht, wenn er sich auch vor den Menschen und ihrer einfältigen Gerechtigkeit in Acht nehmen musste. Und stand er nicht unter dem Schutz des Papstes?

Er würde bleiben, Gottes Wort verkünden und Schrecken verbreiten unter den Sündern. Und außerdem würde er sich endlich holen, was sein und damit auch Gottes rechtmäßiges Eigentum war. Das, was er denen genommen hatte, die es mit Lug und Trug und Wucher zusammengerafft hatten. Dann würde es vorbei sein mit dem Hungern und Frieren und Sichverstecken. Ein Kloster würde er dann gründen und der erste Abt wäre er, Heinrich von Köln. Den Hirtenjungen Nikolaus, den würde es dann nicht mehr geben.

Der Mönch merkte, dass er über seinen Gedanken stehen geblieben war. Gerade wollte er weitergehen, als er hörte, wie jemand in die Gasse einbog. Er sah den fahlen Schein einer Laterne aufschimmern. Vielleicht jemand, den ich nach dem Weg zum Kloster fragen kann, dachte er und ging der Gestalt, die da langsam auf ihn zukam, entgegen. Sie war von Kopf bis Fuß in hellgraues Tuch gehüllt, von der Art, wie es die Zisterzienser trugen, aber so, dass auch das Gesicht bedeckt war, bis auf einen schmalen Streifen in Höhe der Augen.

Das Gewand, an dessen Gürtel die kleine Laterne befestigt war, war so weit, dass man nicht erkennen konnte, ob sich ein Mann oder eine Frau dahinter verbarg.

»Gott mit Euch, Bruder oder Schwester, was Ihr auch seid«, rief der schwarze Mönch. »Könnt Ihr mir den Weg zum Kloster der Minderbrüder zeigen?«

»Es wäre besser für dich, du fändest ihn nicht, Nikolaus! Verlass die Stadt!« Hell klang die Stimme unter dem Tuch hervor, aber es schien die Stimme eines Mannes zu sein.

Nach dem ersten Schreck schrie der Mönch: »Wer bist du?« und griff nach dem Tuch um es dem Unbekannten vom Gesicht zu reißen. Aber er griff ins Leere. In seiner Furcht glaubte er einen Moment lang, die Gestalt sei körperlos, eine teuflische Erscheinung, aber sie hatte wohl nur den Kopf schnell zur Seite gewandt.

Und wieder ertönte die helle Stimme: »Sie haben deinen Vater gehängt, aber sie hätten dich hängen sollen! Nikolaus, verlass die Stadt!«

»Im Namen Gottes und des neunmal geschwänzten Satans, das werde ich nicht tun!«, kreischte der Mönch zwischen Angst und Wut.

»So wirst du die Welt verlassen«, sagte darauf ruhig der Fremde. Er machte eine rasche, fließende Bewegung mit dem linken Arm.

Der Mönch fühlte den rauen Stoff des Ärmels über sein Kinn streichen. Und dann berührte etwas seine Lippen, das fest war und doch widerlich weich, das faulig und brandig roch.

Erst begriff Nikolaus noch nicht ganz, so wie sich jemand, der eine steile Felswand hinabstürzt, den Schmerz noch nicht recht vorstellen kann, der ihn beim Aufprall erwartet.

Aber als der Unbekannte langsam davonging, hörte Bruder Nikolaus, was vorher nicht zu hören gewesen war, die hölzernen Klappern, die jeden warnten: »Komm mir nicht zu nah!«

Und da erfasste auch sein Verstand, was Entsetzliches geschehen war: Ein Aussätziger hatte ihn berührt, hatte die verstümmelte Hand gegen seine Lippen gedrückt und die tödliche Ausdünstung der Krankheit mit seinem Speichel vermischt. Er würde unweigerlich sterben, auf langsame und schreckliche Weise.

Todesangst überfiel den schwarzen Mönch. »Hilf mir, Gott, hab Erbarmen mit deinem treuesten Diener«, stöhnte er und warf sich in den Unrat, der die Gasse bedeckte. »Verschone mich vor dem Aussatz, lass mich leben, damit ich Rache üben kann an deinen und meinen Feinden!«

Und dann schrie und tobte er, bis die Tür sich öffnete und eine ärgerliche Männerstimme schleunige Ruhe befahl.

Da riss sich Nikolaus zusammen und verbarg Hass und Angst tief in seinem Innern. Er entschuldigte sich und erklärte, dass er, ins Gebet vertieft, eine grausige Vision vom Ende der Welt gehabt habe. Der Hausherr, der ihn vor dem Dom hatte predigen hören, lauschte ihm mit steigendem Respekt. Wirklich ein heiliger Mann! Er brachte ihm einen Becher Wein zur Stärkung und gab ihm dann einen Knecht mit, der ihn zum Kloster der Franziskaner geleitete.

Die freundlichen Brüder erlaubten dem fremden Mönch bereitwillig, so lange er wollte, bei ihnen zu wohnen und bald lag Nikolaus in einem der Betten des großen Dormitoriums. Aber Ruhe fand er keine.

Nicht weit vom Kloster der Minderbrüder entfernt, an dem Platz, an dem zweimal im Jahr der große Pferdemarkt abgehalten wurde, stand das prächtige Patrizierhaus, in dem der reiche Gerhard wohnte.

Es war ein Haus ganz aus Stein, zwei Stockwerke hoch, mit Arkaden, einer Tür, so hoch und breit, dass man mit Pferd und Wagen durch sie hindurchkam, und Scheiben aus richtigem Glas in den Fensteröffnungen.

Am Fenster des Speisezimmers, das mit Öl- und Wachslichtern hell erleuchtet war, standen ein Mann und eine Frau.

Der Mann war alt, bestimmt hatte er die Sechzig schon fast erreicht; sein Kopf war ziemlich kahl und sein faltiges Gesicht wurde von einem weißen Bart umrahmt. »Beunruhige dich nicht, Irmingard«, sagte er. »Vielleicht hat Gerhard einen Freund aus dem Rat getroffen und leert mit ihm noch einen Krug. Oder er ist zum Verwalter des Siechenhauses gegangen um ihm ein paar Goldstücke in die Hand zu drücken. Du kennst ihn doch!«

»Ich weiß nicht, Georg«, seufzte die Frau.

Sie war klein und zierlich gebaut und man sah wohl, dass sie nicht mehr jung war und im Leben schon anderes als bloß ein bequemes Haus und eine reich gedeckte Tafel gesehen hatte;

denn viele feine Linien durchzogen ihr Gesicht. Aber trotzdem wirkte sie jugendlich und schön. Ihr braunes Haar fiel, ganz gegen die Mode der verheirateten Frauen, die es unter einer hässlichen Haube versteckten, voll und lockig bis auf die Schultern. Sie hatte große, dunkle Augen, die noch größer wirkten in dem kleinen ovalen Gesicht. Ihre Bewegungen waren lebhaft und weich wie die eines jungen Mädchens.

»Ich weiß nicht«, wiederholte sie. »Es sieht ihm gar nicht ähnlich, so lange fortzubleiben. Er wollte sich nur ein Paar neue Schuhe anmessen lassen und dann gleich wiederkommen. Aber das allein ist es nicht. Ich habe so eine Ahnung ... So ein Gefühl, als ob etwas Schlimmes auf uns zukäme.«

»Ach, auf Ahnungen darfst du nichts geben, Irmingard«, erwiderte Georg und grinste. »Weißt du noch, damals, als die Tochter des Hufschmieds Engelbert ein Kind bekam? Da hatte ich so eine Ahnung, als ob ich daran schuld wäre. Und dann war's der Sohn von Meister Albert, dem Bäcker. Der hat sie dann ja auch brav zur Frau genommen. Stell dir vor, ich hätte etwas auf meine Ahnung gegeben. Dann müsst ich heut noch den ganzen Tag Pferde beschlagen!«

Die Frau musste lächeln. Gerade wollte sie etwas entgegnen, da hörte sie zu ihrer Erleichterung, dass ihr Mann das Haus betrat.

Aber als er gleich darauf ins Speisezimmer kam, war klar, dass etwas nicht stimmte. Er schaute düster und traurig und grüßte nicht. Er setzte sich nur an den Tisch, goss sich aus dem großen Weinkrug einen Becher voll und leerte ihn in einem Zug. Dann sagte er ohne den Blick von der Tischplatte zu heben: »Nikolaus lebt. Er ist in Speyer und predigt, was er unter Gottes Botschaft versteht. Und die Leute hören ihm so begeistert zu, wie ihm die Kinder damals zugehört haben . . .«

»Verfluchte Hölle!« Der alte Diener ließ seine Faust auf den Tisch krachen. »Der Halunke wagt es, hierher zu kommen? Ich brech ihm alle Knochen!«

Aber Gerhard winkte nur müde ab. »Wie denkst du dir das, alter Freund?«, fragte er. »Wenn ein Sturm über dein Haus kommt, so dass die Mauern einfallen wie Halme, durch die die Sichel fährt – kannst du ihn mit der Peitsche vertreiben? Wenn ein Mann deine Stadt heimsucht, der die Menschen mit Worten so willenlos macht, als ob sie Mohnsaft getrunken hätten – kannst du ihn mit deinen Fäusten bezwingen? Ich versteh dich ja. Ich habe ja selbst meinen Stock geschwungen. Ich sage dir, ich war sogar begierig ihn vor meinen Füßen liegen zu sehen, blutend, voller Angst und voller Schmerzen, so wie er mich damals liegen sah.«

Nachdenklich strich sich Gerhard über die Narbe in seinem Gesicht. »Aber seltsam, als ich mir das wünschte, da waren mir Angst und Schmerzen so nah, als ob ich sie erst gestern erlitten hätte. Nein, Rache reißt nur die alten Wunden wieder auf. Und außerdem, glaubt es mir: Er hatte die Menschen schon wieder so in seinen Bann geschlagen ... Ich weiß nicht, was sie mit mir gemacht hätten, hätte ich ihn angegriffen.«

»Willst du ihn davonkommen lassen?«, fragte Irmingard und sah ihn mit dunklen Augen an. »Ich kann es nicht. Ich habe einmal meinen Eid gebrochen.« Sie trat zu ihm und legte ihm eine Hand auf die Schulter. »Ich habe keinen Grund, ihn ein zweites Mal zu brechen.«

»Ja, aber was willst du denn tun?«, rief Gerhard und sprang von seinem Stuhl auf. »Auf dem Markt schützt ihn die Menge, die ihn verehrt, als ob er wirklich ein Gesandter Gottes wäre. Vor dem Richter schützt ihn das päpstliche Privileg, nicht einmal aus der Stadt können wir ihn jagen. Und willst du vielleicht nachts hinter ihm herschleichen und ihm ein Messer in den Rücken stechen?«

Irmingard antwortete nicht.

Schweigend standen die beiden an der langen Tafel, aßen nichts und tranken nichts.

Der alte Georg versuchte ein paar Mal sie aufzuheitern, aber es war, als ob sie ihn gar nicht hörten. Schließlich löschte er die Lichter und schlurfte brummend in seine Kammer.

Bald darauf gingen auch Gerhard und Irmingard in ihr Schlafgemach. Aber sie fanden genauso wenig Ruhe wie Nikolaus im Dormitorium der Minderbrüder.

Denn die Geister der Vergangenheit waren erwacht und duldeten nicht, dass jemand schlief.

# 2

Es war wunderbar, eine Stunde lang frei zu sein!

Vergnügt stand der kräftige Junge am Anfang der breiten Straße, die bis vor die breiten Stufen des Doms führte, und ließ sich die heiße Julisonne auf die langen schwarzen Haare scheinen. Für eine Stunde Freiheit nahm er sogar in Kauf, dass er nachher gehörige Prügel würde einstecken müssen.

»Für Maulaffen feilhalten und Tagedieberei, während ich schuften muss um einen gottverlassenen Taugenichts wie dich durchzubringen!«, würde sein Vater brüllen. Er würde es im selben Rhythmus brüllen, mit dem er ihm den Ochsenziemer um die Schultern und, wenn es ganz schlimm kam, auch um den Kopf schlagen würde.

Aber das machte nichts. So ein paar Schultern konnten eine Menge aushalten und den Kopf konnte man mit den Händen schützen.

Dafür durfte er jetzt den Händlern in ihre Stände schauen, die tausend Gerüche einatmen und dabei träumen. Träumen, wie es wäre, wenn er mal nicht mehr von Sonnenaufgang bis Sonnenuntergang in der rauchigen Schmiede arbeiten müsste, aus der er bloß rauskam um dem Vater Bier zu holen oder um ein bisschen was zum Essen zu besorgen. Träumen, dass er selbst ein Kaufmann wäre, der mit einem Wagen voll kostbarer Gewürze durch die Lande reiste, vielleicht bis nach Frankreich oder gar zum Herrn Papst nach Rom.

Das wäre etwas! Da würde man ihn höflich empfangen! Nicht wie hier, wo es immer hieß: »Aus dem Weg, ungehobelter Lümmel!«, wenn einer von den Priestern des Domkapitels oder gar der Bischof selbst elegant durch die Hauptstraße ritt und man nicht gleich auf die Seite sprang.

Nein, da ginge es ganz anders zu! Da würde ihn ein hoher geistlicher Herr empfangen, bestimmt wäre es so, und säuseln: »Hättet Ihr die Güte, Herr, Euch zum Küchenmeister seiner Heiligkeit zu begeben? Er erwartet Euch schon sehnlichst. Denn Euer Safran ist ja doch der allerbeste! Und für meine eigene Küche bräuchte ich auch einiges: je vier Lot Zimt, Nelken und Koriander. Das gibt eine köstliche Würze für Fleischpasteten . . .«

Das hatte er nun von der Träumerei! Der Junge schüttelte energisch den Kopf. Jetzt war ihm doch wahrhaftig das Wasser im Mund zusammengelaufen. Fleischpastete mit Gewürzen – so was würde er wohl nie auf die Zunge kriegen. Mehlbrei, Brot, ein bisschen Gemüse, gesalzenen Kohl, Zwiebeln, die er verabscheute, weil er immer so fürchterlich rülpsen musste, wenn er welche aß. Schmalz, ein bisschen Milch und im Winter ab und zu einen Apfel oder ein paar getrocknete Pflaumen. Viel mehr stand nicht auf seinem Speisezettel. Sein Vater kriegte schon öfter mal ein Stück Schinken oder Käse als Bezahlung für seine Arbeit. Aber solche Leckereien verzehrte er ganz allein.

Fleischpasteten! Am besten gar nicht an so was denken, sonst knurrte einem bloß der Magen. Aber schauen durfte man. Augen zum Schauen hatten reiche und arme Leute. Und es gab ja wirklich genug zu sehen.

Zwar war heute nur ein ganz gewöhnlicher Markt, wie er alle paar Wochen stattfand. Keine von den beiden großen Messen, zu denen Kaufleute im Frühjahr und im Herbst aus dem ganzen deutschen Reich, ja sogar aus Frankreich und Italien nach Speyer kamen und Waren aller Art anboten.

Heute gab es in der Hauptsache nur Fleisch und Gemüse, Eier, Brot und Mehl. Aber wie immer waren ein paar Händler auf der Durchreise und nutzten die Gelegenheit zu einem kleinen Zusatzgeschäft. Die Herren vom Rat duldeten es gern, denn das brachte ein ordentliches Marktgeld ein. So hatten sich heute zwei Weinhändler eingefunden. Ein Kaufmann bot Honig und gekämmte Wolle an. Und ein Lederwarenhändler war da. Wenn er von dem, was er anbot, viel verkaufte, dann musste er ein schwerreicher Mann sein. Bestickte Handschuhe, mit Silber beschlagene Dolchscheiden und Gürtel mit kostbaren, edelsteinbesetzten Schnallen aus Silber und Gold lagen auf dem herausgeklappten Seitenteil seines großen Wagens aus.

Seltsam, dass niemand da war um etwas zu kaufen. Bei diesem prächtigen Angebot?

Der Junge trat näher an den Stand heran und schnupperte. Das sah nicht nur schön aus, das roch auch gut. Kaum zu glauben, wenn man an den Gestank dachte, der bei den Ledergerbern am Speyerbach herrschte ...

Gerade wollte der Junge die Hand ausstrecken um so einen herrlichen Gürtel wenigstens einmal mit den Fingerspitzen zu berühren, da erklang aus dem Halbdunkel des Wagens heraus eine Stimme voll höhnischer Freundlichkeit: »Wünscht der gnädige Herr vielleicht einen schönen Ledergürtel? Oder darf es ein Paar auserlesene Handschuhe aus feinstem Ziegenleder sein?«

Unvermittelt fing der Händler – oder war es nur ein Gehilfe? – an zu brüllen: »Und jetzt schau, dass du weiterkommst, Kerl! Solches Pack verjagt mir nur meine Kunden!«

Erst wollte der Junge wütend antworten. Erstens war er kein »Pack« und zweitens war überhaupt keine Menschenseele in der Nähe, die er hätte verscheuchen können. Aber dann wandte er sich achselzuckend ab.

So ging es ihm öfter, was wirklich nicht erstaunlich war: Keine Schuhe an den Füßen, das Gewand aus grobem Leinen zerrissen und voller Rußflecken ... So sah niemand aus, der flandrische Lederwaren kaufen wollte. So sah jemand aus, der der einzige Sohn eines armen Schmieds war. Eines Schmieds, der nach dem Tod seiner Frau fast jeden Pfennig, den er verdiente, in Bier verwandelte. Der kaum noch Aufträge kriegte, weil er so grob zu den Leuten war und so schlampig arbeitete. Der nur deshalb, weil er aus besseren Zeiten noch ein paar Freunde hatte, nicht schon längst aus der Zunft geflogen war und sein Bürgerrecht verloren hatte. Aber hatte es Sinn, darüber nachzugrübeln? Man befand sich da, wo Gott einen hingesetzt hatte, und da blieb man.

Der Junge machte der Gestalt im Wagen eine lange Nase und schlenderte weiter ohne sich um das Gezeter zu kümmern, das hinter ihm hergellte.

Warum war heute nur so wenig los? Ross- und Viehmarkt war heute zwar keiner und damit fielen die lautesten Schreier schon mal weg – und auch die vielen Zuschauer, die sich bestens unterhielten, wenn das Gehandel um eine wohlgenährte Milchkuh oder einen kräftigen Gaul so richtig losging. Aber auch an den Ständen mit Obst, Gemüse, Fleisch und Korn war kaum ein Mensch. Zum Kotzen, wenn man so selten rausdurfte, dass man nie mitbekam, was passierte! Ob vielleicht . . .

Plötzlich hörte der Junge lautes Jammern und Schimpfen. Er legte die Hand an die Stirn und blinzelte in die Sonne, die die Straße in grelles Licht tauchte. Oje, da vorn, das war doch der alte Walter! Ein Rudel Schweine hatte ihm seinen Korb umgeworfen!

Der Junge rannte hin und hatte Mühe, das Lachen zu verbeißen, obwohl es für den armen Alten wirklich nichts zu lachen gab. Da waren fünf Ringelschwänzchenhinterteile himmelwärts gereckt, da wühlten, schlabberten und schmatzten fünf rosa Schnauzen in einem Brei aus roten Himbeeren und daneben stand der alte Mann, schüttelte die Fäuste und fluchte und konnte doch nichts machen.

Der Junge nahm Anlauf und dann kriegte die dickste Sau einen kräftigen Tritt in den Hintern, so dass sie quiekend und grunzend davonstob; die anderen trabten hinter ihr drein.

»Dank dir schön, Gerhard«, schnaufte der Alte noch ganz aufgeregt und schimpfte entrüstet: »Dass die verfluchten Viecher nicht dort bleiben können, wo ihre Besitzer wohnen! Sollen sie denen meinetwegen die Haare vom Kopf fressen und die Türen zuscheißen. Aber einen armen alten Mann, der nicht mal mehr weiß, wie ein gebratenes Schwein schmeckt, sollen sie in Ruhe lassen!« Schwer atmend ließ er sich auf die Knie nieder und begann mit seinen knotigen, verkrümmten Fingern ein paar einzelne Beeren aufzulesen.

»Lass nur, Walter«, rief Gerhard. »Ich mach das schon!« Er stellte den Krug, den er in der Linken gehalten hatte, auf den Boden, hockte sich hin und sammelte auf, was noch zu retten war. Viel war's nicht, denn was die Schweine unter ihren Hufen und Rüsseln gehabt hatten, das war mit dem Straßendreck zu einem unappetitlichen Brei vermengt.

»Was mach ich nur«, begann der Alte wieder zu jammern. »Die ganze mühsame Sammelei umsonst und Mehl und Bier kann ich auch nicht kaufen!« Es fehlte nicht viel und die Tränen wären ihm gekommen.

»Trag doch die restlichen Beeren in eins der Klöster oder zu den Chorherren im Germansstift«, riet Gerhard. »Vielleicht ist der Bruder Küchenmeister guter Laune und überlässt dir ein bisschen Mehl dafür. Und einen Schluck Bier wird dir wohl auch keiner abschlagen!«

Als er aber die halb zweifelnde, halb verzweifelte Miene des alten Mannes sah, griff der Junge entschlossen in die Tasche und zog einen Pfennig hervor. Prügel krieg ich sowieso, dachte er und streckte Walter die Münze hin, von der er Bier für seinen Vater hätte kaufen sollen.

Der Alte wollte es erst nicht behalten. »Du hast es doch selber nötig«, meinte er.

Schließlich schob es ihm Gerhard in den Ärmel und drohte: »Wenn du es jetzt nicht nimmst, lad ich dich auf meine Schultern wie einen Sack Roggen und in der Gasse, in der die meisten Schweine rumlaufen, lass ich dich wieder fallen!«

Da gab der Alte schmunzelnd nach und sagte: »Vergelt's Gott, ja, Gott wird dir's lohnen und ich werd's dir nicht vergessen.«

»Schon gut«, erwiderte Gerhard, »Geld, das

einem nicht gehört, kann man leicht verschenken.«

»Ja, aber, dann fehlt ...«

»Hör auf, hör auf«, erwiderte Gerhard. »Es ist alles in Ordnung. Ich zahle mit meinem Buckel, weißt du, und der ist hart im Nehmen.« Aber er verzog schmerzlich das Gesicht, als er an die Rechnung dachte, die er mit seinem Buckel würde begleichen müssen. Und um sich und den Alten abzulenken, fragte er: »Sag mal, warum ist hier fast keine Menschenseele zu sehen? Wer wie ich den ganzen Tag in der Schmiede arbeiten muss, der erfährt ja alles erst, wenn es schon wieder vorbei ist. Ist vielleicht wieder ein Wunderheiler in der Stadt, der den Leuten ewige Jugend und Schönheit verspricht?«

»Ich glaub nicht, dass sich so bald wieder einer in die Stadt traut«, sagte der Alte. »Nach dem, was sie mit dem letzten angestellt haben ...«

Die beiden mussten grinsen. Das war wirklich eine Sache gewesen!

Da war vor ein paar Wochen ein Mann in die Stadt gekommen. An der Nordseite des Doms hatte er seine kümmerliche Kiepe abgestellt, allerlei Pergamentschächtelchen daraus hervorgeholt, einen hohen schwarzen Hut aufgesetzt und zu schreien begonnen. Er sei im Stande mit einer wahren Wunderpille alles und jeden zu heilen. Und damit nicht genug: Die Pille würde nicht nur gegen die grausamsten Schmerzen helfen, sondern die Kraft der Männer stärken und den Frauen die Falten nehmen.

Bald war eine Menge Leute herbeigelaufen und hatte ihm zugehört; denn wer würde sich nicht eine solche Pille wünschen. Dann war ein Mann herangeschlichen, heulend und jammernd, dass ihm sein Kopf und ganz besonders die Ohren entsetzlich wehtäten. Er hatte ein rot glänzendes Kügelchen bekommen, es mit angeekeltem Gesicht verschluckt – und gleich darauf über beide Backen gestrahlt: Auf schier wunderbare Weise waren alle Schmerzen weg gewesen.

Der großartige Arzt hatte natürlich glänzende Geschäfte gemacht. Aber nur bis zum Nachmittag. Da kam nämlich noch ein leidender Patient herangehinkt, mit fürchterlichen Schmerzen in den Beinen. Unglücklicherweise hatte jemand, der schon am Morgen bei der Wunderheilung zugeschaut hatte, bemerkt, dass es ausgerechnet der Kerl mit dem Ohrenweh war. Und dass jemand an einem Tag so grauenhafte Schmerzen in den Ohren und in den Beinen haben sollte, das mochten die Leute nicht glauben.

Kurz und gut, die Büttel hatten den Arzt und seinen Patienten ziemlich unsanft befragt und dabei waren üble Dinge ans Tageslicht gekommen ...

Walter kicherte über der Erinnerung: »Die Pillen aus Kuhdreck gedreht – das gibt bestimmt vier Dutzend aus einem einzigen Fladen. Und dann in Schweineblut getaucht, getrocknet und mit Eiweiß glänzend gemacht. Stell dir vor, wie die Ratsherren und ihre Frauen brav die Wunderkugeln gefressen haben! Ein paar Domherren sollen auch ...« Der alte Mann riss den zahnlosen Mund auf vor Vergnügen.

»Aber weißt du, drei Tage lang an die Dommauer gekettet, bespuckt und ausgelacht und dann aus der Stadt geprügelt – so was spricht sich doch rum! Solche Heilkundigen werden uns in nächster Zeit bestimmt nicht besuchen.« Der Alte kratzte sich den dünnen weißen Bart und fuhr fort: »Nein, es geht um eine andere Art Wunder. Und was die Leute so erzählen, ist es diesmal kein Betrug, sondern ein echtes Zeichen Gottes.« Walter bekreuzigte sich und schob dann bedächtig ein paar Himbeeren in den Mund.

Gerhard wurde ungeduldig: »Nun sag schon!«

»Ein junger Mann, fast noch ein Kind, ist in die Stadt gekommen und die Leute können gar nicht genug hören von ihm. Er kommt aus Köln, heißt es, und eine riesige Schar von Kindern ist ihm gefolgt. Sie alle lagern am Rhein, nicht weit von der Pforte, durch die das Vieh auf die Weide geführt wird. Ich hab sie selbst gesehen. Eine riesige Menge. Dort predigt er. Nikolaus heißt er. Ein Schweinehirt ist er und er soll schon viele Wunder vollbracht haben. Er will, dass ihm alle Kinder nach Jerusalem folgen ...«

Gerhard sah ihn fassungslos an. »Was?«

»Ja«, sagte der Alte langsam, fast ehrfürchtig. »Er will mit den Kindern einen Kreuzzug machen.«

Gerhard verschlug es die Sprache. Das war

doch kein Wundertäter, das war ein Wahnsinniger!

Viele Geschichten wurden über die Kreuzzüge erzählt. Schwer gepanzerte Ritter folgten ihren Herren, den Grafen, Bischöfen und Herzögen oder gar dem König selbst auf dem Zug in das ferne Land, in dem Christus gelebt hatte und ans Kreuz geschlagen worden war. Die Heiden, die an einen falschen Gott glaubten und Christus verleugneten, hatten dieses Heilige Land vor vielen Jahren erobert.

Seitdem versuchten tapfere Ritter immer wieder es zu befreien. Sie mussten gewaltige Berge überschreiten, auf denen so viel Schnee lag, dass ein ganzer Kirchturm darin versinken könnte. Eisigen Wind und erbarmungslose Kälte mussten sie ertragen, so dass mancher von ihnen erfroren und steif wie ein Scheit Holz vom Pferd fiel.

Dann wieder mussten sie durch Sümpfe reiten, deren stinkende Ausdünstungen todkrank machten, durch Wüsten und durch Wälder, in denen Wegelagerer und wilde Tiere über sie herfielen. Mit Schiffen segelten dann die, die das alles überstanden hatten, übers Meer, durch Stürme und Unwetter, bis sie die Küsten des Heiligen Landes erreichten.

Dort, so wurde erzählt, mussten sie dann gegen grausame Feinde kämpfen, die kein Erbarmen kannten. Die die Christen so hassten, dass sie alle töteten oder verstümmelten, die ihnen in die Hände fielen. Die Heiden besaßen fürchterliche Waffen und waren mit bösen Geistern im Bunde und es war fast unmöglich, sie zu besiegen.

Deshalb kamen viele der christlichen Kämpfer nicht mehr zurück aus dem Heiligen Land. Und die, die kamen, waren oft krank, geschwächt und niedergeschlagen. Die kostbaren Schätze, die es dort geben sollte, hatten sie nicht gefunden und auch die Heiden hatten sie höchstens für eine kurze Zeit vertrieben.

So schlecht erging es den Rittern, Männern, die mit Lanze und Schwert umgehen konnten, die ihren Körper durch jahrelange Kampfübungen gestählt hatten!

Und jetzt sollten Kinder in das Heilige Land ziehen? Wie sollten sie über die Berge kommen? Wie würden sie über das Meer kommen? Wie sollten sie die Heiden bekämpfen? Vor nassen Hosen würden die sich wohl nicht fürchten und vor dem Knurren hungriger Mägen würden sie nicht ausreißen.

Gerhard lachte verächtlich. »Dein Prediger ist ein Verrückter«, sagte er.

Aber Walter schüttelte den Kopf und entgegnete: »Warum laufen sie dann alle hin zu ihm? Kaum ein Mensch sitzt im Wirtshaus, kaum einer kauft was und meine Beeren hat niemand auch bloß angeschaut. Wenn ich's nicht wirklich besser wüsste, hätte ich gesagt, sogar die Schweine rennen zu ihm und hören ihm zu.«

Der Alte grinste, aber gleich darauf wurde er ernst und bekreuzigte sich wieder. »Ich sage dir, es ist etwas Besonderes mit diesem Jungen. Wenn meine Beine nicht so lahm und krumm wären, ich würde mit ihm ins Heilige Land ziehen. Aber ich bin zu alt und zu klapprig. Aber du, du bist jung! Und was lässt du hier schon zurück? Also lauf und hör dir wenigstens an, was Nikolaus zu sagen hat!«

Gerhard war noch immer nicht ganz überzeugt. Ein Kreuzzug der Kinder! Andererseits – ein Markt, auf dem niemand was kaufte, war nur ein halbes Vergnügen; und heim zum Vater, mit leerem Krug und ohne Geld, das wollte er ganz gern noch ein bisschen hinauszögern.

Also verabschiedete er sich von dem Alten, nahm seinen Krug auf, rannte am Dom vorbei bis an die Stadtmauer und überquerte den Speyerbach. Er ging durch die offene Viehpforte, lief über den Steg, der über den Graben führte, und blieb überrascht stehen. Mein Gott, da waren ja wirklich unglaublich viele Menschen!

Auf den großen Wiesen am Ufer des Rheins lagen, standen und saßen sie: Kinder, Kinder, Kinder. Jungen und Mädchen, die meisten ein bisschen jünger als er, so zwölf, dreizehn, schätzte er. Aber auch noch jüngere waren dabei, solche, die noch nicht mal für die Arbeit in der Werkstatt oder auf dem Feld brauchbar waren – sechs- oder siebenjährig waren sie vielleicht.

Gerhard staunte. Wie hatten die den Weg von Köln bis hierher geschafft?

Fast alle waren Kinder armer Leute: dürftig

gekleidet und barfuß. Nur ein paar trugen die Zeichen des Reichtums: elegante, bestickte Gewänder, große lederne Umhängetaschen und vor allem Schuhe. Schuhe sollte man ja wohl haben, wenn man ins Heilige Land ziehen will, dachte Gerhard und sah seufzend zu seinen schmutzigen und hornigen Füßen hinunter. Er würde ganz gut zu diesen Kindern passen und zu dem fahrenden Volk auch, das sich ihnen angeschlossen hatte.

Da waren ein paar Musiker, einer trug eine Laute an einem grünen Band um den Hals, ein anderer hatte eine kleine Trommel vor sich stehen und einem dritten lugte eine Pfeife aus der Tasche seines Kittels.

Eine Gruppe von Gauklern, lauter schmutzstarrende Gestalten, zeigte ihre Kunst. Einer sprang über den anderen, drehte sich dabei mit den sonderbarsten Verrenkungen, machte in der Luft scheinbar einen Knoten in Arme und Beine und kam doch ganz ordentlich und gerade wieder auf den Beinen auf.

Drei Frauen, die wohl zu den Gauklern gehörten, saßen direkt daneben und ließen sich durch die wirbelnden Arme, Leiber und Beine überhaupt nicht stören. Vor sich hatten sie schmierige Brettchen mit allerlei Süßigkeiten, die sie den Vorübergehenden anboten. Brrr! Obwohl Gerhard ständig hungrig war, davon hätte er nichts essen mögen.

Als er näher kam, lächelte ihm eine der Frauen, eine hübsche Schwarzhaarige mit schmalen, ein bisschen schräg stehenden Augen, zu und hob ihm ihr Brett entgegen. Deutlich konnte Gerhard sehen, wie sich unter dem dünnen Hemd, das sie trug, ihre feste Brust abzeichnete. Er wusste selbst nicht warum, aber er fühlte, wie er rot wurde, und ging schnell weiter. Doch die Süßigkeiten kamen ihm nun schon längst nicht mehr so unappetitlich vor.

Tatsächlich schien sich auch die halbe Stadt auf den Rheinwiesen versammelt zu haben. In Gruppen standen die Bürger beieinander und unterhielten sich. Andere verteilten Mehl, Brot und Früchte an die Kinder. Gerhard glaubte seinen Augen nicht zu trauen: Der dicke Bäcker Johannes und seine Frau Roswitha schleppten eigenhändig einen riesigen Korb mit feinen weißen Wecken und drückten jedem Kind, an dem sie vorbeikamen, einen davon in die Hand!

Unglaublich! Die beiden waren so geizig, dass sie die Krümel vom Boden fegten um daraus neues Brot zu backen. Und der Wein, den sie außerdem ausschenkten, der wuchs – so ging jedenfalls das Gerücht – zu einem ordentlichen Teil direkt im Stadtbrunnen. Nie hatte Gerhard auch nur ein Stück vom gemeinsten Schwarzbrot von ihnen bekommen. Und die verschenkten feinstes Weizenbrot? Der Prediger musste wirklich ein Wundertäter sein!

Wo war er überhaupt? Gerhard blickte sich suchend um. Da sah er mitten in der Menge der lagernden Kinder, die lachten und schwatzten und verspeisten, was die Speyerer Bürger ihnen an Almosen gereicht hatten, ein großes hölzernes Podest stehen. Es war mit Zweigen und Kränzen geschmückt. Gerhard lief gerade darauf zu um es sich genauer anzuschauen, als sich ihm vom Flussufer her eine Gruppe von Menschen näherte.

Drei Erwachsene waren es und ... das musste er sein! Jetzt konnte Gerhard den Jungen genau sehen, der das Heilige Land befreien wollte. Er war vielleicht siebzehn Jahre alt und trug eine schwarze Kutte wie ein Benediktiner. Er war schlank, fast hager und hatte ein bleiches Gesicht mit kleinen starrenden Augen und auffallend wulstigen Lippen. Schön oder Ehrfurcht gebietend fand Gerhard ihn nicht, eher etwas abstoßend.

Doch als der junge Mann das Podest bestieg und die Arme ausbreitete, da schien er Gerhard plötzlich übermächtig groß und gebieterisch zu sein. Wie auf Befehl erhoben sich alle, die bisher gesessen oder gelegen hatten, und dann war es schlagartig still auf der großen Wiese. Kein Kindergeschrei mehr, kein Lachen, keine Luftsprünge oder Purzelbäume. Selbst der Bussard, der über dem Flusstal seine Kreise gezogen hatte, schien nun regungslos in der Luft zu schweben.

Gerhard war es, als ob er träumte und doch wach sei. Er glaubte zu fühlen, dass die Herzen aller Menschen auf der Wiese einen Moment lang stillstanden, bis auch seines stehen blieb um dann mit all den anderen gemeinsam weiter zu schlagen wie ein einziges großes Herz. Er sah in den blauen Himmel hinein und fühlte eine große Sehnsucht. Er wusste nicht, wonach.

Dann fing Nikolaus an zu sprechen. Leise, kaum verständlich. Beschwörend, laut und drohend. Kreischend und schreiend. Und wieder ruhig und besänftigend. »Seht, der Herr ist mir erschienen und hat mir befohlen: ›Zieh dir die Kleider eines Mönchs an und sei von jetzt an ein Mönch! Nimm das Kreuz auf dich, so wie ich das Kreuz auf mich genommen habe, und ziehe in das Land, wo mein Grab entweiht und meine Tempel zerstört worden sind. Wo du aber hinkommst auf deinem Zug, da befiehl allen Kindern, dass sie mit dir ziehen sollen. Sie werden gehorchen, denn es ist mein Wille!‹ So sprach Gott zu mir und so habe ich es getan.

Ihr aber, die ihr Gottes Kinder seid, müsst mir folgen, denn ER hat es befohlen. Vater und Mutter, Brüder und Schwestern müsst ihr gering achten, denn Christus ruft euch und SEINE Stimme ist lauter als ihre Stimmen.

Wer von euch sich aber weigert, der wird die entsetzlichsten Qualen leiden und nach Erlösung schmachten bis an das Ende aller Zeiten, denn er hat die schlimmste aller Todsünden begangen: Gott den Gehorsam verweigert.

Darum gebt, was ihr habt, für das große Ziel: Verlasst eure Städte und Dörfer und zieht mit mir in das Land, das Gott mit seinem Blut geweiht hat. Denn die Feinde des Kreuzes haben ihre verfluchten Häupter erhoben und verwüsten das Land Gottes mit ihren Schwertern. Sie zerstören die Stätten unseres Heils und treten das Grab Christi mit Füßen.

Also, ihr Kinder Gottes, jagt die Furcht aus euren Herzen und werdet Diener des Kreuzes. Sonst lasst ihr das Heiligste den Hunden und das Edelste den Säuen, denn Hunde und Säue sind die Heiden und keine Menschen.

Folgt mir nach! Gott wird für Speise und Trank sorgen, die Berge werden schrumpfen unter unseren Schritten und das Meer wird sich vor unseren Füßen teilen.

Ihr werdet Länder sehen, in denen ewig Sommer ist, wo das Wasser die Farbe des Himmels hat und wo Bäume mit goldenen Früchten wachsen. Ihr werdet Brot essen, das so weiß ist wie Schlehenblüten, und Wein trinken, der nach Nelken duftet und so süß wie Honig schmeckt.

Die Heiden aber werden die Flucht ergreifen, wenn sie die Kinder Gottes sehen, ohne einen Schwerthieb und kein Tropfen von eurem Blut wird vergossen werden. Das hat Gott selbst mir gesagt und er sagt es mir jeden Tag aufs Neue.

Wahrlich, ich sage euch, es ist herrlich das Kreuz zu tragen und ein Diener Gottes zu sein. Folgt mir, ihr Kinder, und ihr werdet die Hölle vernichten und das Paradies finden!«

Nikolaus stand da, hager und schwarz, die Arme ausgebreitet, regungslos, wie ein Kreuz.

Einen Moment noch hielt die Stille an, dann brach unbeschreiblicher Jubel los. Die Kinder schrien, tanzten und klatschten. Auch die, die so weit weg waren, dass sie unmöglich etwas hatten verstehen können.

Gerhard wünschte plötzlich sehnsüchtig, dass er zu ihnen gehören dürfte. Wie weggewischt waren Ablehnung und Unglaube, so sehr hatten ihn die Worte des Predigers mitgerissen.

Er hatte sich getäuscht. Ganz sicher würden sie es schaffen, auch ohne Schuhe, Schwerter und Lanzen. Er wollte mit ihnen ziehen in das Land, das so schön war und das die Heiden Gott gestohlen hatten.

Begeistert klatschte und jubelte er mit, bis mitten in dem lärmenden Durcheinander Gesang zu hören war; erst nur leise, von wenigen Stimmen getragen, dann immer lauter, bis das Lied weit über den Fluss und die Mauern der Stadt schallte:

Jerusalem, nun weine,
weil du verloren bist
durch böser Heiden List!
Dein Leid ist auch das meine,
erbarm dich, Herre Christ!

Jerusalem, nun lache,
weil schon in kurzer Frist
dein Leid zu Ende ist.
Nah ist der Tag der Rache,
sei mit uns, Herre Christ!

Die Augen geschlossen, den Mund geöffnet, stand Nikolaus auf dem Podest – inmitten aller, die ihm folgen wollten, und doch, wie es schien, weit weg.

Gerhard dachte nicht mehr an das Äußere, das ihn abgestoßen hatte. Er dachte nur noch an den Jungen, den Gott gesandt hatte um die Herzen der Kinder zu erobern. Er hatte auch sein Herz erobert. Ja, er würde mit ihm ziehen. Ihm fiel ein, was der alte Walter vorhin gesagt hatte: »Was lässt du hier schon zurück?« Harte Arbeit, einen Strohsack auf dem Boden und einen Vater, der ihn mit dem Ochsenziemer prügelte. Das ließ er zurück. Und zwar mit Freuden!

# 3

Der letzte Ton des Kreuzzugsliedes war verklungen.

Nikolaus ließ die Arme sinken und stieg langsam vom Podest herab. Er trat zu den drei Männern, die ihn begleitet hatten, und sprach leise mit ihnen.

Zwei waren Mönche, Benediktiner, jedenfalls trugen sie schwarze Kutten. Der dritte, nur mit einem schmutzigen grauen Hemd bekleidet, das von einem breiten Ledergürtel zusammengehalten wurde, musste Nikolaus' Vater sein. Dasselbe bleiche Gesicht mit den kleinen Augen und den wulstigen Lippen. Doch im Gegensatz zu seinem Sohn war der Alte ziemlich fett und trug einen ordentlichen Wanst vor sich her. Gerhard beobachtete, wie er Nikolaus begeistert auf die Schulter klopfte und dabei lachte, als hätte der Junge einen Riesenspaß gemacht und nicht zu einem Zug im Namen Gottes aufgerufen.

Äußerlich gleichen sie sich vielleicht, dachte Gerhard, aber dem alten Fettsack würde ich nie ins Heilige Land folgen, da würde ich ja noch lieber bei meinem Vater bleiben!

Er sah, wie der Alte einen Beutel aus seinem Gürtel zog. Dabei verwandelte sich sein Grinsen in eine Miene tiefster Demut. Er ging gemessenen Schrittes auf die Speyerer Bürger zu, die der Predigt gelauscht hatten, und hielt ihnen der Reihe nach den geöffneten Beutel hin. Da war kaum einer, der nicht in die Tasche oder in den Gürtel griff und eine Münze hervorholte.

Gerhard schnitt eine Grimasse. Er hatte nicht mal mehr einen Pfennig zu verschenken, der jemand anders gehörte.

Plötzlich legte sich eine schwere Hand auf seine Schulter und eine Stimme, die eher besorgt als ärgerlich klang, dröhnte ihm ins Ohr: »Bist du von bösen Geistern besessen, dass du dich hier draußen rumtreibst? Dein Vater tobt und zerschlägt das Geschirr vor Wut, dass du nicht heimkommst und ihm sein Bier bringst.«

Gerhard drehte sich um und lächelte dem breitschultrigen Mann zu, der hinter ihm stand, seinem einzigen wirklichen Freund.

Georg war der Geselle des jungen Hufschmieds, der seine Werkstatt neben der von Gerhards Vater hatte. Er war schon bei dem alten Schmied in Dienst gewesen; und als der gestorben war, hatte jeder es für selbstverständlich gehalten, dass Georg die Witwe heiraten und neuer Meister würde. Er war ein fleißiger und gut aussehender Bursche und die Meisterin, sagte man, hätte ihn nur zu gern genommen.

Aber Georg hatte gar nicht daran gedacht. »Stell dir vor, wie geizig sie mich schon als Knecht hält und was sie alles an mir auszusetzen hat«, hatte er einmal zu Gerhard gesagt. »Wie würde es mir da erst als Ehemann schlecht ergehen! Nein, als Geselle kann ich sie grade noch ertragen. Aber bevor ich die Dummheit begehe und mit ihr die Schlafkammer teile, da schlaf ich lieber bei meinem Amboss. Der ist schweigsam und zufrieden, und wenn mich die Wut packt, kann ich nach Herzenslust auf ihm herumhauen, ohne dass er jammert.«

So hatte die Meisterin einen anderen geheiratet; Georg war ein lediger Knecht geblieben, und das, obwohl er der beste Hufschmied in der ganzen Stadt war. Ganz arm blieb er freilich nicht dabei, denn kaum ein anderer Schmied verstand sich so gut darauf, Tränklein und Salben für allerlei Krankheiten der Pferde und auch der Menschen zuzubereiten. Die durfte er auf eigene Rechnung verkaufen, weil für die Meisterin ein schöner Anteil abfiel.

Bei Georg fand Gerhard immer Zuflucht, wenn er es daheim nicht mehr aushielt und sich für einige Zeit davonstehlen konnte. Bei ihm bekam er ein ordentliches Stück Speck und einen Becher Bier, wenn es zu Hause nichts gab. Wenn ihn sein Vater wieder mal verdroschen hatte, rieb ihm Georg den zerschlagenen Rücken mit Schweinefett ein. Wenn ihn die Sehnsucht nach seiner Mutter packte und er erzählen wollte, wie schön früher alles gewesen war, hörte Georg ihm geduldig zu.

Er hatte den Jungen in sein Herz geschlossen und tat für ihn, was er konnte. Mochte der Meister auch manchmal die Stirn runzeln und die

Meisterin »gottverlassener Faulpelz« brummeln, für Gerhard hatte der sonst so fleißige Geselle immer Zeit. Deshalb hatte er sich jetzt auch für eine Stunde freigenommen um den Jungen zu suchen.

Er fasste ihn bei den Armen und schüttelte ihn. »Bist du von allen bösen Geistern besessen?«, wiederholte er. »Du weißt genau, was dich erwartet, wenn du nach Hause kommst! Dein Vater flucht, dass sich noch drei Häuser weiter die alten Weiber bekreuzigen! Was machst du auf den Rheinwiesen? Was ist hier eigentlich los? Wo kommen die vielen Kinder her? Warum warst du so lange weg?«

»Halt, halt!«, Gerhard machte sich lachend los. »Hundert Fragen auf einmal!« Aber gleich wurde er ernst und sah seinem Freund ins Gesicht. »Diese Kinder hier sind auf dem Weg ins Heilige Land, Georg. Ich werde mit ihnen gehen. Doch sag nicht, ich hätte den Verstand verloren oder die alte Baderin hätte mir was angehext. Hör mir erst zu!«

»Ich sag gar nichts«, erwiderte Georg mit weit aufgerissenen Augen. »Mir hat's die Sprache verschlagen!«

Also erzählte Gerhard, was er erlebt und beschlossen hatte. »Schau«, meinte er, »was hab ich hier zu erwarten? Seit Mutters Tod hält mich der Vater wie einen Leibeigenen – nur dass ein Leibeigener mehr zu essen und nicht so viel Prügel kriegt wie ich. Er hasst mich, denn ich bin ein Überbleibsel aus der Zeit, als noch alles anders war. Als das Haus sauber und behaglich war, als es zweimal am Tag eine gute Mahlzeit gab. Als Mutters Fröhlichkeit seine Brummigkeit besiegte, als er noch genug Aufträge bekam und nicht jeden Pfennig versoff. Wenn er mich sieht, dann fällt ihm sein ganzes Elend ein, und deshalb hasst er mich. Ach, Georg, eines Tages würde er mich sicher totschlagen. Also sag selbst, was soll ich hier? Lernen kann ich nichts, brauchen tut mich keiner und bis auf dich hab ich auch keine Freunde. Aber in das Heilige Land ziehen, alle Wunder der Erde sehen, und diesem Jungen, den Gott geschickt hat, helfen die Heiden zu verjagen: Das ist etwas anderes, als meinem Vater Bier zu holen und sich den Buckel vollhauen zu lassen.«

Georg strich sich mit der Hand über die Stirn. Unrecht hatte der Junge nicht mit dem, was er sagte. Das war kein Leben mit einem Kerl, der seinen Sohn nur zum Arbeiten, zum Bierholen und zum Prügeln brauchte. »Ist er denn wirklich von Gott geschickt, dieser Prediger?«, fragte er deshalb nur zweifelnd.

»Ja, das ist er«, erwiderte Gerhard. »Ich hab's erst auch nicht geglaubt, weil ... Weißt du, die schwer bewaffneten Ritter und die Kirchenmänner, die seit vielen Jahren ins Heilige Land fahren, die haben die Heiden nicht vertrieben. Und dann kommt so ein dünnes Bürschchen, mit dicken Lippen und hässlichem Gesicht, und will es schaffen. Ich hab nur gelacht. Aber dann hab ich ihn gehört, wie er gepredigt hat. Wie Tausende von Menschen von seiner Stimme, seinen Händen, seinem ganzen Körper gebannt wurden, als ob Christus selbst mit ihnen reden würde. Seitdem weiß ich, dass er es schaffen wird, wenn wir Kinder ihm nur folgen!« Gerhard hatte sich in Begeisterung geredet. Er stand da, als wollte er am liebsten gleich losrennen und nicht mehr anhalten, bis er in Jerusalem war.

Georg seufzte: »Ich sehe, du bist überzeugt«, und fügte mehr zu sich selbst hinzu: »Ein wahrer Ritter nimmt da das Kreuz, ein Ritter ohne Waffen, ohne Reisegeld und ohne Schuhe.« Er dachte eine Weile nach und fragte dann: »Du willst also wirklich gehen?«

Gerhard nickte nur.

»Mir wäre es trotz allem lieber, du bliebst hier. Aber wenn es sein muss ... Pass auf: Wir gehen jetzt zu deinem Vater und bringen ihm sein Bier ...« Georg unterbrach sich, als er Gerhards betretenes Kopfschütteln sah. »Was ist los?«

»Ich habe dem alten Walter, du weißt schon, der bei uns Knecht war, bis ihn mein Vater aus dem Haus geworfen hat, die Münze geschenkt, die eigentlich für das Bier bestimmt war«, gestand Gerhard.

Der Hufschmied sah ihn voller Zuneigung an und seufzte noch einmal. »Du bist wirklich unverbesserlich! Aber den Krug werden wir schon vollkriegen. Deinen Vater lenk ich ab, damit sich seine Wut ein bisschen legt. Wenn ich fort bin, sag ihm, was du vorhast. Bloß komm ihm nicht zu nahe! Bestimmt wird er dir drohen, wird sagen, dass er dich von den Bütteln wieder einfangen lässt. Aber wenn er dann seinen Krug geleert hat, ist er vielleicht zu faul um irgendwas zu unternehmen. Sonst musst du dich halt verstecken, bis die Kinder aufbrechen; ich helf dir schon dabei.«

Georg fasste seinen Freund mit einer Hand unters Kinn und sah ihm in die Augen. »Trotz allem, was er dir angetan hat«, sagte er, »gönn ihm ein gutes Wort zum Abschied. Und hinterher komm gleich zu mir!«

Gerhard war mit allem einverstanden, froh, dass der Freund nichts gegen seinen Entschluss einzuwenden hatte.

Sie eilten durch das Viehtor zurück in die Stadt. In einer Schenke, in der er öfter mal mit den Gesellen seiner Bruderschaft ein paar Becher leerte, ließ Georg den Bierkrug füllen und versprach die Zeche baldmöglichst zu zahlen. Dann gingen sie rasch weiter und bogen in die Gasse ein, in der die meisten Schmiede mit ihren Familien lebten und arbeiteten.

Aus allen Werkstätten drangen Geräusche: das Dröhnen der Zuschlaghämmer, das Zischen des heißen Eisens, wenn es ins Wasser getaucht wurde. In dem offenen Vorbau der Hufschmiede, in der Georg arbeitete, stampfte ein unruhiges Pferd.

Nur aus Gerhards Elternhaus war kein Laut zu hören. Verwahrlost und schmutzig klebte es zwischen seinen schmucken Nachbarn, deren Besitzer, wohlhabende Handwerksmeister, ihre

Anwesen sorgfältig in Stand hielten. Lange schon hatte Gerhards Vater die Balken des Fachwerks nicht mehr ölen, die Füllungen nicht mehr kalken und die Pergamentbespannungen der Fensteröffnungen nicht mehr erneuern lassen. Es fehlte ihm am Geld oder an Tauschware und vor allem am guten Willen.

Voller Abscheu betrachtete Gerhard das schief in den Angeln hängende Tor und die schmutzige Fassade. Wie sauber und gepflegt war alles gewesen, als seine Mutter noch gelebt hatte! Er selbst schaffte es gerade, Wohnung und Werkstatt halbwegs in Ordnung zu halten, dem Vater bei den paar Aufträgen, die er noch bekam, zur Hand zu gehen, die kümmerlichen Mahlzeiten zu bereiten und mehrmals am Tag den großen Bierkrug füllen zu lassen. Das Feuer anschüren und hüten, Wasser holen, Besorgungen machen und ansonsten die Launen des Alten ertragen, das waren seine übrigen Pflichten. Für Schönheitsreparaturen blieb da wahrlich keine Zeit.

Georg klopfte an das Tor und öffnete es einen Spalt weit, durch den sie in den dämmrigen Raum schlüpften. Still war es darin. Das Feuer in der Esse war erloschen, der Geruch des kalten, schlecht abgezogenen Rauchs hing noch in der Luft. Am Amboss lehnte eine große Zange, zwischen deren Backen ein frisch geschmiedeter Spiralbohrer steckte. Überall auf dem Boden lagen Scherben.

»Meister Wolfram!«, rief Georg. »Euer Bier!«

Nichts.

»Vater, seid Ihr da?«, fragte Gerhard.

Nichts.

»Vielleicht hat er's nicht mehr abwarten können, der alte Säufer, und ist in die nächste Schenke gegangen«, meinte der Hufschmied und schlug Gerhard auf die Schulter. »Also los, pack deine Sachen, viel wird's ja nicht sein, und komm rüber, dann suchen wir ihn. Bis gleich.«

Krachend fiel das Tor hinter ihm zu. Gerhard ließ seinen Blick nachdenklich durch den Raum wandern. Hier hatte sich sein Leben in den letzten Jahren abgespielt. Esse und Amboss, daneben das Wasserfass. An der Wand die eingemauerten Haken, an denen die Werkzeuge hingen: Zangen, Hämmer, Feilen, Sägen, Bohrer und Meißel. Der schwere Eichenholztisch mit dem Schraubstock und einer Öllampe, zwei Hocker und zwei Kästen mit eisernen Beschlägen.

Hinter der Esse, durch einen Mauervorsprung abgetrennt, die andere Hälfte des Raums. Gerhard konnte sie nicht sehen, aber er kannte jede Einzelheit. Eine zweite Feuerstelle mit ein paar Kesseln und irdenen Gefäßen, einige Haken zum Aufhängen der Kleider (und des Ochsenziemers!), ein Hängebrett mit ein paar armseligen Vorräten drauf, der Strohsack, auf dem er schlief. Viel war es wirklich nicht, was er zurückließ.

Gerhard ging um die Mauer herum um wenigstens ein wollenes Hemd und einen Kanten Gerstenbrot einzupacken, und blieb entsetzt stehen.

Auf dem Strohsack saß sein Vater und starrte ihn aus rot geränderten Augen böse an. Seine harten, knochigen Finger schlossen sich um Gerhards Handgelenk. »So, ein Säufer bin ich«, sagte er heiser. »Seine Sachen will der Herr packen. Der Herr will also offenbar den Säufer verlassen. Darf ich fragen, wohin der Herr will?« Mit einer raschen Bewegung riss er den Jungen zu sich auf das Strohlager.

Gerhard hatte plötzlich Angst, große Angst. Vielleicht waren es diesmal nicht bloß Prügel, vielleicht würde er ihn erwürgen oder ihm den Schädel einschlagen. Er wollte sich losreißen und davonlaufen, aber irgendetwas hielt ihn davon ab. Deshalb bezwang er seine Angst und sagte so ruhig, wie er es fertig brachte: »Ein Junge, den Gott selbst gesandt hat, das sagen alle, die ihn hören, predigt vor den Toren der Stadt. Er ruft alle Kinder auf das Kreuz zu nehmen und mit ihm in das Heilige Land zu ziehen. Eine große Schar ist ihm schon bis hierher gefolgt. Auch ich will ihm folgen.«

Sein Vater schwieg eine Weile. Dann hob er den Kopf und sah dem Jungen in die Augen. Gerhard merkte, dass aller Zorn aus seiner Miene verschwunden war.

»Du fürchtest dich vor mir«, stellte der Schmied mit leiser Stimme fest. »Du denkst, dass ich dich vielleicht jetzt umbringe, oder, falls es besser ausgeht, dich verprügele und mit einem Fußtritt davonjage. Du hattest immer Grund, dich vor mir zu fürchten.«

Wolfram schwieg und starrte vor sich hin. Schließlich fuhr er, scheinbar zusammenhanglos, fort: »Vor ein paar Stunden, nachdem ich wütend auf das Bier gewartet, geflucht, getobt und ein paar Schüsseln zerschlagen hatte, legte ich mich hier hin und schlief ein. Wie so oft, erschien mir auch diesmal deine Mutter im Traum. Sie war schön wie immer. Aber heut sah sie mich nicht wie sonst liebevoll und zärtlich an. Heut war ihr Blick voll Verachtung und Abscheu. Siehst du, wenn sie noch bei uns wäre, würde sie mich hassen, weil ich ihr Kind wie einen dreckigen Straßenköter behandelt habe. Aber, ich schwör's bei Gott, wenn sie noch lebte, ich hätte dich nicht so schlecht behandelt.« Der Schmied stöhnte und schlug die Hände vors Gesicht.

Gerhard sah den Vater betroffen an. So hatte er ihn noch niemals erlebt.

Einige Zeit schwiegen beide. Dann nahm Wolfram die Hände vom Gesicht und sagte leise: »Ich werde dich ziehen lassen. Gern würd ich sagen: ›Bleib bei mir, in Zukunft wird es dir besser gehn.‹ Aber das kann ich nicht. Ich werde das Saufen nicht lassen, nicht wieder ein ordentlicher Handwerker werden und schon gar kein liebevoller Vater. Also geh, es ist das Beste für dich. Aber bevor du gehst, warte noch einen Augenblick.« Er erhob sich und ging langsam die Stiege hinauf, die zur Stube und zur Schlafkammer führte.

Nach kurzer Zeit kam er wieder herunter, eine hölzerne Truhe auf den Armen. Er setzte sie ab, bevor er sich schwer atmend niederließ und ihren Deckel hob. »Ein Mensch lebt von seiner Hoffnung auf die Zukunft und seiner Erinnerung an die Vergangenheit«, sagte er. Wenn er keine Hoffnung mehr hat, dann bewahrt ihn die Erinnerung vielleicht vor der Verzweiflung. Du bist jetzt voller Hoffnung. Für Zeiten, in denen du einmal hoffnungslos bist, will ich dir wenigstens die Erinnerung mit auf den Weg geben, wenn ich dir schon sonst wenig geben kann.«

Er zog eine prächtige Schaffelljacke mit großen hölzernen Knöpfen aus der Truhe hervor. »Deine Mutter hat sie genäht«, sagte er. »Niemand konnte das so wie sie. Die besten Felle, die zu bekommen waren, hat sie dafür gekauft, von einem normannischen Händler.« Er legte die Jacke vor sich hin und griff wieder in den Kasten.

Gerhard staunte. Ein Gürtel kam zum Vorschein, von der Art, wie er sie im Wagen des flandrischen Händlers gesehen hatte, nur noch viel schöner. Er war breit, aus wunderbar weichem Leder und seine Schnalle schien aus purem Gold zu sein. Mit großer Kunstfertigkeit war ein Bild in die polierte Oberfläche eingearbeitet: Ein Löwe und ein Adler beugten sich schützend über ein kleines Kind.

»Er ist schön«, sagte Gerhard bewundernd.

Der Schmied nickte. »Ich habe ihn selbst gemacht. Für einen einfachen Zeugschmied ganz ordentlich, nicht wahr?« Kein Stolz, sondern Verbitterung lag in seiner Stimme. »Als du geboren wurdest, hab ich ihn deiner Mutter geschenkt. Er ist breit wie ein Männergürtel, du kannst ihn gut tragen. Deine Mutter liebte solche Gürtel, denn sie betonten die Schlankheit ihres Körpers.« Wolfram sah einen Moment lang zur Seite. Dann fügte er kurz hinzu: »Nimm beides mit auf die Fahrt!« Er holte noch ein reines Hemd und einen Silbergroschen aus der Truhe.

Das Geld wollte Gerhard nicht nehmen. »Gott wird für uns sorgen, hat Nikolaus gesagt«, erklärte er. »Und du brauchst das Geld selbst, wenn einmal eine Notzeit kommt.«

»Wenn einmal eine Notzeit kommt ... Richtig, dafür war es mal gedacht«, murmelte Wolfram. »Aber was soll da wohl noch kommen?« Dann befahl er barsch: »Nimm es!«, und drückte es dem Jungen in die Hand. Er wickelte Jacke, Gürtel, Hemd und einen Laib Brot in eine alte wollene Decke und schnürte einen ledernen Riemen darum. »Und nun geh!«, sagte er und wandte den Blick ab.

Gerhard schluckte. So viel Zuneigung hatte er für den Vater schon lange nicht mehr empfunden. Er hätte ihn so gern umarmt, aber er brachte es nicht fertig. Es war nicht der Gestank nach Schweiß und Bier, der ihn davon abhielt, es war die Angst, wie schon so oft zurückgewiesen zu werden. Deshalb sagte er nur: »Ich danke Euch, Vater«, und legte ihm einen Augenblick die Hand auf die Wange. Dann ließ er verstohlen die Silbermünze auf den Strohsack fallen, nahm sein Bündel, stand auf und ging still aus dem Haus.

Lange starrte der Schmied vor sich hin. Endlich flüsterte er: »Nimm das Kreuz und fahr zur Hölle – mein Sohn.« Als er sich von dem Strohsack hochstemmte, fühlte er die Münze. »Umso besser«, murmelte er. Er leerte mit ein paar durstigen Zügen den Krug, den ihm die beiden Freunde gebracht hatten, und verließ dann seine Werkstatt um im Wirtshaus für einen Silbergroschen Vergessen zu kaufen.

Inzwischen hatte Gerhard das Nachbarhaus betreten. Tränen brannten in seinen Augen. Er fühlte tiefes Mitleid mit seinem Vater – und auch Trauer, weil er ihn nun verließ. Aber ein paar Augenblicke der Reue und des Verstehens wogen nicht viel gegen all die scheußlichen Jahre! Gerhard verbannte das Bild der zusammengesunkenen Gestalt auf dem Strohsack aus seinen Gedanken. Er hatte seinen Entschluss gefasst!

Georg und ein zweiter Geselle, der Meister und der Lehrjunge waren im geschlossenen Teil der großen Werkstatt damit beschäftigt, Hufeisen zu schmieden, als Gerhard hereinkam.

»Pause!«, rief Georg und nahm die Hand vom Setzhammer. Lehrbub und Geselle wischten sich erleichtert den Schweiß von der Stirn, denn das Treten des Blasebalgs und das Schwingen des Zuschlaghammers, das strengte ganz schön an. Der Meister, der die Zange mit dem Rohling hielt, funkelte Georg wütend an, doch der beachtete ihn gar nicht. Er winkte seinen Freund in die Ecke, in der er seine Schlafstelle hatte.

Flüsternd erzählte Gerhard von der Begegnung mit seinem Vater.

Georg zuckte mit den Achseln. Für ihn war Wolfram, der Schmied, ein verlorener Mann; keiner konnte dem mehr helfen. »Es ist gut, dass du nicht im Zorn von ihm geschieden bist«, sagte er und brummte: »Dass er dir eine Jacke für den Winter geschenkt hat, ist sicherlich die größte Wohltat, die er dir je erwiesen hat. Pass auf«, fuhr er dann fort, »der Weg, den du ziehen willst, ist weit und voller Beschwerden. Auch wenn Gott für euch sorgen wird, wie dein Nikolaus versprochen hat, so könnte es doch sein, dass er gerade dich einmal dabei vergisst. Hier ist ein halber Schinken. Philipp, der Müller, hat ihn mir geschenkt, weil ich seiner alten Stute eine Schwäre aufgeschnitten hab, ohne dass sie krepiert ist. Ein wunderbarer Schinken, sag ich dir, stark gesalzen und ganz lang getrocknet. Bis der verdirbt, bist du zweimal in Jerusalem gewesen. In dem Krug da ist gewürzter Wein, das beste Stärkungsmittel, das ich kenne. Wenn du ihn getrunken hast, kannst du in dem Krug einen Wasservorrat mit dir führen. Schau, der Stopfen schließt ganz dicht. Hier hast du außerdem ein Töpfchen mit Wundsalbe. Ich hab sie selbst gerührt. Sie hilft gegen alle kleinen Verletzungen, gegen Wespen und Mückenstiche und vor allem gegen den Wolf, den du dir bestimmt laufen wirst auf deinem langen Weg. Und hier hast du schließlich« – Georg griff hinter sich – »ein Paar rindslederne Stiefel. Ich hab sie auf meiner Wanderschaft getragen, bevor ich mich hier, in dieser Unglückswerkstatt, niedergelassen habe. Sie sind dir noch ein bisschen zu groß, aber ich hab etwas trockenes Heu in die Spitzen gestopft; so müsste es gehen, denk ich.« Georg machte eine Pause und holte tief Luft.

Gerhard merkte genau, dass er wie ein Wasserfall geredet hatte um seine Rührung zu verbergen. Er streckte dem Freund die Hände entgegen und sagte leise: »Vorhin dachte ich noch, ich gehöre zu den Ärmsten in dieser Stadt, aber jetzt kommt's mir vor, als ob ich viel mitnehme und noch mehr zurücklasse.«

Georg ergriff seine Hände und zog ihn an sich. »Mach's gut, mein Junge«, sagte er. »Vielleicht, mit Gottes Hilfe, kommst du heil heraus aus dem tollen Unternehmen, dem du dich anschließen willst. Lass dir eins raten: Bleib vorsichtig und misstrauisch. Der Has frisst Gras und scheißt doch Bohnen. Und mancher behauptet Gott zu dienen und dient doch nur dem Teufel. Der heilige Martin beschütze dich!«

»Ich werd dich nicht vergessen«, war alles, was Gerhard noch hervorstammeln konnte. Dann schnürte er schnell sein Bündel neu – ziemlich schwer war es jetzt –, winkte noch einmal und lief zur Tür hinaus. Abschied nehmen ist schwer, dachte er, während ihm die Tränen die Wangen herunterliefen. Beim neunmal geschwänzten Teufel, wenn ich jetzt noch ein bisschen geblieben wär, wär mir Speyer noch wie das Paradies vorgekommen!

Er rannte ohne sich umzuschauen die Gasse hinunter und sah nicht, dass Georg vor das Tor getreten war und ihm sorgenvoll nachblickte.

Bald hatte Gerhard die Viehpforte wieder erreicht, den Stadtgraben überquert und schritt nun an den Gruppen lagernder Kinder vorbei. Ein ganzes Stück vor ihm, direkt am Rheinufer, leuchtete ein großes weißes Zelt.

Da drin sitzt bestimmt Nikolaus, dachte er und fühlte sich plötzlich sehr verzagt. Soll ich ihn fragen, ob er mich mitnimmt? Wem kann ich mich wohl anschließen? Bin ich überhaupt geeignet Gott in einer so wichtigen Sache zu dienen, so wie ich mit meinem Vater gelebt hab? Er war erschrocken stehen geblieben. Wann hatte er zum letzten Mal die heilige Beichte abgelegt? Wie oft hatte er seinen Vater verflucht, die Werkstätte, die ganze Stadt? Er versuchte sich zu beruhigen. Na ja, all die anderen Kinder würden doch auch nicht lauter Unschuldslämmer gewesen sein!

Während er noch dastand und nachdachte, sprach ihn plötzlich jemand an: »He, du da, bist du aus Speyer? Willst du mit uns ziehen?«

Er blickte sich um und sah drei Jungen behaglich im warmen Gras liegen. Der eine, der ihn gefragt hatte, lächelte zu ihm auf. Er war wohl kaum jünger als Gerhard, aber kleiner und schmächtiger. Rötlich blondes Haar fiel ihm fast bis auf die Schultern und sein Gesicht war so blass wie das der Muttergottes im Dom.

Gerhard mochte ihn sofort und antwortete freundlich: »Ja, ich bin aus Speyer. Gerhard heiß ich, und wenn ich darf, möchte ich mit euch ziehen.«

Der andere blinzelte ihm aus hellblauen Augen zu und machte eine einladende Handbewegung: »Mach's dir bequem!« Gerhard ließ sich nieder und musterte neugierig die beiden Gefährten seines neuen Bekannten.

Der eine – auch ungefähr so alt wie er selbst – war groß und breitschultrig. Sein rundes Gesicht wirkte freundlich und gutmütig, auch ein bisschen einfältig, aber da konnte man sich natürlich täuschen. Er war auffallend gut gekleidet. Sein Hemd und die modische, eng anliegende Hose (Hose! Noch niemals hatte Gerhard eine Hose besessen!) waren aus feinstem Tuch und der Umhang, den er neben sich liegen hatte, war leicht und elegant. In seinem Gürtel blinkte ein Dolch mit silbernem Knauf.

Der andere Junge – Gerhard sah ihn an und hatte Mitleid mit ihm. Ein richtiges Kind war er noch, höchstens zehn Jahre alt. Aber er hatte schon Hände, die waren so abgearbeitet, als hätte er ein langes Bauernleben hinter sich. Seine dunklen Augen blickten schwermütig, und wie um sich selbst in einer feindlichen Welt Mut zu machen, hatte er die Unterlippe trotzig vorgeschoben. Man sah ihm an, dass er zu den Ärmsten der Armen gehörte; sein Hemd war noch zerschlissener als Gerhards, Schuhe hatte er keine und sein Bündel war schmal.

»Bist du nun fertig mit der Viehbeschau?«, fragte der Rotblonde nach einiger Zeit spitz.

Gerhard grinste schuldbewusst. »Ihr habt mich genauso vom Kopf bis zu meinen schmutzigen Füßen gemustert«, verteidigte er sich. »Und außerdem, ich habe schließlich schon gesagt, wie ich heiße und woher ich komme.«

»Entschuldigt, edler Herr Gerhard«, der andere verbeugte sich, so gut das im Sitzen ging, und grinste ebenfalls. »Der Edelknabe zu Eurer Linken« – er deutete auf den Kleinen – »heißt Bruno und kommt aus einem Dorf bei Siegburg. Der gewaltige Ritter zu Eurer Rechten« – er zeigte auf den Breitschultrigen – »nennt sich Eckart der Jüngere und kommt gleich Euch aus Speyer. Ich selbst höre auf den Namen Berthold und bin ein Kölner.«

Irgendwie gefielen sie Gerhard alle drei und allmählich schwand seine trübselige Stimmung. »Kann man denn so einfach mitziehen oder muss einem Nikolaus die Erlaubnis dazu geben? Oder vielleicht sein Vater?«, fragte er.

»Sein Vater«, wiederholte Berthold verächtlich. »Dieser Strolch! Ich bin überzeugt, er nutzt das, was Gott seinem Sohn an Glauben und an Kraft geschenkt hat, nach besten Kräften für seinen eigenen Vorteil aus. Nikolaus liebt ihn, weil er alle Menschen liebt und weil Gott gebietet die Eltern zu ehren. Aber der Führer dieses Zuges ist Nikolaus allein.« Berthold dämpfte seine Stimme. »Es geht das Gerücht«, raunte er, »dass der Alte nur mitgezogen ist um dem Richter zu entgehen. Aber wir reden nicht weiter darüber, um Nikolaus und seinem göttlichen Auftrag nicht zu schaden.«

»Also kann ich mich euch einfach so anschließen?«, Gerhard war noch nicht überzeugt.

»Natürlich, das sollst du sogar. Hat nicht Nikolaus gepredigt: ›Ihr alle, die Ihr Kinder Gottes seid, sollt mir folgen‹«? Sieh dich um! Da siehst du Kinder reicher Leute so wie unseren Eckart, auch ein paar Hochgeborene, vor allem aber arme Schlucker wie dich und mich und Bruno. Gaukler und Huren, Musikanten und Bettler sind zu uns gestoßen. Glaubst du, Nikolaus hat sie alle geprüft? Glaubst du, sie sind alle gekommen um Gott zu dienen? Aber Nikolaus wird sie alle zum Ziel führen!«

»Das wird er bestimmt!«, bekräftigte der kleine Bruno mit leuchtenden Augen.

Gerhard fühlte sich plötzlich richtig wohl. Er schnürte sein Bündel auf, holte Georgs Krug hervor und bot jedem der drei einen Schluck an. Ich weiß schon, sagte er in Gedanken zu Georg, er soll zur Stärkung dienen, aber wenn man eine neue Freundschaft stärken will, so ist das doch auch nicht schlecht, oder?

Tatsächlich kamen sich die vier Jungen rasch näher und machten aus, dass sie während des Zugs zusammenbleiben und einander helfen wollten.

Dann erfuhr Gerhard Näheres über seine Gefährten. Der kleine Bruno hatte traurige Zeiten hinter sich. Seine Eltern waren hörige Bauern eines Siegburger Klosters gewesen. Mit ihren Leidensgenossen waren sie vom Klostervogt rücksichtslos ausgepresst worden. Alle Proteste bei ihm und beim Abt hatten nichts genutzt. Brunos Vater, ein jähzorniger Mann, hatte eines Tages die Nerven verloren und dem Abgabeneintreiber des Vogts seinen Spaten über den Schädel gehauen. Ohne viel Federlesens hatte ihn der Vogt dafür aufhängen lassen.

Brunos Mutter hatte versucht mit ihren vier Kindern, von denen das älteste gerade neun Jahre alt war, das Stückchen Land zu bewirtschaften, das ihr zugeteilt war. Sie hatte geschuftet um alle Fronarbeiten und Abgaben leisten zu können; und die Kinder hatten mit ihr geschuftet. Doch schon ein Jahr später war sie gestorben und die Kinder waren allein zurückgeblieben. Der Herr Abt war so gnädig gewesen sie aufzunehmen, damit sie als Bediente des Klosters ihr Leben fristen konnten. Aber Bruno wollte dort nicht bleiben. Sie hatten seinen Vater umgebracht. Ob es nun die Mönche gewesen waren oder der weltliche Vogt, das machte für ihn keinen Unterschied.

Vor ein paar Wochen, als er bei der Heuernte hatte helfen müssen, war er abgehauen. Angst vor Verfolgung hatte er nicht gehabt; denn wer würde schon einen hörigen Waisenjungen suchen, der noch mehr Brot aß, als er verdienen konnte? Er hatte sich bis nach Köln durchgeschlagen und dort den Kindern angeschlossen, die Nikolaus um sich versammelt hatte.

Eckarts Geschichte war weit weniger traurig. Er war der Sohn des reichen Speyerer Weinhändlers und Ratsherrn Eckart Wormser. Gerhard hatte den Alten schon gesehen, wenn er dick und würdig auf den Ratshof zuschritt um dort die Geschicke der Stadt mitzubestimmen.

Sein Sohn hatte mit dem Handeln und Geldzählen wenig im Sinn. Er wünschte sich sehnlich ein Ritter zu werden, Heldentaten zu vollbringen und schöne Frauen zu verehren – ganz so, wie er es von den fahrenden Sängern, die ab und zu in das Haus seines Vaters kamen, gehört hatte. Ritter werden, das war für einen Kaufmannssohn ziemlich schwierig. Aber mit ein paar Goldstücken und guten Beziehungen hätte man ihn schon als Pagen an irgendeinem Hof untergebracht. Doch Eckart der Ältere war strikt dagegen. Sein Sohn ein armseliger Ritter? Flausen! Bischöfe, Pfalzgrafen und Herzöge kauften seinen Wein und auf allen süddeutschen Messen kannte und achtete man seinen Namen. Sechs Häuser in der Stadt gehörten ihm, Weingärten und Höfe, und seine Geldkiste konnte bestenfalls ein Maultier von der Stelle ziehen, so voll war sie. Wie konnte da jemand so dumm sein eines Herrn Waffenknecht werden zu wollen für ein Stückchen Land mit zwei kümmerlichen Dörfchen und einer zugigen Burg als Lehen? Er, Eckart der Weinhändler, würde solchen Unsinn niemals erlauben.

Sein Sohn aber war ein Dickschädel und gab seinen Plan nicht auf. Und gestern Abend kam die ersehnte Gelegenheit: Er hatte sich mit ein paar Freunden am Fluss herumgetrieben und so als einer der Ersten den Kinderzug vor den Toren Speyers ankommen sehn. Er hatte Nikolaus predigen hören und vom Ziel der Reise vernommen: die Befreiung des Heiligen Landes. Wobei könnte man größere Heldentaten vollbringen? Kurz entschlossen hatte er alles Nötige zusammengepackt und seinen Eltern, die auf einer Handelsreise waren, eine Nachricht hinterlassen, dass er auf dem Weg nach Jerusalem sei. Jetzt saß er hier um demnächst im Heiligen Land ruhmreiche Siege zu erfechten und dann als berühmter Ritter wiederzukehren.

Gerhard hatte den Erzählungen der beiden ungleichen Kameraden gelauscht und berichtete nun selbst einiges über sich – nicht alles, nein, er kannte doch die drei Jungen noch nicht richtig.

Aber es war immerhin so viel, dass Berthold am Schluss feststellen konnte: »Von Honig und Mandelmilch hast du auch nicht gerade gelebt, was?«

»Nein, das habe ich wirklich nicht«, antwortete Gerhard und schüttelte nachdrücklich den Kopf. »Aber jetzt musst du auch von dir erzählen«, forderte er Berthold auf.

»Ist gut«, sagte der, »aber viel gibt es da nicht zu erzählen. Mein Vater ist Gehilfe des Stadtschreibers von Köln. Er kopiert Gerichtsakten, führt Protokoll, schreibt Chroniken ab und was sonst so an Schreibarbeiten anfällt. Er will, dass auch ich ein Schreiber werde, denn das nährt immer seinen Mann, wenn auch nicht üppig. Deshalb hat er mich das Lesen und Schreiben gelehrt. Ja, er hat mich sogar auf die Klosterschule geschickt. Aber nach zwei Jahren fand er, dass er das teure Schulgeld jetzt sparen könne. ›Für einen Schreiber weißt du genug‹, sagte er. ›Und mehr zu wissen als genug, das bringt nur auf dumme Gedanken.‹ Aber seht ihr, es gibt so viele Dinge mehr, die ich wissen möchte. Was die alten Philosophen und die Kirchenväter geschrieben haben. Wie die Erde beschaffen ist, was auf ihr wächst, welche Tiere auf ihr leben. Wie es in fremden Ländern aussieht. Wie man kranke Menschen gesund machen kann. Welche Sprachen bei anderen Völkern gesprochen werden. An was für einen Gott die Heiden glauben. All das erfahr ich nie, wenn ich eines Tages mal der Gehilfe des Gehilfen des Kölner Stadtschreibers bin. Versteht ihr, ich will lernen, lernen, lernen, will alles, was ich wissen möchte, mit eigenen Augen sehen!«

Gerhard sah, wie sich die blassen Wangen seines neuen Freundes röteten vor Begeisterung. »Ich kann noch nicht einmal lesen«, seufzte er.

»Ich werde dir's beibringen«, versprach Berthold eifrig. »Seht her, ich will euch ein großes Geheimnis zeigen!« Er griff in den Ausschnitt seines Hemdes und holte etwas hervor, das an einer dünnen Kette um seinen Hals baumelte und über das er schützend seine Hand hielt. »Beugt euch näher zu mir her«, befahl er.

Die anderen gehorchten und er ließ die Hand sinken. Zum Vorschein kam ein winziges Büchlein, kaum größer als ein großes Buchenblatt. »So klein ist es«, sagte Berthold, »und doch kann man Lesen und Schreiben daraus lernen und braucht nichts anderes. Der Mönch, der uns in der Klosterschule die lateinische Grammatik gelehrt hat, hat es mir geschenkt. Es ist mein kostbarster Besitz.«

»Was steht denn drin?«, wollte Bruno wissen.

»*Liber de miraculis Sancti Benedicti*«, las Berthold vor. »Es ist das Buch von den Wundern des heiligen Benedikt.«

»Und du würdest mir wirklich zeigen, wie man diese schwarzen Zeichen lesen kann?«, fragte Gerhard.

»Wenn du willst, gern.«

»Und ob ich das will!« Gerhard war begeistert, einfach, weil er sich freute, dass jemand so etwas für ihn tun wollte.

»Das ist reine Zeitverschwendung«, brummte Eckart. »Ich hab es lernen müssen und ich sag dir: reine Zeitverschwendung!«

Der kleine Bruno hörte ihnen nicht mehr zu. Er hatte den Blick auf das weiße Zelt gerichtet und sagte ehrfürchtig: »ER ist nicht wie die Mönche, die meinen Vater getötet haben. Einmal wird es ein Buch geben, in dem SEINE Wunder aufgeschrieben sind.«

Gerhard sah ihn nachdenklich an. Er verstand die Begeisterung des Jungen. Aber trotzdem störte ihn etwas daran. »Eckart will wie ein Ritter kämpfen und Ruhm erwerben«, sagte er. »Berthold will alles wissen, was es zu wissen gibt. Bruno will fort von den Menschen, die ihm so viel Böses angetan haben, und ich kann es bei meinem Vater nicht mehr aushalten ...«

»Ja, klar, darüber haben wir doch gerade geredet«, unterbrach ihn Eckart. »Warum erzählst du uns das jetzt noch mal? Das wissen wir schon!«

»Fällt dir dabei denn nichts auf?«, fragte Gerhard.

Eckart zuckte bloß mit den Schultern, aber Gerhard sah, dass Berthold sehr aufmerksam zuhörte.

»Ich kann es nicht so gut ausdrücken, weil ich nie gelernt habe, so schwierige Sachen zu erklären«, fuhr Gerhard fort. »Aber jeder von uns hat einen Grund, auf diese Fahrt zu gehen, der nur mit ihm zu tun hat. Wir alle wünschen uns was – für uns selbst. Aber müssen wir nicht alle bloß Gott dienen? Hätten wir sonst nicht gegen Gottes Gebot verstoßen? Bruno hat ohne Erlaubnis das Kloster verlassen, Eckart und Berthold sind ihren Eltern davongelaufen, ich hab meinen Vater im Stich gelassen. Wenn wir das nicht für Gott getan haben, dann ist es schwere Sünde!«

»So ist es aber nicht!«, erwiderte Berthold, doch seine Stimme klang unsicher. »Wir sind nämlich erst fortgegangen, als der Zug der Kinder in unserer Nähe war.« Er hielt inne und warf einen Seitenblick auf Bruno. »Also jedenfalls ziemlich in der Nähe.« Seine Stimme wurde fester. »Das ist der Beweis! Als Nikolaus in unserer Nähe war, haben wir durch ihn Gottes Willen gespürt, dass wir mitziehen sollen. Welche Gründe wir uns dafür eingebildet haben, spielt gar keine Rolle. Seitdem wir Nikolaus predigen gehört haben, wollen wir alle nur noch Gott dienen. Oder?« Er sah seine Gefährten fragend an.

»So ist's!«, sagte Bruno mit Inbrunst.

»So ist's«, sagte auch Eckart und gähnte.

Gerhard schwieg. Ja, auch er spürte noch die Erregung, die er empfunden hatte bei Nikolaus' Worten: »Wahrlich, ich sage euch, es ist herrlich das Kreuz zu tragen und ein Diener Gottes zu sein!«

Aber waren nicht doch nur die so zu begeistern, die heimatlos waren oder hungerten, die Träume hatten oder unzufrieden waren mit ihrem Leben? Er blickte hinüber zu dem weißen Zelt. Wusste der da drin wirklich den richtigen Weg? Leise Zweifel beschlichen ihn, aber er dachte schnell an etwas anderes.

Inzwischen ging der Tag allmählich zu Ende; die Sonne versank als rot glühendes Feuerrad langsam jenseits des Rheins und verwandelte den Fluss in ein schimmerndes Kupferband.

Aus der Ferne erklang Lärm von Wagen und Pferden und schon bald rollten etliche Fuhrwerke an. Bei Gott, die Speyerer Bürger ließen sich nicht lumpen um die Kinder Gottes anständig zu versorgen! Ganze Berge von Brot, Käse und Zwiebeln luden die Dienstleute ab, die die

Wagen geleitet hatten, und große Kessel mit Bier.

In flachen Weidenkörben wurden die Lebensmittel durch die Gruppen der lagernden Kinder getragen und es dauerte nicht lange, bis alle versorgt waren. Wer ein Gefäss besaß, durfte es sich aus einem der Bierkessel füllen lassen. Wer keines besaß und sich auch keines leihen konnte, hatte Pech gehabt und musste sich mit den Händen Wasser aus dem Fluss schöpfen.

Gerhard und seine Reisegefährten bekamen zwei große Laibe Brot, einen Beutel mit Mehl, der wohl eine ganze Woche reichen würde, vier kleine runde Käse und ein Dutzend Zwiebeln.

Gerhard schüttelte sich. Nichts hasste er so sehr wie Zwiebeln. Aber dann aß er doch eine. Lieber rülpsen als hungern, dachte er. Und als Eckart eine große kupferne Kanne voll mit Bier brachte, aus der sie sich alle satt tranken, war er mit seinen ersten Stunden als Kreuzfahrer recht zufrieden.

Als die Nacht hereinbrach, wurden die Gespräche der Kinder leiser. Kein Feuer brannte, denn es war sehr warm. Nur in Nikolaus' Zelt flackerten zwei Lichter und zeichneten seltsame Schatten auf die weißen Wände.

Plötzlich wurde es dunkel im Zelt, die Flammen schienen in die Nacht hinauszuschweben, erst geradeaus, dann höher, dann standen sie still, und zwischen ihnen erklang Nikolaus' Stimme. Kein Laut war zu hören, während er sein inbrünstiges Gebet und seinen Segen sprach.

Dann erloschen die Lichter.

Gerhard fühlte sich auf einmal geborgen; keine Zweifel bewegten ihn mehr, er war nur noch sehr müde. Flüsternd fragte er: »Wann ziehen wir weiter?«

»Morgen nach Sonnenaufgang«, gab Berthold leise zurück.

Gerhard schmiegte sich in das weiche Gras, hörte nicht mehr das sanfte Rauschen des Flusses, spürte nicht mehr die Stiche der Mücken, die über ihn herfielen, sondern schlief tief und fest.

# 4

Während die jungen Kreuzfahrer am Rheinufer längst schliefen und auch die meisten Speyerer schon im Bett lagen, saßen in der Stube eines Hauses in der Judengasse zwei Männer und zwei Frauen noch bei einem späten Mahl zusammen.

Zwei kupferne Lampen, in deren Armen ölgespeiste Lämpchen leuchteten, hingen von der hölzernen Zimmerdecke und warfen helles Licht auf das feine weiße Linnen, das den Tisch bedeckte und in kunstvoll gelegten Falten bis auf den Boden herabreichte.

Die beiden Männer, die an den Schmalseiten der Tafel saßen, trugen lange, mantelähnliche Gewänder mit schmalen Gürteln und Hüte, die wie umgekehrte Trichter aussahen. Die Frauen hatten lange Röcke an und farbige Umhänge, die mit großen silbernen Knöpfen geschmückt waren. Ihre Haare waren unter fein geknüpften Netzen und zu komplizierten Schleifen hochgebundenen Kinnbinden fast völlig verborgen.

Die vier hatten sich einige Zeit über alltägliche Dinge unterhalten, als eine alte Magd das Zimmer betrat und eine Schüssel mit Wasser und ein weißes Tuch herumreichte. Da verstummte das

Gespräch. Sorgfältig wuschen und trockneten sich die vier die Hände.

Der Hausherr erhob sich von seinem Sitz, der wie ein kleiner Thron von einem Baldachin überwölbt wurde. Er nahm das flache Brot, das vor ihm auf dem Tisch lag, in beide Hände, hob es empor und segnete es feierlich. Er brach ein Stück ab, steckte ein wenig davon in den Mund und teilte den Fladen dann unter den anderen auf. Aus einer silbernen Karaffe goss er Wein in ihre Becher, nachdem er davon gekostet hatte.

Kein Wort wurde jetzt mehr gesprochen. Leise kam die Magd wieder in die Stube. Sie stellte eine Schüssel mit Linsengemüse und eine mit Lammfleisch, das köstlich nach Zimt und Koriander duftete, auf den gedeckten Tisch. Anschließend brachte sie ein Körbchen mit frischen Beeren und eine Schale mit Honig. Dann verschwand sie lautlos.

Die Gäste bedienten sich, dann der Hausherr und seine Frau, jeder nahm seinen Löffel zur Hand und begann zu essen – langsam und konzentriert, so, als müsste man jeden Bissen als besonderes Geschenk betrachten.

Als die Schüsseln mit Fleisch und Gemüse geleert waren, legten alle die Löffel nieder und blickten zur Decke. Der Hausherr breitete die Arme aus und begann mit vibrierender, singender Stimme zu sprechen: »Ach Herr, ich habe so viele Feinde und so viele wollen mir Böses. Viele sagen von meiner Seele: ›Gott hat sich abgewendet von ihr.‹ Doch du, Herr, beschützt mich und bewahrst meine Ehre und hilfst mir, dass ich mein Haupt aufrecht tragen kann. Ich fürchte mich nicht vor Tausenden von Feinden, die mich bedrängen. O Herr mein Gott, du rettest mich, denn du schlägst meine Feinde und zerschmetterst die Kiefer der Gottlosen. Bei dir, Herr, finden wir Hilfe. Denn du segnest dein Volk!«

Der Gastgeber verstummte, die vier verspeisten Beeren und Honig und tranken den Rest des Weins.

Nachdem sie sich erneut die Hände gereinigt und ein Dankgebet gesprochen hatten, erhoben sich die beiden Männer und gingen in das Studierzimmer. Es war sehr einfach eingerichtet. Ein Pult gab es, mit Rohrfedern und Tinte, eine Kastenbank, zwei Schemel und ein Regal mit Büchern.

Die Männer setzten sich.

»Viel Geld muss dich dein Wissensdurst gekostet haben, Isaak«, sagte der Gast, fuhr mit einem Finger bewundernd über die Pergamentrücken der Bücher und las ein paar Namen. »Aristoteles, der große Philosoph, Ibn Sina, der berühmte Arzt, Euklid, der Mathematiker; nie hatte ich Zeit, so viel zu lesen und über so vieles nachzudenken.«

Isaak rieb sich nachdenklich seinen sorgfältig gestutzten Bart und erwiderte: »In diesen Büchern steckt unendlich viel Weisheit. Ich habe immer geglaubt, wenn wir forschen und lernen, wenn wir weise und lebensklug würden wie die Verfasser dieser Bücher, dann würde man unser

Volk achten und in Frieden leben lassen, zum allgemeinen Nutzen. Aber was willst du erwarten von Menschen, die, wenn sie in Eifer geraten, einen Andersgläubigen so lange auf den Kopf schlagen, bis er ein Christ ist oder tot? Für die jeder Jude ein direkter Nachkomme der Verfluchten ist, die Jesus gekreuzigt haben? Da nutzt nicht die Weisheit in den Büchern und nicht die in meinem Kopf.«

Isaak schüttelte traurig den Kopf. »Du kommst viel herum, Samuel«, fuhr er fort. »Sag mir, drohen uns jetzt wirklich wieder so große Gefahren? Handeln unsere Brüder in Worms richtig, wenn sie ihre Häuser und ihre Heimat verlassen und ins Gelobte Land wandern wollen? Trotz aller Beschwernisse und Gefahren der Reise? Trotz allem, was sie dort vielleicht erwartet, wo auch Moslems und Christen leben?«

Samuel nickte düster. »Brand, Mord und Raub wird wieder über die Kinder Israels kommen. Mancher christliche Ritter . . .« – er verzog verächtlich den Mund – ». . . wobei sich heutzutage viele ehrlose Lumpen als Ritter bezeichnen, mancher denkt sich: Warum erst auf Kreuzfahrt gehen, wo die Feinde Christi direkt in der Nachbarschaft wohnen und sich ohne große Mühe abschlachten lassen? Leichte Beute ist da zu machen und alle ehrbaren Bürger spenden Beifall. Von überall her erreichen mich Nachrichten von erschlagenen oder niedergestochenen Juden, aus Würzburg, aus Köln, aus Frankfurt, aus Worms. Doch es ist nicht nur ihre Gier nach unseren Besitztümern. Es ist, wie du sagst, der Glaubenseifer der Gojim. Fanatisches Fieber verbrennt viele von ihnen, mit Hass, Zwang und Gewalt wollen sie bekehren. Keinen Andersdenkenden kann ihre Kirche neben sich dulden.

In Worms hat einer gepredigt, wieder einmal, und alle haben es bereitwillig geglaubt, dass wir Kindermörder und Wasservergifter seien. Und stell dir vor, Isaak: So maßlos und blind sind viele in ihrem Glauben, dass sie den irregeleiteten Kindern zujubeln, die das Kreuz genommen haben. Gott der Gerechte! Kinder sind es, ohne Geld und ohne Schutz! Weiß du, wie viele von ihnen auf dem Weg nach Palästina sterben werden?«

Samuel breitete die Arme aus. »Nein, unter solchen Christen kann es für Juden keinen Frieden geben. Die Brüder aus Worms handeln richtig. Trotz aller Gefahren der Reise und der Ungewissheit des Neubeginns.«

»Und du, Samuel«, fragte Isaak leise, »warum gehst du nicht auch fort?«

Samuel blickte ihm mit einem traurigen Lächeln in die Augen. »Aus demselben Grund wie du, mein Freund«, antwortete er. »Hier bin ich geboren, hier ist meine Frau geboren und hier sind meine Kinder geboren. Hier ist mein Haus, hier sind meine Freunde. Ich liebe diese Stadt und, Narr der ich bin, sogar die Menschen, die in ihr wohnen.«

Isaak nickte versonnen. Dann sagte er: »Alles Vermögen der Juden in Worms ist genauestens geschätzt worden. Keiner, der die Stadt verlassen will, darf auch nur einen einzigen Silbergroschen von seinem Eigentum mitnehmen. Nur unter dieser Bedingung lässt man sie ziehen.« Er stampfte mit dem Fuß auf den Boden und stieß zornig hervor: »Das ist die Gerechtigkeit der Gojim: den Wehrlosen berauben und dem Verdurstenden den Wasserkrug aus der Hand schlagen!«

Ruhiger fuhr er dann fort: »Unser Freund Simon war unterwegs, hat in mancher rheinischen und fränkischen Stadt gesammelt, was die Juden dort geben konnten, und alles in Goldstücke gewechselt. 2000 Mark Silber beträgt der Gegenwert dessen, was zusammengekommen ist, so viel, wie die Speyerer Juden in fünfundzwanzig Jahren an Steuern aufbringen müssen.« Er fügte trocken hinzu: »Wenn man sie nicht vorher umbringt und ihnen alles nimmt.«

Samuel pfiff durch die Zähne. »Das ist ein ganz hübsches Vermögen«, staunte er. »Es sollte wohl reichen für einen Neuanfang in Palästina.« Er runzelte die Stirn. »Wo hat dir Simon das Gold übergeben?«, fragte er. »Hat euch, Gott behüte, jemand dabei beobachtet?«

»Nein, du kannst beruhigt sein«, erwiderte Isaak. »Niemand hat uns gesehen. Dort, wo man am wenigsten auffällt, haben wir uns getroffen, im größten Getümmel. Gestern, als der fanatische junge Christenprediger mit seiner Gefolgschaft vor der Stadt angekommen war und alle ihn begafften, standen wir mitten unter den Neugierigen. Der Einzige, der überhaupt von uns Kenntnis genommen hat, war ein fetter alter Gaukler, dreckig und zerlumpt, mit einer Narrenmaske. Der war so tollpatschig, dass er bei seinen Späßen ein paar Mal über unsere Füße gefallen ist. Sonst hat uns kein Mensch beachtet. Als dann die Predigt begann, haben wir uns rasch davongemacht. Du weißt, nach einer mitreißenden Kreuzzugspredigt liebt es die erregte Menge, ein paar Hebräer zu verprügeln. Simon ist dann gleich weitergezogen.«

»Ein fetter alter Gaukler, sagst du? Sein Gesicht hast du nicht sehen können?«, erkundigte sich Samuel.

»Nein, es war ganz von der Maske verhüllt. Aber er war wirklich mit sich selbst beschäftigt, so ungeschickt, wie er sich angestellt hat. Ein armer Teufel sicher, der sich ein paar Pfennige für Brot und Bier erbetteln wollte.«

»Hoffentlich war er nur das«, entgegnete Samuel besorgt. »Ein armer Teufel ist selten fett und unter der Maske eines Narren kann doch ein Räuber stecken!«

»Ach, sieh doch nicht so schwarz!« Isaak lächelte. »Sag selbst: Bist du nicht ein echter Jude? Du schaust wohl sogar in deinem eigenen Haus noch dauernd über die Schulter, ob nicht ein Bösewicht hinter dir steht. Es wird alles gut gehen, glaube mir! Gott wird dich schützen! Bis Worms sind es zwei Tagesreisen. Wenn du dich morgen auf den Weg machst, kannst du also vor dem Sabbat bequem dort sein. Du darfst aber auf keinen Fall die Stadt betreten. Kein Stück von dem Gold darf in die Mauern von Worms gelangen; denn jeder Jude, der durch eines der Tore hinaus will, wird durchsucht. Du bleibst also zwei Wegstunden vor der Stadt im Haus des Viehhändlers David. Er ist eingeweiht und erwartet dich. Dort kannst du den Sabbat verbringen. Und dort wirst du den Wormser Juden das Gold übergeben, wenn sie der Stadt endgültig den Rücken gekehrt haben.«

»Es soll so geschehen, wie du sagst«, nickte Samuel. Er nahm die schwere Geldkatze, die Isaak ihm reichte, und band sie unter dem Kaftan auf den Leib, so dass sie von außen nicht zu sehen war.

Dann umarmten sich die beiden Männer. »Gott sei mit dir«, sagte Isaak, nahm den Freund beim Arm und geleitete ihn zurück in die Stube, wo die Frauen saßen und sich unterhielten.

»Lass uns gehen, Hanna«, bat Samuel. »Es ist schon spät und bei Tagesanbruch will ich mich auf die Reise machen. Wir danken dir, Jutta, für das gute Mahl.«

»Sag nicht so etwas«, rief Jutta. »Karg war es, es war ja fast nichts im Haus. Aber wartet nur, beim nächsten Purim-Fest, da will ich euch auftischen, dass euch die Augen übergehen!«

»Ach, lass nur, Jutta«, meinte Samuel und grinste fröhlich. »Nimm das karge Mahl, mit dem du uns bewirtet hast, und dazu das, das wir dadurch gespart haben, so gibt das schon ein ganz ordentliches Essen. Natürlich nehmen wir deine Einladung zum Purim-Fest gerne an!«

Alle lachten und für einen Moment war die sorgenvolle Stimmung verschwunden. Aber schon an der Tür, als die Gäste andächtig das Kästchen mit der Mezuza berührten, schüttelte Samuel betrübt den Kopf. »Aus gewöhnlichem Holz ist die Hülle, die das wichtigste Gebot für das Glück des Volkes Israel enthält ...« Er sprach laut in die Nacht hinein: »Du sollst den Herrn, deinen Gott, lieben von ganzem Herzen, von ganzer Seele und mit allen Kräften ...«

»Du weißt, warum«, brummte Isaak.

Samuel nickte. »Ich weiß, ich weiß. Zwei, drei oder gar vier Silberkästchen gestohlen, den Pergamentstreifen mit dem heiligen Spruch in den Schmutz getreten ... Die Gojim haben das Gebot, das da bestimmt: ›Du sollst niemand bestehlen‹ um einen kleinen Zusatz erweitert: ›... außer den Juden!‹ Aber Gott wird wissen, dass wir auch dann die Mezuza achten, wenn sie in einem schlechten Kasten steckt ... Shalom!«, rief er dann und verneigte sich mit seiner Frau vor Jutta und Isaak.

»Shalom!«, erwiderten diese. »Geht in Frieden!«

Gleich darauf fiel die Tür zu und Hanna und Samuel standen allein in der finsteren Gasse. Die hohen Häuser, die so überbaut waren, dass ihre Dachfirste gerade einen Klafter weit auseinander standen, ließen keinen Schimmer Sternenlicht auf den Weg fallen.

»Ich weiß nicht«, meinte Hanna und dämpfte ihre Stimme, »ich spüre eine Bedrohung. So stark, dass ich meinte, ich könnte sie sehen, wenn ich mich nur umdrehte!« Sie fröstelte trotz der warmen Sommernacht und zog den Umhang enger um die Schultern.

»Na, Frau, sei nicht kindisch«, erwiderte Samuel. »Gerade hat mir Isaak gesagt, ich würde mich überall verfolgt fühlen, aber du bist ja noch schlimmer! Dreh dich doch um! Kein Mensch ist zu sehen. Komm jetzt, es sind doch nur ein paar Schritte!« Er fasste Hanna am Arm und zog sie sanft mit sich.

Ihre ledernen Schuhe knirschten auf dem staubigen, rissigen Boden. Plötzlich blieb Hanna stehen und hielt Samuel zurück. Hinter ihnen, leise, aber unüberhörbar, erklangen Schritte – dann brach das Geräusch schlagartig ab.

»Nicht umdrehen«, raunte Samuel, »schnell weiter, wir haben es gleich geschafft!«

Sie gingen rascher, bogen in das kleine Seitengässchen ein, in dem ihr Haus lag: Gott sei gepriesen, sie waren daheim!

Samuel zog den Schlüssel aus der Tasche und öffnete die Tür.

Erleichtert wollten die beiden das Haus betreten, da sprangen zwei dunkle Gestalten sie an und sie wurden von kräftigen Händen gepackt.

Starr vor Angst vergaßen sie sich zu wehren.

»Im Namen Gottes«, keuchte eine Stimme.

»Wenn du meinst«, kicherte heiser eine andere.

Das war das Letzte, was Samuel und Hanna in ihrem Leben hörten. Ihre Köpfe wurden nach hinten gerissen, zwei rasche Schnitte, und der Jude und seine Frau sanken blutüberströmt in den Gassenstaub. Sie konnten nicht mehr sprechen, sie fühlten keine Schmerzen, nur noch unendliche Müdigkeit.

Hanna ließ ihre Hand mit letzter Kraft suchend über den Boden gleiten, bis sie Samuels Hand gefunden hatte. Ihre Finger berührten sich. Ein paar Augenblicke später waren sie tot.

Der eine der zwei schwarz vermummten Männer, die die Bluttat begangen hatten, offenbar der ältere von ihnen, denn seine Bewegungen wirkten schwerfälliger und er war ziemlich beleibt, hockte sich nieder, besah die Toten und richtete sich ächzend wieder auf.

»Das war saubere Arbeit«, sagte er, als ob er gerade ein Stück Wild getötet hätte und nicht einen Menschen. »Gott scheint dir tatsächlich die Hand geführt zu haben!«

»Sei still!«, zischte der andere. »Es ist eine große Sünde Menschen zu töten, auch wenn sie nur verabscheuungswürdige Hebräer sind. Nur für den Dienst an Gott kann eine solche Tat gerechtfertigt sein. Nicht für deinen widerwärtigen Eigennutz und deine ekelhafte Geldgier!«

Einen Moment lang standen sich die beiden Männer gegenüber, als ob sie aufeinander losgehen wollten.

Dann lenkte der Ältere ein. »Es ist ja gut, du hast vollkommen Recht!« Er beugte sich wieder zu der toten Frau hinab, wischte an ihrem Umhang das Blut von seinem Dolch und knurrte:

»Das sind schöne silberne Knöpfe, die sie da hat ...«

»Untersteh dich, du Narr!«, herrschte ihn sein Begleiter an. »Vielleicht willst du in einer Schenke dein Bier damit bezahlen? Geh doch gleich auf den Marktplatz und verkünde: ›Ich habe eine Jüdin erstochen!‹ Im Übrigen sind das alles Kleinigkeiten. Der da ...« – er stieß Samuels Leichnam mit dem Fuß an – »der muss irgendwo an seinem Körper den Goldschatz tragen, von dem du erzählt hast. Was bedeuten da ein paar Silberknöpfe!«

»Ja, es war sehr nützlich, den dicken, dummen Gaukler zu spielen.« Der andere ließ wieder sein heiseres Kichern hören. »Es war schon öfter nützlich, aber noch nie so einträglich wie jetzt. Was haben sie nicht alles ausgeplaudert, die beiden jüdischen Herren!«

»Schluss jetzt!«, fauchte der Jüngere wieder. »Hilf mir lieber das Gold zu finden! Los, zünd die Laterne an!« Er lauschte in die Dunkelheit. »Es ist keine Menschenseele in der Nähe.«

Gleich darauf wurde der Schauplatz des Mordes von einem trüben Lichtschein erhellt.

Ohne einen Blick auf das bleiche Gesicht Samuels und den klaffenden Schnitt in seiner Kehle zu werfen, schlugen die Männer den Kaftan des Toten zurück und sahen den breiten, gewölbten Gürtel. Sie atmeten schwer und ihre Finger zitterten, als sie ihn lösten, an einer Seite aufschnürten und die Goldstücke darin erblickten.

So groß war ihre Erregung, dass sie nicht die beiden schmalen, schattenhaften Gestalten sahen, die regungslos in der Diele des Hauses standen und durch die geöffnete Tür zu ihnen herüberstarrten. Sie sahen nicht, wie die größere von ihnen eine Hand fest auf den Mund der kleineren gelegt hatte und sie mit der anderen daran hinderte sich auf die Mörder zu stürzen. Sie sahen nichts außer dem Gold, das im matten Schein der Laterne schimmerte.

Als der jüngere der Männer schließlich aufstand und die schwere Geldkatze mit sich emporzog, verrutschte die Kapuze, die er über den Kopf gezogen hatte. Einen Augenblick lang war sein Gesicht deutlich im Licht der Laterne zu sehen. Gleich darauf drehte der andere den Docht wieder zurück und es war wieder stockfinster.

»Mit diesem Gold will ich dir einen Tempel bauen, der deiner würdig ist, o Herr!«, flüsterte der junge Mann inbrünstig.

»Aber erst, nachdem du mir meinen Anteil ausgezahlt hast«, ergänzte der andere in barschem Tonfall.

»Deinen Anteil?« Die Stimme klang gefährlich ruhig. »Deinen Anteil? Genügt es dir nicht, die Menschen zu bestehlen? Willst du auch noch Gott bestehlen?«

Aber der andere ließ sich nicht einschüchtern. »Ohne mich wäre Gott gar nicht zu diesem unverhofften Reichtum gekommen«, bemerkte er spöttisch.

»Halt 's Maul, du Lästerer«, rief der Jüngere

und vergaß vor Wut seine Stimme zu dämpfen. »Du bist nur ein Werkzeug, und was du bist, das bist du durch Gott – und durch mich!«

Aber der Ältere gab nicht auf. »Ich will nicht von der Ehrfurcht reden, die du mir schuldest. Doch an deiner Stelle wäre ich sehr vorsichtig«, warnte er. »Wie würde es dir gefallen, wenn ich morgen zum Juden Isaak gehe und ihm sage: ›Der da, der hat deinen besten Freund und seine Frau umgebracht, weil er Gold braucht für seine Hirngespinste?‹ Oder willst du mich vielleicht lieber auch noch erstechen, anstatt mein Schweigen zu erkaufen?«

»Ich sollte es tun«, sagte der Jüngere hasserfüllt und seine Hand berührte den Griff des Dolchs. Aber dann dachte er daran, dass der andere stärker war als er und dass er vielleicht unterliegen könnte. Er beherrschte sich also und sagte mürrisch: »Vergiss nicht, auch du hast dein Messer gebraucht. Und die Ehrfurcht hab ich verloren, als ich dich das erste Mal einen armen Hund niederschlagen und berauben sah – um Geld für Weiber und Wein zu haben. Also, wie viel willst du?«

»So ist es schon besser«, meinte der andere befriedigt.

Sie stritten noch eine Weile, völlig ungerührt davon, dass ihre verbluteten Opfer zu ihren Füßen lagen.

Dann zählte der Jüngere eine Anzahl Goldstücke ab und gab sie seinem Begleiter, der sie in den Taschen seines Mantels verschwinden ließ.

»Damit ist das letzte Band zwischen uns zerrissen«, sagte der Jüngere. »Unsere Wege trennen sich hier. Du hast genug für die nächste Zeit, und wenn dir das Gold ausgeht, wirst du schnell ein neues Opfer finden. Gott verhüte, dass wir uns jemals wieder begegnen!«

»Spätestens in der Hölle!«, grinste der Ältere und fragte lauernd: »Was willst du nun mit deinem Reichtum anfangen? Vorerst kannst du deine Kirche ja noch nicht bauen!«

»Das geht dich nichts an!«, lautete die wütende Antwort. »Jetzt verschwinde, oder, so wahr ich hier stehe, ich bring dich auch noch um!«

Der Ältere zuckte die Achseln, drehte sich wortlos um und verschwand in der Finsternis.

Ohne sich zu regen stand der andere da, zu seinen Füßen die Toten. Tief drin in ihm war eine Stimme zu hören. »Du hast einen Mord begangen«, sagte die Stimme. »Du bist ein Mörder! Schlimmer als der gemeinste Strauchdieb! Hinterrücks und feige!«

»Nein!«, stieß er hervor. »Ich habe gottloses Pack von der Erde vertilgt und einst werde ich mit diesem Gold Dinge erschaffen, die Gottes Herrlichkeit verkünden!« Er betete, bis die Stimme in seinem Inneren verschwunden war.

Plötzlich wurde ihm bewusst, dass der Geldgürtel noch immer über seiner Schulter lag. Wohin mit dem Gold? Er konnte es nicht mitnehmen! Einige Zeit dachte er nach, dann lachte er leise. »Ich werd's den Juden eine Zeit lang anvertrauen«, murmelte er vor sich hin. »Sie sollen ja sehr zuverlässig sein in Geldgeschäften.«

Wieder lachte er. »Der Garten des Judenbads. Das ist der richtige Ort!« Er fasste den Gürtel mit beiden Händen und eilte davon.

Einige Augenblicke vergingen. Dann war aus dem Haus, vor dem die Toten lagen, keuchendes Atmen zu hören, das bald in leises Weinen überging. Jemand lief in den hinteren Teil des Hauses und kam mit einem flackernden Öllämpchen zurück.

Es war ein zierliches Mädchen, das vielleicht vierzehn Jahre alt war. Sein Gesicht war hübsch, von dunklen Locken umrahmt. Seine großen Augen sahen seltsam ins Leere, so, als hätten sie etwas wahrgenommen, das sie nicht erfassen konnten, so dass sie blind waren, obwohl sie sahen. Der ausdruckslose Blick richtete sich auf den Jungen, der immer noch leise weinend im Flur stand, die Hände vor das Gesicht geschlagen. »Ich musste dich festhalten«, sagte das Mädchen ruhig. Es klang wie eine Feststellung, nicht wie eine Entschuldigung. »Ich musste dich festhalten und dir den Mund zuhalten. Wir hätten nichts mehr tun können. Es war zu spät und die Männer hätten auch uns umgebracht.«

Der Junge, der ein paar Jahre jünger war als seine Schwester, gab keine Antwort.

Da trat das Mädchen mit dem Lämpchen in der Hand vor die Tür und kniete bei den dunklen Bündeln nieder, die da im Staub lagen. Der ausdruckslose Blick wanderte über die blassen

Gesichter mit den vor Angst und Schock geweiteten Augen, über die schrecklichen Wunden, bis zu den Fingern, die sich leicht berührten. Keine Regung war in der Miene des Mädchens zu erkennen.

Der Junge hatte inzwischen zu weinen aufgehört. »Hast ... hast du sein Gesicht gesehen, Rebekka?«, fragte er stockend.

»Ja, ich hab sein Gesicht gesehen und ich hab auch seine Stimme gehört«, erwiderte das Mädchen tonlos.

»Kennst du ihn?«

»Ja, ich weiß, wer er ist.«

Der Junge kam näher. Er blickte auf seine Eltern, sah die Gesichter der Toten und schrie. Es war ein Schrei voller Entsetzen, voller Hass und Kummer. »Du hast das zugelassen!«, schrie er und schlug mit den Fäusten auf seine kniende Schwester ein. »Du bist schuld daran!« Wieder hob er die Fäuste, aber dann wandte er sich zur Seite und übergab sich.

Würgend und keuchend und außer sich vor Wut und Schmerz drehte er sich schließlich wieder um. »Du ... du hast mich festgehalten«, stammelte er. »Du hast ruhig zugesehen, wie unsere Eltern abgeschlachtet wurden wie Schafe. Du bist auch eine Mörderin!«

Für kurze Zeit verlor das Gesicht Rebekkas seine Ausdruckslosigkeit. »Sie hätten dich genauso abgeschlachtet, Jakob. Verstehst du das nicht?«, sagte sie in beschwörendem Ton. »Bitte, du verstehst das doch!«

Aber der Junge hörte ihr nicht zu. Er sah und hörte nichts mehr, so groß war seine Verzweiflung. »Das Blut der Toten soll über dich kommen!«, schrie er. Dann rannte er wie ein Besessener in die Finsternis, bis er in ihr verschwand.

Nur einen kurzen Augenblick sah ihm Rebekka hinterher, dann verschloss sich ihre Miene wieder. Sie erhob sich, löschte die Öllampe aus und ließ sie an der Schwelle stehen. Den Weg ins Judenbad fand sie auch im Dunkeln.

Bald war sie am Torbogen, durch den man in den Hof gelangte. Lautlos lief sie über das Pflaster und huschte vorsichtig an den Reihen der Obstbäume vorbei bis in den hinteren Teil des Gartens.

Nicht weit von der hohen Mauer entfernt, die den Garten begrenzte, schimmerte die Laterne des Mörders. Rebekka schlich näher heran und sah ihn zwischen zwei Apfelbäumen knien und graben. Mit seinem Messer, dem Messer, an dem noch das Blut ihrer Mutter klebte, hatte er einen großen Grasziegel aus dem Boden geschnitten und mit seinen Händen schon ein tiefes Loch in die weiche Erde gegraben.

Regungslos stand Rebekka hinter dem Stamm einer großen Linde und sah zu. Ein paar Mal hörte sie den Mann vor sich hin lachen. Wie sein Gesicht und seine Stimme grub sich auch sein Lachen unauslöschlich in ihr Gedächtnis ein.

Endlich schien er mit der Tiefe des Lochs zufrieden zu sein. Er warf ein paar Steine hinein, legte die Geldkatze darüber, bedeckte sie mit

Steinen, füllte die Grube mit Erde auf und setzte den Grasziegel darüber. Mit den Fingern kämmte er die restliche Erde aus der Wiese. Dann erhob er sich, klopfte die Hände an seinem Mantel ab und ging leise vor sich hin murmelnd davon.

Rebekka schlich hinter ihm her. Als sie sicher war, dass er nicht mehr zurückkommen würde, eilte sie wieder in den Garten. Schnell hob sie den Grasziegel heraus, wühlte sich durch die Erde, schob die Steine beiseite und zog den schweren Gürtel mit dem Gold aus dem Loch. Sie stampfte die Erde fest und setzte die Grasplatte an ihren Platz.

Ganz hinten an der Mauer, wo das Laub der letzten Jahre moderte, scharrte sie eine Grube, so tief sie konnte. Ihre Fingernägel rissen und mehr als einmal verletzte sie sich an den scharfen Tonscherben, die im Boden waren, aber sie achtete nicht darauf. Sie legte den Gürtel in die Kuhle und wollte gerade damit beginnen, ihn mit Erde zu bedecken, als sie zögerte, ihn aufschnürte und ihm eine Hand voll Goldmünzen entnahm.

Dann erst schob sie das Loch zu und bedeckte es mit Laub. »Damit wirst du keine Kirche für deinen Gott bauen!«, stieß sie hervor.

Nichts würde hier zu sehen sein. Wer auch immer das Gold eines Tages fand, die Mörder würden es nicht sein!

Immer noch handelte Rebekka, als ob ganz jemand anders für sie dachte und ihre Gliedmaßen bewegte. Sie ging zum Badehaus, öffnete die schwere Tür und betrat den Vorraum. Sie legte Umhang, Rock und Hemd ab und streifte die Sandalen von den Füßen; sie zog den silbernen Reif von ihrem rechten Arm und löste die perlmuttbesetzte Spange aus dem Haar.

Nackt tastete sie sich dann an der Wand entlang, bis ihr Fuß die erste Stufe der Treppe fand, die hinunter in die Mikwe führte, in das Becken mit reinem, lebendigem Wasser. Stufe für Stufe schritt sie langsam hinab in die Tiefe. Ein eisiger Hauch ließ sie frösteln, aber sie hielt nicht an. Ihre bloßen Füße machten kein Geräusch auf dem glatten Stein; so still war es, dass die Tropfen, die sich ab und zu von den gemauerten Wänden lösten, laut wie ein Hammerschlag in ihren Ohren klangen, wenn sie auf dem Wasser des Beckens zerplatzten.

Endlich berührten Rebekkas Zehen das Wasser. Es war bitterkalt, aber sie ging weiter, bis es ihr über die Knie, an die Brust, ans Kinn reichte. Dann hielt sie den Atem an, öffnete weit die Augen und tauchte tief unter, bis das Wasser jede Stelle ihres Körpers umspülte.

Als sie danach wieder auf dem Rand des Beckens stand, fror sie erbärmlich, aber sie achtete nicht darauf. Sie hob die Arme empor und betete: »Herr, mit dem Bad in der Mikwe habe ich alles Unreine von mir abgewaschen. Nichts steht zwischen dir und mir. Die Rache ist dein, Herr. Du wirst alle Verbrechen vergelten. Aber diesmal muss ich für dich die Rächerin sein. Ich schwöre dir, dass ich die Mörder verfolgen und töten werde. Hilf mir, Herr, mein Gott, denn sie sind stärker und mächtiger als ich. Vergib mir, dass ich von dem Gold gestohlen habe, das für unsere Brüder bestimmt war. Aber ich brauche es vielleicht um meinen Eid zu erfüllen. Das Haus meiner Eltern will ich nicht mehr betreten, bis ihre Mörder tot sind. Ich bitte dich, Herr, gib mir Kraft und Ausdauer, nimm mir das Heimweh und mach, dass ich meine Trauer vergesse! Nur an meinen Hass und meine Rache will ich denken.«

Die Stimme des Mädchens klang laut und dumpf in dem stillen hohen Gewölbe. Rebekka lauschte, als ob sie eine Antwort erwartete, aber es war nichts zu hören, außer dem Gluckern der herabfallenden Tropfen. Langsam stieg sie die Treppen wieder hinauf und schlüpfte in ihre Kleider.

Sie kehrte zurück zum Haus ihrer Eltern und betrat es ein letztes Mal. »Jakob!«, rief sie leise, aber nichts rührte sich. Am Herdfeuer entzündete sie eine Lampe und ging durch alle Räume, aber vergebens, ihr Bruder war nicht zurückgekehrt.

Da packte sie ein wenig Proviant ein, Brot, Mehl, Honig und eine Flasche Wein, band ihn mit einem warmen Umhang, einigen Tüchern und einer Decke zu einem Bündel zusammen und zog feste Schuhe an. Aus der Wäschetruhe ihrer Mutter nahm sie eine kostbare Damastdecke. Sie ging in das Studierzimmer ihres Vaters, griff in ein kleines Fach seines Schreibpultes und zog einen langen Dolch in vergoldeter Scheide hervor. Dann verließ sie das Haus, schloss die Tür und legte den Schlüssel in einen kleinen Hohlraum in der Mauer.

Regungslos blieb sie lange Zeit vor ihren toten Eltern stehen, bis sie sich schließlich hinabbeugte, ihre Hände, die noch warm waren, fester aneinander legte und die Damastdecke über sie breitete. Sacht strich sie ihnen über die Lider, so dass sich die schreckensstarren Augen schlossen.

Sie kauerte sich zu ihren Füßen nieder, stützte den Kopf in die Hände und betete. »Ich werde keine Totenklage anstimmen«, flüsterte sie dann. »Und ich kann euch nicht begraben und auch nicht am Trostmahl teilnehmen. Denn ich werde bei euren Mördern sein, bis euer Tod gerächt ist.«

Sie erhob sich und blickte noch einmal zurück. »Shalom!«, flüsterte sie. Dann ging sie langsam davon.

Am Speyerbach gab es eine Wiese, die dicht mit Gebüsch bewachsen war und auf der sie unbemerkt bleiben konnte, bis die Stadttore geöffnet wurden.

Als sie dort angekommen war und ihre Decke unter einem Holunderstrauch ausgebreitet hatte, da verließen sie die Kräfte und sie brach zusammen. Von Weinkrämpfen geschüttelt lag sie da und wünschte nichts mehr als die Liebe und den Trost ihrer Eltern.

Vor Erschöpfung schlief sie schließlich ein, aber noch im Schlaf sah sie das Gesicht des Mörders.

Der jüdische Bäcker entdeckte am nächsten Morgen Hannas und Samuels Leichen. Trauer und Wut über das Verbrechen waren groß im jüdischen Viertel.

Isaak ging vor die beiden Bürgermeister und beklagte die Bluttat an seinen Freunden. Vom Raub des Geldgürtels erzählte er nichts, denn wann hätte es einem Juden genützt, wenn er einem Christen von Gold erzählte, auch wenn er es gar nicht mehr besaß. Wo einmal etwas gestohlen war, da war vielleicht auch noch mehr zu holen! Aber von einem fetten Gaukler berichtete er, der sich verdächtig gemacht hätte.

Die Bürgermeister hörten sich die Klagen pflichtschuldig an und meinten dann, dieser Gaukler sei ja sicher auch ein Jude gewesen und deshalb sei die Judengemeinde selbst zuständig.

Isaak war außer sich vor Zorn und mit ihm alle anderen Freunde. Aber sie waren hilflos: Ein Jude war ein Jude, ob lebendig oder tot. Und ein Jude galt nicht viel in diesem Land und in dieser Stadt.

Am Tag nach dem Mord wurden Hanna und Samuel auf dem jüdischen Friedhof in die Erde gelegt.

Ihre Kinder aber blieben verschwunden.

# 5

Gerhard streckte sich, gähnte herzhaft und schlug die Augen auf. Neben ihm in einer alten Weide saß ein Vogel und sang, als sei er Musikmeister bei den Domkanonikern. Das Gezwitscher konnte einem durch Mark und Bein gehen, wenn man noch todmüde war. Aber Gerhard war dem Sänger nicht böse. Wenn er daheim erwacht war, hatte er das betrunkene Schnarchen seines Vaters durch die Kammertür bis hinter in seinen Verschlag gehört. Stockfinster war es meist noch, es stank nach Schwefel und kaltem Rauch aus der erloschenen Esse. Hier roch es nach Gras und Schafgarbe. Es war schon fast hell und im Rhein blitzte und funkelte ein erster Sonnenstrahl. Wer wollte sich da über einen Vogel ärgern!

Gerhard setzte sich auf und musterte die große Wiese und die vielen Menschen, die darauf lagerten und, wie es schien, noch schliefen. Ob sie wirklich alle das Heilige Land für Gott zurückerobern wollten? Die Kinder, die Gaukler, die Musikanten, die leichten Mädchen?

Wenn hier tausend Menschen waren, dann gab es auch tausend einzelne Schicksale. War es möglich, dass sie durch Gottes Willen in den einen Weg mündeten, der nach Jerusalem führte, dass tausend Geschichten ein gemeinsames Ende an Jesus Grab fänden? Das wäre wirklich ein großes Wunder.

Gerhard ließ den Blick über die Gesichter seiner neuen Gefährten wandern.

Eckart, in seinen Umhang gehüllt, lag auf dem Rücken, den Mund weit geöffnet, und schnaufte und röchelte leise.

Der kleine Bruno hatte sich ganz eng zusammengekauert und die Knie angezogen. Beide Hände hatte er zu Fäusten geballt und ans Kinn gedrückt. Fast sah es so aus, als ob er am Daumen lutschte.

Berthold hatte alle viere weit von sich gestreckt; auf seinen Lippen lag ein zufriedenes Lächeln; die rötlich blonden Locken breiteten sich wie ein Kissen unter seinen Kopf.

So verschieden waren die drei, aber irgendwie ... irgendwie waren sie noch Kinder! Gerhard kam sich sehr erfahren und erwachsen vor. Ich werde auf sie aufpassen und sie beschützen, dachte er. Was auch passiert auf unserer großen Reise!

Inzwischen war die Sonne aufgegangen und ihre Strahlen begannen zu wärmen. Das Krähen der Hähne drang über die Mauern der Stadt und im Turm des Domes begannen die Glocken zu läuten, die die Domherren zum Morgengebet riefen.

Vom nächsten Mauerturm her war ein scharfer Befehl zu hören und gleich darauf knarrte und dröhnte es, als die schweren, eisenbeschlagenen Tore aufgestoßen wurden und gegen das dicke Mauerwerk krachten. Die Stadt war aufgewacht.

Allmählich wurde es auch am Fluss lebendig. Da und dort streckten sich zwei Arme in die Höhe und herzhaftes Gähnen ertönte.

Gerhard stupste Berthold in die Seite. »He, du, aufwachen! Die Sonne steht schon hoch am Himmel! Die Reise geht los!«

Das blasse Gesicht verzog sich zu einer Grimasse grenzenlosen Abscheus. Eine von den Locken, die es gewagt hatte, in die Stirn zu fallen, wurde weggeschüttelt wie eine lästige Fliege. Dann blinzelte ein müdes Auge, öffnete sich langsam und sah angewidert in den neuen Tag. »Wer belästigt mich?«, fragte eine schlaftrunkene Stimme.

»Wir müssen aufstehen«, sagte Gerhard, »unsere Sachen zusammenpacken. Die Reise geht los!«

Berthold richtete sich langsam auf. »Die Reise geht weiter, meinst du!«, verbesserte er milde. Aber dann fügte er hinzu: »Ach ja, für dich ist es ja der erste Tag. Aber weißt du, Nikolaus und die beiden Mönche führen den Zug. Und bevor sie nicht das Zeichen geben, brechen wir nicht auf.«

»Diese Mönche«, fragte Gerhard, »wer sind sie?«

Berthold zuckte die Schultern. »Man sagt, sie sind vom Herrn Erzbischof in Köln beauftragt worden auf Nikolaus aufzupassen«, erklärte er. »Du weißt schon, dass er keine Irrlehre verbreitet und so weiter. Aber wer Nikolaus einmal gehört hat, der weiß, dass das dummes Zeug ist. Der ist fester im Glauben als viele geistliche Herren. Ich denk mir, sie sind mitgekommen, weil sie sich in seinem Ruhm sonnen wollen. Wenn er Wunder tut, so fällt von seiner Heiligkeit auch ein bisschen was auf sie ab. Aufgeblasene Kerle sind es, die nichts tun, als hochtrabende Reden führen.«

Berthold begann zu säuseln: »›Du möchtest mit Nikolaus sprechen? Nein, mein Kind, er hat jetzt keine Zeit für dich, er meditiert. Übe dich demütig in Geduld, dann wird der Herr deinen Wunsch erfüllen!‹ So reden sie immer«, fuhr er in normalem Tonfall fort. »Sie sind eifersüchtig. Sie wollen niemand zu Nikolaus lassen. Und ich sage dir: Ihr Latein ist gottserbärmlich!«

Gerhard sah seinen neuen Freund bewundernd an. »Das glaube ich, dass deins besser ist! Aber« – er senkte unwillkürlich die Stimme – »er tut Wunder? Ist das wirklich wahr?«

»So wahr ich hier sitze!«, versicherte Berthold. »Wenn ich es nicht mit eigenen Augen gesehen hätte, würde ich es nicht sagen. Es war nicht weit von der Stadt Andernach. Aus den kleinen Dörfern, die dort an beiden Ufern des Flusses lagen, waren viele Kinder zu uns gestoßen. Sie sahen erbärmlich aus, mager und zerlumpt. Als wir uns am Abend zum Lager niedergelassen hatten, näherte sich uns plötzlich eine

Schar schwer bewaffneter Reiter. Die Männer sprengten durch das Lager, und wer ihnen im Weg war, der kriegte mit der flachen Schwertklinge eins übergezogen oder mit dem spitzen Stiefelsporn einen schmerzhaften Tritt in die Seite. Vor Nikolaus' Zelt zügelten sie ihre Pferde und einer brüllte: ›Die unter euch, die Leibeigene und Hörige des Herrn von Rothenthurm sind: Wer nicht sofort in sein Dorf zurückkehrt, wird getötet. Ihr seid Eigentum eures Herrn, habt ihr das vergessen, ihr verdammtes Pack?‹ Mehr brauchte er gar nicht zu sagen. Die armen Schweine wussten wohl, dass er es ernst meinte. Ängstlich standen alle Neuankömmlinge auf und schlichen mit hängenden Köpfen auf die Straße zurück.

Nikolaus war inzwischen aus dem Zelt getreten und redete mit dem Anführer der Männer. Er bat, er schrie, er drohte. Aber es half nichts. Die ganze Bande lachte ihn bloß aus und ritt schließlich hinter den Kindern her um sie mit Schlägen und Schreien zurückzutreiben wie eine Herde Ziegen.«

Berthold rupfte einen Grashalm aus dem Boden und kaute darauf herum.

»Es war schlimm«, fuhr er fort. »Überall gibt es Arm und Reich, Hoch und Nieder, bei uns in der Stadt war das nicht anders. Das ist auch gut so, das ist Gottes Wille. Denn warum würde er jemand als armer Leute Kind auf die Welt kommen lassen, wenn das nicht richtig wäre so. Aber dass die Mächtigen die Niedrigen hungern und frieren lassen, ob er das auch gewollt hat? Der Herr von Rothenthurm jedenfalls muss ein grausamer Grundherr gewesen sein, denn die leibeigenen Kinder waren halb verhungert und krank vor Erschöpfung. Doch was sollten wir tun? Was soll ich oder der da ...« – er zeigte auf den immer noch schnarchenden Eckart – »mit seinem Messerchen, mit dem er sich grad mal einen Pickel aufstechen kann, gegen ein Dutzend Waffenknechte machen? Bald waren Kinder und Reiter hinter der nächsten Flussbiegung verschwunden.«

»Ja, aber das Wunder?«, drängte Gerhard.

»Wart nur ab. Bald darauf kam das seltsamste Lasttier, das ich je gesehen habe, die Straße entlang. Es bestand aus zwei Frauen, von denen die eine schon alt war, mindestens fünfzig Jahre, würde ich sagen, mit vielen Falten im Gesicht und gebeugtem Rücken, und die andere jung. Auf ihren Schultern trugen sie die Streben einer Leiter, auf der ein Mann lag. Er schien ganz schön schwer zu sein, denn die Frauen gingen mit schleppenden Schritten. Sie hielten nicht an und guckten nicht rechts und nicht links, bis sie bei dem weißen Zelt angelangt waren. Dort luden sie ihre Last vorsichtig ab.

Der Mann rollte sich laut stöhnend ins Gras, richtete sich dann mühsam auf und zuckte zusammen. ›Nikolaus‹, rief er. ›Die Leute sagen, Gott hat dich geschickt das Heilige Land zu befreien. Wem Gott das zutraut, dem muss er große Kräfte gegeben haben. Hilf mir, Nikolaus. Ich bin krank und kann nicht arbeiten. Wenn ich nicht arbeite, kann ich meinem Herrn, dem Herrn von Rothenthurm, nicht geben, was ihm von der Ernte zusteht, und ihm die Frondienste nicht leisten. Dann jagt er mich mit Frau und Kindern ohne Erbarmen zum Teufel und das bisschen Zeug, was uns gehört, ist auch verloren.‹

Nikolaus trat aus dem Zelt, musterte den Kranken und sagte: ›Du kannst dich nicht regen und in deinem Rücken ist ein Schmerz, als ob jemand mit einem glühenden Eisenstab darin herumwühlt. Es tut immer weh, ganz gleich, ob du stehst, sitzt oder liegst, wenn du dich aufrichtest, ist es, als ob dir der Atem wegbleibt.‹

›Genau so‹, erwiderte der Mann staunend und blickte ehrfürchtig zu Nikolaus auf.

Der erklärte: ›Du bist von einer Hexe besessen. Der Teufel hat ihr befohlen, als Beweis, dass sie ihm treu ergeben ist, ihren Geist in deinen Leib zu schicken und dich zu quälen, bis du es nicht mehr ertragen kannst und dir selbst das Leben nimmst. Dann hat der Satan zwei Seelen gewonnen, ihre und deine!‹

Der Mann wollte erschrocken aufspringen, ließ sich aber gleich jammernd wieder zurücksinken. ›Kannst du mir helfen?‹, fragte er angstvoll.

Alle Kinder standen und hockten inzwischen so dicht beim Zelt, wie sie herankommen konnten. Ich hatte Glück gehabt und einen Platz ganz vorn erobert. So konnte ich genau beobachten, was geschah.

Nikolaus blickte über uns hinweg, seine Augen leuchteten und er begann zu beten. Dann befahl er zwei kräftigen Jungen den Kranken auf den Bauch zu legen, seine Handgelenke mit einem Strick fest an die Weide zu binden, in deren Schatten das Zelt stand, und so fest es ging an seinen Beinen zu ziehen und zu zerren.

Du kannst dir denken« – Berthold lächelte spöttisch – »dass inzwischen auch die beiden Mönche aus dem Zelt gekommen waren. Wo ein Wunder passieren sollte, da durften sie nicht fehlen!

Sie standen da, rangen die Hände und schauten fromm zum Himmel. Nikolaus betete weiter, mal in deutscher und mal in lateinischer Sprache, mal mit seltsamen Lauten, die kein Mensch verstehen konnte und die klangen, als ob sie aus seinem Mund, aber nicht von ihm selbst kämen.

Auf einmal kniete er nieder und schlug mit den Fäusten auf den Rücken des Kranken ein ohne sich um sein Jammern und Heulen zu kümmern. Er verfluchte und beschimpfte den Geist der Hexe und befahl ihm sich aus dem Körper zu entfernen. Er wurde immer lauter, seine Stimme schnappte über und plötzlich stand er auf, holte mit den Armen aus und sprang mit beiden Füßen dem Mann direkt ins Kreuz.

›Uaaaaaah!‹ Ein entsetzlicher Schrei drang aus dem Mund des Kranken und ich schwöre dir, ich habe seine Knochen knacken gehört. Dann war es ruhig.

Nikolaus ließ sich erschöpft ins Gras fallen und legte seinen Kopf in die Armbeuge. Doch wenig später zog er ein Fläschchen aus seinem Umhang und flößte dem Mann von seinem Inhalt ein. Ein triumphierendes Lächeln lag über seinem Gesicht. Er musste es also geschafft haben!

Und wirklich, er sagte: ›Der Geist der verfluchten Hexe war es, der da geschrien hat, als er deinen Körper verlassen musste. Geh und danke Gott.‹

Der Mann erhob sich noch etwas unsicher, Tränen des Schmerzes liefen über sein Gesicht, aber er konnte stehen und gehen.

›Du bist ein Heiliger, Nikolaus‹, sagte er ehrfurchtsvoll, ›und ich danke Gott, indem ich dir danke!‹

Die ältere der beiden Frauen stützte ihn, die andere schulterte die Leiter und dann gingen die drei durch die Gasse, die die Kinder gebildet hatten, davon. Ein unbeschreiblicher Jubel brach los, das kannst du dir denken!«

»Unglaublich«, staunte Gerhard.

»Das ist es wirklich«, erwiderte Berthold. »Zwar sind er und sein Vater Hirten gewesen und die Hirten verstehen allerhand von Krankheiten, aber das, was Nikolaus getan hat, kann niemand, nicht einmal der berühmteste Arzt, nur einer, dem Gott erlaubt Wunder zu tun. Aber pass auf, die Geschichte geht noch weiter.

Der Mann und die beiden Frauen waren kaum verschwunden, als Nikolaus sein Maultier sattelte und davonritt. Die Mönche, die sonst kaum von seiner Seite wichen, durften ihn nicht begleiten. Nach ein paar Stunden kehrte er zurück. Er sprach wie gewohnt zu uns, betete und ging schlafen.

Am nächsten Morgen aber, die Sonne war noch nicht richtig aufgegangen, sprengte ein Reiter ins Lager. Es war der Anführer der Waffenknechte aus Burg Rothenthurm. Er hielt fünfzig Schritt vor dem Zelt und rief: ›Prediger, kann ich mit dir sprechen?‹

Nikolaus trat aus dem Eingang und fragte: ›Warum kommst du nicht näher?‹

Der Mann nahm den Helm ab und wischte sich den Schweiß von der Stirn. ›We... wenn du vielleicht auch auf mich zornig bist ...‹, stotterte er, ›ich meine ...‹

›Es wird dir nichts geschehen‹, unterbrach Nikolaus. ›Komm nur her.‹

Der Reiter gehorchte zögernd. Ganz langsam ließ er sein Pferd auf Nikolaus zugehen. Man konnte sehen, dass er Angst hatte, richtige Angst.

›Was willst du also?‹, fragte Nikolaus streng. ›Sprich laut, damit viele dich hören können!‹

›Gestern, als du gekommen bist, Prediger‹, berichtete der Knecht, ›war mein Herr gesund wie ein Fisch im Wasser, auch noch, als er dich hinauswarf und dir drohte dir bei lebendigem Leib die Haut abzuziehen, wenn du nicht verschwindest. Dann aß er und soff dazu zwei Maß Wein wie jeden Abend und es ging ihm prächtig.

In der Nacht fand ihn dann sein Diener im Bett liegen: die Augen aus den Höhlen getreten, Schaum vor dem Mund, schwarz und geschwollen war seine Zunge, seine Glieder waren verdreht. Er war mausetot ...‹ Der Mann blickte scheu zu Nikolaus herunter, der ihn durchdringend ansah.

›Was habe ich mit dem Tod deines Herrn zu tun?‹, fragte Nikolaus ihn mit eisiger Stimme. ›Er hat Kinder Gottes daran gehindert, mir ins Heilige Land zu folgen, und Gott der Herr hat ihn gestraft dafür, indem er seine Seele dem Satan überlassen hat. Willst du mich etwa bezichtigen, ich hätte ihn umgebracht?‹

›Nein, nein, Gott behüte‹ – der Reiter bog sich so weit im Sattel zurück, dass ihn nur sein Griff in die Zügel daran hinderte hinunterzufallen; Schweißtropfen liefen über sein Gesicht und tropften aus seinem Bart. ›Aber andererseits ... Alles spricht schon davon, dass du gestern einen Besessenen geheilt hast. Und wer solche Wunder beim Heilen vollbringen kann, der ...‹ Der Mann verstummte, als er Nikolaus' finsteren Blick auf sich gerichtet sah, und fuhr dann hastig fort: ›Die Herrin schickt mich. Sie fleht dich an, nicht ihre ganze Familie mit deinem Fluch zu belegen und sie und ihre Kinder zu verschonen. Sie bittet dich zu warten, bis sie selbst kommt, euch einige Gaben zu bringen.‹

Natürlich ließ Nikolaus noch nicht aufbrechen und was soll ich dir erzählen ... bis die zweite Stunde des Tages angebrochen war, kam die Herrin von Rothenthurm mit einer großen Dienerschar und brachte Brot, Fleisch, Speck, Most und Kirschen, dazu wollene Tücher und Hemden. Mit ihr kamen auch die Kinder, die am Tag vorher wieder in ihre Dörfer geprügelt worden waren, und alle hatten Wegzehrung dabei ... Glaubst du jetzt, dass Nikolaus Wunder tun kann?«

Gerhard nickte nachdenklich. »Das muss ich ja wohl, nach dem, was du erzählt hast. Aber dass jemand Gott so nah ist, dass er einen Menschen sterben lassen kann? Der ist ja Herr über Leben und Tod! Ob Gott einem Menschen so viel Macht geben will?«

Berthold hob zweifelnd die Schultern. »Ich weiß es nicht. Ich bin auch deshalb mit ihm gezogen, um Antworten auf solche Fragen zu finden. Aber eines ist klar: Nikolaus verfügt über große Kräfte. Und wer sollte ihm die gegeben haben außer Gott? Komm, jetzt starr nicht vor dich hin, als ob du auch von einer bösen Hexe besessen wärst. Los, sonst sind wir noch die Letzten, die fertig sind!«

Er stieß Eckart unsanft in die Seite. »He da, schnarchender Ritter, aufwachen!« Dann beugte er sich nieder und rubbelte Bruno die blonden Haare. »Aufwachen«, wiederholte er. »Sonst zieht Nikolaus ohne euch weiter!«

Bruno sprang auf, als ob ihm ein paar Wespen unters Hemd gekrochen wären. »Was? Ohne uns? Nikolaus? Wo ist er?«

So wie er da stand, dürr und mit langen Beinen, die großen, schreckgeweiteten Augen in dem blassen Gesicht, das dicke blonde Haar, das so dicht wie ein Fell auf dem Kopf wuchs, und die Unterlippe vorgewölbt, erinnerte er Gerhard an ein Kälbchen, das hungrig nach seiner Mutter sucht.

»Sei ruhig, Kleiner«, begütigte er und legte ihm die Hand auf die Schulter. »Kein Mensch geht ohne dich, Bruno. Bloß, es ist Zeit sich zu waschen und fertig zu machen. Schau, alle anderen sind schon dabei.« Er deutete in die Runde.

Tatsächlich herrschte reges Leben auf der Wiese am Fluss. Die jungen Kreuzfahrer packten ihre Sachen zusammen oder schwammen im Rhein um sich zu waschen und zu erfrischen für den nächsten Abschnitt der großen Reise.

Keine zwanzig Schritt von den vier Gefährten entfernt war eine Truppe von Gauklern damit beschäftigt, ihre Habe in einen wackligen Handkarren zu verladen. Sie schienen bester Laune zu sein. Kein Wunder, nach der Predigt von Nikolaus gestern, als die Münzen nur so klimperten, da war bestimmt auch für sie ordentlich was abgefallen.

Einer von ihnen hatte sein Hemd gelupft und ließ ungeniert in hohem Bogen sein Wasser. Dabei entfuhr ihm ein Wind, dass es nur so knallte.

»Stümper«, rief Gerhard ihm zu. »Das sind ja bloß Regen und Donner! Wo bleibt der Blitz?«

Aber der gute Mann ließ sich nicht beeindrucken und grinste nur breit, wobei er ein paar

Zahnstummel entblößte, die so schwarz waren wie Holzkohle.

»Du siehst, du bist hier unter lauter Leuten von edelster Abkunft und feinster Lebensart«, sagte Berthold und lachte. »Los, jetzt kommt endlich!«

Inzwischen hatte sich auch Eckart brummend aufgerappelt und die vier Jungen liefen zum Fluss, streiften ihre Kleider ab und sprangen ins Wasser.

Gerhard wäre lieber ein Stück flussaufwärts gelaufen, über die Stelle hinaus, an der der Speyerbach in den Rhein mündete. Denn er wusste nur zu gut, wie viel Dreck aus der Stadt durch den Bach in den Strom gelangte. Aber bald war eine so fröhliche Planscherei im Gange, dass er an solche Kleinigkeiten nicht mehr dachte.

Eine ganze Zeit lang tobten die vier vergnügt im Wasser, bis Bruno plötzlich aufgeregt rief: »Da, seht, es geht los, schnell aus dem Wasser!«

Die anderen blickten in die Richtung, in die sein ausgestreckter Arm wies, und sahen, wie das weiße Zelt langsam in sich zusammensank. Ein paar große Jungen bündelten und verschnürten es und luden es zusammen mit den Eschenpflöcken, die sein Gerüst bildeten, auf einen Maulesel.

Die Gefährten kletterten ans Ufer und schlüpften, nass wie sie waren, in ihre Kleider. Es war schon wieder sehr warm, da würde das bisschen Feuchtigkeit höchstens erfrischend wirken. An ihrem Lagerplatz schnürten sie in

Windeseile ihre Bündel und waren nach wenigen Augenblicken reisefertig.

»Es geht also los!« rief Gerhard und er spürte, wie sein Herz heftig klopfte, vor Freude und vor Sehnsucht nach dem, was vor ihm lag.

»Es geht *endlich* los«, brummte Eckart. »Wenn mein Vater nach Hause kommt und meine Nachricht findet, ist er im Stande, uns einzuholen und mich an den Haaren nach Hause zu schleifen.«

»Aber du hast doch erzählt, dass er nach Frankreich gereist ist«, wandte Bruno ein.

»Und dass er frühestens in dreißig Tagen zurückkommt«, ergänzte Berthold.

»Ja und?«, murrte Eckart. »Schaut euch doch um! Halbe Wickelkinder, Leute, die nicht mal Schuhe haben.« Er sah naserümpfend zu Brunos und Gerhards bloßen Füßen hinunter. »... Da werden wir nicht sehr schnell vorankommen!«

»Ich habe Schuhe«, sagte Gerhard steif, weil er sich schämte, dass er ja eigentlich wirklich keine besaß. »Sehr gute sogar.« Wütend über sich selbst fügte er gleich darauf trotzig hinzu: »Übrigens soll mancher barfuß schon weiter gelaufen sein, als feine Herren in ihren Stiefelchen jemals gekommen sind – jedenfalls, wenn sie kein Pferd unter dem Hintern hatten.«

»Schon gut, schon gut«, meinte Eckart versöhnlich. »Ich wollte dich nicht beleidigen. Es ist ja nur wegen meinem Vater ...«

»Aber dreißig Tage Vorsprung, bis dahin sind

wir doch schon fast im Heiligen Land«, sagte Bruno und lächelte dabei.

»Genau«, bestätigte Gerhard und fügte freundlich hinzu: »Für dich werden wir auch noch ein paar Schuhe auftreiben!«

Aber Bruno entgegnete im Brustton der Überzeugung: »Gott hat mich ohne Schuhe auf die Reise geschickt, also werde ich auch ohne Schuhe ans Ziel kommen.«

Gerhard staunte. Woher nahm dieser Kleine, der schon so viel Unglück in seinem Leben gehabt hatte, bloß die Zuversicht her? »Weiß jemand von euch, wie unser Reiseweg verläuft?«, fragte er dann neugierig.

»Nicht genau«, erwiderte Berthold, »denn von der Welt kenne ich nur das, was mein Vater mir erzählt hat. Und auch der hat nur wenig von dem, was die großen Kaufherren im Rat der Stadt Köln von ihren Reisen berichtet haben, aufgeschnappt.

Es heißt, dass jeder, der in das Heilige Land will, ein großes Gebirge, die Alpen, überqueren muss. Das geht aber nur an wenigen Übergängen, denn an den meisten Stellen sind die Berge für Mensch und Tier so unüberwindlich wie das Meer für jemanden, der kein Boot hat und nicht schwimmen kann. Einer der beiden Mönche hat erzählt, dass es vor allem zwei solcher Übergänge sind, die von den Wanderern benutzt werden.

Der eine liegt im Königreich Arelat und ist gefährlich und nur mit ungeheurer Mühe zu überwinden, denn dort herrscht ewiges Eis, pausenlos fällt der Schnee und die Kälte ist so grimmig, dass den Menschen, die dort zu lange Rast machen, die Gliedmaßen brechen wie gefrorenes Reisig.

Der andere Übergang liegt in der Grafschaft Tirol, ist weit weniger schrecklich und hinter ihm beginnt ein herrliches Land, in dem fast immer die Sonne scheint, in dem die wunderbarsten Früchte wachsen und wo die Menschen zuvorkommend und gastfreundlich sind. Italien heißt das Land. Diesen Weg nehmen wir, so hat es Nikolaus bestimmt, auch wenn er weiter ist als der andere.

Wir reisen durch das schöne Land, bis wir die mächtige Stadt Genua erreichen, die einen großen Hafen besitzt. Von dort aus sind schon viele Kreuzfahrer mit Schiffen ins Heilige Land aufgebrochen. Da wird Nikolaus Gott um seinen Beistand anflehen und das Meer wird sich teilen, so dass wir, ohne uns die Füße nass zu machen, nach Jerusalem wandern können.«

Gerhard nickte. Das deckte sich ungefähr mit dem, was er selbst gehört hatte. »Es wird sicher sehr anstrengend werden«, sagte er.

»Pah, anstrengend«, wiederholte Eckart verächtlich. »Mein Vater hat nie was von großen Anstrengungen gesagt, und der war schon überall, in Frankreich, in Italien, sogar in Böhmen und Ungarn!«

»Ach ja, überall?«, fragte Berthold spöttisch. »Und wie ist er gewöhnlich unterwegs? Zu Fuß?«

»Natürlich nicht!«, erwiderte Eckart stolz. »Zu Pferd reist er . . . oder . . .«, fügte er leicht verlegen hinzu, »in der Sänfte, wenn er zu viel kalte Feuchtigkeit in den Knochen oder zu viel Hitze im Blut hat, so dass er nur schwer Luft bekommt . . . Aber meistens zu Pferd.«

»Und sein Gepäck und seine Waren sind sorgsam auf Wagen verladen, und wenn er übers Gebirge zieht, hat er einen Haufen Träger und Maultiere dabei, ist in einen wunderbaren Hermelin gehüllt und bettet seinen edlen Kopf nachts auf ein seidenes Kissen!«, ergänzte Berthold lachend und alle, auch Eckart, stimmten ein.

»Aber wir gehen zu Fuß und unser Bündel tragen wir selbst! Wart nur ab, es ist nicht so leicht, wie du denkst!«

Eckart schob wortlos seinen Umhang zurück, hob den rechten Arm und ließ die Muskeln spielen. »Vergesst nicht, dass ich ein Ritter werden will. Ein Ritter muss die schwersten Entbehrungen und die schlimmsten Prüfungen überstehen. Was hat da schon ein armseliger Fußmarsch zu bedeuten? Also, jetzt geht's hoffentlich wirklich endlich los!«

Nikolaus und die beiden Mönche bestiegen drei gesattelte Maulesel, gaben ihnen einen Klaps aufs Hinterteil und die Tiere setzten sich langsam in Bewegung. Hinter ihnen folgten an einem Seil zwei weitere, die das Zelt, Gepäckstücke und Proviant trugen.

Nikolaus' Vater war nirgends zu sehen.

»Kein Schaden, dass er weg ist«, brummte Berthold nur, als Gerhard sich nach ihm erkundigte.

Nach den Tieren kam eine Gruppe von Kindern, ausschließlich Jungen – und nur größere und kräftige. Gerhard war es gestern schon aufgefallen, dass sie Nikolaus wohl ganz besonders ergeben waren, denn nach seiner Predigt hatten sie wie die Verrückten gejubelt und gebrüllt; und immer schienen sie in seiner Nähe zu sein, so, als ob sie sein lebender Schild gegen alle Gefahren sein wollten.

Nach ihnen begann sich allmählich der endlos lange Zug der Kinder zu formieren. Gerhard, Berthold, Eckart und Bruno bildeten die letzte Gruppe. Vor ihnen marschierten tapfer ein paar Winzlinge, Jungen und Mädchen, die höchstens acht Jahre alt waren, und hinter ihnen waren nur noch die fahrenden Leute, Gaukler, Spaßmacher und Musikanten.

Als Gerhard zurückblickte, sah er das Mädchen, das ihm gestern von den Süßigkeiten angeboten hatte. Ihre schwarzen Locken waren zerzaust, ihre Kleider zerdrückt und voller Grashalme, aber Gerhard hätte sie stundenlang anschauen können, so schön fand er sie.

Als sie seinen Blick bemerkte, lächelte sie ihm zu und winkte. Dann zog sie wie zufällig zwei Schließen ihres Hemdes auf, öffnete den Mund und fuhr sich mit der Zungenspitze über die Lippen.

Gerhard wollte zurücklächeln, aber sein Gesicht war wie eingefroren. Er schluckte und wandte schnell den Kopf. Am liebsten wäre er zu ihr hingelaufen und hätte sie umarmt. Ob das wohl eine Prüfung Gottes war, eine Prüfung, ob er es wert war, diesen Zug zu begleiten?

Energisch schaute Gerhard nach vorn und sang aus voller Kehle mit, als die Jungen, die neben Nikolaus und den beiden Mönchen liefen, das Kreuzzugslied anstimmten:

Jerusalem, nun lache,
weil schon in kurzer Frist
dein Leid zu Ende ist.
Nah ist der Tag der Rache,
erbarm dich, Herre Christ!

Langsam schwenkten die Wanderer aus der Wiese in die Straße ein, die, durch eine sanfte Steigung von ihm getrennt, vielleicht dreißig Fuß über dem Rhein verlief und seinem Lauf genau folgte.

Sie war kaum fünfzehn Fuß breit und man sah, dass sie viel benutzt wurde; denn sie war voller Schlaglöcher, die nur notdürftig mit Reisig und Steinen geflickt waren. Durch die wochenlange Hitze waren die Zweige dürr geworden und splitterten, wenn man auf sie drauftrat; schmerzhaft stachen die spitzen Bruchstücke in die Fußsohlen der Kinder, die barfuß gingen, besonders in der Mitte, wo sich keine Hornhaut bildete. Kein Gräslein wuchs aus dem ausgetrockneten, steinharten und rissigen Boden.

Viele Kinder gingen neben dem Weg auf der Wiese und man hörte öfter mal ein Schimpfen oder Aufkreischen, wenn jemand auf einen verborgenen spitzen Stein trat oder eine Brennnessel streifte.

Davon abgesehen schienen alle in bester Stimmung zu sein: Die Knirpse vor Gerhard und seinen Freunden vergnügten sich damit, einander beim Gehen ein Bein zu stellen. Sie bogen sich vor Lachen, wenn einer tatsächlich den Halt verlor und in die Wiese kugelte, womöglich in ein Brennnesselfeld.

Ein Stück weiter vorn hatten sich ein paar Jungen lange Halme gepflückt und kitzelten damit zwei blondbezopfte Mädchen im Nacken. Die taten zwar ganz entrüstet, aber sie unternahmen nichts um sich von ihren Quälgeistern zu befreien. Gelächter und fröhliche Unterhaltung erfüllte die Luft.

Gerhard fühlte sich, als ob er schon lange Zeit mit diesem lustigen Haufen mitgezogen wäre.

Als die Straße einen leichten Bogen machte, drehte er sich im Laufen noch einmal um. Die Türme der Stadt wirkten im sonnigen Dunst seltsam verwischt, wie Bilder eines Traums, an den man sich nur noch ungenau erinnern kann.

Gerhard nahm im Stillen noch einmal Abschied von seinem Freund Georg, von seiner Mutter, die auf dem Friedhof der Pfarrkirche lag, und von seinem Vater, der nun ganz allein sein würde.

Er sah wieder nach vorne; auch das stahlblaue

glänzende Band des Flusses und die schmale Straße verloren sich im Dunst.

Man kann nicht mehr richtig zurück- und noch nicht richtig vorausschauen, dachte Gerhard. Nur das, was *jetzt* ist, zählt!

Er stieß den neben ihm gehenden Berthold an und fragte: »Seid ihr auf dem ganzen Weg bisher so fröhlich gewesen?«

»O nein«, erwiderte Berthold. »Warte mal, wenn ein Gewitterregen auf uns runterprasselt, wenn alle bis auf die Haut durchnässt sind, wenn die Straße eine widerliche schleimige Masse aus Wasser, Dreck und Lehm ist. Wenn das Mehl nicht reicht, wenn die Kleinen vor Nässe oder Kälte nicht richtig schlafen können. O ja, wir sind schon so bedrückt wie eine Bande von Totengräbern unseren Weg entlanggestapft ... Aber jetzt sind alle prächtig ausgeruht, haben zwei Tage lang satt zu essen und zu trinken gekriegt, die Nächte waren warm, die Menschen freundlich und Nikolaus' Predigt gestern hat das Feuer in allen Herzen neu angezündet. Kein Wunder, dass gute Stimmung herrscht. Im Übrigen: Ausnahmen gibt es auch heute!« Er zog Gerhard ein wenig zur Seite, trippelte auf den Zehenspitzen weiter und reckte den Hals.

Gerhard machte es ihm nach.

»Siehst du da vorne die Gruppe?« Er deutete auf die großen Jungen, die Nikolaus folgten. »Fällt dir nichts auf?«

Doch, ihm fiel etwas auf. Es war auch kaum zu übersehen. Während die übrigen Kinder kreuz und quer durcheinander liefen, marschierten sie in der Reihe, schwangen die Arme und bewegten die Beine im selben Rhythmus. Sie gingen mit geradem Rücken und erhobenen Köpfen.

»Die da, die sind nie in fröhlicher Stimmung«, erklärte Berthold. »Sie toben nie mit den anderen herum, jubeln tun sie nur, wenn Nikolaus gepredigt hat.«

»Wie die Jünger von Jesus«, meinte Gerhard.

»Nein«, widersprach Berthold. »Waren die blind und taub gegen alles? Haben die immer bloß Beifall geklatscht und nie eigene Gedanken gehabt? Haben die nie gelacht? Ich kann es gar nicht glauben ... Mir kommen sie vor wie Leute, denen ein Kurpfuscher den Schädel geöffnet und dabei ein kleines bisschen was beschädigt hat! Übrigens gibt es auch ein paar Mädchen, alberne Gänse, sage ich dir, die niemals lachen und nichts kennen außer Nikolaus. Aber anders als unser Kleiner hier« – er deutete auf Bruno, der mit beschwingten Schritten vor ihnen herlief. »Der verehrt Nikolaus, ja, er liebt ihn über alles und würde sein Leben für ihn opfern. Aber diese Ziegen möchten nur am liebsten den Boden küssen, den der Abdruck seiner Sandalen geadelt hat. Am Anfang umlagerten sie abends sein Zelt und seufzten: ›Ach, Nikolaus, du von Gott Gesandter, lass uns in deiner Nähe sein.‹ Das ging so lange, bis sie von den Jungen unter Androhung von Fußtritten verjagt wurden. Jetzt umlagern die das Zelt, aber sie halten wenigstens den Mund dabei.«

»Du bist ein seltsamer Heiliger!« Gerhard lachte und stieß seinen neuen Freund in die Seite. »Die Pilger, die ich in Speyer gesehen habe, die hielten den Blick immer demütig gesenkt und schauten nicht auf die anderen und spotteten über sie!«

»Ich weiß, ich weiß«, seufzte Berthold, »aber ich bin nun mal so entsetzlich neugierig. Und so viel ich auch über Länder, über Pflanzen und über Tiere wissen möchte, am liebsten schaue ich nur die Menschen an, denen ich begegne.« Er legte Gerhard eine Hand auf die Schulter und senkte die Stimme zu einem Flüstern: »Schau, da ist noch jemand mit finsterer Laune.« Er drehte den Kopf ein wenig und rollte dabei mit den Augen.

Gerhard wusste gleich, wen er meinte. Eckart, der tapfere Ritter, stierte missmutig vor sich hin.

Gerhard kicherte. »Er sieht aus, als ob man ihm eben seine Rüstung geklaut hätte«, raunte er.

»Dabei hat er noch gar keine gehabt«, grinste Berthold.

»He, Eckart, warum schaust du so grimmig?«

Der Sohn des Kaufmanns verzog das Gesicht und maulte: »Wenn wir mit dieser Geschwindigkeit weitergehen, bin ich so alt, dass die Heiden höchstens noch vor dem Klappern meiner Knochen davonlaufen, wenn wir in Jerusalem ankommen.«

Gerhard gab ihm insgeheim Recht. Auch er wäre lieber rascher gegangen, schneller in all die wunderbaren Abenteuer, die sie bestimmt erwarteten; aber als er die Kleinen anschaute, die vor ihm marschierten, wie oft sie ihre kurzen Beinchen bewegen mussten, während er nur einen langen Schritt machte, war ihm klar, dass er sich gedulden musste.

So bewegte sich der Zug gemächlich seinem fernen Ziel entgegen. Die Kinder kamen an Einödhöfen und winzigen Dörfchen vorbei, ab und zu war auf einem Hügel thronend eine armselige Burg zu sehen, deren Herr wahrscheinlich nicht viel besser dran war als die Bauern, die seinen Fetzen Land bearbeiten mussten. Einmal passierten sie auch ein stattliches Dorf. Die Höfe wirkten sauber und wohlhabend und das steinerne Amtshaus, das sie alle überragte, zeugte vom Reichtum des Herrn, der hier Zins und Abgaben erheben durfte.

Viele Menschen sahen die jungen Kreuzfahrer: Frauen und Männer, die die zweite Heumahd einbrachten oder mit ihren Sicheln Ähren von den Halmen schnitten, denn es war so warm, dass manche Felder schon für die Ernte reif waren. Hirten trieben ihr Jungvieh auf die Weide, Reiter auf eleganten Pferden trabten an den Kindern vorbei. Berittene Kaufleute, begleitet von verwegen aussehenden Waffenknechten, die sie zum Schutz vor Straßenräubern angeworben hatten, kreuzten ihren Weg, Fuhrleute mit Ochsenkarren warteten fluchend, bis sie endlich vorbeigezogen waren.

Aber die meisten Menschen waren freundlich,

ja überschwänglich. Sie winkten, schlugen das Kreuz oder riefen Segenswünsche. Mancher Reisende zog den Beutel und drückte irgendeinem der Kinder eine Münze in die Hand, Bauern brachten Brot und getrocknete Früchte. Immer wieder kam es vor, dass jemand zu Nikolaus lief, der hoch aufgerichtet auf seinem Maulesel saß und ehrfürchtig den Saum seiner Kutte berührte: Das Gerücht von dem Wunder wirkenden Prediger, der die Kinder ins Heilige Land führte, eilte ihnen voraus.

Um die sechste Stunde des Tages machten sie Halt, um ihre Mahlzeit einzunehmen. Brot, Zwiebeln und Käse gab es noch genug und wer am Abend vorher schon seinen ganzen Anteil aufgegessen hatte, der schüttete einfach ein bisschen Mehl in den Becher, rührte mit Flusswasser einen dicken Brei daraus und verspeiste den.

Eckart zog ein kleines Zinnfässchen mit Salz und ein paar gedörrte Würste aus seinem Felleisen. Er machte dabei sein gleichgültigstes Gesicht und tat so, als ob das überhaupt nichts wäre, während er in ein Würstchen biss, dass es knackte, und seinen Käse mit Salz bestreute. Aber als er die sehnsüchtigen Blicke der drei anderen bemerkte, siegte sein gutes Herz und er teilte mit ihnen, was er hatte.

Mancher hätte wohl gern nach dem Essen ein Nickerchen gemacht um die ärgste Mittagshitze zu verschlafen, aber unbarmherzig drängte Nikolaus zum Aufbruch. Die großen Jungen, die ihn abschirmten, scheuchten nach kurzer Zeit alle hoch, die sich behaglich niedergelassen hatten.

So ging es schon bald wieder weiter, unter der glühenden Sonne, niemand jammerte, aber singen wollte auch niemand mehr.

Als Gerhard einmal verstohlen zu Eckart hinübersah, der jetzt neben ihm ging, bemerkte er, dass dem künftigen Ritter, dem es gar nicht schnell genug hatte gehen können, der Schweiß in Strömen vom Gesicht lief. Sein Kopf hatte die Farbe einer reifen Kirsche. Er fluchte fortwährend vor sich hin und wischte sich alle paar Augenblicke mit dem Handrücken über die Stirn.

Du liebst das Essen zu sehr, Eckart von Speyer, du bist wohl doch deinem Vater ähnlich, dachte Gerhard belustigt und stellte sich den dicken Kaufmann vor, wie er sich behaglich in einer weich gepolsterten Sänfte durch die Gegend tragen ließ.

Dann blickte er über die Schulter zu Bruno und Berthold. Der Kleine marschierte, als ob ihm die Hitze überhaupt nichts ausmachte. Berthold ließ seine Blicke wandern, sah alles, nahm alles auf und bemerkte vermutlich nicht mal, dass sich seine Beine bewegten.

So ging es weiter, die staubige Straße entlang. Eine gute Wegstunde nach dem Rastplatz gabelte sie sich. Der Zug der Kinder bog ab und ließ den Rhein hinter sich. Die Landschaft wurde jetzt hügelig und der Weg beschwerlicher, es gab nur wenig Stellen, an denen er durch

Schatten spendenden Wald führte. Noch erbarmungsloser brannte die Sonne auf die Kinder nieder. Es gab keine Bäche mehr, an denen man im Vorbeigehen seinen Durst stillen konnte. Kaum einer hatte daran gedacht, einen Wasservorrat mitzunehmen, wenn er überhaupt ein Gefäß dafür besaß.

Bald waren viele von den Kleinen wirklich erschöpft. Manche ließen sich einfach am Wegrand fallen und der Zug kam ins Stocken. Eckart ließ sich erleichtert auf einen großen Stein nieder und auch die anderen waren froh über die Unterbrechung.

Aber es dauerte nicht lange, da kamen die beiden Mönche auf ihren Mauleseln herangetrabt. Sie mahnten streng zum Durchhalten und so ging es nach kurzer Pause weiter. Endlich, die Sonne stand schon weit im Westen, erreichten die Kinder ein kleines Flüsschen und Nikolaus ließ das Zeichen zum Anhalten geben.

Während kurze Zeit später die meisten Kinder im Gras lagen oder sich im Fluss Staub und Schweiß vom Körper spritzten, bauten die Jungen, die zu Nikolaus' Gefolge gehörten, das weiße Zelt und das hölzerne Podest auf.

Nikolaus bestieg es und wie am Tag zuvor wurde es schlagartig still. Der Prediger sprach eindringlich und beschwörend. Von Opfern, die man Gott bringen müsse. Von den Körperkräften, die nicht einem selbst, sondern Gott gehörten. »Gott kann nicht warten!«, rief er immer wieder. Und: »Gott hat keine Zeit! Was ist, wenn die Heiligen Stätten verwüstet werden, nur weil unser Fleisch zu schwach ist?«

Wieder jubelten ihm alle zu, wieder klang das Kreuzzugslied laut durch den stillen Abend. Es gab kaum einen, der nicht neue Kraft in sich spürte, als er die kräftige, durchdringende, fast bellende Stimme hörte und das bleiche Gesicht mit den brennenden Augen darin sah, die über Land und Menschen hinweg direkt zu Gott zu blicken schienen.

In der Nähe des Lagerplatzes lag ein kleines Kloster, aus dem am Abend einige in grob gewebte graue Kutten gekleidete Mönche herauskamen. Die vier Freunde bemerkten, dass sie bei Nikolaus und seinen beiden Mönchen nicht stehen blieben, ja, das weiße Zelt und seine Bewohner nicht einmal eines Blickes würdigten.

Aber sonst waren sie überaus hilfsbereit. Sie gingen durch die Reihen der Kinder und erkundigten sich nach ihrem Befinden. Sie hatten feuchte Tücher und Wundsalbe dabei und reinigten und versorgten brennende, rissige und blutende Füße. Anschließend gingen sie ins Kloster zurück und kamen bald darauf mit einem Handwagen voller großer runder Käselaibe zurück. Jede Gruppe bekam ein großes Stück davon, aber um das weiße Zelt machten sie einen Bogen.

Als sie zu Gerhard und seinen Freunden kamen, sagte einer von ihnen: »Wir haben nur wenig, aber das Wenige wollen wir mit euch teilen. Gelobt sei Jesus Christus!«

»In Ewigkeit, Amen!«, antworteten die vier.

Berthold fasste sich ein Herz und fragte: »Verzeiht mir, Vater, aber warum gebt Ihr nicht das größte und beste Stück Nikolaus, der uns ins Heilige Land führt? Er hat es verdient, glaubt es mir, denn er lebt nur für Gott!«

Der Mönch, der der Sprecher der anderen zu sein schien, sah ihn prüfend an und entgegnete: »Ihm hat schon ein anderer reichlich gegeben, ob es Gott war, weiß ich freilich nicht.« Dann wandte er sich ab und seine Mitbrüder folgten ihm.

»Was meint er wohl?«, fragte Bruno.

Berthold zuckte nur die Achseln. »Ich weiß es nicht.«

Sie zerbrachen sich jedoch nicht lange den Kopf darüber, denn Eckart hatte schon herzhaft in den Käse gebissen. »Köstlich!«, rief er, worauf die anderen schleunigst zugriffen, bevor es nichts mehr zum Zugreifen gab.

Allmählich wurde es dunkel. Nikolaus sprach seinen Abendsegen, aber im letzten Tageslicht heute und ohne Fackeln zu benutzen.

Vielleicht war es das Feuer, das eine der Gauklertruppen trotz der Wärme angezündet hatte, das ihn davon abhielt. Ein verlockender Duft wehte von dort zu Gerhard und seinen Gefährten herüber, wie von einer kräftigen Fleischsuppe. Das wäre natürlich noch besser als Käse! Aber niemand kam um ihnen was anzubieten und so legten sie sich bald hin, schoben ihre Bündel unter den Kopf und schliefen ein.

Gerhard erwachte, weil sich ihm ein Wurzelstock schmerzhaft in die Seite bohrte. Ächzend rollte er sich zur Seite und richtete sich auf. Es war alles andere als still. Grillen zirpten, der Fluss sprudelte und gluckerte und die vielen Schläfer um ihn herum schnauften, schnarchten und stöhnten.

Ärgerlich merkte Gerhard, dass er ein dringendes Bedürfnis hatte und sich nicht einfach wieder in den Schlaf sinken lassen konnte. Er streckte und schüttelte sich und stand auf. Leise ging er zwischen den Schlafenden hindurch. Die tausend Sterne am wolkenlosen Himmel warfen einen Schimmer auf die Erde, der reichte, dass er sich zurechtfinden konnte. Nachdem er hinter einem Baum seine Notdurft verrichtet hatte, ging er zurück.

Plötzlich löste sich ein Schatten aus einem Holunderstrauch, jemand trat vor ihn hin und legte ihm die Hände auf die Schultern.

Für einen Moment erschrak er, aber dann erkannte er das Mädchen, das ihm zweimal so seltsam zugelächelt hatte. »Was willst du denn?«, flüsterte er mehr erstaunt als böse.

»Was werde ich schon wollen?«, fragte sie ebenso leise. Sie trat ganz dicht an ihn heran und legte ihr Gesicht an seines. Ihr Haar roch nach Äpfeln und frischem Brot. Ihre Lippen streiften seine Augenlider, seine Wangen, seinen Mund. Sanft ergriff sie seine Hand und legte sie auf ihre Brust; dann setzte sie sich ins Gras und zog ihn zu sich herunter.

Gerhard wusste gar nicht, wie ihm geschah.

Noch nie hatte ein Mädchen ihn berührt. Außer seiner Mutter war niemals jemand zärtlich zu ihm gewesen, und dass sie ihn gestreichelt hatte, war schon so unendlich lang her . . .

Auf einmal lag Gerhard in den Armen der fremden jungen Frau und fühlte ihre Liebkosungen. So schön war es, einfach dazuliegen und diese kleinen weichen Hände zu spüren und den Körper, der sich eng an seinen schmiegte. Durfte das sein, dass man sich so glücklich fühlte? Auf einem Zug, der hart und entbehrungsreich und dem Dienst Gottes geweiht sein sollte? Nikolaus fastete und betete womöglich um Gottes Beistand für das große Ziel zu erhalten und er lag hier bei . . . bei einer Hure!

Gerhard wehrte die Hände des Mädchens ab und rollte sich auf die Seite.

»Was ist?«, flüsterte die junge Frau.

»Ach, nichts«, erwiderte Gerhard. »Ich muss zu den anderen.«

Er wollte aufstehen, aber sie packte ihn blitzschnell am Handgelenk und hielt ihn fest. »Was hast du?«, fragte sie erneut. »Bleib noch und hör mir zu!«

Widerstrebend setzte sich Gerhard wieder zu ihr ins Gras.

»Komm mit uns!«, sagte das Mädchen beschwörend. »Komm mit uns! Ich weiß nicht, ob du ein entlaufener Leibeigener bist oder ein Dienstbotenbastard, aber wenn du mit uns ziehst, bist du frei! Du wirst nie geehrt und geachtet sein, du wirst nie an den Tischen der Herren sitzen, aber es werden immer genug Brocken für dich abfallen und du wirst frei sein. Niemand hält dich, niemand befiehlt dir, niemanden musst du fragen. Wo es dir nicht gefällt, da bleibst du nicht, und wer deine Künste nicht will, dem drehst du eine lange Nase! Was willst du hier bei diesen Kindern, die ihrem Führer blindlings folgen, von dem man nicht weiß, ob er verrückt ist oder ein Halunke?«

»Wie kannst du so etwas sagen!«, fauchte Gerhard. »Jemand wie du, der mit einer Bande von Dieben und Lumpen herumzieht und mit Taschenspielereien die Leute betrügt! Er ist ein Heiliger. Er hat Wunder vollbracht und er wird sein Ziel erreichen. Du aber und deine fahrenden Gaukler, ihr habt überhaupt kein Ziel!«

Die junge Frau war nicht im Mindesten beleidigt. »In Ordnung«, sagte sie, »er ist ein Heiliger. Kann sein. Ich habe bloß schon zu viele Leute gesehen, die Heilige zu sein schienen und dann als arme Sünder mit einem Strick um den Hals endeten. Also lass ihn ruhig heilig sein. Ist das für dich ein Grund, mit ihm zu gehn?«

Gerhard merkte, wie er unsicher wurde. Er fühlte sich wohl in der Nähe dieses Mädchens. Sein Herz klopfte und er hätte gerne wieder ihre Liebkosungen gespürt. Wie es wohl wäre, mit ihr und ihrer Truppe zu ziehen, auf den Märkten Kunststücke vorzuführen und allerhand Krempel zu verkaufen? Er dachte an seinen Traum, ein reicher Gewürzhändler zu werden. War das der erste Schritt dazu?

Aber dann fiel ihm der verdreckte Kerl mit den Zahnstummeln ein. Nein, so sah man eines Tages aus, wenn man ein Gauklerleben führte! Da hätte er gleich bei seinem Vater bleiben können!

Er betrachtete verstohlen das Gesicht des Mädchens, die schräg stehenden Augen, die langen schwarzen Haare und die vollen, geschwungenen Lippen. Und er dachte an das, was er über Adam gehört hatte, wie er der teuflischen Versuchung der Schlange erlegen war. So heftig, dass das Mädchen an seiner Seite zusammenzuckte, erwiderte er: »Nein, ich werde nicht mit dir und deinen heruntergekommenen Freunden gehen. Ich habe ein Ziel, verstehst du? Ein gutes Ziel, ein ehrenwertes Ziel, eine wichtige Aufgabe. Ich werde diesem von Gott gerufenen Prediger folgen und nicht einer Gauklerhure!« Unwillkürlich wich er ein Stück zurück, weil er dachte, er sei zu weit gegangen und sie würde ihn ins Gesicht schlagen.

Aber sie rührte sich nicht. Sie sagte nur in einem Tonfall, der halb spöttisch, halb traurig war: »Natürlich, wenn man wählen muss zwischen einer Hure und einem, der von Gott geschickt ist, da kann es nur eine Wahl geben. Komm, ich bring dich zu deinem Lagerplatz.« Sie fasste ihn bei der Hand und ging mit ihm zurück.

Als sie bei seinen schlafenden Gefährten angelangt waren und Gerhard sich hingekauert hatte, hockte sie sich neben ihn, legte einen Arm um seinen Hals und küsste ihn lange auf die Lippen.

Einen Moment lang wollte Gerhard sie zurückstoßen; aber das tat er dann doch nicht. Er schloss die Augen und dachte, wie schwer es sei, den Versuchungen des Teufels zu widerstehen.

Endlich ließ sie ihn los, sagte nur: »Viel Glück und gute Reise«, und huschte davon.

Die Erinnerung an ihre Zärtlichkeiten, an ihren Geruch nach Äpfeln und Brot ließ ihn lange nicht einschlafen.

Als Gerhard am nächsten Morgen müde und wie erschlagen aufwachte – Eckart musste ihn ein paar Mal kräftig in die Rippen stoßen, was er mit Genuss machte –, waren die Gaukler und mit ihnen das schwarzhaarige Mädchen fort.

Später, die Freunde packten gerade ihre Sachen zusammen um weiterzuziehen, merkte er, dass der kostbare Gürtel mit der Goldschnalle, der Gürtel, den seine Mutter getragen hatte, weg war. Erst hätte er platzen können vor Wut. Hure! Diebin! Betrügerin! In Gedanken schickte er ihr alles hinterher, was er an Beleidigungen und Flüchen kannte. Aber sie konnte es nicht hören und wenn, sie hätte bestimmt bloß gelacht. So tröstete sich Gerhard mit dem Gedanken, dass der Gürtel vor langer Zeit für eine schöne junge Frau gemacht worden war und dass ihn jetzt wieder eine schöne junge Frau trug. Den anderen erzählte er kein Wort, denn ausgelacht werden wollte er nicht auch noch.

An den Gürtel dachte er bald nicht mehr, aber die kleinen weichen Hände und die sanften Lippen vergaß er lange Zeit nicht.

Am übernächsten Tag erreichte der Zug der Kinder Wimpfen – eine prächtige Stadt, die zu einem Teil im Mündungstal der Jagst in den Neckar, zu einem Teil an einem Berghang lag.

Die Bürger empfingen die jungen Kreuzfahrer freundlich, brachten ihnen Mehl, Bier und Früchte; in die Stadt zu gehen erlaubten sie freilich niemandem. Vielleicht fürchteten sie, dass allzu viele Kinder Nikolaus' Ruf folgen würden. Als er predigte, war jedenfalls kaum ein Wimpfener zu sehen. Aber als sie am nächsten Morgen weiterzogen, waren es doch wieder ein paar mehr, die die heiligen Stätten befreien wollten.

Unter ihnen war ein Mädchen, zierlich, vielleicht vierzehn Jahre alt, mit dunklen Locken.

Als Gerhard sie sah, hatte er sofort Mitleid mit ihr. Schwarze Ringe lagen unter ihren Augen und sie schaute aus, als ob sie seit Tagen nichts gegessen und kein Auge zugetan hätte.

Plötzlich stand sie da, niemand hatte sie kommen sehen, starrte mit großen Augen zu dem weißen Zelt hinüber und fragte mit merkwürdig tonloser Stimme: »Darf ich mit euch ziehen?«

»Du darfst«, sagte Gerhard. Er bot ihr seine Felljacke zum Sitzen an und flößte ihr einen Schluck von Georgs Wein ein.

»Das ist Berthold von Köln, das dort Bruno aus ich-weiß-noch-nicht-genau-woher, das ist Eckart, ich bin Gerhard. Wir beide kommen aus Speyer.«

»Aus Speyer?«, fragte das Mädchen und für

einen Augenblick kam Bewegung in das blasse Gesichtchen. Aber sofort blickte die Kleine wieder gleichgültig und teilnahmslos. »Ich heiße Irmingard«, sagte sie.

Dann schwieg sie und es war kein Wort mehr aus ihr herauszubringen.

# 6

In der Schenke *Zum Rad* in Speyer herrschte trotz der späten Stunde Hochbetrieb. Jetzt, im Sommer, waren die Arbeitszeiten lang, weil die Dunkelheit so spät hereinbrach. Und da hatte so mancher Geselle und Tagelöhner noch das Bedürfnis, den Ärger des Tages mit ein paar Krügen Bier oder einigen Bechern Wein hinunterzuspülen.

Fast alle Plätze an den sechs langen Eichentischen waren besetzt. Vor allem Fuhrknechte und Schmiede, Zimmerleute und Wagner waren es, die hier verkehrten; aber auch fahrendes Volk und allerhand Leute, die nicht gerade zur feinsten Gesellschaft gehörten.

Der Wirt war bekannt dafür, dass seine Trinkgefäße größer waren, als der Eichmeister es verlangte, dass sein Essen gut, reichlich und billig war und dass er manchem armen Teufel die Zeche auch einmal stundete oder ganz erließ. So war es kein Wunder, dass er immer ein volles Haus hatte; reiche Kaufleute oder gar geistliche Herren verirrten sich allerdings selten zu ihm.

In dem niedrigen lang gestreckten Raum war die Luft zum Schneiden. Die zahlreichen Lampen, einfache talggefüllte Holzschalen, die an eisernen Haken von der Balkendecke hingen, qualmten und stanken. Die drei Dutzend Männer, die auf den schmalen Bänken saßen und die in der Sommerhitze viele Stunden schwer gearbeitet hatten und nur selten mit Wasser in Berührung kamen, rochen durchdringend nach Schweiß. Der Duft heißen Schweinefetts und gerösteter Brotfladen kam dazu.

Aber keinen der Gäste schienen Hitze und Gestank zu stören. Einige hockten eng beieinander und würfelten. Dabei fluchten sie so abscheulich und gotteslästerlich, wie es nur Fuhrleute fertig bringen, die die meiste Zeit allein mit ihren Gäulen und Ochsen verbringen; wo sollten sie da wohl lernen sich wie anständige Christen zu benehmen? Vier andere spielten Karten. Einer von ihnen zog gerade jammernd seine Weste aus und warf sie auf den Tisch, was nichts anderes hieß, als dass er schon jeden Pfennig verspielt hatte, den er in der Tasche gehabt hatte. Die meisten der Gäste aber aßen und tranken und unterhielten sich.

An einem kleineren Tisch, ein wenig abseits von den anderen, saßen sich zwei Männer gegenüber, zwischen sich einen großen Krug mit Wein und einen zweiten mit Wasser.

Der eine der Männer war im Sitzen so groß wie andere, wenn sie stehen. Sein Brustkasten war ebenso gewaltig wie sein Bauch, und da ihm sein Hemd um einiges zu eng und zu kurz war, hatte er eine Anzahl Löcher hineingeschnitten, Schnüre durchgezogen und es damit an seinem

Gürtel festgebunden. Er hatte kurz geschnittenes braunes Haar und ein breitflächiges Gesicht, das Ruhe und Selbstsicherheit ausstrahlte.

Das war Thomas, der Wirt. Seine Gäste hatten ihm den Beinamen »der Besen« verliehen. Denn wenn sich einer von ihnen mal schlecht benahm oder gar eine Rauferei anfing, dann packte Thomas den Übeltäter im Genick und wischte ihn mit der anderen durch die offene Tür ins Freie, so, wie man mit einem Reisigbesen ein Häufchen Dreck nach draußen befördert.

Freilich hatte es dabei in der Vergangenheit ein paar verrenkte Glieder und angeschlagene Köpfe gegeben, aber die Schöffen des Stadtgerichts hatten alle Klagen abgewiesen, weil Thomas nur hinlangte, wenn dadurch Schlimmeres verhütet wurde. In seine Wirtschaft mussten Büttel und Wächter niemals kommen, denn er beseitigte alle Problemfälle selbst.

Eben hob er seinen Krug zum Mund, nahm einen tiefen Zug und fragte: »Du glaubst also, dass das alles Betrug und fauler Zauber ist?«

Sein Gegenüber nickte. Auch er war überdurchschnittlich groß und kräftig, aber neben dem riesigen Wirt wirkte er wie ein Schachtelhalm neben einer Fichte. »Stell dir nur vor«, erklärte er, »da behauptet jemand nicht nur, dass er tausend Kinder – Kinder armer Leute zum großen Teil, die noch nicht mal einen warmen Mantel oder Schuhe haben – gesund und satt bis ins Heilige Land bringen kann, sondern auch noch, dass dieser Haufen von Milchkälbern die Heiden vertreiben würde. So, als ob man dafür nur einmal mit dem Finger winken und einen Furz lassen muss. Wenn das kein fauler Zauber ist!«

Georg, der Schmied, denn er war es, der dem Wirt gegenübersaß, schlug mit der Faust auf den Tisch, dass die Krüge wackelten. »Aber du kannst nichts machen. Heutzutage, wo jeder, wenn er bloß das Wort Kreuzzug hört, bereit ist seinem Nachbarn den Bauch aufzuschlitzen, weil der mal in der Kirche auf den Boden gespuckt hat! Heutzutage, wo sich Grafen, Herzöge und Bischöfe den Schädel einschlagen, weil sie sich nicht einigen können, wer König werden soll! Heutzutage braucht bloß so ein Bursche zu behaupten, dass ihm der Herr Jesus Christus erschienen ist. Wenn er das gut macht und ordentlich die Augen rollt dabei, dann findet er leicht tausend Leute, die ihm hinterherrennen. Ob ins Heilige Land oder direkt in die Hölle. Wie willst du auch denen sagen: ›Folgt nicht einem falschen Heiligen‹, die nichts zu verlieren haben? Mein Freund Gerhard, du kennst ihn ja, ist ein guter Bursche. Er hat mehr im Kopf und mehr im Herzen als mancher Pfaffe in dieser gesegneten Stadt, wenn du mich fragst. Aber was hat er alles ausstehen müssen bei Wolfram . . .«

»War mal ein guter Mann, der Wolfram«, unterbrach ihn Thomas bedächtig. »Bis seine Frau starb.«

»Ich weiß, ich weiß. Aber was konnte der Junge dafür? Er ist mit dem Ochsenziemer aufgewachsen, mit Hunger und Durst. Ist es da ein

Wunder, dass er jemandem begeistert folgt, der ihm in leuchtenden Farben fremde Länder schildert und ihn angeblich für eine große und wichtige Aufgabe braucht?«

Georg hatte sich in Hitze geredet und nahm einen langen, langen Zug aus dem Krug mit verdünntem Wein, um sich wieder abzukühlen. Dann fuhr er ruhiger fort: »Jetzt ist es schon fast zwei Wochen her, seit die Kinder Speyer verlassen haben. Bisher wird ihnen wohl nicht viel passiert sein. Es ist warm und die Straße nach Süden ist belebt und sicher. Vielleicht helfen ihnen auch die frommen Predigten ihres Anführers, dass sie öfter mal was Ordentliches in den Bauch kriegen. Aber was ist, wenn nicht? Wie kommen sie über das große Gebirge? Was ist, wenn sie in den verfluchten Sümpfen, die es dahinter geben soll, von einer Seuche befallen werden?«

»Sieh doch nicht so schwarz«, brummte der Wirt. »Im Übrigen, ob einer alt ist oder jung, ob Ritter oder Höriger, Fieber und Pest könnten jeden umbringen, wenn er die giftigen Dünste einatmet, die sie verursachen.«

»Da hast du Recht«, gab Georg zu. »Das wird jedenfalls behauptet. Aber wer nicht nach Italien zieht, kann dort auch nicht das Fieber kriegen. Wen außerdem das Fieber nicht erwischt, der wird dann von irgendwelchen blutrünstigen Heiden abgeschlachtet. Ich sag dir was: den Gerhard sehen wir nicht wieder.« Er nahm wieder einen tiefen Zug und goss sich dann aus dem großen Weinkrug nach.

»Ach was, dir fehlt einfach der rechte Glaube«, sagte der Wirt. »Wart ab, eines Tages wirst du hören, dass das Heilige Land wieder ganz in christlicher Hand ist. Freiherren, Grafen und Könige, die Kinder von Hintersassen und Bastarde von Dienstboten sind, werden dann dort mit ihren ebenso hochgeborenen Frauen herrschen. Einmal wird dann ein prächtig gerüsteter Bote zu dir kommen und dir melden: ›König Gerhard von Jerusalem, dein alter Freund, schickt mich. Er braucht dringend jemand, der seine sechshundert Araberpferde mit goldenen Hufeisen beschlägt, und ob du nicht sein königlicher Oberhofhufschmied werden willst.‹ Wirst schon sehen ...«

»Hör auf dich über mich lustig zu machen«, schnaubte Georg, »oder du kannst dein Essigwasser allein saufen!«

Der Wirt legte ihm begütigend die große Hand auf den Arm. »Sei nicht gleich beleidigt«, erwiderte er. »Ich will dich ja nur von deinen trüben Ahnungen ablenken. Es gibt übrigens noch jemand, der so schwarz sieht wie du und den Prediger vermutlich in Stücke reißen würde, wenn er ihn zwischen die Finger bekäme.«

Georg schaute ihn neugierig an. »Wer?«, fragte er kurz.

»Ein wichtiger Mann in dieser Stadt, der Ratsherr und Weinhändler Eckart.«

»Der Dicke?«, fragte Georg erstaunt. »Was hat der mit dem Kinderzug zu schaffen?«

»Er hat mir's erzählt, als ich mir gestern ein

Fuder von dem Wein, den du gerade trinkst, bei ihm abgeholt habe. Essigwasser, hast du gesagt? Frechheit! Also er war mit seiner Frau auf einer längeren Handelsreise – frag mich nicht wo – und wie er vor zwei Tagen heimkommt, findet er einen Pergamentfetzen, auf dem steht gekritzelt: *Ich werde das Heilige Land vom Joch der heidnischen Unterdrückung befreien und entweder als siegreicher Ritter heimkehren oder den Tod finden. Gott schütze euch, euer getreuer Sohn.* Der würdige Ratsherr hat getobt. Sein einziger Sohn lässt ein Erbe im Stich, mit dem er sämtliche Rittergüter im Umkreis von fünfzig Meilen kaufen kann! Sein einziger Sohn folgt einem Prediger, der angeblich von Gott geschickt ist und Wunder vollbringen kann! Während er mir die Geschichte erzählt hat, hat er sich so aufgeregt, dass ich dachte, er platzt auf der Stelle. Aber seine dicke Haut hat ihn dann doch zusammengehalten. Dass sein Sohn auf so einen reinfallen konnte, das ärgert ihn am meisten.«

»Na, so abwegig ist das nicht«, unterbrach Georg. »Ich habe ihn gehört, den Prediger. Es ist nicht schwer, sich von ihm begeistern zu lassen. Seine Worte steigen in die Seele wie der Wein in den Kopf; ich sage dir, fast alle, die dabei waren, als er am Rheinufer gepredigt hat, haben ihm zugejubelt.«

»Schon, schon«, sagte Thomas, »aber der alte Eckart hätte nicht zu ihnen gehört. Von Wundern hält er gar nichts. Er spendet und stiftet reichlich, lässt die Pfaffen für sich beten und dadurch steht er in der Gnade Gottes. Das glaubt er zumindest. Na ja, trotzdem gibt er nicht seinem Sohn die Hauptschuld an der kindischen Ritterspielerei, sondern dem Prediger. Er schwört, dass er ihn aufknöpfen lassen wird, wenn er ihn nur erwischt. Aber was will er machen? Er kann ihm zwar ein paar bewaffnete Reiter hinterherschicken, aber selbst wenn sie die zwölf Tage Vorsprung aufholen, dann müssen sie sich gegen Hunderte von fanatischen Anhängern durchsetzen, und der junge Eckart, wenn der nicht heimwill, wie können sie ihn dann zwingen gegen den Widerstand der andern? Also bleibt dem Alten nichts anderes übrig ... Was ist denn da los?« Der riesige Wirt runzelte die Stirn und blickte missbilligend zu einem der langen Tische hinüber.

Dort hatte Sigrid, die Kellnerin, gerade einen großen Bierkrug abgestellt und lief schimpfend davon, während ein paar Männer hinter ihr her johlten und lachten.

»Da glaubt so ein Schweinehund wieder, mit dem Bier hat er auch das Mädchen gekauft«, knurrte Thomas. »Und ich kann mir auch gut vorstellen, wer.« Er wies mit den Augen zu dem Tisch hinüber. »Schau dir mal den an, der da an der Schmalseite sitzt!«

Georg musterte den Mann. Er war fett und bleich, hatte kleine, seltsam glotzende Augen und auffallend wulstige Lippen. Wo hatte er dieses Gesicht schon mal gesehen? Es wollte ihm nicht einfallen. »Was ist mit ihm?«, fragte er.

»Er kommt seit, na, ich schätze, zehn, zwölf Tagen her und schmeißt das Geld mit vollen Händen raus. Er säuft und frisst für drei und schart immer ein paar Lumpen um sich, die ihm zujubeln, weil er ihnen die Zeche zahlt. Ein widerlicher, schmieriger Bursche, sag ich dir. Aber das allein ist noch kein Grund jemanden rauszuschmeißen. Aber wenn er die Mädchen anfasst . . .« Er stützte seine Pranken auf den Tisch und wollte sich erheben.

Aber Georg hielt ihn zurück. »Wart einen Moment«, bat er.

Der Mann hatte den Krug, der mindestens ein Speyerer Maß fasste, an den Mund gesetzt und schüttete unter lautem Gegröle seiner Zechgenossen das Bier in sich hinein ohne abzusetzen. Dann griff er in seinen Gürtel, holte einige Münzen heraus und warf sie auf den Tisch. »Neues Bier«, brüllte er, »für mich und meine Freunde.« Er erhob sich, hielt den Krug in Richtung Schanktisch und drehte ihn um, zum Beweis, dass er völlig leer war.

Als er so dastand, das bleiche Gesicht verzerrt, da wusste Georg, wieso ihm der Alte bekannt vorkam. Er stieß den Wirt an: »Weißt du, wo der das ganze Geld herhat?«

»Keine Ahnung. Wundern würde es mich nicht, wenn er es zufällig in der Tasche eines anderen gefunden haben sollte. Aber was geht's dich an?«

»Wirst du gleich sehen. Wart einen Moment.« Georg griff sich den Weinkrug und schlenderte gemächlich auf den Tisch zu, an dem der Alte stand. »Nimm lieber einen Schluck Wein«, riet er freundlich und hielt ihm den Krug hin. »Vom Bier musst du bloß dauernd pinkeln und am Ende zerspringt dir der Kopf, weil die Hefe darin gärt.«

»Was ... Wein is 'n Getränk für Herren«, lallte der andere. »Und ich bin kein Herr. Sieht man doch, oder?« Er nahm aber doch den Krug, trank schmatzend und gab ihn zurück. »Nich übel, mein Freund«, sagte er und rülpste kräftig. »Setz dich zu uns.«

Die beiden hockten sich nebeneinander auf die Bank.

Georg betrachtete die vier Burschen, die offenbar mit zu der trinkfesten Runde gehörten. Er kannte keinen von ihnen, aber ausgemachte Galgenvogelgesichter hatten sie. Weiß der Teufel, wie sie überhaupt in die Stadt gekommen waren. Wahrscheinlich hatten sie sich als Gesellen auf Arbeitssuche ausgegeben. Alle vier starrten den Weinkrug an, als ob darin die ganze Herrlichkeit des Paradieses enthalten wäre.

»Trinkt!«, sagte er und machte eine einladende Handbewegung. Dann wandte er sich wieder dem Mann mit dem bleichen Gesicht zu und schlug ihm vertraulich auf die Schulter. »So, ein Herr bist du nicht«, meinte er. »Was bist du dann?«

»Du bist auch kein Herr«, maulte der andere. »'n Herr fragt nich 'ie Leute so aus. Aber ich sag's dir trotzdem: Ich bin 'n Hirte. Bloß 'n Hirte.«

»Was?«, staunte Georg. »'n Hirte?« Er deutete auf die Münzen, die immer noch auf dem Tisch lagen. »Ich hab noch nie 'n Hirten mit so viel Geld gesehen!«

»Hab noch viel mehr«, kicherte der Alte und klopfte auf seinen Gürtel. »Da staunstu, was? Früher war ich Schweinehirte und selbst 'n armes Schwein. Jetz bin ich Seelenhirte, jetz könnt ich mir sogar Wein kaufen, wie 'n richtiger Herr.« Er fasste Georg am Hemd und zog ihn nahe an sich heran.

Georg schlug ein widerlicher Gestank nach Bier, Schweiß und faulen Zähnen entgegen, aber er drehte den Kopf nicht weg.

»Weißtu«, grunzte der Mann, »wenn dir die Seelen nachlaufen, dann kannstu leben wie 'n Fürst. Nee, besser wie 'n Abt oder wie 'n Bischof.« Er lachte und fuhr dann leise fort: »Und wenn sie dir nich nachlaufen, dann musstu eben ...«

»Ja?«, drängte Georg.

Aber irgendetwas schien den Alten misstrauisch gemacht zu haben. Die Schweinsäuglein blinzelten plötzlich sehr wachsam und der blöde, bierselige Ausdruck verschwand aus dem bleichen Gesicht. Er packte Georg fester am Hemd und zischte drohend: »Mit dir is doch was faul! Rück raus damit, wer du bist, oder es geht dir schlecht!«

Georg fasste die Hand an seinem Hemd und

drückte sie zusammen, bis der Alte stöhnend seinen Griff lockerte. Dann stieß er ihn zurück. »Wer ich bin, ist nicht weiter von Bedeutung«, sagte er leise. »Viel wichtiger ist, wer du bist!« Mit lauter Stimme rief er in die Wirtsstube: »Hier sitzt der Vater von Nikolaus, dem Wanderprediger, der angeblich von Gott berufen worden ist. Ich klage ihn an, zusammen mit seinem Sohn Kinder verführt zu haben, sich einem aussichtslosen Zug anzuschließen. Ich klage ihn an, Kinder und andere gutgläubige Leute um ihr Geld betrogen zu haben. Das Geld, das angeblich dazu dienen sollte, ein großes, gottgefälliges Ziel zu erreichen, verhurt, versäuft und verfrisst er. Er ist ein Betrüger, wenn nicht Schlimmeres!«

Der Alte sprang wutschnaubend auf, zog einen langen Dolch aus dem Gürtel und stach zu – so rasch, wie kein Mensch es von einem Betrunkenen erwartet hätte.

Georg hatte den linken Arm erhoben um den Stoß abzuwehren und spürte, wie ihn die Klinge in die Handfläche schnitt. Aber dann griff er mit beiden Händen zu, ein trockenes Knacken war zu hören, dann sank der Alte jammernd auf die Bank und hielt sich sein gebrochenes Handgelenk. Das alles war so schnell und überraschend geschehen, dass alle Gäste tatenlos und wie gebannt auf die beiden Männer starrten.

Aber jetzt meinten die vier Zechgenossen des Alten, sie müssten ihm für das viele Bier ein bisschen dankbar sein, und außerdem hatten sie wohl allesamt nichts gegen eine ordentliche

Schlägerei einzuwenden. Sie erhoben sich, stießen die Bank zurück, so dass sie polternd zu Boden fiel, und drangen auf Georg ein.

Aber plötzlich fühlten zwei von ihnen, wie jemand sie von hinten am Gürtel packte und wie zwei junge Hunde in die Höhe hob. Zappelnd und fluchend versuchten sie sich zu befreien, aber es half ihnen nichts. Ein paar Augenblicke später landeten sie unsanft im Straßendreck.

Thomas, genannt der Besen, wischte sich mit einer Gebärde des Abscheus die Hände an der Hose ab und trat auf die beiden anderen zu, die ihn mit offenem Mund anstarrten. »Ihr seid sicher müde und wollt jetzt heimgehen«, meinte er freundlich. »Gesegnete Nachtruhe!«

Wie der Blitz waren sie draußen.

»Was hast du jetzt vor?«, fragte der Wirt seinen Freund.

»Ich werde den Bader holen, dass er ihm das Handgelenk richtet. Dann werde ich zwei Scharwächter schicken, die ihn einsperren. Und dann, dann werde ich dem Weinhändler und Ratsherrn Eckart Wormser einen Besuch abstatten.« Er hielt seine Hand hoch, von der das Blut tropfte. »Vorher wäre es jedoch nett, wenn du mir das da verbinden könntest!«

Kurze Zeit danach verließ Georg das Wirtshaus. Seine Verletzung war sorgfältig mit Wein ausgewaschen und dann verbunden worden; später würde er seine eigene Wundsalbe draufschmieren. Nahe beim Dorf traf er zwei Wächter, die durch die Stadt patrouillierten; er schickte sie in das Haus *Zum Rad* und bat sie einen Bader zu verständigen.

Dann eilte er zum Haus des Weinhändlers. Es war eines der schönsten und größten in der ganzen Stadt und lag direkt an der Hauptstraße. Alle Fenster waren aus echtem Glas, ein unerhörter Luxus, und selbst zu dieser späten Stunde brannten zwei Öllampen, deren Halter neben dem Türstock in das Mauerwerk eingelassen waren.

Georg betätigte den eisernen Klopfer. Dumpf hallte es durch die Nacht.

Nach einiger Zeit öffnete sich ein kleines Fenster und eine alte Frau schaute heraus. »Was gibt's?«, fragte sie mürrisch.

»Ich will deinen Herrn sprechen!«, verlangte Georg.

»Bist du verrückt? Weißt du nicht, dass es mitten in der Nacht ist?«

»Weiß ich, weiß ich«, antwortete Georg geduldig. »Hol ihn trotzdem. Sag ihm, es geht um den Zug der Kinder.«

Brummend schloss die Alte das Fenster. Nach einiger Zeit öffnete sie das Tor. »Komm rein«, knurrte sie und hinkte ihm voraus in den Durchgang, der zum Hof führte, und dann durch eine Tür eine breite Treppe hinauf, in einen lang gestreckten Raum.

Sie hielt den dreiflammigen Talgleuchter, den sie in der Hand trug, dicht vor ihn hin und sah ihn von oben bis unten an. »Wie ein Lump siehst du nicht gerade aus«, sagte sie, »aber was heißt das schon in Zeiten, wo sich der Teufel, wenn's drauf ankommt, auch als Klosterfrau verkleidet.« Sie bekreuzigte sich, murmelte: »Gott schütze uns vor dem Bösen« und meinte dann: »Der Herr hat bloß: ›Zug der Kinder‹ gehört, da ist er aus dem Bett gehüpft wie ein Huhn von der Stange. Aber sieh dich vor! Er ist gereizt wie ein angestochener Keiler!«

»Mach dir keine Sorgen und hol ihn nur her«, antwortete Georg, und als die Alte davonhinkte, rief er ihr nach: »Für deine geschwollenen Füße hab ich eine wunderbar kühlende Tinktur! Ich werde dir ein Fläschchen vorbeibringen!«

»Wirklich?« Die Frau drehte sich noch einmal um. »Das ist aber freundlich von dir! Und nichts für ungut – aber die Schmerzen dauernd, das macht mürrisch.«

Georg sah ihr lächelnd hinterher, bis sie mitsamt dem Leuchter verschwunden war und der Raum wieder dunkel wurde. Mit den meisten Menschen konnte man doch auskommen, wenn man ihnen nur ein nettes Wort zukommen ließ!

Während er im Dunkeln auf den Hausherrn wartete, dachte Georg nach. Woher kam wohl sein Hass auf den Vater des Predigers? War es, weil sein Sohn ihm einen guten Freund weggenommen hatte? Nein, nein, für Gerhard war das Leben in Speyer unerträglich, trotz seiner, Georgs, Freundschaft. Für den Jungen hätte es hier keine Zukunft gegeben. Aber dieser seltsame Kreuzzug ... Georg sah öfter in Gedanken Bilder vor sich, mit großer Klarheit, fast schienen sie ihm wie ein Blick in die Zukunft, und manchmal war auch eingetroffen, was er vorausgeahnt hatte. Er hütete sich jemandem davon zu erzählen, denn wie in jeder Stadt gab es auch in Speyer ein paar fanatische Mönche, die schnell von Zauberei sprachen, wenn sie etwas nicht verstanden ...

Was diesen Kreuzzug betraf, da konnten die Bilder nicht scheußlicher sein, die Georg sah: Kinder, die Hunger und Durst hatten. Kinder, die – zu schwach zum Weiterlaufen – am Wegrand liegen blieben und starben. Kinder, die in einem fremden Land umherirrten, weil ihnen niemand zeigte, wohin sie gehen sollten. Zwischen diesen Bildern aber tauchte immer wieder Nikolaus' Gesicht auf, verzerrt und böse, ungeduldig und unbarmherzig.

Ja, Georg hasste diesen Nikolaus. Und wenn er ihn schon nicht erwischen konnte, dann wenigstens seinen Vater. Er wollte ihn hängen sehen! Georg schauderte. Was steckt in mir?, dachte er. Was hat mir der Alte eigentlich getan, außer, dass er mich in die Hand geschnitten hat?

Aber es war zu spät, der Stein war ins Rollen gebracht. Eben betrat der Ratsherr mit schweren Schritten den Raum, ein Diener brachte zwei Leuchter, die für ausreichende Helligkeit sorgten.

»Was habt Ihr mir zu sagen?«, fragte Eckart der Alte und beäugte misstrauisch den späten Gast.

Georg hielt sich nicht lang mit Nebenreden auf. »In der Schenke *Zum Rad* sitzt der Vater des Jungen, dem auch Euer Sohn auf den Zug ins Heilige Land gefolgt ist«, berichtete er. »Er versäuft dort seit etlichen Tagen das Geld, das ihm die Kinder und andere Leute für Werke christlicher Barmherzigkeit und für die Durchführung des Kreuzzugs gegeben haben. Ich habe ihn festsetzen lassen.«

»Das ist ja eine ausgezeichnete Nachricht! Die erste gute, seitdem ich von meiner Reise zurück bin«, sagte der Ratsherr. »Mathilde«, brüllte er dann, »bring uns Wein! Vom besten!« Wieder zu Georg gewandt, meinte er dann: »Da haben wir ja den größten Schurken erwischt. Den Anstifter, den Verführer!«

»Verzeiht, Herr, wenn ich anderer Meinung bin«, widersprach Georg. »Der Alte ist zwar ein gewissenloser Hund, dem ich zutraue, dass er seine abgeschnittenen Zehennägel als Reliquie des heiligen Bernhard verkauft. Aber der Hauptverführer ist sein Sohn Nikolaus. Ich habe ihn predigen hören . . .«

»Ach was«, unterbrach ihn Eckart. »Wie alt ist denn der Kerl?«

»Ich würde schätzen, so sechzehn, siebzehn Jahre«, sagte Georg.

»Na also! Wie kann ein Bursche von siebzehn selbst auf solche Ideen kommen! Ihr sagt doch selbst, dass der Alte mit Geld um sich wirft. Damit ist doch alles klar! Der Alte hat den Jungen verführt und die anderen mit, diesen Zug zu unternehmen. Das hat er getan um die Gutgläubigkeit der Leute auszunutzen und ihnen nach Kräften Almosen aus der Tasche zu ziehen. Heutzutage glaubt doch jeder, dass er sich mit einer milden Gabe die ewige Seligkeit erkaufen kann.«

Na und du an erster Stelle, dachte Georg. Er wollte etwas entgegnen, doch in dem Moment kam die alte Mathilde und brachte den Wein in zwei silbernen Bechern. Er duftete köstlich nach allerlei Gewürzen, und als Georg ihn versuchte, merkte er, dass er mit Honig gesüßt war.

In seinem mehr als dreißigjährigen Leben hatte Georg noch nie etwas so Wunderbares getrunken. Aber trotzdem ... Sein Sinn für Gerechtigkeit gebot ihm noch etwas zu sagen. »Bedenkt, Herr, dass Euer eigener Sohn die Predigt des jungen Nikolaus gehört und daraufhin beschlossen hat sich dem Zug anzuschließen. Oder etwa nicht?«

»Mein Sohn ist ein Dummkopf«, schnaubte der Ratsherr. »Aber das ist auch das Schlimmste, was man über ihn sagen kann. Er möchte gern den Ritter spielen, weil ihm irgendwelche fahrenden Sänger einen Floh ins Ohr gesetzt haben.«

»Aber dann hätten ihn ja weder Nikolaus noch sein Vater verführt?«

Der dicke Weinhändler sah Georg ärgerlich an. »Wollt Ihr nicht verstehen?«, fragte er. »Da kommt solches Gesindel in die Städte, stört die fest gefügte Ordnung, gibt den Kindern ehrbarer Leute die Gelegenheit, ihre jugendlichen Spinnereien in die Tat umzusetzen, lügt, stiehlt und betrügt. Und da wollt Ihr mit mir noch disputieren, ob der Alte oder der Junge mehr Schuld hat? Sie gehören beide gehängt, sage ich. Und wenn man bloß einen hat, so hängt man wenigstens den!« Eckart regte sich schon wieder gewaltig auf und stellte den Becher so heftig auf den Tisch, dass von dem köstlichen Inhalt etliches herausschwappte.

Welche Verschwendung, dachte Georg und ließ einen kleinen Schluck Wein seine Kehle hinunterrinnen. »Ich glaube trotzdem, dass der Betrug und was Ihr den beiden sonst noch vorwerft, nicht das eigentliche Verbrechen ist«, beharrte er. »Dass der Prediger unerfahrene Kinder ausnutzt für seine eigensüchtigen Ziele, dass er so rücksichtslos ist für das Wahnsinnige, was er sich vorgenommen hat, andere zu missbrauchen ... Herr, ich bin nur ein einfacher Schmied, der das nicht besonders gut sagen kann, was er denkt. Aber er hat Kinder wie Euren Sohn, aber auch viele kleinere, die fast noch in der Obhut ihrer Mütter sein sollten, Kinder der Ärmsten der Armen, entlaufene Leibeigene ...«

Der Ratsherr schnitt ihm das Wort ab. »Ich weiß, ich weiß, man hat mir das berichtet. Der Schurke hat entlaufene Leibeigene in seinem Haufen aufgenommen. Ein weiteres Verbrechen.«

Er will mich nicht verstehen, dachte Georg.

Er will nicht einsehen, dass die eigentliche Schurkerei darin besteht, Kinder im Namen Gottes ins Elend zu führen. Kinder, die verzweifelt sind, Kinder, die Gott dienen wollen, Kinder, die etwas Großes vollbringen möchten … Es interessiert ihn auch nicht. Er ist bloß beleidigt, dass ihm sein Sohn weggelaufen ist und dass er jetzt keinen Erben mehr hat.

Die Stimme des Weinhändlers unterbrach seine Gedanken. »Wenn Ihr vielleicht auch anders darüber denkt, so kommt es doch auf dasselbe hinaus. Wofür der Betrüger gerichtet wird, ist egal, seine Strafe hat er auf jeden Fall verdient. Ich werde ihn morgen beim Vogt des Herrn Bischofs verklagen und bitte Euch, meine Klage zu unterstützen. Kommt morgen, um die sechste Stunde des Tages, zu mir. Wo seid Ihr in Diensten? Oder seid Ihr Meister?«

»Nein, nein«, erwiderte Georg. »Ich bin Geselle bei Meister Peter, dem Hufschmied.«

»Ich werde Euern Meister entschädigen für die Zeit, die Ihr mit mir verbringt. Und Ihr, nehmt bitte das hier für Eure Mühe.« Er wollte Georg ein paar Silbermünzen in die Hand drücken, geizig war er ja wirklich nicht, aber der lehnte ab.

»Ich danke Euch, Herr Eckart, aber ich habe Euch nicht wegen einer Belohnung benachrichtigt.«

»Wie Ihr meint«, brummte der Ratsherr und steckte das Geld wieder ein. Dann brüllte er: »Mathilde! Bring unseren Gast an die Tür«, wandte sich mit einem kurzen »Gute Nacht, bis morgen« ab und stapfte davon.

Die alte Dienerin hinkte Georg voraus bis zur Tür und sagte: »Vergesst Ihr auch nicht, was Ihr mir versprochen habt?«

»Gleich morgen bring ich Euch die Tinktur mit«, versicherte Georg. Dann ging er mit langsamen Schritten davon.

Ich habe den Alten gepackt, weil ich den Jungen nicht kriegen kann, dachte er. Er ist ein Betrüger, vielleicht ist er sogar ein Mörder, so schnell und geschickt, wie er den Dolch gezogen hat. Aber der Verführer der Kinder ist er nicht.

Mochte der Alte zehnmal ein Lump sein, Georg fühlte sich schuldig.

Der Prozess fand am Donnerstag der darauf folgenden Woche statt. Eine Menge Gaffer hatte sich schon früh auf dem Hochgerichtsplatz nahe der Landstraße nach Worms eingefunden. Hier wurden die schweren Verbrechen verhandelt, Mord, Unzucht, Brandstiftung, schwerer Diebstahl und Betrug und Raub. Hier wurden auch die Urteile sogleich vollstreckt und da fehlte es nie an Leuten, die sich das ganz genau anschauen wollten. Der Obrigkeit war es recht, denn so wurde doch der eine oder andere abgeschreckt selbst zum Übeltäter zu werden.

Nachdem die Menge schon eine ganze Zeit gewartet hatte, rief jemand: »Sie kommen!«, und alle drehten die Köpfe in Richtung Stadt. Langsam kam eine Gruppe von Männern auf die Gerichtsstätte zu.

Vorneweg gingen die zwei Gerichtsboten mit der bischöflichen Fahne und dem Stab, dem Zeichen der richterlichen Würde. Dann folgte zu Pferd der bischöfliche Vogt, der Hochrichter von Speyer. Er war als Einziger bewaffnet, mit Schwert und Dolch. Dicht hinter ihm ritten seine Beisitzer, sechs Ratsherren, die gleichzeitig auch Schöffen waren. Dahinter liefen der geschworene Schreiber und sein Gehilfe. Und dann kam der Angeklagte, an jeder Seite von zwei Bütteln geführt. Er sah schlimm aus. Hemd und Mantel waren zerrissen und verdreckt, seine verletzte Hand steckte in einer Schlinge, den Gürtel hatte man ihm abgenommen und auf den Rücken gebunden. Graue Bartstoppeln wucherten in dem wachsbleichen Gesicht und die kleinen Augen stierten blicklos auf den Boden. Den Schluss bildeten Kläger, Leumundszeugen und ein Priester.

Der Vogt stieg vom Pferd, setzte sich auf die Richterbank und winkte die Schöffen an seine Seite. Er war in miserabler Laune.

Der Himmel war bedeckt, es konnte jeden Moment zu regnen anfangen. Das liebte er, in nassen Kleidern zu Gericht sitzen! Außerdem hing ihm sein Amt ohnehin zum Hals heraus. Ständig der Streit zwischen dem Bischof, der die Herrschaft über die Stadt behalten, und dem Speyerer Rat, der alle Rechte für sich gewinnen wollte. Über kurz oder lang würde der Bischof verlieren, das zeichnete sich ab. Dann konnte der Rat selbst Recht sprechen und er würde hoffentlich auf seine behagliche Hausburg im schönen Kraichgau zurückkehren. Aber – noch war es nicht so weit!

Seufzend erhob er sich und rief: »Im Namen des Herrn Bischof, des Herrn dieser Stadt und dieses Landes, verkünde ich Frieden für diesen Platz. Jedermann hat bei Strafe von zehn Pfund Pfennig seine Waffen abzulegen.«

Niemand rührte sich, denn niemand kam bewaffnet zum Gerichtstag, jedenfalls nicht sichtbar.

»So können wir beginnen. Kläger und Angeklagter, tretet vor!«

Selbstbewusst schritt der dicke Weinhändler vor den Richter und die Schöffen, ohne den Angeklagten, den die Büttel an seine Seite schoben, eines Blickes zu würdigen.

»Ihr seid der Weinhändler und Ratsherr Eckart, genannt Wormser?«, fragte der Richter.

»Der bin ich«, lautete die stolze Antwort.

»Ihr besitzt Speyerer Bürgerrecht?«

»Jawohl.«

»Was habt Ihr gegen diesen Mann vorzubringen?«

»Ich klage ihn an, zusammen mit seinem Sohn Kinder mit Versprechungen verlockt zu haben sich einem gefährlichen Zug anzuschließen, der sie das Leben kosten kann. Ich klage ihn an, Kindern ihre Gehorsamspflicht gegen ihre Väter ausgeredet zu haben, was eine schwere Sünde wider göttliches und menschliches Recht ist. Ich klage ihn an, Leibeigene überredet zu haben, ihre Herren zu verlassen. Ich klage ihn ferner an, Geld gestohlen oder unter dem Vorwand, es für mildtätige Zwecke verwenden zu wollen, erschlichen zu haben.«

Einige der Zuschauer begannen zu schimpfen und mit den Fäusten zu drohen.

»Ich habe ihm einen ganzen Silbergroschen gegeben, dem Lumpen«, rief einer.

»Ich auch«, tönte ein anderer.

»Schweigt jetzt«, befahl der Richter energisch und wandte sich wieder an den Kläger. »Könnt Ihr Leumundszeugen beibringen, die bekennen, dass Ihr ein Mann mit redlichen Absichten seid und dass Ihr keinen anderen Nutzen aus diesem Fall ziehen wollt als die Wiedergutmachung Eures Schadens und die Sühne des Verbrechens?«

»Das kann ich«, sagte Eckart stolz, winkte und sechs Ratsherren traten vor und leisteten den vorgeschriebenen Eid.

»Und nun zu dir«, sagte der Richter und musterte den Angeklagten mit unbewegter Miene. »Dein Name?«

»Engelbert«, stieß der Gefangene hervor.

»Wo kommst du her?«

»Das habe ich vergessen.«

Die Zuschauer tuschelten über so viel Unverfrorenheit.

»Besitzt du in einer Stadt Bürgerrecht?«

Der Angeklagte hob zum ersten Mal den Kopf. »Seh ich aus wie einer, der Bürgerrecht hat?«, fragte er höhnisch. »Seit wann kriegt ein Schweinehirt das Bürgerrecht?«

Der Richter fragte weiter: »Bekennst du von gottesfürchtigen Männern und Frauen Geld erschlichen zu haben?«

»Sie haben es mir freiwillig gegeben, die Dummköpfe«, rief der Mann und spuckte aus. »Sie konnten es gar nicht schnell genug herausrücken! Ich habe ihnen nie gesagt, dass ich es zum Ruhm Gottes verwenden wollte. Das haben sie von selbst geglaubt! Und die Kinder, denen ich es genommen habe, die ... die brauchen es nicht mehr.« Er zögerte und setzte dann schnell hinzu: »Für die sorgt Gott.«

Der Vogt fuhr mit lauter Stimme mit dem Verhör fort: »Bekennst du dich der anderen Vergehen schuldig? Dass du Kinder ihren Eltern abspenstig gemacht und Leibeigene verbotenerweise aufgenommen hast?«

»Nein!«, schrie der Mann. »Das tue ich nicht!« Er fuhr herum und deutete mit der gesunden Hand in die Menge: »Ihr habt ihn predigen hören. Ihr habt eure Börsen gezückt, als ihr seine Stimme vernommen habt. Ihr habt ihm zugejubelt. Er, er allein, mein Sohn Nikolaus ist es, dem die Kinder folgen!«

»Du warst dabei!«

»Ich habe dich gesehen!«

»Ich auch!«

»Du hast ihm befohlen, was er sagen soll!«

Die einzelnen Rufe wurden zu einem Gewirr von Stimmen, bis der Richter wieder Schweigen gebot. »Kannst du Leumundszeugen nennen, die für dich bürgen?«, fragte er.

Der Angeklagte hob die Achseln und grinste. »Wenn Ihr nicht bürgen wollt, weiß ich keinen«, antwortete er.

Zum ersten Mal drückte die Miene des Vogtes Ärger aus. Der Kerl war aber auch zu unverschämt!

Er befragte dann verschiedene Zeugen, die Engelbert mit Nikolaus hatten reden sehen, die beobachtet hatten, wie er Münzen sammelte.

Dann wurde Georg aufgerufen. Er erzählte, was er aus dem Alten herausgeluchst und wie der ihn mit dem Dolch angefallen hatte. Dann wollte er erklären, dass er nicht den Alten für den Hauptübeltäter halte.

Aber der Richter schnitt ihm das Wort ab. »Wir haben nicht den Sohn, wir haben nur den Vater«, sagte er kurz. Dann rief er: »Die Wächter, die den Verklagten festgenommen, eingeschlossen und bewacht haben, sollen berichten, was sie bei dem Beklagten gefunden haben!«

Die beiden traten vor und einer erklärte: »Wir haben in seinem Gürtel ein langes knöpfbares Fach entdeckt, darin war eine Menge Münzen, meist Pfennige und Silbergroschen aus Kölner, Wormser und Speyerer Münze. Aber auch viele ungeprägte Goldstücke, deren Herkunft uns nicht bekannt ist.«

»Gold?«, fragte der Richter erstaunt und wandte sich an den Verklagten. »Wer hat dir Gold gegeben?«

Engelbert hielt den Blick gesenkt, seine Stimme klang unsicher. »Ich . . . ich habe es gefunden«, sagte er und setzte gleich hinzu: »Wo, weiß ich nicht mehr . . .«

In die Menge der Zuschauer kam Bewegung. Irgendjemand drängte sich durch sie hindurch, wurde aber festgehalten oder stolperte. »Natürlich«, rief einer, »wo von Gold geredet wird, da ist ein Jude nicht weit!«

Die Menge teilte sich, ein älterer bärtiger Mann stolperte nach vorn; sein trichterförmiger Hut war voller Staub, er klopfte ihn aus und setzte ihn rasch wieder auf.

»Wisst Ihr etwas über dieses Geld, Isaak?«, fragte der Vogt.

»Nein, Herr, ich bin nur über eine Wurzel gestolpert«, antwortete der Jude leise.

»Die Aussicht auf ein Goldstück hat ihm Flügel verliehen«, schrie jemand, einige lachten.

Aber der Richter achtete nicht darauf und würdigte auch den Juden keines Blickes mehr, der nach einiger Zeit unbeachtet auf die Seite trat. »Habt ihr dem Verklagten eine Handhaft auf den Rücken gebunden, wie es seit jeher Recht und Gewohnheit gewesen ist?«, fragte er die Wächter.

»Ja, Herr«, lautete die Antwort, »sieh auf seinen Rücken, dort haben wir ihm den Gürtel aufgebunden, in dem wir das Geld gefunden haben.«

»So erkläre ich, dass alles rechtens ist.« Der Richter beriet sich kurz mit seinen Beisitzern.

Dann stand er auf, ergriff seinen Stab und schritt langsam auf den Angeklagten zu.

Der starrte ihm entgegen. Aus seinem Gesicht waren Verdrossenheit und Gleichgültigkeit gewichen, blanke Angst stand jetzt darin. Schweißtröpfchen perlten auf der Stirn und die kleinen Augen waren aufgerissen.

Der Richter trat vor ihn hin, hob den Stab über den Kopf des Alten – und zerbrach ihn. »Du bist des schweren Diebstahls schuldig«, verkündete er. »Uns und anderen hast du die Kinder, Herren die Leibeigenen, mildtätigen Christen ihr Geld gestohlen. Einen Dieb soll man richten mit dem Strang, so will es das Recht dieser Stadt von alters her.«

»Nein«, flüsterte der Angeklagte, »nein!« Und dann immer lauter: »Nein, nein, neeiiin! Für ein paar Almosen, die ich versoffen hab, für ein paar Predigten, die ich nicht gehalten hab, soll ich hängen? Holt euch doch meinen Sohn, aber Ihr habt keine Macht über ihn!« Plötzlich fing er an zu lachen. »Vielleicht hättet Ihr wirklich Grund, mich zu hängen. Aber das werdet Ihr nie erfahren! Ihr habt nur den kleinen Halunken erwischt, der große ist euch entkommen …« Er kicherte wieder, hüpfte und sprang auf dem hart gestampften Boden umher.

Schweigend und entsetzt sahen ihm die Leute zu. Etwas von seiner Todesangst ging auf sie über und sie ahnten, was es hieß, plötzlich sterben zu müssen.

Aber lang hielt die Stimmung nicht an. Denn

als der Richter den Wächtern befahl: »Führt ihn zum Galgen«, da liefen fast alle mit zur Richtstätte, die vielleicht achthundert Schritte entfernt war, um auch das grausige Ende des Schweinehirten Engelbert aus nächster Nähe sehen zu können. Nur einige, unter ihnen Georg und der Ratsherr Eckart, gingen nachdenklich und mit gesenkten Köpfen in die Stadt zurück.

Einer allein blieb am Gerichtsplatz stehen: der alte Jude. Er lauschte den Schreien des Verurteilten, die zu ihm herüberdrangen: »Ich will keinen Priester, ich brauche keinen Priester! Mein Sohn ist ein Heiliger, hört ihr, ein Heiliger!«

»Er war es also«, murmelte der Jude. »Hanna und Samuel, das ist euer Mörder. Aber ich glaube nicht, dass er es allein getan hat. Das Gold wog eine ganze Manneslast! Doch wer hat ihm geholfen? Vielleicht werden wir es nie erfahren. Aber Gott weiß es trotzdem.« Er blickte hinüber zu den Silhouetten der drei Galgenbäume, die sich schwarz vom wolkenverhangenen Himmel abhoben. Gleich würde an einem von ihnen ein Mensch zappeln und langsam und qualvoll sein Leben beenden. Von seinem wirklichen Verbrechen wusste sein Richter nichts. Gehängt wurde er für eines, das er vielleicht nicht einmal zu verantworten hatte. Das war die menschliche Gerechtigkeit – unvollkommen und widersprüchlich wie der Mensch selbst.

»Der Gott Abrahams sei auch seiner Seele gnädig«, sagte Isaak leise und machte sich langsam auf den Weg zurück in die Stadt.

# 7

In der Nähe des kleinen Marktes Mittenwald lag Gerhard inmitten der lagernden Kinder im weichen Gras, kaute zerstreut auf einem Halm herum und schaute schläfrig in den hellblauen Himmel.

Mehrere Wochen waren sie nun schon unterwegs, er hatte aufgehört die Tage zu zählen. Sie hatten vor den Toren der prächtigen Stadt Augsburg Halt gemacht, waren am Lechufer bis nach Landsberg gezogen und jetzt waren sie schon mitten im Gebirge.

Überall waren sie mit Begeisterung oder wenigstens mit Nachsicht und Freundlichkeit empfangen worden, auch Hunger oder Durst hatten sie bisher kaum leiden müssen. Allerdings – so einfach wie in der ersten Zeit war es in den letzten Tagen nicht mehr gegangen: Steil und kurvig war die Straße geworden.

Straße! Gerhard spuckte ein Stückchen Grashalm aus. Straße konnte man diesen gewundenen, löchrigen, felsigen Pfad wirklich nicht mehr nennen. Kaum fünf Ellen war er breit, voller Sprünge, hinterhältiger Baumwurzeln und scharfkantiger Steine. Er führte zwar meistens durch dichte Tannen-, Ahorn- und Fichtenwälder, die die ärgste Sonnenhitze abhielten; aber trotzdem hatten die Kinder geschwitzt wie im Fegefeuer, als sie langsam, keuchend und mit krummem Rücken den zahllosen Windungen gefolgt waren, die mal steil nach oben und dann wieder jäh nach unten führten. Verflucht sollten sie sein! Jeden Schritt, den man abwärts machte, musste man schließlich wieder hinaufsteigen, wollte man den Pass überqueren.

Nein, ein Honiglecken war der Zug ins Heilige Land nicht mehr. Etliche von den Kleinen waren, als sie vor einer Stunde ihr Tagesziel erreicht hatten, vor Erschöpfung einfach auf die Wiese gesunken und nicht mal mehr in der Lage gewesen, sich am nahe gelegenen Bach zu erfrischen. Aber nun hatten sie es ja bald geschafft. Erst mal jedenfalls.

Gerhard hob träge den Kopf und blickte zu den beiden mächtigen grauen Felsen hinüber, die aus den grünbewaldeten Hügeln herauszuwachsen schienen. Mein Gott, das hätte er nicht geglaubt, dass es so gewaltige, so Furcht erregend hohe Berge gab! Da konnte wohl kein Mensch jemals hinübergelangen! Gerhard fröstelte einen Moment trotz der Wärme. Was in diesen Steinen wohl für böse Geister, für Ungeheuer und für wilde Tiere hausten!

Aber zwischen den Gipfeln, gar nicht mehr viel höher als der Ort, an dem sie sich jetzt befanden, war ein Spalt; und durch den führte der Weg. Ganz gefahrlos sollte man da hindurchgehen können. Doch Gerhard war sich nicht so sicher. Mit Unbehagen dachte er an die riesigen Vögel, die während des Tages hoch über ihnen ihre Kreise gezogen hatten, und an die seltsamen Laute, das Jaulen und Röhren, das in der letzten Nacht ihren Schlaf gestört hatte. Er lauschte. Das Röhren, das er jetzt hörte, kam nicht aus dem Rachen von wilden Tieren, sondern aus seinem leeren Bauch.

Mittenwald war nicht besonders groß und seine Bewohner waren meist arme Bauern. Über tausend hungrige Kinder konnten die nicht verpflegen, sie hatten ja selber kaum genug. Sie waren zwar gekommen mit einem großen Krug – mit Milch vielleicht? – und einer Platte mit etwas Gelbem darauf. Gerhard hatte es nicht genau gesehen, aber er dachte, dass es Eierkuchen gewesen sein könnten, und musste dreimal schlucken, so sehr lief ihm die Spucke im Mund zusammen.

Doch alle die guten Gaben waren im weißen Zelt geblieben. Na ja, Gerhard sah schon ein, dass Nikolaus als Erster satt werden musste. Wie sollte er sie sonst ans Ziel bringen? Aber die beiden wohlgenährten Mönche ... Er stellte sich vor, wie sie in einen saftigen Kuchen bissen und hinterher einen langen Zug von der fetten Milch tranken, und wieder musste er schlucken. Bis auf ein bisschen Mehlbrei und ein paar saure unreife Äpfel, die sie von den zahlreichen Bäumen auf der Wiese gepflückt hatten ohne viel zu fragen, hatten die meisten Kinder nichts gegessen.

Der wunderbare Schinken, den ihm Georg mitgegeben hatte, war längst bis auf das letzte Stückchen Schwarte verspeist. Das Einzige, was es hier im Überfluss gab, war Wasser. Köstliches, kühles Wasser, aber es machte nicht satt. Ob die anderen wohl auch so hungrig waren? Gerhard richtete sich halb auf und blinzelte unter den halb geschlossenen Lidern hindurch.

Die meisten Kinder lagen im Gras und dösten, ein paar wühlten in ihren Haaren und fischten sich die Läuse vom Kopf. Und da, vielleicht zwanzig Schritte vor ihm, hatten sich drei kleine Jungen nebeneinander hingelegt und ihre schmutzigen Hemden hoch geschoben. Sie strichen über ihre mageren Bäuche und murmelten dabei vor sich hin, als ob sie einen Geist beschwören wollten.

Gerhard lachte leise vor sich hin, weil es gar zu komisch aussah, wie die drei ihrem Bauch gut zuredeten, aber er hatte auch Mitleid. Für so Kleine war es bestimmt noch viel schlimmer hungrig zu sein als für ihn selber.

Wenn Gott es wollte, konnte er doch aus dem großen Krug, den Nikolaus und die Mönche bekommen hatten, so viel Milch fließen lassen, dass sie alle satt wurden. Aber vielleicht wollte er sie prüfen und ihren Glauben auf die Probe stellen.

»Gott wird für Speise und Trank sorgen«, hatte Nikolaus in Speyer gepredigt, Gerhard erinnerte sich noch genau daran. Und jenseits des großen Gebirges sollte es dann Brot geben, so weiß wie Schlehenblüten und duftenden, süßen Wein.

Gerhard gab sich einen Ruck. Nur nicht dauernd ans Essen denken! Und den Mut durfte man auch nicht so schnell aufgeben. Wie sollte man sonst jemals das Ziel erreichen? Den unerschütterlichen Glauben von Bruno müsste man haben! Da lag er, der kleine dünne Kerl, zusammengerollt und schlief. Wahrscheinlich träumte er von Engeln und Heiligen und nicht wie er selbst von gebratenen Innereien und Speck.

Nicht dauernd ans Essen denken! Gerhard pflückte sich einen neuen Grashalm zum Kauen und lenkte seine Gedanken auf seine Gefährten. Bruno ertrug willig alle Anstrengungen, er war glücklich, wenn er beten und Nikolaus' Predigten lauschen durfte.

Mit Berthold hatte sich Gerhard inzwischen richtig angefreundet. Jeden Abend bekam er Leseunterricht von dem kleinen Kölner, der so gern ein großer Gelehrter werden wollte, und inzwischen konnte er schon stockend aus den *Wundern des heiligen Benedikt* vorlesen. Er verstand zwar kein Wort von dem lateinischen Text, aber was nicht war, das würde schon noch werden.

Mit Eckart – nein, mit Eckart konnte man wohl nicht richtig Freund werden. Er war zwar großzügig mit dem, was er hatte, aber nur, solange wirklich genug da war. Ansonsten war er den lieben langen Tag damit beschäftigt, an sich selbst und seine Bequemlichkeit zu denken. Die kam natürlich auf einem Zug, wie sie ihn unternahmen, reichlich kurz; und so jammerte er und beschwerte sich pausenlos. Gerhard glaubte, dass er längst den Tag verfluchte, an dem er beschlossen hatte mit Nikolaus zu ziehen, und dass er sich das Ritterwerden wohl bedeutend einfacher vorgestellt hatte. Vernünftig reden konnte man mit ihm kaum noch, aber immerhin ertrug er es einigermaßen gelassen, wenn Berthold und Gerhard sich über ihn lustig machten.

Irmingard war noch immer so wie an dem Tag, an dem sie zu ihnen gekommen war: blass und stumm wie ein Fisch. Nur wenn es sich gar nicht vermeiden ließ, machte sie den Mund auf. Als Eckart im hohen Gras einmal, ohne es zu merken, auf ihrem rechten Fuß stehen geblieben war um sich den Schweiß aus dem Gesicht zu wischen, da hatte sie es wohl nach einiger Zeit nicht mehr ausgehalten und »Au, du stehst auf meinem Fuß!« gesagt. Wenn Gerhard ihr für ihre von Dornen und Ranken verkratzten Beine seine Wundsalbe anbot, dann sagte sie »ja, bitte«, aber sonst schwieg sie beharrlich und begnügte sich damit, mit ihren dunklen Augen so forschend und durchdringend zu schauen, als ob sie, ganz ohne zu reden, alles erfahren könnte, was sie wollte. Die anderen gaben es schließlich auf, in sie zu dringen und akzeptierten sie so, wie sie war; Gerhard fühlte sich sogar sehr zu ihr hingezogen.

Nur einmal hatte sie ihr Schweigen gebrochen. Das war zwischen Ulm und Augsburg gewesen. Die Straße verlief dort eine ziemliche Strecke lang durch dichten Wald und man hatte sie gewarnt, dass allerhand Wegelagerer ihr Unwesen dort trieben, die jeden niedermachten, von dem sie sich Beute versprächen. Niemand hatte zwar recht glauben wollen, dass es jemanden nach ihren armseligen Vorräten gelüsten könnte, aber trotzdem hatten sich alle unbehaglich gefühlt, während sie durch den Wald gezogen waren. Und plötzlich war das Klappern von Hufen zu hören gewesen und aus einem Seitenpfad war eine Anzahl Reiter auf Maultieren in den Weg eingebogen.

Eckart hatte sie kurz angesehen und dann gesagt: »Keine Angst, es sind nur Juden.«

Da hatte Irmingard zu aller Erstaunen den Mund aufgemacht und gemeint: »Das ist ja schön, dass wir keine Angst haben müssen, aber wieso sagst du: nur Juden?«

Eckart hatte sie überrascht angestarrt und gestottert: »Weil ... also, na ja, die Juden morden nicht, die stehlen nur!«

»Woher willst du das wissen?«, hatte Irmingard zurückgefragt. »Heißt es nicht, sie hätten den Herrn Jesus Christus ermordet?«

»Ja, das haben sie und Nikolaus sagt, sie müssen es büßen«, hatte Bruno eifrig erklärt.

»Ja, da hast du Recht, sie müssen es büßen«, hatte Irmingard gesagt und dem Jungen einen Blick zugeworfen, so voll Traurigkeit, dass ihn Gerhard, der ihn bemerkt hatte, nie vergessen würde.

»Christus haben sie ermordet, das stimmt«, sagte Eckart. »Aber sie haben es nicht selbst getan. Sie haben es die Römer für sich tun lassen. Und so sind sie heute noch. Sie raffen Geld zusammen, wo sie nur können, sie stehlen. Und wenn sie töten, dann, indem sie das Wasser vergiften, aber sie sind zu feige, jemanden offen anzugreifen.«

Plötzlich war es gewesen, als ob Irmingard ein anderer Mensch geworden wäre. »So ist das«, hatte sie gesagt und Eckart mit ihren dunklen Augen angefunkelt. »Raffer sind sie und Diebe und feige und hinterrücks morden sie. Dein Vater rafft das Geld überhaupt nicht, wie? Du würdest dir nicht vor Angst in die Hosen machen, wenn ein schwer bewaffneter Räuber kommt und deinen schönen Umhang verlangt oder deinen silbernen Dolch? Kannst du dir vorstellen, was es heißt, seit tausend Jahren verfolgt und vertrieben, aus der Gemeinschaft ausgestoßen und immer wieder zu Hunderten und Tausenden beraubt und ermordet worden zu sein, wie es dem Volk der Juden widerfahren ist? Was es heißt, immer wachsam zu sein, weil man nie weiß, wann man vom Geduldeten zum Geschlagenen wird? Kannst du dir vorstellen, dass ein solches Volk im Lauf der Zeit Streitigkeiten lieber aus dem Weg geht?«

Eckart war völlig verblüfft gewesen über diesen Ausbruch und hatte nur verlegen gemeint: »Man könnte denken, du wärst eine Jüdin, so wie du die Juden verteidigst.«

Irmingard war blass geworden, aber sie hatte scharf erwidert: »So, könnte man das? Dann würde ich wohl kaum mit Christen wie dir einen Kreuzzug machen!« Dann war sie wieder in Schweigen verfallen.

Gerhard hatte sie damals bewundert. Wenn er jemals einen Fürsprecher brauchte, so einen würde er sich wünschen. Wachsam zu sein, weil man nie weiß, wann man vom Geduldeten zum Geschlagenen wird ... Genau so hatte er gelebt im Haus seines Vaters.

Er hatte Irmingard in sein Herz geschlossen seit diesem Tag, aber er sprach mit niemandem darüber, nicht einmal mit Berthold.

Die Zahl der jungen Kreuzfahrer war inzwischen noch größer geworden. Wo sie auch hingekommen waren, überall hatten sich ihnen weitere Kinder angeschlossen. Aber so fröhlich und unbeschwert wie noch in Speyer war die Stimmung nicht mehr. Allmählich hörten die abendlichen Spiele auf, die vergnügten und lauten Wasserschlachten, wenn sie an einem Fluss oder Seeufer lagerten. Während des täglichen Marsches wurde nur wenig gesprochen; abends machte sich jeder sein Lager zurecht, aß von seinen Vorräten oder besorgte sich etwas von dem, was mildtätige Bürger oder freigebige Klöster für die Kreuzfahrer herbeischafften. Das alles ging ruhig und diszipliniert vor sich. Es gab keinen Streit und kein Gedränge, aber auch keine Scherzworte und kein Gelächter. Jeder unterhielt sich nur noch mit denen, die tagsüber in einer Gruppe mit ihm liefen und nachts an einem Feuer mit ihm lagerten.

Nur einmal jeden Tag, dann nämlich, wenn Nikolaus seine abendliche Predigt gehalten hatte, wuchsen die Kinder zu einer großen Gemeinschaft zusammen, dann erklang aus über tausend Kehlen das Kreuzzugslied. Aber es klang nicht mehr nach fröhlicher Zuversicht, sondern eher so, als wollten sie einem unsichtbaren Feind drohen, so, als ob in ihren Herzen nur noch Platz für das einzige große Gefühl sei: Hass auf die, die die heilige Stadt der Christen frevelhaft erobert hatten.

Von selbst war diese Stimmung nicht entstanden. Wenn ein paar von den Kleineren mal herumtobten, sich balgten oder bloß laut lachten, so kamen bald einige von den Jungen, die Nikolaus wie eine Leibwache umgaben. Sie ermahnten, drohten, trieben auseinander und duldeten keine Raufereien, aber auch keinen lauten Spaß.

Die beiden Mönche ritten während des Tages unermüdlich den ganzen Zug ab. Sie redeten vom gottgefälligen Leben, vom Laster der Sünde, das auch schon als unreiner oder böser Gedanke schrecklich sei und von teuflischen Einflüsterungen verursacht werde.

Am meisten aber bewirkten natürlich Nikolaus' abendliche Predigten. Immer schrecklicher wurden die Bilder, die er in ihre Seelen malte: Nicht nur im Heiligen Land trieben die verfluchten Heiden ihr Unwesen, so beschwor er die Kinder. Der Satan selbst sei mit ihnen ein Bündnis eingegangen und verbreite das Gift ihres Aberglaubens in alle Welt. Viele Christen seien der Versuchung schon erlegen und zu abscheulichen Bestien geworden, die nur durch den Tod erlöst werden könnten.

»Ich bin«, so rief er jeden Abend, »ausersehen, mit anderen Männern des Glaubens das Volk Gottes von allem Unrat zu befreien. Wer mir folgt und ohne Sünde bleibt, dem wird Gott den herrlichsten Lohn bezahlen. Für den haben Not, Elend, Krankheit und Hunger ein Ende. Wer mich aber verrät und Gottes Weg verlässt in Gedanken oder in Taten, der wird ein grausiges Ende nehmen und die schrecklichsten Qualen leiden!«

Furcht schlich sich dann jedes Mal in die Herzen der Kinder und sie sangen das Kreuzzugslied mit großer Inbrunst. Einfach so zu lachen und albern zu sein, das getraute sich niemand mehr. Wie Pilger, die schwere Sünden abzubüßen hatten, verhielten sich die Kinder; auf allen lastete die Angst, zu versagen und dem Einfluss des Teufels zu erliegen.

So kam es, dass von der früheren Fröhlichkeit nichts mehr zu spüren war. Der Einzige, den Nikolaus' Predigten überhaupt nicht beeindruckten, war Eckart. Ja, manchmal ging er, wenn Nikolaus zu sprechen anfing, einfach spazieren! Wenn die anderen meditierten und über ihre Sünden nachdachten, dann griff er sich einen Stock und übte Fechten; irgendein armer Baum musste ihm als Gegner dienen.

Gerhard sah zu ihm hinüber, wie er im Gras lag, groß und breit, und ein Nickerchen machte.

Warum bin ich eigentlich noch wach?, fragte er sich und schloss die Augen. Aber dann meldete sich sein knurrender Magen wieder, später erklang die kleine Glocke, die zu Predigt und Gebet rief, und so war die Nacht schon hereingebrochen, ehe Gerhard endlich schlafen konnte.

Irgendwann erwachte er und schreckte hoch. Was war los? Er hörte aufgeregte Stimmen, Rufe und Schreie. Woher kam der helle Schein mitten in der Nacht? Gerhard schüttelte die Schlaftrunkenheit ab, sah sich um und sprang entsetzt auf. Um Gottes willen! Das Zelt, Nikolaus' Zelt, das große weiße Zelt brannte lichterloh.

Gerhard rannte hin. O Gott, wer da drin war, der war verloren! Nikolaus! »Was ist passiert?«, schrie er. »Wo ist Nikolaus? Ist er ...?«

Einer der beiden Mönche, bleich und verängstigt, der mit triefender Kutte auf ihn zukam, antwortete heiser: »Nein, ist er nicht. Dank Gottes Fügung war er gar nicht im Zelt.« Er holte tief Luft. »Aber ich«, schrie er dann plötzlich. »Ich, verstehst du? Ich war da drin! Kannst du dir vorstellen, was das heißt, wenn ein Zelt aus Stoff und Leder plötzlich in Flammen aufgeht? Wenn Decken, Sättel, Teppiche, Kleider, alles brennt? Wenn du den Feuertod schon riechst? Ich bin hinausgesprungen und habe mich in den Bach geworfen. Einen Augenblick später wäre ich des Todes gewesen.«

Lauter und lauter hatte der Mann geschrien, jetzt schlug er die Hände vors Gesicht und wiederholte schluchzend: »Einen Augenblick später und ich wäre des Todes gewesen!«

Gerhard legte ihm beruhigend die Hand auf den Arm. »So ist niemand verletzt?«, fragte er.

»Nein, nie-niemand«, stammelte der Mönch. »Nur ... nur ein kleiner Junge, der Nikolaus retten wollte. Ein Mädchen hat ihn aus den Flammen gezogen.«

Merkwürdig – Gerhard dachte sofort an Bruno – und an Irmingard. Aber lagen die nicht bei Berthold und Eckart und schliefen? Er hatte nicht darauf geachtet. »Wo sind sie?«, fragte er schnell.

»Ich weiß nicht«, entgegnete der Mönch, »irgendwo dahinten am Bach.«

Gerhard ließ ihn stehen und eilte davon. O du edler Mann Gottes, dachte er voller Verachtung, einem Mädchen hast du es überlassen, jemanden aus dem Feuer zu retten. Und dann hast du dich noch nicht mal um sie gekümmert.

Da vorne war der Bach! »Irmingard, wo seid ihr?« Hoffentlich, hoffentlich war ihnen nichts passiert! Wo waren sie? Vielleicht ein Stück bachaufwärts! »Irmingard?«

Nichts.

»Ir-min-gard!!«

Nichts. Oder doch, da war was gewesen, es hatte geklungen wie leises trockenes Schluchzen. Gerhard lauschte. Jetzt hörte er es wieder. Er lief dem Geräusch nach und dann sah er ihren schmalen Schatten in der Dunkelheit.

»Irmingard!« Zwei große Sprünge und er war

bei ihr. Sie saß im Gras. Neben ihr lag Bruno, den Kopf in ihren Schoß gebettet, »und weinte leise. Gott sei Dank, er lebte! Gerhard kniete sich hin und wollte Irmingard den Arm um die Schulter legen.

Aber sie stieß ihn weg. »Rühr mich nicht an!«, sagte sie heftig. »Rühr mich nicht an! Niemand soll mich anrühren! Ich bin genauso verflucht wie er!«

»Wie wer?«, fragte Gerhard erstaunt, aber sie gab keine Antwort. Sie saß nur da, starrte vor sich hin, schien ihn nicht zu bemerken und nicht den Lärm des aufgeschreckten Lagers. Zärtlich strich sie über das Gesicht des kleinen Bruno, der immer noch vor sich hin weinte.

»Ihn berührst du aber wohl!«, entfuhr es Gerhard. Gleich darauf hätte er sich selbst auf den Mund schlagen können dafür. Wie kam er dazu, eifersüchtig zu sein, dazu noch auf den armen kleinen Jungen, der gerade einem grässlichen Tod entronnen war?

Aber Irmingard schien den Vorwurf in seiner Stimme nicht bemerkt zu haben. Sie hob den Kopf und brach ihr Schweigen. »Weißt du, er ist wie mein kleiner Bruder. Wenn er von etwas überzeugt ist, dann kämpft er mit aller Kraft dafür. Wenn er jemanden liebt, dann gibt er ihm alles, auch sein Leben. Und genau wie mein kleiner Bruder hat er so viel Mut wie ein Löwe. Ich glaube, er konnte nicht schlafen und lief noch ein bisschen umher. Als er das Zelt in Flammen aufgehen sah, dachte er kein bisschen nach, sondern stürzte sich sofort ins Feuer, nur um diesen, diesen ...« Sie zögerte.

»Nur?«, fragte Gerhard. »Er wollte Nikolaus retten, der uns im Auftrag Gottes ins Heilige Land führt. Ist er es denn nicht wert, dass man sein Leben für ihn wagt?«

»Ob er es wert ist?«

Gerhard hörte zu seinem Erstaunen, dass Irmingard lachte.

Aber das Lachen war bitter und ohne Freude. »Er ist so viel oder so wenig wert wie ich«, sagte sie ohne zu erklären, was sie damit meinte. »Aber Bruno liebt ihn und deshalb wollte er ihn retten. Barmherziger Gott, ich wäre beinah schuld ...«

»Du bist kein bisschen weniger mutig als Bruno«, unterbrach Gerhard sie. »Ohne dich wäre er im Rauch erstickt oder gar elend verbrannt.«

Doch Irmingard antwortete nicht mehr.

Was für ein seltsamer Mensch sie ist, dachte Gerhard. Wenn ich doch nur mehr von ihr wüsste! Einen kleinen Bruder hat sie ... Wo er wohl ist? Mühsam hob er Bruno hoch und schleppte ihn zum Lager zurück.

Alle Kinder waren inzwischen wach und viele standen in der Nähe der verkohlten Holzstäbe, die das Gerüst des Zeltes gebildet hatten – mehr war von ihm und seinem Inhalt nicht übrig geblieben.

Vereinzelte Stimmen übertönten das aufgeregte Getuschel, die Mutmaßungen und Berichte: »Nikolaus! Wo ist Nikolaus? Er soll zu uns sprechen!«

Immer mehr wurden es, die den Namen riefen, bis es wie ein gewaltiger Chor durch die Nacht klang: »Nikolaus!«

Niemand hatte ihn kommen sehen, aber plötzlich stand er neben dem großen Feuer, das die beiden Mönche in der Nähe des verbrannten Zeltes entfacht hatten; denn die Nacht war kühl und der eine von ihnen schlotterte und zitterte vor Kälte in seiner nassen Kutte.

»Hier bin ich«, rief Nikolaus.

Auf einen Schlag wurde es still. Nur das Prasseln der Feuer und das Geräusch hastiger kleiner Schritte waren zu hören.

Bruno, sowie er Nikolaus' Stimme erkannt hatte, hatte so lange gezappelt, bis er Gerhard aus den Armen gerutscht war. Er rannte nach vorn, durch die Reihen der Kinder, bis er sich mit eigenen Augen überzeugen konnte, dass mit Nikolaus alles in Ordnung war.

Gerhard folgte ihm leise, denn er wollte ihn nicht mehr aus den Augen lassen.

Ja, es war alles in Ordnung. Da stand Nikolaus, hager und in seine schwarze Kutte gehüllt, die noch nicht einmal einen Riss zu haben schien.

Alle blickten zu ihm hin, als er zu sprechen begann: »Ich habe eine große Aufgabe zu erfüllen. Gott hat mich zu SEINEM und euch zu meinem Werkzeug gemacht, damit wir gemeinsam erreichen, was ER von uns erwartet. Aber es gibt welche unter euch« – seine Stimme wurde lauter und lauter – »es gibt welche unter euch, die den Einflüsterungen des Bösen erlegen sind. Die zweifeln, die ungehorsam sind, die den Aufruhr planen, ja, die vor Mord und Brand nicht zurückschrecken! Ein Mordbrenner, der mich töten wollte, hat dieses Zelt angezündet.«

Stumm und entsetzt hörten die Kinder zu.

Mit harter, schneidender Stimme fuhr Nikolaus fort: »Wer es auch war, er soll eines wissen: Gott wird jeden vernichten, der sich mir in den Weg stellt. So, wie man einer Schlange, die einem entgegenkriecht um zu beißen, den Kopf zertritt. Niemand wird mich daran hindern, mein Ziel zu erreichen!«

Mit einer schwungvollen Bewegung warf er die Kapuze zurück; im flackernden Schein des Feuers schien er zu wachsen. Die Flammen malten lebende Schatten in sein bleiches Gesicht. Die Augen schlossen sich zu schmalen Schlitzen, während er über die Köpfe der Kinder hinweg in die Nacht hineinschrie: »Denn Gott will es, dass ich mein Ziel erreiche. Hört, ihr alle, die ihr zweifelt: Gott will es, Gott will es, Gott will es!« Seine Stimme überschlug sich und so war das letzte »Gott will es« nur noch ein heiseres Kreischen. Er zog die Kapuze wieder über den Kopf und hockte sich beim Feuer nieder.

Niemand wagte mehr ihn anzureden.

Gerhard fasste nach Brunos Arm und zog den Jungen sanft mit sich, bis sie ihren Lagerplatz erreichten. Er war verwirrt, weil so viele unterschiedliche Gefühle in ihm waren: Bewunderung für diesen jungen Prediger, der tausend Menschen in seinen Bann schlagen konnte wie ein mächtiger Zauberer. Der Wunsch, genauso fest und unbeirrbar ein Ziel verfolgen zu können. Aber auch so etwas wie Abscheu vor diesem verzerrten Gesicht, dieser Wut, diesen Drohungen. Sprach so Gott aus Menschenmund? Irgendwie klang das anders als die Predigten, die er in Speyer und an den Tagen danach gehört hatte. Ob ihm wirklich jemand nach dem Leben trachtete? Wer hatte dann das Zelt angezündet?

Er zog Bruno ins Gras und schob ihm fürsorglich seine Schaffelljacke unter den Kopf, streckte sich neben ihm aus und deckte sich zu. Die anderen hatten sich schon hingelegt, aber niemand schien etwas reden zu wollen. Nur einmal brummte Eckart leise etwas vor sich hin, Gerhard meinte, es hätte sich wie »Mir reicht's« angehört, aber er dachte nicht weiter darüber nach.

Das erste Mal, seitdem er sich dem Kinderzug angeschlossen hatte, hatte er Angst davor, wie es wohl weitergehen würde.

Am nächsten Morgen waren die Kinder noch stiller als in den vergangenen Tagen. Die meisten stierten bedrückt vor sich hin. Nur ab und zu schaute sich einer verstohlen um, so als wolle er sich vergewissern, dass ihn niemand beobachtete. Wer beim Waschen am Bach oder beim morgendlichen Geschäft unter den Apfelbäumen jemanden traf, den er kannte, der redete höchstens im Flüsterton ein paar Worte mit ihm. Und immer ging es um das Gleiche: Wer konnte wohl das Abscheuliche getan haben? Aber niemand wusste eine Antwort.

Gerhard, Bruno, Irmingard, Berthold und Eckart hockten fröstelnd im taufeuchten Gras und würgten verdrossen den Mehlbrei hinunter, den sie in Eckarts kupferner Suppenschale angerührt hatten – mit der letzten Hand voll Mehl, die sie aus ihren Beuteln zusammengekratzt hatten.

»Da, seht euch das an!« Berthold deutete mit dem vollen Löffel in der Hand, so dass das graue Mus auf Gerhards nacktes Knie tropfte.

»Pass doch auf, du Ochsenkopf!«, knurrte Gerhard, aber er lenkte gleich ein: »Was sollen wir uns ansehen?«

»Da, dort drüben!«

Sie blickten zu den rauchgeschwärzten Pfosten, die einmal das Zelt gewesen waren. Daneben saß Nikolaus auf einem Findling. Die großen Jungen, die an seinen Lippen hingen und ihm dienten, ob er es verlangte oder nicht, umlagerten ihn in dichtem Kreis – eine Menschenmauer, die ihn nun vor allen Anschlägen schützen würde.

Aber sie meinte Berthold nicht. Er deutete auf die Straße, auf der sie gestern gekommen waren. Da ritten die beiden Mönche auf ihren Mauleseln davon, die Kutten geschürzt, die Kapuzen über den Kopf gezogen und ohne sich umzusehen.

»Das sieht ihnen ähnlich!«, sagte Berthold und spuckte ins Gras. »Jetzt, wo es schwierig wird, machen sie sich davon!«

»Gott wird sie strafen!«, rief Bruno und drohte mit seiner kleinen Kinderfaust hinter den beiden Reitern her.

»Ich hab schon bessere Mönche getroffen«, meinte Gerhard und dachte an die Männer in den grauen Kutten, die den herrlichen Käse unter die Kinder verteilt und die so ehrwürdig und fromm gewirkt hatten.

»Ja, ich auch«, nickte Berthold.

Irmingard sagte wie üblich nichts, aber auch Eckart blieb stumm und sah nur nachdenklich vor sich hin.

Der Marsch war mühsam an diesem Tag. Endlos schlängelte sich der Weg durchs Gebirge, führte um hohe Felsen, über Kuppen und durch steinerne Rinnen voller Geröll. Die meisten der Kinder hatten keine Schuhe. Auch wenn ihre Füße verhornt und unempfindlich geworden waren: Über dieses Geröll zu laufen war die Hölle. Der Zug wurde immer langsamer, so sehr auch die großen Jungen trieben und drängten. Aber wer kann schon mit blutenden Füßen, mit leerem Bauch und mit schmerzenden Gliedern noch schnell und ausdauernd sein?

Das Schlimmste war der Hunger. An einem der Bäche, die ab und zu den Weg kreuzten, warfen sich ein paar Kinder hin und tranken, bis sie nicht mehr konnten, das eiskalte Wasser in sich hinein um den wütenden Hungerschmerz loszuwerden; aber es half nichts. Denn gleich darauf mussten sie sich wieder und wieder erbrechen und es ging ihnen schlechter als vorher. Wegen einer Hand voll Himbeeren schlugen sich zwei Jungen die Nasen blutig. Um ein paar Pilze zu holen kroch einer durch ein dichtes Gewirr von Brombeerranken und heulte vor Schmerzen, als er zerkratzt und zerstochen wieder zum Vorschein kam.

Als die Sonne schon fast im Zenit stand, sah Gerhard, wie ein hoch gewachsenes dünnes Mädchen den Weg verließ und über Gestrüpp und Felsbrocken sprang. Ein Junge folgte ihr, aber er war ein ganzes Stück kleiner und holte sie nicht ein. Sie pflückte etwas von einer hohen Staude, rannte zurück und hielt ihm triumphierend die offene Hand entgegen. Schwarze Beeren glänzten darin. Ehe sie wusste, was geschah, hatte er schon zugegriffen und ein paar davon in den Mund geschoben. Schnell aß sie die anderen selbst.

Die kann dir keiner mehr nehmen!, dachte Gerhard ein wenig neidisch. Selbst er schleppte sich nur noch widerwillig vorwärts, obwohl er einer der Kräftigeren war. Wenn er weit vor sich auf das schaukelnde Hinterteil des Maulesels starrte, auf dem Nikolaus ritt, dann verwandelten sich die zwei Backen vor seinem inneren Auge in zwei riesige Schinken, die im Rauchfang baumelten. So hungrig war er.

Er wusste nicht, was ihm mehr wehtat, sein Bauch oder seine Füße. Ein paar Mal war er versucht Georgs Stiefel aus seinem Bündel zu holen um sich wenigstens das Gehen zu erleichtern. Aber so weit er schauen konnte, waren alle Kinder barfuß. Eckarts elegante Schuhe bestanden bloß noch aus ein paar Fetzen. Da brachte er es nicht übers Herz, als Einziger in festen Stiefeln zu laufen.

Weit, weit war die Schar der Kinder inzwischen auseinander gezogen. Obwohl Gerhard und seine Freunde morgens noch am Schluss des Zuges gegangen waren, befanden sie sich jetzt fast in der Mitte. Die Sonne stach und der Weg war so eng und uneben, dass auch von Nikolaus' Leibwache keiner mehr nach hinten lief um zur Eile zu drängen.

Plötzlich blieb Bruno stehen und fasste Gerhard am Arm. »Mein Gott«, flüsterte er. »Sie sind vom Teufel besessen!«

Jetzt sahen es die anderen auch: Vor ihnen das dünne Mädchen und der Junge, die vorhin die Beeren gegessen hatten. Sie sprangen und hüpften wie die Narren, sie schrien und lachten.

»Vielleicht sind sie nur krank vor Hunger oder sie machen Spaß um sich abzulenken?«, fragte Gerhard unsicher, aber er glaubte selbst nicht recht daran. Er lief mit Berthold und Bruno zu den beiden hin, Eckart hinkte hinterher.

»Oh, im Namen des barmherzigen Gottes«, schrie das Mädchen plötzlich und ihre Stimme vibrierte vor Angst und Entsetzen, »tut uns nichts!«

Gerhard sah sie bestürzt an. Was war so Furcht erregend an ihm?

Irgendwie hatte sich ihr Gesicht verändert: Ja, es war, als ob sich ihre Augen vergrößert hätten! Glänzend und doch blind, wie zwei runde polierte Steine leuchteten sie in dem geröteten Gesicht und sie waren schwarz, ganz schwarz. Gerhard schauderte. Er blickte zu dem Jungen: Genau die gleichen grässlichen Augen.

»Tu mir nichts«, bettelte das Mädchen wieder. Dann riss sie den Mund weit auf und brach zu seinen Füßen zusammen.

Der Junge achtete überhaupt nicht darauf, was mit ihr geschah. Er stand kerzengerade da, das Gesicht einem der mächtigen Felsgipfel zugewandt; sein Atem ging hastig. Plötzlich streckte er abwehrend die Arme aus. »Rettet euch«, kreischte er, »der Felsen! Er rollt auf uns zu! Er wird uns alle zermalmen!« Er machte einen Satz zur Seite, stürzte und blieb liegen, ebenso wie das Mädchen keuchend, nach Luft schnappend und mit weit aufgerissenen Augen.

Immer mehr Kinder waren herangekommen und starrten mit einer Mischung aus Neugier und Furcht auf die Unglücklichen.

»Was sollen wir nur tun?«, fragte Gerhard heiser. »Man kann sie doch nicht so einfach liegen lassen!«

Während er noch sprach, hatte Irmingard das Tuch um ihren Hals gelöst und mit Wasser aus ihrem Krug befeuchtet. Sie trat zu dem Mädchen, rieb ihm sanft das Gesicht ab und sprach dabei leise und beruhigend auf es ein. Dasselbe machte sie bei dem Jungen. Das schien den Kranken gut zu tun, denn sie atmeten ruhiger und ihre verkrampften Glieder streckten sich.

»Es ist, als ob sie Gift gefressen hätten«, meinte Berthold.

Bruno widersprach heftig. »Siehst du denn nicht, dass der Teufel aus ihren Augen schaut? Sie sind besessen! Nur Nikolaus kann ihnen helfen!« Er drehte sich zu den gaffenden Kindern um und wiederholte laut: »Nur Nikolaus kann ihnen helfen!«

»Er hat wahrscheinlich Recht«, sagte Berthold. »Ich wüsste jedenfalls nicht, was ich tun sollte.«

»Wahrscheinlich, ja, ja ...«, antwortete Gerhard abwesend. »Hast du gesehen? Alle haben nur blöd gegafft. Sie hat als Einzige etwas unternommen!«

»Was? Wer?«, fragte Berthold verdutzt. »Ach so!« Er musste lächeln, obwohl ihm eigentlich gar nicht danach zu Mute war. »Ich glaube, jetzt hat Irmingard endgültig die kleine Hure aus deinem Herzen verdrängt!«

Gerhard wurde feuerrot. »Was redest du da?«, fragte er verlegen. »Ich meine, woher weißt du ...«

»Oh, ich weiß vieles«, antwortete Berthold. »Aber nimm's nicht schwer. Ich bin nicht nur neugierig, ich kann auch schweigen!«

Inzwischen hatte sich die Nachricht von dem, was geschehen war, durch die Reihe der marschierenden Kinder verbreitet. Alle hielten an auch ohne genau zu wissen, was geschehen war. Denn jeder war froh, wenn er ein bisschen ausruhen durfte.

Nicht lange danach trabte Nikolaus auf seinem Maulesel heran, so rasch, dass die vier kräftigen Burschen, die ihn zu Fuß begleiteten, kaum hinterherkamen und die auf dem Weg lagernden Kinder schleunigst das Weite suchen mussten um nicht von den Hufen des Tieres getroffen zu werden.

»Was gibt es?«, fragte Nikolaus, als er die Stelle mit den Kranken erreicht hatte. Seine Stimme klang herrisch, seine Brauen waren zusammengezogen und die kleinen Augen blickten böse.

Warum bringt er seine Wächter mit?, dachte Gerhard beunruhigt. Fürchtet er sich vor denen, die er anführt? Ob er uns dann noch ans Ziel bringen kann?

»Verzeih uns, dass wir dich gerufen haben, Nikolaus«, bat Bruno schüchtern. »Aber die zwei da sind vom Bösen besessen!« Er deutete auf die Kranken, denen es wieder schlechter ging.

Sie wanden sich in Krämpfen, atmeten mühsam und schluckten schwer. Irmingards tröstendes Zureden bewirkte nichts mehr.

Nikolaus' Miene war noch finsterer geworden. »Zwei Kinder sollen der Grund sein, dass über tausend warten müssen?«, fragte er scharf. »Habt ihr vergessen, für welches Ziel wir aufgebrochen sind? Glaubt ihr, dass der Einzelne zählt, wenn es darum geht, Gottes Gebot zu erfüllen?«

Gerhard verstand ihn nicht. Wenn der Einzelne nichts zählt, wie können dann alle zählen?, dachte er. Ein Haufen falscher Münzen gibt doch keinen Schatz! »Sie sind krank«, wagte er einzuwerfen. »Man muss ihnen helfen!«

»Man muss ihnen helfen!«, äffte Nikolaus ihn nach. »Die Stätten, wo unser Herr Jesus Christus gegangen ist, wo er Wunder vollbracht hat und wo er gestorben ist, sind in der Hand blutgieriger Heiden. Und ihr haltet uns auf wegen zwei Kranken! Sie werden nicht das letzte Opfer sein, das Gott von uns fordert!«

»Bitte, Nikolaus« – der kleine Bruno war ganz nah an den Maulesel herangetreten und blickte zu der schwarz gekleideten Gestalt hinauf – »der Teufel ist in sie gefahren, schau dir ihre Augen an! Nur du allein kannst ihnen helfen!«

Nikolaus schaute den mageren Jungen an, der da vor ihm stand und mit großen ernsten Augen vertrauensvoll zu ihm emporsah. Plötzlich glättete sich seine Miene und er lächelte. »Ich will es versuchen«, versprach er. »Mit Gottes Hilfe wird es mir gelingen. Du geh fort«, sagte er zu Irmingard, die sich gehorsam entfernte. Er sprang ab und gab einem der großen Jungen die Zügel seines Tieres in die Hand.

Dann befahl er die beiden Kranken nebeneinander zu betten. Als das geschehen war, trat er zu ihnen hin, legte die Hände zusammen und betete. Erst leise, dann immer lauter und lauter.

Er befahl dem Teufel, die Leiber der Kinder, in die er gefahren war, zu verlassen. Er schrie Beschwörungen, die so schrecklich waren, dass alle Umstehenden blass wurden. Schließlich kniete er bei den Kranken nieder, fasste sie bei der Kehle und sah sie mit seinen kleinen, zu schmalen Schlitzen verengten Augen an.

Der Junge und das Mädchen schienen mit ihren schwarzen, glänzenden, blinden Augen seinen Blick zu erwidern. Aber allmählich wurden ihre Mienen teilnahmslos, ihre Lider senkten sich und es war, als ob sie schliefen.

Einen Augenblick lang hatte Gerhard den Eindruck, als ob Nikolaus erstaunt sei über die Wirkung seiner Beschwörung, aber er hatte sich wohl getäuscht, denn gleich darauf sah er ihn wieder beten und hörte ihn Gott danken für das Wunder, das er ihn hatte vollbringen lassen.

Gerhard blickte zu den beiden kranken Kindern. Sie hatten Arme und Beine von sich gestreckt, ihre Augen waren geschlossen; nur ihre halb geöffneten, verzerrten Münder ließen noch ahnen, was sie gelitten hatten.

Nikolaus erhob sich. »Dem Herrn hat es gefallen, sie aus der Gewalt des Teufels zu befreien«, sagte er. »Sie schlafen jetzt und werden geheilt erwachen. Wir können weiterziehen.« Er bestieg den Maulesel.

»Ja, aber . . .« – Berthold griff nach dem Zügel – »sie schlafen doch noch und sind wahrscheinlich sehr schwach, wenn sie aufwachen. Wie können wir da weiterziehen?«

Wieder verengten sich die kleinen Augen zu schmalen Schlitzen, aber die Stimme des Predigers blieb ruhig. »Sie schlafen jetzt und werden noch länger schlafen«, erwiderte er. »Wenn sie erwachen, sind sie stark genug um nach Mittenwald zurückzukehren. Für sie ist der Kreuzzug vorbei.« Er schob Bertholds Hand beiseite und ritt davon, gefolgt von seinen vier Beschützern und der Schar der neugierigen Zuschauer.

Berthold blieb noch einen Moment regungslos stehen. Dann ging er zu den kranken Kindern und beugte sich zu ihnen hinab. Er fasste sie an den Hemden und schüttelte sie. Er schlug sie ins Gesicht, er zog sie an den Haaren, schließlich pflückte er einen dicken Halm und fuhr ihnen damit tief in die Nasenlöcher. Dann erhob er sich und sagte: »Für sie ist der Kreuzzug wirklich zu Ende. Sie sind tot.«

»Nein!«, riefen Gerhard und Irmingard gleichzeitig und für einen winzigen Augenblick berührten sich ihre Hände.

»Glaubt es mir, sie sind tot«, wiederholte Berthold.

»Aber ihre Seelen sind gerettet!«, rief Bruno. »Nikolaus hat sie vor dem Schlimmsten bewahrt!«

Irmingards Miene blieb wie immer ausdruckslos. Eckart kaute auf einem Zweig und sagte nichts. Aber Gerhard und Berthold sahen sich lange an.

Endlich fragte Gerhard beklommen: »Du hast keine Zweifel? Sie sind wirklich tot?«

»Ich bin kein Medicus und auch kein Bader«, gab Berthold zur Antwort. »Aber in ihnen ist so wenig Leben wie in diesem Stein.« Er gab einem der umherliegenden Felsbrocken einen Fußtritt.

»So sind sie bei fremden Menschen und ohne geistlichen Trost gestorben.« Gerhard blickte mitleidig auf die beiden Kinder, die wie schlafend auf dem harten Boden lagen.

»Aber Nikolaus war doch bei ihnen«, sagte Bruno eifrig. »Gibt es einen besseren Trost?«

Gerhard wollte eine zornige Antwort geben, aber dann fiel ihm ein, wie sich der kleine Bursche gestern in die Flammen gestürzt hatte um seinen geliebten Meister zu retten. Und er sagte nur: »Schon recht, Bruno«, und zu den anderen: »Kommt, wir müssen sie begraben.«

Sie merkten bald, dass sie in den felsigen Boden keine Spanne breit hineinkamen, zumal sie nichts hatten als Messer und ihre Hände. Also schleppten sie die Leichen ein Stück weg vom Weg und betteten sie unter eine große Lärche. Jeder pflückte ein paar Hände voll von dem Enzian, der überall in großen Mengen wuchs, und streuten die leuchtend blauen Blüten über die Toten. Dann bedeckten sie sie mit Fichtenzweigen und schichteten Steine über sie, bis kein Tier mehr an sie herankonnte.

»Requiescant in pace!«, sagte Berthold feierlich und schlug ein Kreuz.

Gerhard brannten die Tränen in den Augen. Er sah das Mädchen und den Jungen noch vor sich, wie sie über die Steine sprangen um die

Beeren zu pflücken. Jetzt waren die Steine über ihnen.

Warum hatte Gott sie sterben lassen? Es hatte keinen Sinn, darüber nachzudenken. Der Tod kam ständig zu den Menschen, oft ohne sich anzukündigen. Nichts, aber auch gar nichts konnte man gegen ihn tun. Nur hoffen, dass man hinterher in eine andere Welt durfte, in der es keine Angst mehr gab, keine Krankheit und keinen Hunger.

Gerhard lächelte die anderen unter Tränen an. »Lasst uns aufbrechen!«, schlug er vor. »Die anderen sind schon weit voraus.«

So gingen sie langsam weiter und warfen keinen Blick mehr zurück auf den steinernen Hügel unter der großen Lärche.

# 8

Es war schon Abend, als die fünf wieder zu den anderen stießen, die längst ihr Lager errichtet hatten. Kaum jemand hatte noch Lebensmittel und manche der kleinen Kinder weinten vor Hunger.

»Ob *er* wohl noch was zu essen hat?«, fragte Berthold spöttisch, nachdem sie sich ein Plätzchen gesucht hatten, und wies auf Nikolaus, der inmitten seiner Leibwächter thronte.

»Ich bete zu Gott, dass er noch was hat«, rief Bruno. »Stellt euch vor, er müsste hungern!«

Gerhard knurrte nur und wartete auf Eckarts Zornesausbruch. Aber merkwürdig, der saß ganz ruhig und friedlich da und schaute in das Inntal hinab, das unter ihnen lag. Überhaupt hatte er sich den ganzen Tag nicht beklagt, er hatte nicht geflucht und gejammert. Was war los mit ihm?

Ehe er weiter darüber nachdenken konnte, hieß es: »Nikolaus will zu uns sprechen!«

Von Gruppe zu Gruppe wurde die Botschaft weitergegeben. Und bald saßen, standen oder hockten die Kinder in dicht gedrängten Reihen und warteten hoffnungsvoll, was Nikolaus ihnen zu sagen hatte.

»Gott prüft uns«, begann er. »Er hat uns zwei Tage hungern lassen. Aber hat nicht der Herr Jesus Christus vierzig Tage und Nächte gefastet und dennoch den Verlockungen des Satans widerstanden? Von zweien von euch hatte der Teufel schon Besitz ergriffen und nur dank der Güte Gottes ist es mir gelungen, ihre Seelen zu retten. Ich sage euch, ihr werdet noch viele Prüfungen erdulden, bis ihr gefestigt seid im Glauben und würdig Gott zu dienen. Aber ich weiß, das Fleisch ist schwach, und es gibt viele unter euch, die es noch nicht ihrem Willen unterworfen haben, obwohl sie ehrlich darum bemüht sind. Ihnen will ich geben, was ich mir in den Zeiten des Überflusses erspart habe und was nicht ein Raub der Flammen geworden ist.«

Er gab ein Zeichen und ein paar der großen Jungen begannen unter dem Jubel der Kinder den Inhalt von zwei großen Mehlbeuteln unter die Kleinsten und Schwächsten zu verteilen. Weit reichte das freilich nicht, aber wer konnte mehr geben, als er hatte?

»Bald«, fuhr Nikolaus anschließend fort, »werden wir Innsbruck erreichen. Dort werdet ihr alle zu essen bekommen. Für alle Prüfungen aber, die euch in Zukunft noch erwarten, vergesst nie: Hat nicht Gott dem Hiob zweimal so viel gegeben, als er ihm vorher genommen hat? Wartet nicht auch auf euch, die ihr stark werdet im Glauben, der köstlichste Lohn?«

Keine Drohungen hörten die Kinder heute, keine harten Worte.

Nikolaus erzählte von den Wundern des fernen Heiligen Landes. Er tat es so, dass man die farbige Blütenpracht zu sehen und den Duft der herrlichsten Speisen zu riechen glaubte. Er weckte die Sehnsucht wieder in den Herzen der Kinder, als er von goldenen Palästen und von Gärten, die dem Paradies glichen, erzählte.

Als er mit heller Stimme seinen Segen sprach, hatten die meisten ihren Hunger vergessen und waren so voller Begeisterung wie seit langem nicht mehr.

»Ich weiß nicht mehr, was ich denken soll«, sagte Gerhard, als er mit Berthold und Irmingard zu ihrem gemeinsamen Lagerplatz zurückging.

Berthold zuckte die Achseln und erwiderte: »Er spricht, wie es der heilige Augustinus bestimmt nicht besser gekonnt hat. Aber wer kann sagen, was wirklich hinter seinen Worten steckt? Was meinst du, Irmingard?«

Irmingard antwortete nicht. Sie öffnete nur den Mund und spuckte aus.

Nikolaus' Versprechen ging in Erfüllung. Am Abend des übernächsten Tages erreichten sie Innsbruck. Schon vorher waren sie an stattlichen Dörfern und großen Gutshöfen vorbeigekommen, deren Bewohner den schlimmsten Hunger hatten stillen helfen.

Aber in Innsbruck – was für ein Fest! Alle Kaufleute, die hierher kamen, um über den großen Pass nach Italien zu reisen, wurden kräftig geschröpft; sie mussten den Innsbruckern und ihren Stadtherren hohe Zölle zahlen. Das hatte sie reich gemacht, aber sie hatten das Geben nicht verlernt.

Kaum war die Kunde von der Ankunft der Kinder in die Häuser gedrungen – denn wer sie waren und wohin sie zogen, das hatten andere Reisende schon längst berichtet –, kamen die Innsbrucker auch schon um hungrige Mäuler zu stopfen und die Kinder mit allem zu versorgen, was sie brauchten.

Da gab es Mehl, Zwiebeln, Brot und Milch im Überfluss. Rosinen, Rettiche, Knoblauch und Käse schleppten die Menschen herbei, sauren Apfelwein und sogar Würste und Speck.

Freilich, solche Köstlichkeiten konnten nicht alle Kinder ergattern. Als Gerhard daherkam, mit einem langen Riss im Hemd, aber auch mit einem dicken Stück Speck in der Hand, da staunten ihn die Gefährten an, als wäre er gerade zum König gekrönt worden.

Er teilte ihn selbstverständlich in fünf genau gleiche Teile und jeder verspeiste sein Stück andächtiger, als eine Herzogin sich das feinste Marzipan auf der Zunge zergehen lässt. Nur Irmingard mochte den Speck nicht. Sie schenkte ihr Stück Eckart, was ihr freilich einen gekränkten Blick Gerhards einbrachte.

Bald lagen alle Kinder satt und zufrieden im Gras am Ufer des Inns. Mühsal und Hunger der vergangenen Tage waren fast vergessen, die Bergriesen, die vor ihnen lagen und die sie überwinden mussten, sahen im sanften Licht der untergehenden Sonne nicht besonders gefährlich aus.

Wie die anderen rekelten sich auch Gerhard und seine Gefährten auf dem warmen Boden und genossen das Gefühl, einen richtig vollen Bauch zu haben.

»Bei allen Heiligen«, sagte Berthold, »das war gut!« Er rülpste genussvoll. »Dieser Schinken . . .!« Dann richtete er sich auf und klopfte Gerhard auf den Arm. »Los, jetzt bist du satt, jetzt gibt es keine Ausflüchte mehr!«

Gerhard tat, als verstünde er überhaupt nicht, wovon die Rede wäre, gähnte herzhaft und schloss die Augen.

»Nichts da«, rief Berthold. »Jetzt ist Lesestunde, Gerhard! Komm!«

Seufzend rappelte sich Gerhard auf und folgte ihm unter eine mächtige Esche. Dort lagen zwei Findlinge, auf denen man ganz bequem sitzen konnte.

Berthold zog sein geliebtes Büchlein über die Wunder des heiligen Benedikt heraus und die Lektion begann. Eine Zeit lang waren Schüler und Lehrer eifrig bei der Sache. Gerhard las fast ohne Stocken, immer mehr lateinische Wörter wurden ihm vertraut und sein Meister konnte ihn gar nicht genug loben. Dann kam im Text das Wort *sanctus* vor. Gerhard las es und sagte: »Das heißt *heilig.*«

»Richtig«, antwortete Berthold und fuhr fort, als ob er nur auf sein Stichwort gewartet hätte: »Glaubst du eigentlich noch, dass Nikolaus so was wie ein Heiliger ist? Dass Gott ihm eingibt, was er tun soll?«

Gerhard dachte lange nach. »Ich habe Freunde gefunden auf diesem Zug«, sagte er schließlich. »Niemand hat mich angebrüllt und niemand hat mich geschlagen. Oft habe ich mich so wohl gefühlt wie nie. Ich hab gesehen, wie kleine Kinder tapfer und in bester Stimmung mit uns gezogen sind und eine Kraft bewiesen haben, die ich ihnen nie zugetraut hätte. Deshalb hab ich geglaubt, dass Nikolaus ein Bote Gottes ist. Einer, der nicht nur das Heilige Land befreien soll, sondern einer, der den Kindern der Armen Hoffnung und Zukunft schenkt.«

»*Du hast* geglaubt?«, fragte Berthold mit sonderbarer Betonung.

»Ja, ich *habe*«, gab Gerhard zurück. »Ich glaube es nicht mehr.«

»Und warum nicht?«

Gerhard zögerte. »Ich weiß es selbst nicht so ganz genau«, begann er schließlich. »Irgendwie fühle ich, dass jemand, der wirklich im Auftrag Gottes handelt, anders sein muss.« Er zeigte mit dem Finger auf das Büchlein. »Was du mir erzählt hast von Benedikt, das handelt alles von seiner Liebe zu den Menschen. Wie er denen, die Hunger hatten, zu essen gab. Wie er mit Gottes Hilfe für halb verdurstete Pilger eine Quelle aus dem Felsen springen ließ. Wie er Todkranke durch sein Gebet heilte . . .«

»Aber das hat Nikolaus auch getan«, unterbrach Berthold. »Ich habe es selbst gesehen.«

»Ich weiß, ich weiß.« Gerhard zuckte die Achseln. »Du hast es mir ja erzählt. Aber, wie soll ich es dir sagen, irgendwie hat er ... Schau, ich stell mir das anders vor ... Denk mal daran, wie Irmingard mit den beiden kranken Kindern umgegangen ist, so sanft und beruhigend. So, glaub ich, hat es der heilige Benedikt auch gemacht. Aber Nikolaus ...«

Berthold nickte. »Ich versteh dich schon. Du meinst, Nikolaus ist voll Hass und Wut, wenn er eine Krankheit bekämpft oder wenn er von den Heiden spricht oder wenn er die furchtbaren Strafen für den Ungehorsam gegen Gott nennt.«

»Ja, das meine ich.« Gerhard sprang auf und ging vor den beiden Findlingen auf und ab. »Ein paar Mal hab ich ihn erlebt, da war er voller Begeisterung. Da war es wirklich, als ob ein Engel dastand und zu uns sprach, als ob seine Worte direkt in mein Herz gingen. Aber meistens war er böse, ja, dir sage ich's: Manchmal hatte ich Angst vor ihm.«

»Ich auch manchmal«, gestand Berthold. »Ich hab auch nicht verstanden, warum er eine ganze Truppe von Wächtern braucht, die ihn schützen. Gott kann doch nicht zulassen, dass ihm etwas geschieht. Und die Kinder lieben ihn doch!«

»Na ja, aber nicht alle«, warf Gerhard trocken ein und setzte sich wieder.

»Ach was! Du glaubst doch selbst nicht im Ernst, dass ihn jemand töten wollte! Ein paar fliegende Funken, ein Stück trockenes Pergament, ein wollenes Tuch – wie schnell gibt es da ein Feuer. Außerdem ist ihm kein Haar gekrümmt worden! Nein, diese Wächter braucht er nicht. Ich . . . ich glaube, er soll sie um sich haben, weil sie seine Macht stärken, weil er durch sie noch höher über uns steht. Der Herr von Köln, unser Erzbischof, der reitet auch nie allein durch die Stadt. Er hat immer mindestens zwei dunkle Ritter bei sich, obwohl ihm niemals einer was tun würde. Aber er zeigt damit, dass er ein unerreichbar hoher Herr ist, an den keiner von den Bürgern heran darf. Nikolaus war mal ein Hirtenjunge. Jetzt ist er der Führer eines großen Zuges und ein berühmter Prediger. Deshalb umgibt auch er sich mit einer Schar von Rittern. Hast du sie mal eine Zeit lang beobachtet? Sie gehorchen ihm wie ein Rudel Hunde. Wolltest du ihm etwas tun, sie würden dich in Stücke reißen.«

Die beiden Jungen schwiegen bedrückt.

»Gott liebt uns«, fuhr Gerhard nach einiger Zeit fort. »Er ist zu jeder Zeit bei jedem von uns, viel näher als unser irdischer Vater. So haben es die Priester immer gesagt. Aber Nikolaus behauptet, nur das Ziel ist wichtig. Ob einer oder zwei oder drei krank sind, darauf kann man keine Rücksicht nehmen, sagt er. Aber das sind doch Menschen, die Gott liebt, oder? Die zwei armen Seelen gestern . . .«

»Das war furchtbar!«, Berthold senkte die Stimme. »Er hat ihnen überhaupt nicht geholfen! Hast du gesehen? Er war ganz erstaunt, dass sie plötzlich die Augen zumachten. Die waren auch nicht besessen. Die hatten doch vorher die schwarzen Beeren hinuntergeschlungen. Bei allen Heiligen, glaub mir, sie haben sich vergiftet! Aber dass er sie da einfach liegen lassen wollte, obwohl er doch sah, dass sie schwach und elend waren, das kann ich ihm nicht verzeihen. Darüber werd ich ihn auch noch einmal zur Rede stellen, wenn ich eine Gelegenheit finde.«

Wieder schwiegen die Freunde.

Schließlich fragte Gerhard: »Warum ziehen wir eigentlich weiter mit, wenn wir so viele Zweifel haben?«

Berthold lächelte ihm zu. »Der Zug ist doch unsere Heimat geworden«, sagte er. »Und er besteht nicht nur aus Nikolaus und seinen Wächtern! Denk an Bruno, der fast selbst ein kleiner Heiliger ist.« Er kniff ein Auge zu. »Oder denk an ein ganz bestimmtes Mädchen oder an Eckart. Oder an uns. Sind wir nicht auch Freunde geworden auf diesem Zug? Außerdem – eines glaube ich ganz fest: Gott will, dass die Kinder das Heilige Land erreichen. Auch wenn es nicht Nikolaus ist, durch den er seinen Willen verwirklicht.«

»Du hast Recht«, erwiderte Gerhard. »Nun ist mir schon viel leichter ums Herz. Komm, wir gehen zu den anderen.«

Der nächste Morgen begann mit einer Überraschung – und mit keiner erfreulichen.

Als sie nämlich die Reste der Köstlichkeiten vom vergangenen Abend verspeist hatten, sagte

Eckart plötzlich: »Hört mal zu, ich muss euch was sagen.« Verlegen rutschte er hin und her, fummelte an einem Stück Käserinde herum und schaute in den Himmel, als ob er sich mit den Schäfchenwolken unterhalten wollte. »Also . . .« Wieder druckste er herum wie ein Sünder vor der Beichte.

»Nun sag schon, was los ist«, verlangte Gerhard schließlich ungeduldig. »Wenn ein Schmied so lang mit dem Zuhauen wartet wie du mit dem Reden, ist das Eisen längst kalt!«

»Gut.« Eckart holte seinen Blick aus der Weite des Himmels zurück auf die Innsbrucker Erde. »Gut. Um es euch kurz zu sagen . . .«

»Ja, hoffentlich«, stöhnte Berthold.

Aber Eckart hörte gar nicht darauf. »Ich hab's schon lang vorgehabt, aber jetzt ist die Gelegenheit günstig. Um es euch kurz zu sagen: Ich werde nicht mehr weiterziehen mit euch.«

»Was?«, riefen Gerhard und Berthold wie aus einem Mund. Bruno starrte ihn mit offenem Mund an und sogar Irmingard guckte erstaunt.

Jetzt, da die Hauptsache gesagt war, war Eckart nicht mehr zu halten. Alles, was ihm so lange auf der Seele gelegen hatte, sprudelte aus ihm heraus. »Ich hasse diesen Zug«, rief er. »Wisst ihr, dass es bei mir zu Hause zweimal am Tag ein warmes Essen gab, wo jeder so viel nehmen durfte, wie er nur konnte? Wenn es Äpfel gab, dann wurden sie in Wein und Zimt gekocht und mit Honig beträufelt. Weißes Brot hatten wir im Überfluss, dazu muss ich nicht ins Heilige Land ziehen! Jeden Sonntag hat mir mein Vater eine Hand voll Silberstücke gegeben, damit ich sie unter die Armen verteile. Jetzt muss ich um Almosen bitten wie ein alter Knecht, den die Gicht befallen hat. Warmes Essen bekomme ich überhaupt nicht mehr. Meistens wühlt mir der Hunger in den Eingeweiden. Das Brot, das wir bekommen, wenn es überhaupt welches gibt, ist so alt, dass der Bäcker wahrscheinlich schon längst tot ist, der es gebacken hat. Und die Äpfel sind noch viel saurer als die Schlehen, die noch nicht einmal die Spatzen mögen.«

Eckart holte tief Luft, dann ging es weiter. »Und wo habe ich ein einziges Mal kämpfen können? Sagt mal selbst: Wo war die Gelegenheit, eine wirkliche Tat zu vollbringen? Meine Heldentaten bestanden darin, zu schwitzen wie ein Hintersasse bei der Fronarbeit, die Blasen an meinen Füßen aufzustechen und zu laufen, als ob ich nicht reiten könnte. Zehnmal eher wär ich in Speyer ein Ritter geworden als auf diesem Zug der Armseligen und der Hungerleider! Ich mag nicht mehr, ich will nicht mehr, ich kann nicht mehr!« Jetzt war er wahrhaftig nah am Heulen.

Berthold wollte etwas sagen, aber Gerhard ließ ihn nicht zu Wort kommen. »So«, sagte er höhnisch, »der Herr Ritter will uns verlassen! Er mag nicht mehr zu Fuß gehen. Er will nicht mehr mit den Kindern der Armen hungern. Sein feines Höschen ist zerfetzt und seine eleganten

Schühchen sind durchgelaufen. Da erinnert sich der Herr Ritter an die vollen Schüsseln und das weiche Bett zu Hause und sagt uns auf Nimmerwiedersehen.« Seine Stimme wurde härter. »Was glaubst du eigentlich«, rief er, »wie viele hier in ihrem ganzen Leben schon mal in Wein gesottene Äpfel mit Honig gegessen haben? Keiner, sag ich dir! Wer hat zweimal am Tag ein warmes Essen gehabt? Niemand, glaub es mir! Das, was dir so zu schaffen macht, du armer Kerl, das kennen wir alle hier gar nicht anders! Gehungert hab ich zu Haus auch, mehr als auf dem Zug manchmal, und arbeiten musste ich den ganzen Tag. Gut, die Füße hab ich mir nicht hornig und blutig gelaufen, aber dafür hab ich Prügel gekriegt, mindestens so oft wie du dein warmes Essen. Also wieso, beim neunmal geschwänzten Teufel, soll das ein Grund sein, dass du dich einfach davonmachst?« Plötzlich hielt Gerhard inne. Warum hatte er sich so in Zorn geredet? Gestern hatte er selbst noch mit Berthold darüber gesprochen, ob sie den Zug nicht verlassen sollten. Eckart wollte nur tun, was sein gutes Recht war. »Es tut mir Leid«, sagte er deshalb leise. »Es ist nur ... Ich lasse dich nicht gern gehn.«

Eckart nickte stumm.

»Aber was willst du denn jetzt machen?«, fragte Berthold.

»Du kannst doch nicht mutterseelenallein zurückmarschieren?«

»Ach, das ist nicht schwierig«, sagte Eckart

schnell. »Mein Vater hat einen Handelsfreund in Innsbruck. Der wird mich sicher eine Zeit lang aufnehmen, bis ich mich einem Warentransport an den Rhein anschließen kann. Freilich, mein Vater wird mir das Fleisch von den Knochen hauen, wenn ich heimkomme, aber das muss ich aushalten. Wenn ich ihm verspreche in Zukunft brav das Buchführen zu lernen und ein ordentlicher Kaufmann zu werden, wird er bestimmt bald wieder milde gestimmt sein. Und ich bin wieder daheim.« Eckart hatte seinen Entschluss gefasst, daran war nicht mehr zu rütteln, das sah und hörte man ihm an.

Als er merkte, dass die anderen deshalb keine Einwände mehr vorbrachten, war er sehr erleichtert. »Ich wünsche euch viel Glück«, sagte er. »Ich wünsche euch, dass der Zug sein Ziel erreicht und dass ihr all das bekommt, was ihr bisher nicht hattet.« Er raffte seinen Umhang zusammen, warf sein Bündel über die Schulter, winkte noch einmal und ging.

Eine Zeit lang sahen sie ihm nach, wie er, breitschultrig und behäbig, durch die Reihen der Kinder stolzierte. Dann verschwand er hinter einer mächtigen Pappel.

»Bei Gott, der hatte es aber plötzlich eilig«, staunte Bruno. »Ein ehrloser Sünder ist er, dass er den Pfad, den Gott ihm gezeigt hat, verlässt!«

»Aber nein«, meinte Berthold. »Für ihn war es der falsche Weg und das wusste er schon lang. Glaub mir, das Beste für ihn ist, dass er wieder nach Haus kommt. Ein Ritter würde wohl nie aus ihm werden. Und ein frommer Kreuzfahrer auch nicht.«

»Mag alles sein.« Gerhard unterdrückte einen Seufzer. »Ich find, dass er ein fauler, verfressener, ichsüchtiger Pfeffersack ist. Aber trotzdem ist mir, als ob mir jemand ein Stück von meinem Herzen abgeschnitten hätte.«

Berthold legte dem Freund tröstend die Hand auf die Schulter. »Sei nicht traurig«, meinte er. »Eckart ist ein Teil der Heimat, über die wir gestern geredet haben. Deshalb schmerzt es dich, dass er fort ist. Aber obwohl ihr aus der gleichen Stadt seid, kommt ihr doch aus zwei verschiedenen Welten. Deshalb glaube ich, er wäre nie wirklich dein Freund geworden, ebenso wenig wie meiner oder der von irgendjemand anderem hier.«

»Ich will auch gar nicht sein Freund sein«, rief Bruno. »Er hat Nikolaus verraten und er hat Gott verraten.«

Aber niemand antwortete ihm und für den Rest des Tages waren alle so schweigsam wie die schweigsame Irmingard.

Kurz bevor die Kinder aufbrachen, schickten die freundlichen Innsbrucker noch einmal etliche Karren voll mit Broten, Zwiebeln, Käse und Mehl, so dass für mehrere Tage niemand zu hungern brauchte.

Es gab keinen unter den jungen Kreuzfahrern, der den schönen, stattlichen Ort und die Menschen, die ihn bewohnten, nicht in bester Erinnerung behielt. Manch einer warf alle Augenblicke einen bedauernden Blick zurück auf die Dächer und Türme, die allmählich im Dunst versanken. Wie freundlich und heimelig sahen sie aus, wie drohend und unwirklich wuchsen dagegen die Bergriesen in den Himmel, denen sich der Zug langsam näherte.

Während im Tal ein heißer, trockener Sommertag begann, ballten sich über den Gipfeln immer wieder schwarze Wolken zusammen: Graue Schleier, die manche der dunklen Felswände einhüllten, zeigten, dass es dort heftig regnete.

Noch war der Weg nicht besonders aufregend. Er führte ziemlich eben an einem kleinen Flüsschen entlang, das bei Innsbruck in den Inn mündete. Er war breit und gut in Stand gehalten; zwei Gespanne konnten gut aneinander vorbeikommen.

Eine Menge Reisender war unterwegs. Fuhrleute, bis an die Zähne bewaffnet und trotz der sommerlichen Hitze mit dicken Joppen und Pelzmützen bekleidet, schritten neben ihren zweirädrigen Karren her, vor die Maulesel gespannt waren. Misstrauisch beäugten sie jeden, an dem sie vorüberkamen. Viele von ihnen hatten wohl aus eigener Erfahrung gelernt, dass man immer auf der Hut sein musste, egal, ob man kostbares Glas aus Italien oder Salz, das weiße Gold aus Tirol, geladen hatte. Räuber und Diebe gab es überall. Freilich, hier auf der belebten Straße war kaum etwas zu befürchten.

Neben Fuhrleuten und Kaufherren, die in behaglichen Sänften reisten oder auf wohlgenährten Maultieren ritten, waren vor allem Pilger unterwegs – Männer und Frauen aus hohem und niedrigem Stand. Sie wollten nach Rom, in die Heilige Stadt, um ihre Sünden zu bekennen oder Heilung von einem Gebrechen zu erflehen.

Viele ließen sich von Nikolaus segnen, denn wie überall waren er und der Zug der Kinder, den er führte, schon längst bekannt. Nur die, die schon in Rom gewesen und auf dem Weg zurück in die Heimat waren, starrten verwundert und ohne jede Ehrfurcht auf die Scharen zerlumpter, magerer Kinder, die da an ihnen vorbeimarschierten. Aber bald hörten auch sie, was es mit ihnen auf sich hatte.

Nur sehr langsam kam der Zug heute voran. Immer wieder gab es Unterbrechungen, wenn Reisende sich mit Nikolaus unterhielten; zweimal predigte er einer Gruppe von Pilgern. So lagerten die Kinder bereits am frühen Abend, bevor noch die erste große Steigung begonnen hatte.

Es war noch sehr warm, kein Windhauch regte sich, die Luft schien zu stehen. Der Himmel über ihnen war wolkenlos, aber nicht mehr leuchtend blau, sondern grau wie Blei, und jenseits der Berge türmte sich, höher noch als die Felsen, eine schwarze Wolkenwand. Kein Vogel zwitscherte, nur das eintönige Zirpen der Grillen unterbrach die Stille.

»Ein merkwürdiges Wetter«, bemerkte Berthold, der gerade in eine Zwiebel beißen wollte, aber zögerte, als fürchte er die schweigende Natur zu stören. »Als ob Gott die Zeit angehalten hätte – nichts geschieht auf der Welt, alles steht still und . . .«

»Wart mal!«, unterbrach ihn Gerhard. »Hört ihr nichts?«

Doch, jetzt hörten sie es. Ein anderes Geräusch. Erst kaum zu unterscheiden vom Zirpen der Grillen, dann deutlicher. Klappklapp, klappklapp, wie wenn Hölzer aufeinander geschlagen würden. Ein helles, tönern hallendes Klappklapp, vielstimmig, ungeordnet und immer lauter.

»Was mag das sein?«, fragte Gerhard.

»Weißt du das nicht?«

Die Freunde staunten. Es kam fast nie vor, dass Irmingard etwas sagte, wenn man sie nicht direkt gefragt hatte und auch dann bekam man längst nicht immer eine Antwort.

»Weißt du das wirklich nicht?«, wiederholte sie. »Ich habe das Geräusch schon öfter gehört, wenn ich meinen Vater auf einer Reise begleitet habe. Es bedeutet: Hüte dich, hier kommen die Verfluchten, die Ausgestoßenen, die Gezeichneten. Da, wo dies Klappern zu hören ist, da kommen die elendsten unter den Menschen. Sie stehen noch unter den Juden, denn das Gold der Juden nimmt man gern; von ihnen aber würde man noch nicht einmal das Gold anfassen.«

Das Klappern war inzwischen immer lauter geworden und in einer Wegbiegung, nicht weit hinter Gerhard und seinen Freunden, die die letzte Gruppe des Lagers bildeten, waren Menschen zu sehen. Erst zwei, dann vier, dann immer mehr in langer Reihe. Sie trugen weite, graue Gewänder, die bis auf den Boden reichten, und Kapuzen, die sie so verhüllten, dass man nicht erkennen konnte, ob sich Männer oder Frauen darunter verbargen.

Gespenstisch wirkten die grauen Gestalten, wie körperlose Wesen, denn auch ihre Hände waren nicht zu sehen. Aus den langen auf und ab schwingenden Ärmeln ragten nur die hölzernen Stäbe hervor, deren Klappklapp jetzt so laut war, dass es den Kindern durch Mark und Bein ging.

»Aussätzige! Aussätzige! Gott schütze uns! Bringt euch in Sicherheit!«

Viele Kinder rannten davon, ja, etliche liefen in den Fluss um nur ja nicht Gefahr zu laufen von den Verfluchten berührt zu werden. Auch Gerhard, Bruno und Berthold wollten aufspringen, aber Irmingard hielt sie zurück. »Bleibt ruhig hier«, sagte sie. »Sie werden euch nicht zu nah kommen.«

Und wirklich, lange bevor sie die lagernden Kinder erreichten, bogen die grauen Gestalten vom Weg ab und gingen weiter durch dorniges Gestrüpp und zähe Ranken, schleppend, langsam, viel langsamer noch als die Kinder, aber unbeirrbar.

Die Freunde sahen ihnen nach, bis das Grau ihrer Gewänder in der hereinbrechenden Dämmerung verblasste und das Geräusch ihrer hölzernen Klappern nicht mehr lauter war als der

Klang von Regentropfen, die auf einem gepflasterten Weg zerplatzten.

»Woher wusstest du, dass sie uns ausweichen würden?«, fragte Gerhard erstaunt.

»Sie werden für tot erklärt, glaube ich«, antwortete Irmingard. »Wenn sie Aussatz haben, sind sie gestorben für ihr Dorf, für ihre Familien, für alle, ganz gleich, ob sie Grafen oder Leibeigene gewesen sind. Man gibt ihnen aber eine Gnadenfrist auf der Welt: Mit anderen Aussätzigen dürfen sie zusammen sein. Sie leben von dem, was sie mitgebracht haben oder was andere ihnen zukommen lassen. Aber nie wieder dürfen sie einen gesunden Menschen berühren oder in seine Nähe kommen, damit sie die entsetzliche Krankheit nicht an ihn weitergeben. Deshalb müssen sie ihre Klappern schütteln, damit man sie hört, und einen weiten Bogen um jeden schlagen, dem sie begegnen.«

»Du weißt viel«, sagte Berthold anerkennend.

»Ich hatte einen guten Lehrer«, erwiderte Irmingard kurz und dann schwieg sie.

Gerhard war sehr nachdenklich geworden. »Was für ein furchtbares Schicksal«, sagte er. »Ich meine, es kann doch jeden Menschen treffen. Und dann hat er diese schreckliche Krankheit und anstatt dass ihm seine Verwandten und seine Freunde helfen sein Leid zu ertragen, lassen sie ihn ganz allein. Also, ich weiß gar nicht mehr genau, wie meine Mutter ausgesehen hat. Aber wenn sie noch lebte und Aussatz hätte, ich glaube, ich würde bei ihr bleiben.«

»Du wärst verrückt genug dazu«, sagte Berthold, aber er sagte es voller Wärme.

Doch Gerhard hörte ihn kaum. Denn er hatte aufgeschaut und im roten Licht der untergehenden Sonne in Irmingards Gesicht gesehen. Darin lag ein Lächeln, hinter dem aller Ernst und aller geheimer Kummer verschwanden. Und dieses Lächeln, das spürte er, galt ihm ganz allein.

Nach der Abendandacht unterhielten sich die Freunde noch eine Zeit lang. Sie sprachen vor allem von Eckart, ob er gut heimkäme und was aus ihm würde. Aber bald hüllte die Dunkelheit sie ein und mit ihr kam die Müdigkeit.

»Lasst uns schlafen«, sagte Berthold schließlich und gähnte. »Genießt die Ruhe. Es ist die erste Nacht ohne Eckarts Schnarchkonzert.«

Bald waren sie eingeschlafen. Irgendwann schreckte Gerhard einmal hoch. Irgendetwas war anders als sonst. Es dauerte ein bisschen, bis er darauf kam. Jemand lag dicht bei ihm. So dicht, dass er die Wärme des anderen Körpers spüren und den leisen Atem hören konnte. Behutsam tastend spürte Gerhard langes, lockiges Haar unter seinen Fingern.

Es war Irmingard, die sich so nah an ihn gekuschelt hatte. Ob sie vor dem kühlen Wind, der von den Bergen herwehte, Schutz gesucht hatte, oder ob sie einfach nur bei ihm sein wollte? Es war ihm ganz egal, sie war jedenfalls da. Vorsichtig legte er sich zurück um sie nicht zu stören und schlief sofort wieder ein.

Am nächsten Tag war der Himmel bedeckt und die Luft war so schwül, dass die Kinder schon in Schweiß gerieten, bevor sie ihren ersten Schritt getan hatten.

Eine halbe Wegstunde von ihrem Lagerplatz entfernt wurde die Straße enger und schlängelte sich steil und gewunden über Wiesen und durch Kiefernwälder dem Felsmassiv zu.

Bald waren die Kinder völlig erschöpft. Vor allem die kleineren blieben alle Augenblicke stehen, rangen keuchend nach Atem und wischten sich mit dem Handrücken die brennenden Schweißtropfen aus dem Gesicht. In Kürze war die Schar der jungen Kreuzfahrer weit auseinander gezogen.

Vorneweg lief Nikolaus mit seinen Vertrauten, das waren meist die größten und kräftigsten unter den Jungen.

Gerhard blieb mit Irmingard, Bruno und Berthold am Schluss des Zugs. Sie halfen den Kleinsten und Schwächsten, so gut sie es konnten.

Irmingard blieb so schweigsam, wie sie immer gewesen war. Aber Gerhard verstand sie ohne viele Worte und es schien ihm, als ob er sie schon hundert Jahre kennen würde.

Auf einem steinigen Wiesenhang lagerten sie noch einmal. Morgen würden sie über den Pass gehen.

# 9

Es war kein freundlicher Tag, als die Kinder erwachten und sich mit den Resten der Innsbrucker Lebensmittel stärkten. Fett und schwarz hingen die Wolken am Himmel und hüllten die Berggipfel ein wie Rauch aus einem Feuer, das mit nassem Holz gespeist wird. Es war immer noch schwül. Das Aufstehen war vielen schon zu anstrengend und sie hätten am liebsten den ganzen Tag verdöst.

Aber Nikolaus' Leibwächter kamen und scheuchten Gruppen und Grüppchen hoch. Sie ermahnten, drohten, trieben an, bis sich endlich der Zug in Bewegung setzte und mühsam den steilen Felspfad erklomm, der sich irgendwo über ihnen zwischen Gesteinsmassen und Wolken zu verlieren schien.

Nur wenige Reisende kamen ihnen jetzt entgegen, trotz der Wärme in Kapuzenmäntel gehüllt und sichtlich in Eile. Im Vorbeigehen riefen sie den Kindern immer wieder Warnungen zu. »Geht nicht weiter!« – »Wartet mit dem Übergang!« – »Ein Unwetter droht!«

Aber Nikolaus wollte offenbar nicht auf sie hören. Denn immer wieder kamen welche von seinen Jungen und drängten zum Weitergehen.

»Vertraut auf Nikolaus!« riefen sie. »Gott wird uns schützen.« So trotteten alle weiter.

Und dann brach das Wetter los. Von einem Augenblick zum anderen fauchte ein heftiger Wind durch die Reihen des Zuges. Es wurde dunkel wie kurz vor Einbruch der Nacht, Donner grollte und Blitze zuckten über die schwarzen Wolkenmassen am Himmel. Doch immer noch stiegen die Kinder bergan. Ängstlich nach oben schauend und mit hochgezogenen Schultern. Aber sie stiegen.

Bis der Regen einsetzte, ein Regen, der so heftig niederprasselte, dass er auf der Haut schmerzte wie Hagelkörner. Der Pfad war nicht mehr zu erkennen, in jeder Rinne und Ritze sprudelte das Wasser. Es wurde noch finsterer und in kurzen Abständen krachten die Donnerschläge so laut und nah und leuchteten die Blitze so grell, dass die Kinder in panischer Angst auseinander rannten aus Furcht, von der Gewalt des Unwetters zerschmettert zu werden.

Gerhard hatte, als der Regen einsetzte, Irmingard und Bruno, die neben ihm gegangen waren, an der Hand gefasst und sie mit sich gezogen, eine kleine Geröllhalde hinab, an deren Ende ein großer überhängender Felsen Zuflucht bot. Dort hockten sie jetzt, eng aneinander gedrückt und trotzdem frierend, ihre Füße waren zerschunden und aus ihren Kleidern tropfte das Wasser.

»Habt ihr Berthold gesehen?«, fragte Gerhard heiser.

Irmingard schüttelte stumm den Kopf.

»Nein«, sagte auch Bruno. »Er ist vorhin ein bisschen zurückgeblieben. Ich weiß nicht, warum.«

»Hoffentlich hat er einen Unterschlupf gefunden«, meinte Gerhard und zuckte hilflos die Achseln. Er konnte nichts tun, nur warten.

Unterdessen tobte das Gewitter mit unverminderter Heftigkeit weiter. Der heftige Wind war zum Sturm geworden, der den Regen unter ihr unzureichendes Schutzdach trieb.

Gerhard war gerade dabei, die Pelzjacke aus seinem Bündel zu zerren, als sie durch das Geräusch des Regens und des Windes einen Schrei hörten. Ein gellender Schrei voller Todesangst, gefolgt vom Prasseln herabstürzender Steine und Felsbrocken.

»Mein Gott, jemand ist in einen Abgrund gestürzt«, sagte Gerhard entsetzt. Seine Hände zitterten, als er die wärmende Jacke über Irmingard und Bruno breitete. Lieber Gott, lass es nicht Berthold sein, dachte Gerhard inbrünstig.

Plötzlich spürte er, wie eine Hand sanft über seinen Arm strich und sich dann in seine Hand legte. Er blickte auf und sah im Halbdunkel Irmingards große dunkle Augen auf sich gerichtet. Ihr langes Haar hing nass und strähnig zu beiden Seiten ihres schmalen Gesichts herab. Ihren rechten Arm hatte sie um den kleinen Bruno gelegt, der sich in ihre Achsel kuschelte.

Gerhard beugte sich herüber zu ihr und küsste sie vorsichtig auf den Mund. Erst waren ihre Lippen zusammengepresst und kalt, aber dann öffneten sie sich und wurden weich und warm.

Einige Zeit später, sie saßen noch immer nebeneinander an die Felswand gelehnt, sagte Irmingard unvermittelt: »Es ist so schön, wenn man nicht allein ist.«

Gerhard antwortete nicht, aber er streichelte ihre Hand, die immer noch in seiner lag.

Endlich schien die Kraft des Unwetters nachzulassen. Der Wind wurde immer schwächer, der heftige Regen ging in ein Nieseln über und hörte schließlich ganz auf. Nur von fern war ab und zu noch ein leises Donnergrollen zu hören.

Ächzend stand Gerhard auf. Vom langen Sitzen auf dem harten Fels tat ihm jeder Knochen weh. Er streckte sich und blickte zum Himmel. Hier und da riss die Wolkendecke schon auf und ein Stückchen Blau kam zum Vorschein. »Wartet hier auf mich«, sagte er. »Ich gehe Berthold suchen.«

Bruno und Irmingard nickten und hüllten sich enger in den Schafpelz. Es war kühl geworden und sie froren in ihren nassen Kleidern.

Gerhard winkte ihnen zu und stieg die kleine Anhöhe zum Saumpfad hinauf. Überall sah er verstreute Grüppchen von Kindern. Manche hatten wie er Zuflucht unter einem Überhang gefunden. Viele hatten sich offenbar da, wo sie gerade waren, fallen lassen. Andere waren blind vor Angst durch den Regen gestolpert – von denen lag jetzt wohl einer mit zerschmetterten Gliedern tot in einem Abgrund.

Immer wieder fragte Gerhard, ob nicht jemand seinen Freund gesehen hätte. Er sei von schmalem Wuchs und habe rötlich blondes Haar. Aber er erhielt nur verneinendes Kopfschütteln als Antwort.

Allmählich fanden sich immer mehr Kinder wieder zusammen; die Jungen, die zum engen Kreis um Nikolaus gehörten, scheuchten sie auf, wo sie sie fanden, und geleiteten sie auf den Weg zurück. Einer von ihnen konnte Gerhard endlich Antwort auf seine drängende Frage geben. »Langes Haar, sagst du? Rötlich blond? Vielleicht eine Spanne kleiner als ich?«

Gerhard nickte.

»Der war vorhin ganz in meiner Nähe.«

»Und wo ist er jetzt? Sag's schon!«, drängte Gerhard.

»Ich weiß es nicht genau«, erwiderte der andere zögernd. »Nikolaus ist vorhin da hinaufgestiegen.« Er deutete auf eine schmale Schneise, die zwischen zwei mächtigen Felswänden hindurchführte. »Das war noch während des Unwetters. Er wollte für sich sein und beten. Ich glaube, dein Freund ist ihm hinterhergelaufen.« Misstrauisch fügte er noch schnell hinzu: »Ich frage mich, was er von ihm wollte.«

Gerhard erwiderte: »Mach dir deshalb keine Gedanken. Sicher wollte er nur mit ihm zusammen beten. Kümmere du dich um die Kinder. Ich suche die beiden.« Ohne eine Antwort abzuwarten sprang er über Felsbrocken und Geröll auf die Schneise zu.

Tatsächlich hatte Nikolaus, als das Gewitter tobte, keinen Unterschlupf gesucht, sondern war weitergegangen ohne sonderlich auf seinen Weg zu achten.

Wie sie jammern und winseln, dachte er verächtlich. Wie die Angst sie überfällt, wenn es ein bisschen donnert und blitzt. Wie sie sich verkriechen, als ob sie Murmeltiere oder Kaninchen wären! Haben sie denn kein Gottvertrauen?

Er schritt langsam bergauf, die Hände auf dem Rücken verschränkt, der Wind peitschte ihm den Regen ins Gesicht, über ihm rollte der Donner, aber er bemerkte es kaum. Ihm würde nichts geschehen auf diesem Zug, er war unverwundbar. Denn er war es, der die große Aufgabe zu erfüllen hatte. Gott hatte es ihm befohlen. Und ER würde SEINEN gehorsamen Diener schützen vor allen Anfeindungen und Gefahren. Mit IHM würde er die schützen, die es wert waren, geschützt zu werden. Die, die fest und unerschütterlich waren im Glauben, die, die Kraft und Verstand genug besaßen Hunger und Strapazen zu ertragen. Die Armseligen, Zweifelnden und Schwachen würden auf der Strecke bleiben. Aber so musste es sein, den Kreuzrittern erging es nicht anders. Nur die Stärksten und Mutigsten und von wahrer göttlicher Sendung Erfüllten hatten Erfolg im Heiligen Land. Er, Nikolaus, würde seine Befreiung vollenden.

Langsam und stetig stieg er weiter, bis er eine tiefe Scharte zwischen steil aufragenden Felswänden erreichte. Er durchschritt sie und gelangte auf einen langsam abfallenden felsigen Hang. Kümmerliches Gras wuchs da, ein paar Blumen streckten ihre Köpfe zwischen den Steinen hervor und einige armselige Latschen, kaum fingerdick und zwei Spannen hoch, wurzelten in dem kargen Boden. Über das Ende des Hangs hinaus konnte man nicht sehen; dort waberten schwärzlich graue Regenwolken; vielleicht ging es dort senkrecht in die Tiefe.

Unbeirrbar schritt Nikolaus weiter, den Hang hinunter. An einem großen Felsbrocken kniete er nieder und erhob die Hände zum Gebet. Mit großer Inbrunst sprach er zu Gott. Leidenschaftlich stieß er die Worte hervor, bis er meinte, sie nähmen Gestalt an und erreichten als geflügelte Boten seiner Fürbitten den Thron des Allmächtigen.

Er hob das Gesicht zum Himmel; seine Augen waren geschlossen, aber er sah auch so. Vor ihm teilten sich die Wolken und gaben eine weite Ebene frei. In der Ferne glänzte der silberne Spiegel eines großen Meeres, am Horizont leuchteten die Kuppeln und Türme der heiligen Stadt Jerusalem.

Eine Schlacht war hier geschlagen worden; zu Tausenden lagen tote und verwundete Ritter auf dem Boden. Sie alle trugen das Zeichen des Kreuzes auf ihren Rüstungen. Heidnische Kämpfer ritten über sie hinweg und bejubelten ihren Sieg.

Mitten auf dem Schlachtfeld aber kniete ein Mann in einer schwarzen Kutte. Er besaß kein

Schwert, keinen Speer und keine Axt. Er trug keinen Panzer und keinen Helm. Langsam hob er die Arme zum Himmel auf und betete.

Heidnische Krieger sprengten auf ihn zu und verwundeten ihn mit ihren Lanzen; jüdische Händler liefen an ihm vorbei und bewarfen ihn mit Steinen. Die verwundeten christlichen Ritter, die zu seinen Füßen lagen, verhöhnten und bespuckten ihn. Aber er achtete nicht auf die Beleidigungen und die Schmerzen.

Und plötzlich erschien am Himmel Christus, lächelte ihm zu und sprach mit ihm: »Ich habe dich auserwählt, Nikolaus, das Heilige Land zu befreien. Lass dich nicht beirren auf dem Weg zum Ziel!« Christus hob die rechte Hand und segnete ihn. Er betete weiter. Da ging ein heller Lichtstrahl aus den Augen des Herrn bis zu den emporgestreckten Armen des Betenden. Es war, als ob er ein glühendes Schwert mit beiden Händen umfasste. Die Heiden warfen ihre Waffen fort und die Juden liefen davon. Die getöteten und verwundeten christlichen Ritter erhoben sich und waren gesund. Die Glocken Jerusalems begannen zu läuten und alle Christen dankten Gott und dem von ihm gesandten Retter.

»Nikolaus! Nikolaus! Nikolaus, was ist mit dir?«

Langsam fand der Betende in die Wirklichkeit zurück. Wer wagte es, ihn zu stören? Verflucht sollte er sein! Nikolaus öffnete die Augen, sah die dichten Wolken und spürte den Regen. Langsam erhob er sich und drehte sich um.

Er erblickte einen schmächtigen Jungen mit langen rötlich blonden Locken, der langsam, jeden Fuß vorsichtig vor den andern setzend, auf ihn zukam. »Was willst du?«, fragte er barsch.

»Du begibst dich in große Gefahr, Nikolaus«, sagte der Junge und kam zögernd näher. »Dort, glaube ich, grad zehn Schritte von dir entfernt, geht es geradewegs in den Abgrund.«

»Mir geschieht nichts«, lautete die kurze Antwort.

»Wie kannst du so sicher sein?«, fragte der Junge hartnäckig.

Nikolaus musterte den Kleinen erstaunt. »Weißt du, dass du lästerst?«, gab er mit scharfer Stimme zurück. »Du hast mich doch mit Namen gerufen. Also musst du ja wohl wissen, wer ich bin: derjenige, der diesen Zug zum Ziel führt, in Gottes Auftrag. Glaubst du, Gott hat mich erwählt um mich von diesem Felsen fallen zu lassen?«

Der Junge sah ihm unerschrocken in die Augen. »Ich habe lange fest daran geglaubt, dass Gott dich auserwählt hat uns ins Heilige Land zu führen. Aber inzwischen zweifle ich daran.«

Nikolaus versteifte sich. Er spürte die Wut, die in ihm aufstieg, fast körperlich – wie ein Feuer, das in seinen Gliedern brannte. Diese Wut hatte ihn ergriffen, als der Herr von Rothenthurm seinen Befehl nicht hatte befolgen wollen. Sie hatte ihn gepackt angesichts der Geringschätzung, mit der ihn die grauen Mönche behandelt hatten. Und sie erfasste ihn, als dieses

Kind, dieses lächerliche, unfertige, abgerissene Geschöpf mit ihm redete, als ob es ihn zu tadeln hätte. Ihn, Nikolaus, dessen Geist eben noch in das Angesicht Gottes geschaut hatte!

»So, du zweifelst«, sagte er schneidend. Seine dichten Brauen zogen sich zusammen, seine kleinen Augen funkelten böse. »Wie kannst du es wagen ...«

»Was wage ich denn?«, fragte Berthold ruhig. »Unser Herr Jesus Christus war niemals zornig, wenn jemand zweifelte. Er tat aber alles um die Zweifler zu überzeugen.«

Nikolaus zwang sich mühsam zur Ruhe. Seine langen dünnen Finger krampften sich in die schwarze Kutte, aber seine Stimme war beherrscht, als er fragte: »Warum glaubst du nicht mehr, dass mich Gott gesandt hat, die heiligen Stätten zu befreien?«

»Christus hat die Menschen geliebt«, erwiderte Berthold. »Er hat sich mit Zöllnern und Huren abgegeben und mit Kindern. Aber du liebst die Menschen nicht, Nikolaus. Es kümmert dich nicht, ob es den Mädchen und Jungen, die mit dir ziehen, gut oder schlecht geht. Ob sie hungrig oder satt sind, verzweifelt oder zufrieden. Ich hab es gesehen, als die beiden Kinder starben, nachdem sie die giftigen Beeren gegessen hatten ...«

»Aha, giftige Beeren! Jetzt bist du wohl auch noch ein Medicus!«, unterbrach ihn Nikolaus höhnisch. »Aber ich sage dir, du weißt gar nichts. Sie waren besessen! Und sie waren auch nicht tot. Ich habe den Dämon bezwungen, der in ihnen war, und sie geheilt!«

»Gar nichts hast du!«, widersprach Berthold zornig. »Sie waren mausetot, und das weißt du ganz genau! Du konntest ihnen nicht helfen. Das hätte niemand gekonnt, es sei denn, Gott hätte ihm wirklich die Kraft verliehen, Wunder zu tun ...«

»Willst du etwa auch leugnen, dass ich Wunder wirken kann?«, fuhr Nikolaus auf. »Habe ich nicht Krüppel geheilt?«

»Ja, das hast du«, gab Berthold zu. »Lange Zeit hab ich das auch für ein großes Wunder gehalten. Aber inzwischen glaube ich, du kennst dich bloß aus mit Krankheiten bei Mensch und Tier und weißt in manchen Fällen die richtigen Mittel dagegen. Aber Wunder tun kannst du nicht. So eine Fähigkeit schenkt Gott nur denen, glaube ich, die die Menschen wirklich lieben. Wozu sollte man sonst an jemandem ein Wunder tun, wenn nicht aus Liebe? Aber du liebst die Menschen nicht. Wie du die beiden hast sterben lassen ... Du konntest sie nicht heilen, aber trösten hättest du sie können. Stattdessen hast du ihre Angst noch vergrößert. Und dann, als sie tot waren, wolltest du sie liegen lassen wie zwei verreckte Katzen.«

»Ja, richtig!«, schrie Nikolaus und stampfte mit dem Fuß auf. »Sie zählten auch nicht mehr als zwei verreckte Katzen. Glaubst du, Gott kümmert sich um jede armselige Kreatur, die auf seiner Erde lebt? Glaubst du, die Heilige Kirche würde sagen: ›Lasst euch ruhig Zeit, die heiligen Stätten von den heidnischen Barbaren zu befreien, damit ihr in Ruhe die Kinder von Leibeigenen und die Bastarde von fahrenden Leuten bestatten könnt?‹ Es ist eine große Gnade, auf einem solchen Zug dabei sein zu dürfen. Und es ist eine große Gnade, im Dienst Gottes sein Leben hingeben zu dürfen. Wen kümmert da noch, was mit dem Kadaver geschieht!«

Kerzengrade stand Nikolaus jetzt da und blickte verächtlich nieder auf den schmächtigen Jungen, der ein paar Schritte von ihm entfernt stand. »Wer bist du, dass du dich gegen Gottes Willen stellst«, rief er. »Wer bist du, dass du an meiner Berufung zweifelst? Siehst du nicht, dass tausend mir folgen und dem Wink meiner Augen gehorchen? Dass viele von ihnen ihr Leben für mich geben würden, mich kaum einmal eine Stunde allein lassen aus Sorge um mein Wohlergehen? Sie würden jeden in Fetzen reißen, der mir etwas antäte. Gott will es, dass ich mein Ziel erreiche; und sie alle sind Werkzeuge, die mir helfen, SEINEN Willen zu erfüllen.«

Berthold schwieg einen Moment und blickte in das Gesicht des Predigers, das vor Leidenschaft glühte. Ja, tausend Kinder waren seinem Einfluss erlegen und hatten sich von ihm begeistern lassen. Auch er selbst. Aber er sah jetzt mit großer Klarheit, dass Nikolaus nicht von Liebe zu Christus getrieben wurde, sondern von fanatischem Eifer und brennendem Ehrgeiz.

»Ich glaube nicht, dass du dein Ziel erreichen

wirst, Nikolaus«, sagte er deshalb schließlich. »Denn was du tust, das tust du nicht für Gott. Das tust du für dich selbst!«

Nikolaus war blass vor Wut geworden. Nicht für Gott ... nur für dich selbst! Ihm kam es vor, als ob eine Riesenhand nach seinem Herzen griffe und es zusammenpresste. Nein, Gott würde es nicht zulassen, dass dieser Verfluchte ihn an seiner Berufung zweifeln machte!

»Warst du es vielleicht«, kreischte er und der Speichel sprühte aus seinem breiten Mund, »der mein Zelt angezündet hat um mich zu ermorden? Aber du kannst mir nichts tun. Meiner Seele nicht und meinem Körper nicht. Denn ER schützt mich. Gott will, dass ich das Heilige Land befreie, hörst du, Gott will es! Niemand wird mich daran hindern! Niemand! Denk an den Herrn von Rothenthurm!« Er hob die Arme und ging drohend auf Berthold zu.

Gerhard hatte die Scharte erreicht und blickte auf einen grasbewachsenen Hang. Da waren sie. Weit unter sich sah er die hagere Gestalt Nikolaus' und da stand auch Berthold.

Gerhard atmete auf, dem Freund war nichts geschehen. Ganz sicher war er doch nicht gewesen. Fröhlich winkte er, aber die beiden bemerkten ihn nicht. Gerhard blieb stehen und strengte seine Augen an. Warum waren sie so weit nach unten gelaufen? Irgendetwas bewog ihn sich in Trab zu setzen. »Berthold, Berthold«, rief er und seine Stimme hallte über Gipfel und Schluchten.

Flüchtig hob der Freund den Kopf, aber er nahm ihn nicht wahr.

Gerhard sah, dass er die Hände in die Hüften stemmte, die Schultern vorbeugte und auf Nikolaus einredete.

»Berthold, Berthold!«

Der Prediger antwortete, gestikulierte. Er hob die Arme und ging auf den anderen zu.

»Berthold! Nikolaus! Passt auf!«

Gerhard rannte jetzt.

Nikolaus stieß dem schmächtigen Berthold die Hände vor die Brust, der stolperte rückwärts, glitt aus, stürzte schwer, rutschte nach unten, klammerte sich Halt suchend an eine der winzigen Latschen.

»Nikolaus! Hilf ihm!« Gerhard fiel über einen Stein, rappelte sich auf und lief weiter. »Nikolaus, hilf ihm doch!« Mein Gott, er muss ihm doch bloß die paar Schritte hinterherkriechen und die Hand hinstrecken. Warum steht er da und glotzt? »Berthold, ich bin gleich da! Halt fest, Berthold!«

Mit einem plötzlichen Ruck löste sich die Wurzel des Bäumchens aus ihrer Verankerung.

Mensch, warum stützte er sich nicht ab? Hatte er sich den Kopf angeschlagen? »Nikolaus, verfluchter Hund, hilf ihm doch, hilf ihm doch!«

Langsam rutschte der kleine Körper auf dem regennassen Fels über die Kante, die Beine, der Leib, der rötlich blonde Haarschopf, der ausgestreckte Arm, die Hand, die noch das Bäumchen umkrampfte, und verschwand lautlos im Abgrund.

»Gott will es!« Die Stimme des Predigers schien dem Abgestürzten höhnisch hinterherzugellen.

Tränen brannten Gerhard im Gesicht. Das Knie, auf das er gefallen war, schmerzte, aber er achtete nicht darauf.

Er lief auf den Prediger zu und fasste ihn mit beiden Händen an der Kutte. »Verfluchter gottloser Mörder!«, schrie er und schüttelte ihn wie ein Wolf einen jungen Hasen. »Erst hast du ihn gestoßen und dann hast du tatenlos zugesehen, wie er abgestürzt ist. Ich habe alles gesehen. Ich klage dich des Mordes an!«

Nikolaus starrte ihm ins Gesicht; die kleinen Augen funkelten tückisch. »Ich ihn ermordet?«, fragte er. »Wie kann das sein? Er hat sich aufgelehnt. Er hat gezweifelt. Gott hat ihn bestraft. Verstehst du das, du Lump? Es war Gottes Wille!«

Gerhard war sprachlos vor Abscheu und Hass. Dann fuhren seine Hände hoch, seine kräftigen Finger legten sich um Nikolaus' Kehle. »Ist es auch Gottes Wille, wenn ich dich jetzt hinunterstoße?«, fragte er mit vor Wut und Kummer zitternder Stimme. Sag schon: »Ist das etwa auch Gottes Wille?«

Nikolaus versteifte sich, seine Augen wurden einen kurzen Moment lang starr vor Angst. Aber gleich darauf wurde seine Miene wieder selbstsicher. »Nein, das kann wohl kaum Gottes

Wille sein«, sagte er hochmütig. »Denn ich habe noch viel zu vollbringen im Auftrag des Herrn. Deshalb wirst du mich nicht in den Abgrund stürzen. Gott lässt es nicht zu. Danke IHM, dass ER dich nicht zum Mörder werden lässt!«

Langsam ließ Gerhard die Hände sinken. Nein, er würde ihn wirklich nicht umbringen, er brachte es gar nicht fertig.

Er tastete sich vorsichtig an die Felskante heran, ließ sich auf den Bauch nieder und verhakte die Füße hinter zwei steinernen Vorsprüngen. Dann blickte er in die Tiefe hinunter. Ihm schwindelte. Zwischen treibenden Wolkenfetzen konnte er in eine felsige Schlucht blicken. Ganz unten, unerreichbar für ihn, lag ein winziger Körper mit verdrehten Gliedern auf dem grauen Gestein. Nein, Hoffnung gab es da nicht mehr.

Mühsam richtete sich Gerhard auf und nahm seine ganze Kraft zusammen um nicht zu weinen. Er schritt auf Nikolaus zu, der regungslos stehen geblieben war. »Du gehst jetzt mit mir zurück«, befahl er barsch. »Vor allen Kindern werde ich dich anklagen. Sollen sie entscheiden, was mit dir geschieht.«

Nikolaus drehte sich wortlos um und begann den Hang hinaufzusteigen. Auf seinen Lippen lag ein überlegenes Lächeln und Gerhard fragte sich in ohnmächtiger Wut, warum Gott dieses Scheusal nicht auf der Stelle mit einem Blitzstrahl vernichtete.

Immer wieder kamen ihm die Tränen und immer wieder sah er das schreckliche Bild vor sich, wie der rote Schopf und dann die Hand mit dem Bäumchen darin hinter der Felskante verschwanden. Gott, wie kannst du das zulassen, dachte er. Doch er erhielt keine Antwort, es ging auch kein Blitzstrahl hernieder. Die Wolken lösten sich zusehends auf und die Sonne kam wieder hervor.

Als sie die Scharte erreichten, kamen ihnen zwei von Nikolaus' Leibwächtern entgegen.

»Wo warst du so lang, Nikolaus«, fragte der eine in ehrerbietigem Ton. »Wir haben uns schon Sorgen um dich gemacht. Wie leicht kann bei solchem Wetter ein Unglück geschehen.«

»Gott der Herr hält SEINE Hand über mich«, erwiderte Nikolaus kurz.

Da brach es aus Gerhard hervor: »Nein, nicht Gott schützt dich, sondern der Teufel hilft dir! Verflucht sollst du sein!«

Im Nu traten die Jungen dicht vor ihn hin und hoben die Fäuste. »Vergisst du, mit wem du sprichst?«, fragte einer drohend.

»O nein«, rief Gerhard, »ich vergesse es nicht: mit einem teuflischen Verführer, mit einem feigen Mörder!«

Die Jungen waren sprachlos. Sie warfen Nikolaus einen Blick zu, in dem deutlich zu lesen war: Ein Wort von dir und wir stopfen diesem frechen Frevler das Maul.

Aber Nikolaus winkte ab. »Lasst ihn«, sagte er und seine Stimme klang sanft und mild. »Er ist ganz durcheinander. Gerade hat er gesehen, wie mich jemand mit lästerlichen Worten und auch mit tätlicher Gewalt angegriffen hat. Er hat gesehen, wie Gott dieses Verbrechen unerbittlich bestraft hat. Das hat ihn ein wenig verwirrt. Er wird schon wieder zu sich kommen. Vergebt ihm wie auch dem Sünder, der mit seinem Leben gebüßt hat.«

Gerhard hätte sich das Hemd zerreißen und den Kopf an den Felsen schlagen mögen vor hilflosem Zorn. Er war wie ein neugeborenes Kind, das man ausgesetzt hatte und das von einem Schwarm Mücken gequält wurde: Es konnte nichts tun, gar nichts und wenn es schrie, so würde niemand auf es hören.

Gerhard wartete, bis Nikolaus und seine beiden Begleiter hinter der Kuppe verschwunden waren. Dann drehte er sich noch einmal um und blickte über den Hang. Die Tropfen an den Grasbüscheln und Latschen funkelten im Sonnenlicht und hinter den letzten Wolkenfetzen leuchtete blau und klar der Himmel.

»Leb wohl, Berthold«, flüsterte Gerhard. Jetzt tat er nichts mehr um die Tränen zurückzuhalten. »Gott hat dir nicht erlaubt die ganze Welt zu sehen und ein großer Gelehrter zu werden. Aber er wird dich ganz bestimmt ins Paradies aufnehmen.«

Langsam ging er durch die Scharte zurück.

Die Kinder hatten inzwischen wieder zusammengefunden. Sie lagerten an einer Stelle, wo sich der Pfad über ein paar hundert Schritt hinweg verbreiterte und wo große Steine lagen, die von der Sonne schon wieder getrocknet worden waren.

Als Gerhard von der Höhe herabstieg, sah er, wie Nikolaus gerade mit Hilfe seiner beiden Begleiter einen der Steine bestieg, mit den Füßen tastete, bis er sicheren Halt gefunden hatte, und sich dann hoch aufrichtete.

Dann sprach er zu den Kindern. Schon nach ein paar Sätzen waren sie wieder gefangen von seinen Worten. Bald jubelten sie ihm zu, als ob sie nicht gerade erst durch seinen Leichtsinn in große Gefahr geraten wären.

Gerhard stand da und hörte zu. Wenn er auch nicht auf den Sinn der Wörter achtete, wusste er doch, dass Nikolaus gewonnen hatte. Niemand würde glauben, dass der von Gott erwählte Führer des Zuges ein Mörder war.

Als Nikolaus seine Ansprache beendet hatte und der Jubel verklungen war, blickte er suchend über die Kinder hinweg, bis sein Blick sich mit dem Gerhards traf.

In den kleinen Augen funkelte Triumph und die wulstigen Lippen waren zu einem höhnischen Lächeln verzogen.

Gerhard tat, als ob er nichts bemerkte. Er ging suchend durch die Reihen der Kinder, bis er Irmingard und Bruno entdeckt hatte, die seine und auch Bertholds Sachen mit sich genommen hatten.

Er schüttelte nur den Kopf auf ihre drängenden Fragen. Er blieb auch während des restlichen Marsches stumm, aber weil er auch Bertholds Bündel noch über die Schulter geworfen hatte, ahnten sie wohl, dass etwas Furchtbares geschehen sein musste.

Die Luft war frisch nach dem Gewitter. Die Kinder kamen gut voran und noch vor Ende des Tages hatten sie den Pass überquert und sahen einen größeren Ort vor sich, der von saftigen grünen Wiesen umgeben war. Dort lagerten sie.

Immer wieder fragte Bruno, was denn mit Berthold geschehen sei.

Gerhard wusste nicht recht, was er ihm sagen sollte. Bruno wäre der Letzte, der an Nikolaus' Schuld glauben würde, er, der bereit gewesen war, für ihn sein Leben zu opfern. Schließlich sagte er nur kurz: »Berthold ist während des Gewitters vom Weg abgekommen und in einen Abgrund gestürzt. Er ist tot.«

Bruno starrte ihn aus großen Kinderaugen an, als ob er ihn nicht recht verstanden hätte. Dann senkte er den Kopf und weinte. Wie gern hätte Gerhard ihn getröstet, aber er hätte nur Worte voll Hass und Wut gefunden.

Spät am Abend, als die meisten Kinder schon schliefen, nahm Gerhard Irmingard bei der Hand. »Geh ein bisschen mit mir«, bat er.

Leise gingen sie im letzten Dämmerlicht weg vom Lager.

Gerhard horchte, ob vielleicht einer von Nikolaus' Leibwächtern ihnen folgte, denn er traute niemandem mehr. Aber alles blieb still.

Nachdem sie einige Zeit Hand in Hand gegangen waren, sagte Irmingard leise: »Jetzt kannst du alles erzählen!«

Ja, jetzt konnte er endlich alles erzählen und er schämte sich auch nicht zu weinen über den Tod des Freundes und darüber, dass es nun endgültig kein großes Ziel mehr gab, an das er glauben konnte. Irmingard hörte zu ohne ihn ein einziges Mal zu unterbrechen.

Als er geendet hatte, blieb er stehen und legte Irmingard die Hände auf die Schultern. »Bitte, lass uns den Zug verlassen!«

Er merkte, wie sie sich verkrampfte. »Ich kann nicht!«, rief sie. »Hörst du, ich kann nicht! Ich habe einen Eid geschworen!«

»Was für einen Eid? Sag mir doch, was dich daran hindert, mit mir fortzugehen! Du verabscheust doch den Prediger genauso wie ich!«

»Ich kann es dir nicht sagen, jetzt noch nicht. Bitte, Gerhard, lass mich nicht allein!«

Gerhard strich ihr über das Gesicht. »Nein, ich lass dich nicht allein. Ich versteh dich zwar nicht, aber ohne dich hätte auch das Fortgehen keinen Sinn.«

Irmingard presste sich an ihn. »Danke, Gerhard«, sagte sie. »Ich weiß, was ich von dir verlange. Deshalb dank ich dir.«

Arm in Arm gingen sie zum Lager zurück.

# 10

An jedem von den vielen Tagen, die nun folgten, verabscheute Gerhard den Führer des Kinderkreuzzuges mehr, wurde sein Widerwillen größer, ihm zu folgen.

Immer wieder versuchte er Irmingard zu überreden mit ihm den Zug zu verlassen. Aber sie weigerte sich beharrlich. Wenn er sie nach den Gründen fragte, zuckte sie nur mit den Achseln und sagte: »Ich kann es dir noch nicht sagen. Jetzt noch nicht.«

Wenn er aber, wütend über ihre Weigerung, drohte, dass er ohne sie fortgehen würde, sah sie ihn nur mit ihren großen dunklen Augen traurig an.

Natürlich blieb er. Denn wenn er sich bloß vorstellte, dass er ohne sie leben müsste, fühlte er, wie sich in seiner Brust etwas zusammenzog, wie Angst und Traurigkeit ihn erfüllten.

Ein wenig blieb er auch Brunos wegen. Wer sollte sich sonst um den kleinen Burschen kümmern, der so tapfer, so treu und so dumm seinem großen von Gott gesandten Vorbild hinterherlief!

Ein wenig blieb er schließlich auch deshalb, weil er nicht recht wusste, wohin er sich wenden sollte. Wie Eckart zurück nach Speyer? Was hätte er dort sollen? Sein Freund Georg würde sich zwar über seine Rückkehr freuen, aber von der Freude allein konnte man nicht leben.

Und sein Vater? Nein, niemals würde er zu ihm zurückkehren. Was aber blieb ihm sonst? Sich irgendwo hier, in der Fremde, als Knecht verdingen? Einmal Knecht, immer Knecht – nein, das konnte nicht der Sinn der langen Reise sein.

So war Gerhard in einem merkwürdigen Zwiespalt. Er wollte und konnte den Zug nicht verlassen. Andererseits mochte er auch nicht bei Nikolaus und seinen Kindern bleiben, ja, es ekelte ihn, die abendlichen Predigten zu hören, und wenn er an den Tod seines Freundes dachte, spürte er den Hass wie Galle in sich aufsteigen.

Das machte ihn oft mürrisch und reizbar und manchmal lief er den halben Tag weit hinter Bruno und Irmingard her um seinen Groll und seine Verzweiflung nicht an ihnen auszulassen.

Doch Irmingard spürte seinen Zustand genau. Und je schlechter er sich fühlte, umso liebevoller war sie zu ihm, als ob sie ihn dafür entschädigen wollte, dass sie die Rätsel, die sie ihm aufgab, nicht lösen half. So wenig sie preisgab, warum sie Nikolaus folgen musste, so wenig verriet sie über ihre Herkunft.

Auch sonst steckte sie voller Überraschungen. Zwei Tage nach Bertholds gewaltsamem Tod lagerten sie vor den Toren der Bischofsstadt Brixen, im Tal eines kleinen Flusses.

Gerhard sprach von Berthold, seinem Ziel alle

Dinge zu erforschen und alle Wunder der Welt kennen zu lernen. Traurig sagte er: »Weißt du noch, das kleine Buch, das er um den Hals trug? *Die Wunder des heiligen Benedikt*? Wie er mir damit Lesestunden gegeben hat?« Um seine Trauer zu verscheuchen fügte er hinzu, als Irmingard nickte: »Jetzt muss ich dumm und unwissend bleiben!«

Wie erstaunt war er, als Irmingard entgegnete: »Nein, das musst du nicht! Ein Buch hab ich zwar nicht, aber Lesestunden kannst du auch von mir bekommen.«

Gerhard musste wohl ziemlich verwirrt geschaut haben, denn sie lachte kurz auf und fasste ihn bei der Hand. »Komm mit«, sagte sie.

Gemeinsam liefen sie auf die Straße, die hier ziemlich breit war und aus festgestampftem Sand bestand.

Irmingard brach ein paar Hölzchen von einem Holunderstrauch und kauerte sich dann nieder. »Schau her!«, befahl sie. Fein säuberlich schrieb sie mit einem der Stöckchen Buchstaben für Buchstaben in den Sand.

»Lies!«

»*Ir...min...ga...rd ka...nn le...sen u...nd sch...r...ei...ben*«, entzifferte Gerhard mühsam.

Tatsächlich, sie konnte es! Sie übten, bis es dunkel wurde, und selten hatte Gerhard Irmingard so fröhlich gesehen.

Als sie zum Lager zurückschlenderten, fragte er: »Wo hast du das gelernt?«

»Mein Vater hat's mir beigebracht«, erwiderte sie kurz.

Und Gerhard merkte an ihrem Tonfall, dass er kein Wort mehr aus ihr herauskriegen würde.

Aber von nun an bekam er, wo immer sie einen Boden fanden, in den man etwas hineinkritzeln konnte, seine Leselektion. Allmählich lernte er sogar die wichtigsten Buchstaben selbst in den Sand zu malen. Doch von Irmingard wusste er weiterhin nichts, außer, dass ihr Vater offenbar ein gebildeter Mann war.

Erst als sie das Gebirge schon bald hinter sich hatten, kam er durch Zufall hinter einen kleinen Teil des Geheimnisses, das sie umgab.

Der Zug hatte die Stadt Trient erreicht, die Sitz eines reichen und mächtigen Bischofs war. Reger Verkehr herrschte dort auf der Straße: Händler, Fuhrleute, wohlhabende Bürger, die ihre Obst- und Weingärten vor der Stadt aufgesucht hatten, geistliche Herren, die dem Bischof ihre Aufwartung machen wollten, Frauen und Männer, die nach der Arbeit auf dem Feld mit gebeugtem Rücken heim schlurften.

Hoch über die Mauern der Stadt ragte ein gewaltiges Gerüst hinaus, das den Rohbau einer Kirche umschloss – der größten, die die Kinder auf ihrer Reise gesehen hatten. Groß musste der Reichtum des Stadtherrn sein und groß seine Lust ihn zu zeigen.

So hatten sich die Kinder erwartungsvoll am steinigen Ufer der Etsch niedergelassen. Wer so reich war und außerdem ein Diener Gottes, der würde ihnen bestimmt eine gute Mahlzeit schicken.

Und so war es dann auch gewesen. Zwar hatten die schwer bewaffneten Wächter am Stadttor die Horden schwitzender und zerlumpter Kinder misstrauisch gemustert und sich strikt geweigert irgendjemanden in die Stadt zu lassen. Sie wussten zu gut, was sonst geschehen konnte: Man gewährte solch zweifelhaften Gestalten Einlass und die schleppten ein tödliches Fieber oder sonst eine Seuche ein, der jeder fünfte Stadtbewohner zum Opfer fiel.

Da halfen dann kein Geld und keine Waffe mehr. Aber als sie vernommen hatten, was das für ein Zug war, der am Fluss lagerte, da hatten sie sich doch herabgelassen ihren Herrn zu benachrichtigen.

Der hatte zwar noch nie etwas von einem Kinderkreuzzug gehört, denn bis hierher war Nikolaus' Ruf noch nicht gedrungen. Aber er hatte sich überlegt, dass es bestimmt ein gottgefälliges Werk sei, einem Haufen magerer und hungriger Kinder ein kleines bisschen von seinem Überfluss abzugeben.

So hatte er ein wahrhaft fürstliches Mahl gespendet, noch besser, noch reichlicher als bei den freundlichen Innsbruckern, und viele hatten gegessen, bis ihnen fast die Bäuche platzten.

Auch Gerhard hatte zugelangt, als ob es für Wochen reichen müsste. Besonders hatte ihm ein scharf gewürzter getrockneter Fisch geschmeckt und an dem Fuder Wein, das der Bischof großzügig hatte herankarren lassen, hatte er sich auch reichlich bedient.

Nach dem Essen war er eingeschlafen, noch bevor es dunkel gewesen war. Mitten in der Nacht wachte er auf mit einem Brummschädel und rasendem Durst. Mühsam rappelte er sich auf, blieb stehen und atmete die würzige Luft ein. Es war eine wunderbare klare Nacht. Der Mond stand nicht am Himmel, aber das Licht der Sterne drang in die Dunkelheit und machte sie durchsichtig. Leise rauschte und gluckerte der Fluss.

Langsam und vorsichtig, um niemand zu wecken, schlich sich Gerhard ans Ufer. Es war warm und so legte er sich mit dem ganzen Oberkörper in das kühle Wasser, trank ausgiebig und tauchte dann mit dem Gesicht immer wieder unter, bis er spürte, dass sein Kopf klar wurde. Jetzt würde er sich wieder hinlegen, die Arme im Nacken verschränken, in den Sternenhimmel schauen und Brunos schnellem Kinderatem und Irmingards ruhigen Atemzügen lauschen.

Aber während er sich das noch vorstellte, wusste er, dass irgendetwas nicht stimmte. Er hatte es vorhin wohl wahrgenommen, aber in seiner Benommenheit nicht weiter beachtet: den leeren Fleck, das niedergedrückte Gras neben sich, dort, wo Irmingard hätte liegen sollen.

Als er zum Lagerplatz zurückkam, sah er, dass sie immer noch nicht da war. Nur Bruno lag zusammengerollt im Gras und schlief tief und fest.

Wo konnte sie sein? Er erschrak bei dem Gedanken, dass sie ihn jetzt verlassen haben könnte. Aber ihr Bündel lag ja noch da! Ob sie bloß irgendwo im Gebüsch hockte und ihre Notdurft verrichtete? Aber so lange?

Gerhard ließ es keine Ruhe. Leise huschte er durch die Reihen der schlafenden Kinder und strengte seine Augen an um irgendwo einen Schatten zu erspähen, der dunkler war als die Sternennacht und der den Umriss ihrer Gestalt zeigte.

Kurz bevor er zu Nikolaus' Lagerplatz kam, der wie üblich von den Jungen, die zu dessen besonderen Vertrauten gehörten, eng umschlossen war, hielt er an und lauschte. Dort, wo die Straße verlief, hörte er das Knacken eines dürren Ästchens. Er schlug einen Bogen und näherte sich der Stelle, von der das Geräusch gekommen war.

Da sah er sie! Sie stand regungslos an den Stamm eines Baumes gelehnt und starrte zu Nikolaus und seinen Leibwächtern hinüber. Was hatte sie vor?

Leise schlich sich Gerhard von hinten an den Baum; einmal, zweimal trat auch er auf morsches Holz, aber Irmingard schien ihn nicht zu hören. Er griff um den Stamm, legte ihr sanft, aber fest die Hand auf den Mund und flüsterte hastig: »Erschrick nicht, ich bin es, Irmingard!«

Sie riss sich los und trat mit zwei schnellen Schritten hinter den Baum. Bestürzt sah Gerhard, dass sie in der rechten Hand einen Dolch hielt.

»Was willst du hier?«, fragte sie mit unterdrückter Stimme. So viel wilde Wut lag in den vier Worten, dass Gerhard einen kleinen Augenblick lang befürchtete, sie würde auf ihn einstechen.

Er sah auf das mattschimmernde Messer, blickte in ihr verkrampftes Gesicht und plötzlich begriff er.

Er fasste sie bei der linken Hand und zog sie fort, so rasch es ging, bis sie außer Hörweite des Lagers waren. Dann blieben sie keuchend stehen.

»Du . . . du wolltest ihn töten«, stieß Gerhard hervor. »Er hat dir irgendetwas Schreckliches angetan und du willst ihn töten. Deshalb hast du dich dem Zug angeschlossen. Du hast auch das Zelt angezündet!«

Irmingard antwortete nicht, bis ihr Atem wieder normal ging. »Ja«, gab sie zu, »ich wollte ihn töten. Ich will es immer noch. Ich muss es, denn ich habe geschworen, es zu tun. Und du hättest mir nicht nachkommen sollen!« Sie schob das Messer in ihren Umhang und bedeckte das Gesicht mit den Händen. »Ich habe auch das Zelt angezündet, in dem er schlief«, sagte sie leise. »Fast hätte ich damit ein grässliches Verbrechen begangen und Unschuldige getötet.«

»Warum hast du dich mir nicht anvertraut?«, fragte Gerhard. »Nikolaus' Bewacher hätten dich in Stücke gerissen, wenn sie dich erwischt hätten!«

»Jetzt bist du ein bisschen in deinem Stolz

verletzt, nicht?«, entgegnete Irmingard. »Du möchtest gern mein Beschützer sein und ich lass dich nicht. Aber schau, vor ein paar Wochen noch hättest du mir da geglaubt, dass der von Gott gesandte Nikolaus ein abscheuliches Verbrechen begangen hat?«

Gerhard schwieg, denn natürlich hätte er es nicht geglaubt.

»Und heute, heute hättest du mich nicht gehen lassen, weil ... weil ...«

»Weil?«, fragte Gerhard heiser.

»Weil du mich liebst.«

Gerhard fasste vorsichtig nach ihrer rechten Hand, die noch immer das Messer hielt, und streichelte sie. »Ja, das tu ich«, sagte er einfach. »Und du liebst mich auch.« Ohne eine Antwort abzuwarten, fuhr er fort: »Willst du mir nicht erzählen, wer du bist und was er dir angetan hat?«

»Nein, Gerhard, das will ich nicht.« Irmingard legte ihm die Arme um den Hals, beugte seinen Kopf zu sich herab und küsste ihn auf die Lippen.

Auf seinen Wangen spürte er ihre Tränen.

Das Leben ging weiter, das nun schon Alltag für die Kinder geworden war: Am frühen Morgen aufstehen und marschieren, marschieren, mit einer kurzen Mittagsrast, bis in den Abend hinein, dann lagern in der Nähe einer Siedlung und hoffen auf freigiebige Menschen.

Die köstlichen Gaben des Bischofs von Trient

hatten für fröhliche Stimmung gesorgt. War nicht das eingetreten, was Nikolaus prophezeit hatte? Hatte es nicht Wein und weißes Brot und süße Früchte gegeben?

Nun würde sich bestimmt auch alles andere erfüllen! Das Meer würde sich teilen. Ohne einen Schwertstreich würden sie das Heilige Land befreien. Und reich, geehrt und geliebt würden sie alle in dem Land wohnen, in dem immer der Sommer herrschte, in dem das Wasser die Farbe des Himmels hatte und das Gott so nahe war wie sonst keines.

Was zählte da schon der Schweiß, den sie vergossen hatten! Was zählten die Blasen an den Füßen, die Abende, wo es nichts zu essen gegeben hatte! Nicht einmal die Angst zählte, die sie überfallen hatte, wenn sie nach bösen Träumen nachts hochgeschreckt waren und nicht wussten, wo sie sich befanden.

Seitdem die Kinder den großen Pass überschritten hatten, waren alle Mühen fast vergessen.

Das Wetter war freundlich und mild, an allen Orten, wo sie Halt machten, gab man ihnen zu essen und Nikolaus strahlte Zuversicht, Kraft und Hoffnung aus, wenn er zu ihnen sprach.

So gelangten sie rasch von Trient nach Verona. Und dann lag das gewaltige Gebirgsmassiv hinter ihnen, das Land wurde so flach wie der Teller einer ausgestreckten Hand. Die Tage, an denen der Weg ihnen so leicht gefallen war, waren vorbei.

Es wurde heiß, noch viel heißer, als es jenseits des Gebirges jemals gewesen war. Wasser gab es zwar, denn wieder führte die Straße an einem Flüsschen entlang, aber es war trüb und schmeckte nach Staub. Die Hitze war so groß, dass jeder Schritt Kraft kostete. Kaum ein Baum spendete Schatten, das Gras war braun und verdorrt, und wer auf einen großen Stein trat, stieß einen Schmerzensschrei aus, weil er sich die Fußsohlen verbrannte. Kein Wölkchen zeigte sich am stahlblauen Himmel, das sich vor die Sonne schieben und ihre Glut für kurze Zeit hätte mildern können, kein Luftzug brachte ein bisschen Kühlung.

Sehr langsam nur kamen die jungen Kreuzfahrer voran. Die Kleinsten brachten nach ein paar Stunden kaum noch einen Fuß vor den andern und Nikolaus war gezwungen immer wieder Rast machen zu lassen.

Ihm selbst schien die Hitze nichts auszumachen. Sein Maultier war seit dem Gewitter im Gebirge spurlos verschwunden. Er schien es nicht einmal zu merken.

Unermüdlich schritt er dem Zug voran; wenn sogar schon die stärksten und ausdauerndsten unter seinen Leibwächtern stöhnten und sich alle Augenblicke den Schweiß aus dem Gesicht wischten, dann ging er immer noch, als ob er gerade erst aufgebrochen sei.

Wenn sich alle erleichtert zur Rast niedergelassen hatten, kniete er, abseits von den andern, nieder um zu beten. Und wenn die Kinder aßen, saß er oft nur da, den Blick in die Ferne gerichtet, als ob er nichts wahrnähme von dem, was um ihn herum geschah.

»Seine Seele ist bei Gott«, flüsterten dann manche ehrfürchtig. Oder: »Seht ihn an, sein Geist eilt uns voraus zu den heiligen Stätten.«

Nikolaus wusste genau, dass viele der Kinder ihn verehrten und ihm bedingungslos folgen würden, geduldig und ohne zu fragen. So musste es auch sein, denn er spürte wirklich keine Erschöpfung und keine Müdigkeit, mochte die Hitze auch noch so groß und der Weg auch noch so mühsam sein.

Aber er erwiderte die Liebe der Kinder nicht, er verachtete sie. »Herr« – so oder ähnlich betete er oft – »vergib mir, dass ich dir ein so jämmerliches Heer zuführe. Sie sind wie die Schweine und die Kälber, die ich gehütet habe: Sie folgen meinem Befehl, aber sie wissen nicht, warum. Sie fürchten deine Macht in mir wie die Tiere den Stock. Sie lieben mich wie die Tiere, denen ich das Futter verschafft habe.

Herr, sie sind deiner nicht würdig, sie sind niedrig und gemein. Wenn ich sie nicht leite, sind sie verloren. Aber in diesen Zeiten, in denen der Teufel Feigheit, Eigennutz und Genusssucht unter die Menschen gebracht hat, in denen viele deiner Priester mehr nach gutem Essen und nach Weibern verlangen als danach, dir zu dienen, werden dir auch diese armseligen Kinder von Nutzen sein. Sie werden ein Beispiel geben für die Reichen und Mächtigen.

Gib mir die Kraft, Herr, mit diesem kläglichen Haufen die heiligen Orte von der Pest des Heidentums zu befreien und ich schwöre dir: Ich werde dir dienen, wie es deiner Herrlichkeit zukommt.«

Seine Augen wurden dann starr, er nahm nichts mehr wahr als die Bilder in seinen Gedanken. Er sah den Hirtenjungen vor sich, den Sohn des Schweinehirten, den erbärmlichsten unter allen Hintersassen. Wie ihn eines Tages mitten in dem Wald, in den er die Schweine zur Eichelmast geführt hatte, plötzlich ein strahlendes Licht geblendet hatte und Christus ihm erschienen war.

Wie ihm plötzlich alle zugehört hatten. Wie sie gejubelt hatten über seinen Entschluss, das Heilige Land zu befreien. Er hatte nicht den Schatten eines Zweifels: Er würde schaffen, was er sich vorgenommen hatte. Er würde Gott dienen und SEINEN Namen verherrlichen. Mit der Macht des Wortes und mit der Macht des Goldes.

Wer Nikolaus anblickte, wenn er daran dachte, sah auf seinem Gesicht ein glückliches Lächeln. Wie kaum ein anderer Prediger aber verstand er es, von dem Glück, das er empfand, den anderen etwas mitzuteilen. Dann ertrugen sie klaglos alle Entbehrungen.

Dass zumindest einer mit ihm zog, der nicht an ihn glaubte, das berührte ihn nicht, daran dachte er kaum mehr. Bisher hatte Gott noch jeden, der sich ihm, Nikolaus, widersetzte, unschädlich gemacht. Sollte er ruhig weiter mitgehen. Das war nicht schlimmer, als wenn einem eine Fliege um den Kopf schwirrte. Wenn sie lästig wurde, dann zerquetschte man sie!

Endlich, endlich, am vierten Tag, nachdem sie aus dem Gebirge in die Ebene gelangt waren, bewölkte sich der Himmel. Hoffnungsvoll blickten viele Kinder immer wieder nach oben. Vielleicht würde es regnen und danach etwas kühler werden.

Mit neuem Schwung zogen die jungen Kreuzfahrer weiter und hatten sich schnell eine beträchtliche Strecke von ihrem Nachtlager bei der Stadt Mantua entfernt. Immer mehr zog sich der Himmel zu, bis er wie mit einer schwärzlich grauen Decke verhangen war. Dumpf rollte der Donner über die Ebene und am fernen Horizont zuckten grelle Blitze. Die ersten schweren Regentropfen fielen.

Gerhard sah, dass vorne an der Spitze des Zuges angehalten wurde. Warum, wusste er nicht. Es war doch gleich, ob man im Gehen oder im Sitzen nass wurde. Aber eine Verschnaufpause konnte nie schaden, darüber dachte man nicht lange nach.

Die Kinder schlossen allmählich zur Spitze auf und lagerten dann in einem riesigen Kreis. Als der Regen herunterprasselte, zogen viele ihre verschwitzten und staubigen Hemden aus und genossen den erfrischenden Guss.

Gerhard war einer der Ersten, die das machten, und als er verstohlen zur Seite blickte, sah er, dass auch Irmingard ihr Gewand abgestreift hatte und Gesicht und Hände dem Regen entgegenhielt. Er sah, wie ihre dunklen Locken sich in nasse Strähnen verwandelten. Er sah ihre schmalen Schultern, das dichte Haar in ihren Achselhöhlen und ihre kleinen Brüste, von deren dunklen Spitzen das Wasser tropfte. Er wusste genau, dass es eine Sünde war, ein Mädchen so anzustarren und dabei den Wunsch zu haben, es zu umarmen und die nackte Haut zu streicheln und zu küssen, aber er brachte es nicht fertig, sich abzuwenden.

Irmingard spürte seinen Blick und lächelte ihm zu. Dann rutschte sie näher und schmiegte sich an ihn. Inzwischen wurde der Regen so heftig, dass die Tropfen stachen und brannten, wenn sie auf den Körper oder ins Gesicht trafen. Die Blitze wurden häufiger und die Donnerschläge lauter und bedrohlicher.

Aber hier konnte man sich nicht verkriechen so wie im Gebirge, hier gab es keine Vorsprünge und Überhänge. Nur verdorrtes Gras, ein paar kümmerliche Büsche und einzelne Bäume, aber die boten keinen Schutz ...

»Schaut, da vorn, der Narr!«, rief Gerhard.

Bruno und Irmingard sahen in die Richtung, die er ihnen zeigte. Da ragte eine riesige alte Pappel in den Himmel und an den Stamm gelehnt, ins Gebet versunken, stand eine schwarze Gestalt – Nikolaus!

»Der Blitz wird ihn erschlagen!«, meinte Gerhard. »Er fordert es heraus!«

Bruno lächelte ihn an, fast mitleidig, weil er so kleingläubig war. »Nichts wird ihm passieren«, sagte er. »Denn Gott wacht über ihn.«

Gerhard blickte zu Irmingard. Ihre Lippen waren zusammengepresst und ihre Hände zu Fäusten geballt, aber sie sagte nichts. Es hätte auch keinen Zweck gehabt. Für Bruno war Nikolaus alles: Vater, Bruder und unerreichbares Vorbild. Er gab ihm Zuversicht und ließ ihn das Schreckliche, was er erlebt hatte, vergessen.

Deshalb hatte Gerhard dem Jungen auch nicht erzählt, wie Berthold umgekommen war. Er war im Gebirge abgestürzt; schlimm genug war es für Bruno gewesen, denn er hatte Berthold sehr gemocht. Gerhard wollte ihm die Gewissensnot ersparen sich für ihn oder Nikolaus entscheiden zu müssen. Nicht einmal er hätte außerdem Brunos Vertrauen in Nikolaus erschüttern können.

Irmingard dachte wie er. Von ihr würde Bruno nichts erfahren. Aber es fiel ihr schwer zu ertragen, wenn von Nikolaus wie von einem Heiligen gesprochen wurde. Gerhard merkte genau, wie sie sich zwingen musste ihre Wut und ihre Verzweiflung nicht hinauszuschreien. Wenn sie sich ihm doch nur anvertrauen würde! Das würde sie bestimmt erleichtern. Der verfluchte schwarze Prediger musste ihr etwas Furchtbares angetan haben.

Gerhard sah wieder seinen Freund vor sich, wie er Nikolaus mutig zur Rede gestellt hatte. Er sah, wie das Bäumchen sich aus dem Untergrund löste. Er sah die winzige Gestalt im Abgrund liegen und hörte das höhnische »Gott will es!«

Mein Gott, wie er diesen schwarzen Teufel hasste! »Gott, warum strafst du ihn nicht?«, betete er. »Schick einen Blitz, der ihn zu Asche verbrennt!«

Immer heftiger tobte das Gewitter, die Blitze zuckten jetzt fast ohne Pause und die Donnerschläge krachten so laut, dass sich die kleineren Kinder ängstlich die Ohren zuhielten.

Regungslos lehnte die hagere schwarze Gestalt an der Pappel, den Kopf erhoben und die Hände vor der Brust zusammengelegt. Im fahlen Licht und hinter dem Schleier des Regens schien sie aus dem rissigen, zerklüfteten Stamm herauszuwachsen, ein Bestandteil des Baums und allen Naturgewalten trotzend.

Allmählich hörten die Kinder auf, ihn anzustarren und jeder versuchte so gut er konnte sich vor dem prasselnden Regen zu schützen. Nikolaus, ihr Führer, hatte keine Angst vor Donner und Blitz, also mussten sie auch keine haben.

»Er ist kein Narr«, sagte Irmingard unvermittelt. »Er hat Mut und er handelt so, wie die Kinder es von ihrem auserwählten Führer erwarten. Das macht er wie ein Gaukler, der ein schwieriges Kunststück vorführt. Es kann schief gehen, aber wenn es gelingt, sind die Leute begeistert. Weißt du, er ...«

Jäh wurde sie von einem ohrenbetäubenden

Krachen unterbrochen. Einen Moment wich das Dämmergrau gleißender Helligkeit. Jammern, Schluchzen und furchtsam gestammelte Gebete durchdrangen die Stille nach dem Donnerschlag. Ein paar von den Kleineren sprangen in panischer Angst auf und rannten davon.

»Allmächtiger Gott! Nein, nein, das darf nicht sein, Gott das darfst du nicht zulassen!« Bruno schrie seinen Jammer in die regenverhangene Ebene hinaus. In seinen Augen stand das Entsetzen, sein Gesicht, von dem das Wasser herablief, war bleich.

»Herrgott, steh uns bei«, stieß Gerhard hervor.

Der Blitz war wie ein gewaltiger Keil in die Pappel gefahren und hatte den mächtigen Stamm der Länge nach gespalten. Obwohl es immer noch in Strömen regnete, brannte der alte Baum lichterloh.

Ein paar Schritte von der riesigen lodernden Fackel entfernt lag die schwarze Gestalt auf der Erde, Arme und Beine von sich gestreckt.

»Seht ihr denn nicht? Wir müssen ihm helfen!« Bruno wollte aufspringen und davonstürzen.

Aber Gerhard hielt ihn zurück. »Warte!«, sagte er.

Bewegung kam in die Gliedmaßen des Liegenden, er rappelte sich auf und stand kurze Zeit wie benommen da. Dann hob er den Kopf und streckte triumphierend die Arme gen Himmel, immer und immer wieder. Ganz leise und vereinzelt erst, dann lauter und immer lauter drangen Stimmen durch Regen und Donner: »Gott will es, Gott will es, Gott will es!«

Während Donner und Blitz nachließen und der Regen die Flammen des brennenden Baumes allmählich löschte, standen die Kinder auf und jubelten ihrem Anführer zu. Die, die davongelaufen waren, kehrten zurück und bald klang es trotzig über die Ebene:

Jerusalem, nun lache,
weil schon in kurzer Frist
dein Leid zu Ende ist.
Nah ist der Tag der Rache,
sei mit uns, Herre Christ!

Irmingard, die mit Gerhard ruhig sitzen geblieben war, sagte mit unbewegter Stimme: »Habe ich nicht Recht gehabt? Er hat viel gewagt, aber er hat noch viel mehr gewonnen. So macht er es immer.«

Gerhard sah zu dem rauchenden schwarzen Stumpf, der einmal ein Baum gewesen war, und nickte. Aber ein Schauer lief ihm über den Rücken. Und das lag nicht am Regen.

Seit dem Gewitter trieb Nikolaus die Kinder unbarmherzig an. Es war, als ob der Blitz seine Kräfte noch unerschöpflicher gemacht hätte.

Er lief unermüdlich; zweimal am Tag sprach er zu den Kindern und immer weniger war in seinen Predigten von den Verheißungen des Südens, von ewigem Sommer, von Honig und weißem Brot die Rede. Vom Sieg über die Unmenschen redete er, vom Tod der Feinde des Kreuzes, von Vertreibung und Vernichtung, ganz so, als ob er doch keine Horde zerlumpter Kinder, sondern ein waffenstarrendes Ritterheer ins Heilige Land führte.

Die Kinder folgten ihm blindlings. Der furchtbare, alles zerstörende Blitz hatte ihn verschont: Er stand im Licht Gottes und sie hatten Gott in ihm zu dienen. Waren ihm vorher die meisten schon ergeben, so verehrten sie ihn jetzt fast wie Christus selbst.

Gerhard und Irmingard waren ausgeschlossen. Auch die anderen spürten es. Allerlei Gerüchte kursierten über Gerhard und das, was er am Brenner getan haben sollte. Manches böse Wort hörte er, wenn er in die Nähe anderer Kinder kam.

Sogar Bruno zog sich von ihnen zurück; er lief jetzt meist mit einer Gruppe von Jungen und Mädchen, die etwa in seinem Alter waren. Nur abends, wenn sie lagerten, kam er immer. Aber das tat er vor allem Irmingards wegen, die ihm vor dem Einschlafen Geschichten erzählte, ihn streichelte und sorgsam in Gerhards warme Felljacke hüllte.

Es war schlimm, mit einer verschworenen Gemeinschaft zu laufen und nicht dazuzugehören. Denn was die beiden auch über Nikolaus und sein Ziel dachten, so waren sie doch wochenlang mit den Kindern gezogen, hatten Strapazen, Hunger und Hitze mit ihnen ertragen und kannten inzwischen die meisten von ihnen.

Jetzt aber fühlten sie sich wie Ausgestoßene.

Immer wieder drängte Gerhard: »Komm, wir verlassen den Zug«, und immer wieder hörte er: »Nein, ich kann nicht.«

So erreichten sie die Stadt Cremona und standen bald darauf am Po, einem mächtigen Strom, der dick und träge wie Haferbrei in seinem breiten Bett dahinfloss.

»Das ist bestimmt das Meer!«, piepsten einige von den Kleinen, die voller Staunen die vielen flachen Kähne betrachteten, die auf dem Fluss schwammen. Manche hatten ein Segel gespannt, andere wurden mit Rudern und Stangen fortbewegt. Einige wurden auch an langen Tauen von Pferden vorwärts geschleppt. Das war eine üble Schinderei, denn die Tiere konnten nur von einem Ufer aus ziehen, wegen der Breite des Flusses.

Schnell wurden die Ahnungslosen von ihren Freunden, die am Rhein aufgewachsen waren, darüber belehrt, dass ein Fluss ein Fluss und natürlich noch lange nicht das Meer ist.

»Das Meer ist so breit«, erklärte einer, »dass der beste Bogenschütze am Ufer einen Pfeil abschießen kann und er fällt doch noch ins Wasser, ohne ans andere Ufer zu gelangen.«

»Was, so breit?«, staunte ein kleines blondes Mädchen. »Da werden wir aber lang brauchen um durchzugehen.«

»Nikolaus hat gesagt, wir werden nicht mal nasse Füße kriegen. Und so wird's auch sein.«

Während sie auf der Straße am Ufer des Po wanderten, sah Gerhard Irmingard von der Seite an. »Glaubst du, dass sich das Wasser teilt, wenn Nikolaus Gott darum bittet?«, fragte er neugierig.

Irmingard zuckte die Achseln. »Gott hat das Wasser einmal geteilt um ein ganzes Volk vor seinen Verfolgern zu retten«, erwiderte sie. »Warum sollte er das noch einmal tun für einen Haufen Kinder, die einem gemeinen und gewissenlosen Lumpen folgen wie die Kälber ihrem Schlächter?«

Gerhard schwieg bekümmert. Er hatte einmal fest daran geglaubt, dass Gott ein solches Wunder geschehen lassen würde. Er glaubte auch jetzt noch, dass die Kämpfer gegen das Heidentum wunderbare Hilfe von Gott bekämen. Aber ob er jemandem helfen würde, der so viel Schuld auf sich geladen hatte wie Nikolaus?

Er sah wieder den verbrannten Baum und den schwarzen Prediger, dem noch nicht einmal die Haare angesengt waren, vor sich. Wer hatte ihm denn nur geholfen, wenn nicht Gott? Verfügte er über teuflische Zauberkräfte, war er ein Meister der schwarzen Magie? Welches Geheimnis verband Nikolaus mit dem jungen Mädchen, das an seiner Seite ging und das ihm inzwischen wichtiger war als alles andere auf der Welt?

Er verscheuchte die Gedanken und fasste Irmingard bei der Hand. Die Hauptsache war, dass ihr nichts geschah.

Am zweiten Tag, nachdem sie an das Ufer des Po gelangt waren, erreichten sie Piacenza.

Es waren magere Tage gewesen seit Cremona. Kein Mensch verstand mehr ihre Sprache, niemand hatte von ihnen gehört. Und so hatte es nur Almosen aus wahrer Mildtätigkeit gegeben, nicht überreiche Spenden, mit denen man Gott einen Dienst erweisen wollte um selbst dafür belohnt zu werden. Deswegen waren die Kinder hungrig wie die Wölfe und sie hofften sich vor den Toren der großen und reichen Stadt wieder einmal richtig satt essen zu können.

Sie liefen so lange am Fluss entlang, bis das Ufer flach wurde und sie eine Furt erreichten. Die mussten sie durchqueren. An etlichen Stellen ragten Eichenpfosten aus dem Wasser, zwischen die ein dickes Seil gespannt war. Daran konnte man sich festhalten und ohne Gefahr für Leib und Leben ans andere Ufer gelangen. Ein Abenteuer aber war es trotzdem. Denn das Wasser war ziemlich tief und manche von den Kleinen schluckten mehr davon, als sie gebraucht hätten um ihren Durst zu löschen. Aber schließlich erreichten alle wohlbehalten die andere Seite. Eine mächtige Holzbrücke mussten sie jetzt noch überqueren; sie überspannte einen Kanal, durch den die Schiffe an der Furt vorbeigeleitet wurden.

Dann hatten sie es geschafft: Die Mauern und Tore von Piacenza lagen direkt vor ihnen.

Die Kinder staunten. Welch eine Pracht war das! Hier gab es keine schmalbrüstigen Fachwerkhäuschen mit winzigen Fenstern. Alle Gebäude waren aus Stein, rot oder weiß verputzt, und viele von ihnen ragten weit über die Mauern hinaus. Sie besaßen große, luftige Fensterbögen und Vordächer aus roten Ziegeln. Jedes Haus war verziert mit Zinnenkränzen, gemauerten Ornamenten oder kunstvollen Malereien.

Wer einen Blick auf das Gedränge warf, das am Haupttor herrschte, der wusste sofort: Heute musste Markttag sein!

Da holperte eilig ein Karren heran, der voller Enten, Gänse und Hühner war. Als ob sie wussten, dass es ihnen bald an den Kragen gehen sollte, schrien, gackerten und quakten sie so laut, dass der arme Esel, der den Karren zog, ununterbrochen seinen Kopf schüttelte und die langen Ohren ganz eng anlegte.

Von einem anderen Wagen ging ein durchdringender Geruch aus. Hoch oben auf seiner Ware hockte seelenruhig der Kutscher und kaute genüsslich ein ellenlanges Stück von dem, was er geladen hatte: gesalzenen Trockenfisch.

Musikanten und Kleinhändler, die ihre voll gepackten Kiepen auf dem Rücken schleppten, drängten durch das Tor; Bauern, die ein paar notwendige Güter eingetauscht hatten, Kaufleute in purpurnen Mänteln, bewaffnet mit Schwert und Dolch, die zu Pferd stolz ihren ansehnlichen rollenden Verkaufsständen vorausritten. Auch wenn noch eine Menge Menschen in die Stadt hinein wollten, so kamen doch mehr heraus. Denn es war schon Nachmittag, und wer noch eine ordentliche Wegstrecke zurücklegen wollte, der schloss seinen Laden, zählte sein Geld und brach auf.

Mancher von den Kaufleuten, die die Stadt verließen, warf den schwitzenden, abgerissenen und sichtbar erschöpften Kindern mitleidige Blicke zu. Ein dicker Händler, der vor Fett kaum aus seinen Augen schauen konnte und dessen Pferd schier unter seiner Last zusammenzubrechen schien, hatte trotz seines Wohlstands noch ein offenes Herz für die dünnen unter seinen Mitmenschen: Bei einer Gruppe von kleinen Kindern, bei denen auch Bruno saß, hielt er sein Pferd an, winkte seinem Knecht, der hinter ihm seinen Wagen kutschierte, und rief ihm in einer fremden Sprache etwas zu. Daraufhin warf der einen großen und einen etwas kleineren Sack vom Wagen. Der Dicke grinste freundlich, gestikulierte eifrig mit den Händen, ließ einen Wortschwall los, von dem niemand etwas verstand, und ritt schließlich winkend weiter.

Der große Sack war voller wunderbarer Mandeln und der kleinere enthielt dicke saftige Rosinen. Wer in der Nähe war, der rannte herbei um sich einen Anteil zu sichern. Bruno brachte Irmingard eine ordentliche Portion; Gerhard sah er nur verlegen an; dann verschwand er wieder.

»Also dafür, dass er seit vielen Tagen meinen Schafspelz zum Zudecken kriegt, ist er eigentlich nicht besonders freundlich zu mir«, sagte Gerhard, aber er nahm es ihm nicht übel, zumal er von Irmingard natürlich die Hälfte von all den süßen Leckereien abbekam.

Die Geschäfte schienen gut gegangen zu sein an diesem Markttag in Piacenza, denn viele Händler gaben den Kindern Almosen, auch wenn sie bestenfalls ahnten, dass es sich bei den ausgemergelten, braun gebrannten Gestalten um eine Art Pilger handelte.

Trotzdem hätte es natürlich nicht für alle gereicht. Aber nach einiger Zeit kam eine Gruppe von Männern durch das Tor, die große Henkelkörbe voller Esswaren herbeischleppten. Sie trugen grobe braune Kutten und hatten einfache Sandalen an den Füßen. Mit demütiger Geste boten sie den Kindern von ihren Speisen an, ja, es schien so, als ob sie sich bedankten, wenn ihnen jemand etwas abnahm. Sie verneigten sich vor jeder Gruppe, wenn sie sie bedient hatten, legten kurz die Hände zusammen und richteten die Augen zum Himmel, nahmen dann ihre Körbe wieder auf und schritten weiter. Als sie alle Kinder versorgt hatten, verschwanden sie wieder hinter den Mauern der Stadt.

»Seltsame Gesellen«, meinte Gerhard kauend. »Weißt du, was sie für Gesichter machten, als ich ihnen Brot und Äpfel abgenommen hatte? Wie jemand, der gerade ein Goldstück geschenkt gekriegt hat. Ob sie wohl Mönche sind?«

»Ich weiß nicht ...«, sagte Irmingard nachdenklich.

»Wenn es welche sind, dann sind sie jedenfalls ganz anders als die, die ich bisher kennen gelernt habe. Die waren entweder hochmütig und herrisch oder so ... so, als ob sie mit ihren Gedanken ganz weit weg wären. Auch wenn sie freundlich waren und hilfsbereit, standen sie doch immer hoch über uns. Aber die hier ... Wenn sie sich zu uns ins Gras gesetzt hätten, es hätte mich nicht gewundert ... Wer sie auch waren«, schloss Gerhard, »ich fand es jedenfalls sehr nett, dass sie uns was zu essen gebracht haben.« Und mit diesen Worten biss er genüsslich in einen süßen Apfel.

Später, als die Stadttore geschlossen waren und die Sonne ihre letzten rot glühenden Strahlen über die Ebene schickte, hielt Nikolaus eine Ansprache, ganz kurz und sachlich nur, keine Predigt voll Begeisterung und Feuer.

»Wir haben unser erstes Ziel fast erreicht«, sagte er mit klarer, ruhiger Stimme. »Unter den Kaufleuten, die den großen Markt in Piacenza besucht haben, war auch ein Handelsmann aus Tirol. Er hat mir gesagt, dass wir nicht einmal mehr ein Dutzend Tagesreisen von Genua entfernt sind, wo der allmächtige Gott uns den Weg durch das Meer zeigen wird.«

Lauter Jubel brach los, aber Nikolaus hob die Hand. »Wenn bis jetzt«, fuhr er fort, als wieder Ruhe eingekehrt war, »einer noch gezweifelt haben sollte, dass Gott unseren Zug begleitet und unseren Weg geebnet hat, so wird er sich wohl jetzt seiner Kleingläubigkeit schämen. Der Händler, von dem ich euch berichtet habe, hat einige Ritter getroffen, die aus dem Heiligen

Land zurückgekehrt sind. Es steht schlecht um die Sache unseres Herrn Jesus Christus. Die heidnischen Feinde sind grausam und tückisch, die christlichen Ritter konnten sie nicht besiegen. Wir müssen uns also doppelt beeilen um Gottes Willen zu erfüllen.«

Nachdem er ein Gebet gesprochen hatte, setzte er sich ein Stück von den anderen entfernt ans Ufer und starrte in die trüben Fluten des großen Stroms. Aber man merkte ihm an, dass er nichts wahrnahm. Nicht das leise Schwappen der Wellen, nicht das wuchernde Schilf und nicht die Mücken, die über dem Wasser tanzten.

# 11

Am nächsten Morgen ging es sehr früh los; Nikolaus' Leibwächter drängten zur Eile, die Jungen an der Spitze des Zuges schritten rasch aus und die anderen folgten ihnen; wollten sie doch alle Genua so rasch wie möglich erreichen. Aber sie hielten das Tempo nicht lange durch. Viele Kinder, vor allem die Kleineren, schienen abgespannt und müde zu sein: Immer wieder hielten sie an und setzten sich einen Augenblick hin. Oder sie beugten sich zum Fluss hinab, schöpften Wasser und tranken es gierig, obwohl es muffig roch und gar nicht gut schmeckte.

Nikolaus schickte seine Jungen los um die Kinder anzutreiben. Aber alle Versprechungen und Drohungen nutzten nichts. Viele konnten einfach nicht schneller.

Gerhard und Irmingard, die wie immer den Schluss des Zuges bildeten, kamen an zwei Mädchen vorbei, die offenbar völlig erschöpft im Gras hockten und teilnahmslos vor sich hin stierten.

Gerhard ging mitleidig zu ihnen hin und wollte ihnen aufhelfen. Das ältere der beiden Mädchen hob den Kopf und sah ihn an. Es zwinkerte heftig und kniff ein paar Mal die Augen zusammen, als ob es Schwierigkeiten hätte, ihn zu erkennen. Dann streckte es ihm abwehrend die Hände entgegen. »Geh weg, lass uns in Ruhe«, sagte es heftig.

Mehr erschrocken als wütend ging Gerhard zu Irmingard zurück, die wartend stehen geblieben war. »Was ist los?«, fragte er. »Man könnte denken, ich wäre ein Aussätziger.«

Irmingard lächelte traurig. »Das bist du doch auch. Unter den gläubigen Schafen dieses Zuges bist du das schwarze Schaf, das dem Hirten nicht folgen will. Deshalb wollen die anderen Schafe nichts mit dir zu tun haben. Aber die Hütehunde, die haben dich im Auge!«

Kopfschüttelnd wartete Gerhard, bis sich die Mädchen aus eigener Kraft wieder hochgerappelt hatten. Ob das wirklich stimmte? Er sah Irmingard verstohlen an. Was war eine Freundin gegen tausend Feinde? Das Herz wurde ihm schwer.

Am Abend war klar, dass eine Anzahl der Kinder ernsthaft krank war.

Sie lagerten abseits des großen Stroms an einem Bach in der Nähe einer stark befestigten Klosteranlage.

»Es ist der Teufel, der den Sümpfen und Gräben der Ebene seinen giftigen Atem eingehaucht hat«, sagte Nikolaus in seiner abendlichen Predigt. »Die Ausdünstungen sollen euch schwächen und euch im Glauben irre machen.« Das Gesicht des Predigers war verzerrt. Von der Gelassenheit von gestern war nichts mehr zu spüren. Seine Augen funkelten und seine Stimme klang böse und rau wie das Bellen eines Hundes.

»Vielleicht sind auch einige unter uns, die das Gift des Satans mit sich führen und es den anderen eingeben um sie krank zu machen?«, schrie er. »Aber weder sie noch der Teufel selbst können uns aufhalten!« Etwas ruhiger fuhr er fort: »Morgen verlassen wir die Ebene mit ihren schädlichen Dämpfen.«

Er hob den Arm und zeigte auf eine ferne Hügelkette. »Dort wird alles besser werden. Und wenn nicht ...« – er machte eine bedeutungsvolle Pause – »dann müssen wir den Teufel in unseren Reihen bekämpfen!«

Aber am nächsten Morgen war der Zustand vieler Kranker so, dass an einen Aufbruch überhaupt nicht zu denken war.

Gerhard und Irmingard hatten ihre Bündel schon geschnürt. Aber als sie überall Kinder in der Wiese liegen sahen, die nicht einmal die Kraft hatten, ohne Hilfe aufzustehen, blieben sie sitzen und machten es sich so bequem, wie es auf dem harten Boden eben ging. Bruno, der wie üblich am Abend zu ihnen gekommen war, schlief noch.

Einer von Nikolaus' Gefolgsleuten kam vorbei. Gerhard kannte ihn. Er war einer von den beiden, die Nikolaus nach dem Gewitter in den Bergen gesucht hatten. Einer von seinen treuesten Anhängern.

Er sah Gerhard ausdruckslos an und deutete

dann auf den schlafenden Bruno. »Was ist mit ihm?«, fragte er. »Ist er auch krank? Seht zu, dass ihr ihn auf die Beine bringt! Wir müssen weiter.«

Gerhard lachte höhnisch auf »Weiter? Dann schick mal Nikolaus bei allen Kranken vorbei, damit er ein Wunder an ihnen vollbringt.«

Die Miene des Jungen verfinsterte sich. »Ich weiß«, zischte er. »Du bist gegen Nikolaus. Aber wer gegen Nikolaus ist, der ist auch ein Feind Gottes. Eine Giftschlange, der man den Kopf zertritt.« Er spuckte verächtlich aus und ging weiter.

Gerhard wollte sich gerade seufzend im Gras ausstrecken, als Irmingard ihn am Arm packte. »Du, ich glaube«, stieß sie hervor, »Bruno schläft gar nicht richtig. Ich glaube, er ist auch krank.« Ihre Stimme zitterte ein bisschen, als sie hinzufügte: »Sehr krank sogar.«

Gerhard sprang auf und kniete sich neben den Kleinen hin.

Bruno war blass, nur unter den Augen war die Haut gerötet. Trotz der morgendlichen Kühle standen Schweißperlen auf seiner Stirn. Seine Lider flatterten. Gerhard tastete nach seiner Hand. Sie fühlte sich glühend heiß an.

»Ja.« Irmingard nickte. »Es ist ein schweres Fieber, das den Zug heimsucht. Vielleicht ... vielleicht werden viele von uns daran sterben.«

»Aber nicht er.« Gerhard sprang auf. »Er darf nicht sterben. Er ist so voller Vorfreude auf das Heilige Land ...«

»Das Heilige Land?« Irmingards Stimme

klang bitter. »Du glaubst doch nicht etwa immer noch, dass dieser erbärmliche Zug Jerusalem erreicht?«

»Ja, aber . . .«

»Nichts aber!« Sie schnitt ihm das Wort ab. »Nimm deinen Krug und hol Wasser!«

Gerhard gehorchte. Dann stützte er Brunos Kopf und Irmingard versuchte ihm etwas Wasser einzuflößen.

Als der Kranke die kühle Flüssigkeit spürte, die ihm über das Kinn lief, öffnete er den Mund. Die beiden erschraken: Seine Zunge war geschwollen, von dunkelgrauer Farbe, mit einem dicken weißen Rand.

»Um Gottes willen, was mag das nur für eine Krankheit sein?«, flüsterte Irmingard.

»Komm, wir müssen ihn abwaschen um die Hitze aus seinem Körper zu vertreiben!«

Als sie Brunos Beine vorsichtig anhoben und ihm das Hemd abstreiften, stieg ihnen übler Geruch in die Nase. Der Unterleib des Jungen war mit Kot und Urin verschmiert.

Gerhard prallte entsetzt zurück, aber Irmingard sagte nur knapp: »Stell dich nicht an. Er hat es nicht mehr halten können. Ich glaube, auch sein Darm und seine Leber sind entzündet.«

Gerhard nahm sich zusammen. Wenn sie das aushielt, wollte er es auch. Entschlossen zog er sein Messer, fasste das Hemd beim Ausschnitt und schlitzte es auf. Dann zog er es Bruno mit spitzen Fingern vom Leib, trennte den verschmutzten Teil ab und warf ihn in ein Distelgestrüpp. Den Rest schnitt er in mehrere große Lappen. »Wir können sie wie Windeln verwenden«, erklärte er. »Wir binden ihm einen davon um und stoppfen ihn mit Gras aus. Dann hüllen wir ihn in meine Felljacke. Er hat sie ja ohnehin mehr getragen als ich.«

Irmingard lächelte ihm liebevoll zu. »Gut. Jetzt lass uns versuchen ihn sauber zu kriegen.«

So behutsam es ging, trugen sie den mageren kleinen Körper zum Fluss und wuschen ihn.

Irmingard zog ein sauberes Tuch aus ihrem Bündel und tupfte ihn trocken. »Sieh her!«, rief sie plötzlich.

Gerhard folgte ihrem Blick: Auf dem flachen Bauch war eine große Anzahl hässlicher roter Flecken.

»Es steht schlimm um ihn«, murmelte Irmingard und ihre Augen füllten sich mit Tränen.

»Gott wird ihn nicht sterben lassen«, sagte Gerhard tröstend. »Daran glaube ich ganz fest!«

»Gott lässt so viele Menschen sterben.« Irmingards Stimme war tränenerstickt und leise. »Und andere ... lässt er leben. Wie kann man da noch an etwas glauben?«

»So darfst du nicht sprechen!« Gerhard sah sie an. »Gott hat uns das Leben nur geliehen. Zu welchem Zeitpunkt er es uns nimmt, das bestimmt allein er. Das geschieht nach einem großen Plan, den kein Mensch verstehen kann.«

»Du hast wohl Recht«, seufzte Irmingard. »Warum er aber erlaubt, dass die Gojim so viel Böses tun ...«

»Wer tut so viel Böses?«, fragte Gerhard erstaunt.

Irmingard zuckte zusammen. »Ich ... ich meine, viele Christen tun Böses«, sagte sie und fuhr rasch fort: »Komm, wir tragen Bruno zurück!«

Der kleine Kranke hatte die Augen jetzt offen, aber sie blickten teilnahmslos und leer. Als sie ihn ansprachen, antwortete er nicht. Sie schleppten ihn zurück, machten ihm aus Gras und Blättern ein halbwegs weiches Lager, wickelten ihn wie einen Säugling und deckten ihn mit der Schaffelljacke zu.

»Man muss die Hitze an den Enden des Körpers herausziehen, glaube ich«, meinte Irmingard. »Am Kopf, an den Händen und an den Füßen. Da muss man ihn immer wieder mit kaltem Wasser abreiben. Eigentlich müsste er zur Ader gelassen werden, damit das verdorbene Blut abfließen kann. Aber ich weiß nicht, wie man das macht. Vielleicht ist es gut, wenn er viel trinkt. Dann wird das dicke, giftige Blut verdünnt.«

»Du weißt viel.« Wieder war Gerhard erstaunt über Irmingards Kenntnisse. Wie konnte es das geben, dass ein Kind armer Leute, noch dazu ein Mädchen, so viel gelernt hatte?

»Ich weiß nur wenig«, sagte Irmingard versonnen und mehr zu sich selbst. »Und ich fürchte, mehr wird es auch nicht werden.«

Niemand kam mehr um sie zum Aufbruch zu mahnen, kaum etwas rührte und regte sich. Ab und zu schlich jemand zum Flüsschen um Wasser zu holen oder ging um hinter irgendeinem Busch seine Notdurft zu verrichten.

Gerhard und Irmingard brachten zwei kräftige Jungen und eine Hand voll Mädchen dazu, sich mit ihnen um die kränksten der Kinder zu kümmern, sie notdürftig abzuwaschen und ihnen Wasser einzuflößen. Zwischendurch liefen sie immer wieder zu Bruno um ihm Füße, Hände und Gesicht zu kühlen.

Nikolaus war den ganzen Tag über kaum zu sehen. Nur einmal erblickten sie ihn, als er, ein paar hundert Schritt vom Lager entfernt, am Ufer des Bachs hin und her lief wie von bösen Geistern verfolgt. Erst am Abend kam er und segnete die Kranken.

Als er bei Bruno stand, merkte Gerhard, dass er ihn anstarrte. Er erwiderte den Blick und erschrak. Da war nicht mehr Gleichgültigkeit, nicht mehr höhnischer Triumph, sondern unversöhnlicher Hass.

Er gibt mir die Schuld daran, dass wir nicht weiterkönnen, dachte er. Aber er sagte nichts.

Sie blieben acht lange Tage an diesem Lagerplatz. Ein paar Dutzend Kinder starben; ganz leise und unauffällig verließen ihre Seelen die kranken Körper. Kaum jemand merkte, wenn sich die Brust eines kranken Nachbarn nicht mehr hob und senkte, wenn hinter den geschlossenen Lidern die Augen brachen. Erst wenn ein fieberheißer Leib ganz kalt geworden war, wenn ein Kranker gar zu lang keine geflüsterte Bitte nach Wasser mehr geäußert hatte, dann begriff einer, dass das Mädchen oder der Junge neben ihm ein Opfer der Seuche geworden war.

Am dritten Tag stand es so schlimm, dass Nikolaus sich genötigt sah, die Mönche des Klosters, in dessen Nähe sie lagerten, um Hilfe zu bitten. Vielen Kindern, vor allem kleineren, ging es furchtbar schlecht. Die kargen Vorräte waren verzehrt, die ersten Kranken waren gestorben und es fehlte an Werkzeug sie zu begraben.

Irgendwie musste es den zwei Jungen, die Nikolaus ins Kloster entsandt hatte, gelungen sein sich verständlich zu machen; denn nach einiger Zeit traten sie in Begleitung eines schwarz gekleideten Mönchs aus dem Tor der Ummauerung. Sehr viel Hilfsbereitschaft brachte der aber anscheinend nicht mit, denn er ging zu Nikolaus und redete sichtlich zornig und ablehnend auf ihn ein.

Nikolaus hörte ihm ruhig zu; man konnte seinem Gesicht nicht entnehmen, ob er etwas verstand oder nicht. Nach einiger Zeit aber hob er gebieterisch den Arm.

Der fremde Mönch verstummte und lauschte Nikolaus' Worten, obwohl der natürlich deutsch redete. Aber er redete so, wie er es tat, wenn er den Kindern predigte: mal drohend, mal sanft, mal schwärmerisch, mal kühl, mal freundlich, mal Ehrfurcht gebietend. Am Ende stand der fremde Mönch, der doch bestimmt nur die italienische und die lateinische Sprache beherrschte, ergeben und mit hängenden Schultern da und ließ sich durch die Reihen der Kinder führen. Er musterte die Kranken, hütete sich aber sie zu berühren.

Schließlich gab er durch Zeichen zu verstehen, dass er bald wiederkommen würde; dann verschwand er mit eiligen Schritten hinter der Umfriedung.

Aber bald darauf kehrte er in Begleitung eines weißhaarigen Bruders zurück, der mühsam auf einen Stock gestützt neben ihm her hinkte.

Und o Wunder! Der Alte sprach deutsch. Er ging, ebenso wie sein Mitbruder vorher, zu allen Kindern. Als er an Brunos Lager, an dem Gerhard und Irmingard hockten, vorbeikam, grüßte er die beiden freundlich und sagte mit klangvollem Akzent: »Ein schlimmes Fieber hat der Kleine. Vielleicht er muss sterben, wenn es ist Gottes Wille. Ich bringe einen Liquor, der reinigt Blut von verdorbenen Säften und kühlt trockene Hitze des Körpers.«

»Er ist krank und schwach«, sagte Irmingard mit hörbarem Vorwurf in der Stimme. »Könnt Ihr nicht ihn und die anderen, die so sterbenskrank sind, im Kloster aufnehmen?«

Der alte Mönch streckte abwehrend die Arme aus. »Nein, Mädchen, was denkst du! Euch hat eine Seuche befallen! Wir alle könnten krank werden wie diese Kinder ... Wer holt sich den Tod in sein Haus? Das heißt ja Gott versuchen!«

Irmingard schwieg, aber ihr Gesicht bekam den trotzigen Ausdruck, den Gerhard schon kannte und der bedeutete, dass sie sich mit etwas nicht abfinden wollte.

Mit leutseligem Winken hinkte der Alte davon.

»Da geht er hin, der ehrwürdige Vater«, seufzte Gerhard. »Ob er und seine Brüder uns viel helfen werden, weiß ich nicht.«

»Ich glaube, ihm sind die Toten am liebsten«, sagte Irmingard abfällig. »Denen genügt eine dunkle kühle Kammer hier«, sie klopfte mit der Hand auf den Boden. »Die wollen kein weiches Bett im Kloster mehr.«

»Geh nicht so hart mit dem Alten ins Gericht«, erwiderte Gerhard. »Hast du nicht auch Angst vor Krankheit und Tod?«

Irmingard starrte vor sich hin. »O ja«, sagte sie dann leise, »ich habe Angst. Manchmal, in meinen Träumen, da sehe ich den Tod. Er ist schwarz gekleidet und hat ein Messer, das ist voll Blut. Dann habe ich furchtbare Angst. Aber wenn ich aufwache, dann habe ich keine Angst mehr, dann ...« Sie sprach nicht weiter.

»Was dann?« Gerhard spürte, dass er ganz nah dran war, Irmingards Geheimnis zu erfahren.

Doch sie schüttelte nur den Kopf und fuhr sich mit beiden Händen durch die schwarzen Locken.

»Ach, nichts«, erwiderte sie.

Dann warf sie einen Blick zu der großen Klosteranlage hinüber. »Das wäre etwas für Bruno«, meinte sie und lächelte. »Ein Bett so bequem, wie er es noch nie gehabt hat. Alle Monate ein Bad und jeden Tag zwei Mahlzeiten mit fünferlei Gerichten. Da käme endlich Speck auf seine Knochen. Und den ganzen Tag dürfte er beten und bei Gott in seinem eigenen Haus sein. Gott dienen ohne Hungern, ohne Frieren und ohne wunde Füße. Wenn er das nur könnte!«

Ihr Lächeln verschwand und sie schaute traurig auf den kleinen Jungen herab, der noch immer teilnahmslos dalag und vor Fieber glühte, obwohl sie ihm täglich stundenlang kalte Waschungen verabreicht hatten.

»Ach Gott, wir wissen ja noch nicht einmal, ob er nicht auch stirbt.« Sie lehnte sich zurück und legte ihren Kopf auf Gerhards Schenkel.

Gerhard streichelte ihre Stirn und strich mit einem Finger sanft über ihre Augenlider. Er sagte nichts, denn was gab es da zu sagen? Man konnte nur hoffen.

Inzwischen war ein junger Bruder aus der Pforte getreten und ging mit raschen Schritten zu einer Anzahl hölzerner Häuschen, die sich in der Nähe des Klosters an einen obstbaumbestandenen Hang schmiegten.

Die Menschen, die dort lebten, Leibeigene des Klosters, die ihr eigenes Stückchen Land bebauen durften und dafür Dienste leisten und Abgaben entrichten mussten, waren eben von der Arbeit auf den Äckern des Klosters heimgekommen. Heute durften sie nicht ausruhen, bevor sie sich nicht um die Kinder gekümmert hatten, um die gesunden, die kranken und – die toten.

Bewaffnet mit Schaufeln und Hacken kamen sie und schleppten die kleinen Leichen fort.

Irmingard würgte es in der Kehle, als sie sah, wie die ausgemergelten Körper, mit ein paar armseligen Fetzen bekleidet, zu ihrer letzten Ruhestätte geschleift wurden. Wie begeistert waren sie alle gewesen von ihrem großen Ziel! Jetzt waren sie irgendwo in der Fremde gestorben, nichts hinter sich, was an sie erinnerte, niemanden vor sich, der auf ihr Kommen wartete. Sobald sie erst hier in der Erde lagen, war es, als ob sie nie gelebt hätten.

Als Irmingard bemerkte, dass Nikolaus sich erhob und die gesunden Kinder zusammenrufen ließ, wahrscheinlich um der Toten zu gedenken, wurde ihr plötzlich übel. Nein, nur das nicht, dachte sie. Ich ertrage es nicht, ich kann ihn jetzt nicht hören!

Sie sprang auf und lief davon. Sie bemerkte nicht die Verwirrung Gerhards, sie sah nicht, wie die Toten in die ausgehobenen Gräber gelegt wurden, sie hörte nicht, wie Nikolaus von dem herrlichsten Opfer sprach, das man im Dienst Gottes bringen könne, vom Tod für die Befreiung des Heiligen Landes.

Später, als sie zurückgekommen war und sich wieder um Bruno kümmerte, brachten die Leibeigenen des Klosters endlich Lebensmittel, Brot, Äpfel und süße Pflaumen, Portulak und Möhren. Sie schleppten Holz und Reisig heran und schürten ein großes Feuer. Bald kochte in zwei großen Kupferkesseln ein Brei aus Hafermehl,

Wasser und Schmalz, der an die Kranken verteilt wurde. Wer die Kraft hatte sich aufzurichten und zu kauen, der aß, so viel er konnte. Musste man nicht für jede Mahlzeit dankbar sein?

Auch der alte Mönch kam wieder, mit vier Mitbrüdern, die jeder einen großen Krug schleppten. Zu jedem Kranken humpelte der Greis, ließ den Becher, den er in der Hand trug, aus einem der Krüge füllen und befahl dann zwei gesunden Kindern dem Kranken den Trank einzuflößen.

Als er zu Bruno kam, befahl er: »Richtet ihn auf!«

Irmingard und Gerhard gehorchten.

»Jetzt flößt ihm den Liquor ein. Ist sehr gut, habe ich bei meinen Brüdern in St. Gallen gelernt. Wasser und Wein und Extrakt von Bitterklee. Kühlt die Fieberhitze.«

Bruno schluckte den Inhalt des Bechers ohne Widerstreben.

Der Mönch zwinkerte freundlich und befahl seinen Begleitern den Becher wieder voll zu gießen. »Nehmt auch davon«, sagte er. »Wird nicht schaden. Und esst reichlich von Portulak und Möhrenwurzeln. Das schützt euch vor Krankheit. Vielleicht. Wenn Gott es will.«

Die beiden dankten ihm und kosteten die Flüssigkeit. Herb und bitter schmeckte sie, aber sie erfrischte und löschte den Durst.

»Morgen komme ich wieder. Gott segne euch!« Der alte Mönch grüßte noch einmal und schlurfte weiter.

Gerhard schaute ihm nach und meinte: »Ich finde, er ist ein guter Mönch. Er ist bescheiden, er weiß, dass er keine Wunder wirken kann, er hilft, so gut es geht, und er gibt zu, dass er auch Angst vor der Krankheit hat.«

»Ja«, erwiderte Irmingard, »ich habe ihm wirklich unrecht getan. Hier wäre Bruno gut aufgehoben.«

»Das sagst du jetzt schon zum zweiten Mal«, rief Gerhard verwundert. »Du glaubst doch selbst nicht, dass dieses reiche Kloster ein armes Leibeigenenkind aufnimmt! Außerdem würde er nie den Zug und Nikolaus verlassen!«

»Wir werden sehen«, lautete die kurze Antwort.

Am sechsten Tag ging es Bruno endlich besser. Seine Augen glänzten nicht mehr fiebrig, er glühte nicht mehr von der verzehrenden inneren Hitze.

Er nahm auch wieder Anteil an dem, was um ihn herum geschah. »Wo ist Nikolaus? Wann geht es endlich weiter?«, waren seine ersten Worte und er wunderte sich, als Irmingard und Gerhard laut loslachten. Dass hinter ihrem Lachen die Angst und die Anspannung der letzten Tage standen, merkte er nicht.

Er war noch so schwach, dass er sich willig von Irmingard füttern ließ. Er duldete sogar, dass Gerhard ihn hinter einen Baum schleppte, wenn er seine Notdurft verrichten musste. Sonst aber war er voller Abwehr gegenüber seinem älteren Freund und sah ihn nur immer wieder von der Seite an wie einen, dem man nicht trauen kann.

Am Abend des sechsten Tages, als der alte Mönch wieder nach ihnen schaute, schlief er schon fest.

»Wie geht es ihm?«, fragte der Alte. »Er sieht heute besser aus.«

»Oh, er ist fast gesund«, meinte Irmingard achselzuckend. »Aber das nützt ihm nichts. Denn er ist so dünn und schwach; wenn er weiter mit uns zieht, dann stirbt er.«

»Ja, ich fürchte das auch.« Der alte Mann seufzte. »Aber was kann man tun?«

»Ihr könntet schon etwas tun«, erklärte Irmingard. »Ihr könntet ihn aufnehmen!«

»Mein Kind, wie stellst du das dir vor! Nähmen wir jeden halb verhungerten Reisenden, jeden kranken Pilger, dem wir Lager und Wegzehrung geben, als Mitbruder auf, sind wir bald kein Kloster mehr, sondern ganze Stadt!«

»Er ist nicht *irgendein* kranker Pilger«, sagte Irmingard bedeutungsvoll und senkte die Stimme.

»Was du nicht sagst!«, staunte der alte Mann. »Wer ist er dann?«

»Ja, wisst Ihr, in dem Land, aus dem ich komme, das das deutsche Reich heißt, herrschen Streit und Unfrieden. Viele Familien streiten sich darum, aus welcher der König kommen soll. Manch ein hoher Herr wird von seinen Feinden getötet. Vielleicht habt Ihr davon schon gehört?«

Der Mönch nickte. »Erzähle nur weiter«, sagte er.

»Ein solch hoher Herr war der Vater des kleinen Jungen; er wurde von einem Feind niedergestochen. Seine Witwe, Brunos Mutter, hat uns den Jungen anvertraut. ›Bringt ihn in Sicherheit‹, hat sie uns angefleht. ›Und wenn ihr weit genug von dieser schrecklichen Gegend fort seid, gebt meinen Sohn in ein Kloster, in dem Frieden und Eintracht herrschen und in dem die Sitten noch nicht verdorben sind. Das ist mein Herzenswunsch.‹«

Gerhard wollte Irmingards Redefluss unterbrechen, aber sie warf ihm einen Blick zu, der ihn sofort zum Schweigen brachte, und berichtete weiter: »Deshalb haben wir den Jungen mit uns genommen und bitten Euch, ihn in Euer Kloster aufzunehmen. Wollt Ihr einer Mutter ihren Herzenswunsch versagen?«

»Wer brächte wohl fertig so etwas?«, fragte der Alte, der die Wörter oft ein bisschen verkehrt hintereinander stellte. »Ei, ei, ei, was geschehen für furchtbare Sachen in diesen unruhigen Zeiten!«

Irmingard schaute ihn argwöhnisch an. Hatte das etwa so geklungen, als ob er sie nicht ganz ernst nahm? Hastig fuhr sie fort: »Damit Ihr mir aber auch glaubt: Hier ist der Beweis für das, was ich sage.« Sie langte in ihr Bündel, wühlte ein wenig darin herum, brachte dann ein Goldstück nach dem anderen hervor und zählte laut dabei: »Eins, zwei, drei, vier, fünf, sechs, sieben, acht. Das hat sie mir mitgegeben, damit ihr Sohn ordentlich ausgestattet ist, wenn er in ein Kloster eintritt. Na, jetzt glaubt Ihr bestimmt, dass er aus einer vornehmen Familie kommt. Woher sollte er sonst das viele Geld haben!«

Gerhard kriegte große Augen, aber sie machte ihm mit einer Hand hinter dem Rücken verzweifelt ein Zeichen still zu sein.

»Ja, das ist wirklich eine Menge Geld«, nickte der Alte. Aber er lächelte nicht mehr, sondern sah sie scharf und so prüfend an, dass ihr ziemlich unbehaglich zu Mute wurde. »Hörst du, Mädchen«, sagte er schließlich ernst. »Nicht ein Wort davon ich glaube dir. Schau einmal an die Hände von dem Jungen. Sie haben gearbeitet, schon lange. Und seine Füße. Nie hat er gehabt richtige Schuhe.«

Er machte eine Pause und meinte dann: »Deine Hände haben keine Schwielen. Deine Fußsohlen sind schmal und dein Hemd ist aus feinem Tuch. Vielleicht könntest du erzählen eine Geschichte von dir, aber nicht von diesem Jungen. Es ist eine große Sünde zu lügen!«

Irmingard senkte betreten den Kopf, doch der Alte lächelte wieder und tätschelte ihr freundlich die Schulter. »Aber ich glaube, deine Lügen kommen aus einem guten Herzen«, beruhigte er sie. »Deshalb werde ich versuchen dir zu helfen. Natürlich ich muss fragen zuerst unseren Herrn Abt. Aber ich glaube, er wird sein einverstanden. Junge Novizen aus edler und reicher Familie sind willkommen in allen Klöstern.«

Er blinzelte ihnen zu und war schon ein paar Schritte davongehumpelt, als er sich noch einmal umdrehte. »Eines muss ich wissen ganz genau, Mädchen: Er hat nicht ein Gelübde abgelegt zu gehen ins Heilige Land? Davon entbinden kann ihn nur der Heilige Vater in Rom. Niemand dürfte ihn aufnehmen dann.«

Gerhard schaute bedenklich drein und wollte etwas sagen, aber ein schmerzhafter Knuff in die Wade belehrte ihn, dass es besser sei, den Mund zu halten. So schlug er nur nach der Hand, die ihn gekniffen hatte, murmelte etwas von der »verdammten Mückenplage« und ließ Irmingard antworten: »Der kleine Wicht? Er wusste ja überhaupt nicht, worum es ging!«

Da machte sich der Alte beruhigt davon. »Heute noch ich komme wieder und gebe euch Bescheid«, rief er über die Schulter zurück.

»Du kannst lügen wie ein fahrender Sänger«, meinte Gerhard halb tadelnd, halb bewundernd, als der Mönch außer Hörweite war.

»Ach nein«, antwortete Irmingard. »Er hat doch von Anfang an gewusst, dass ich ihm einen Bären aufbinde, aber er ist wirklich ein guter Mensch.«

»Aber was ist mit dem Gelübde?«, fragte Gerhard besorgt. »Hat Bruno nicht immer wieder das Kreuzzugslied mitgesungen und nicht immer wieder versprochen Nikolaus ins Heilige Land zu folgen? Wer ein Gelübde bricht, der begeht eine Todsünde! Die schrecklichsten Höllenstrafen drohen ihm!«

»Du musst dir keine Sorgen machen«, besänftigte Irmingard. »Bruno hat kein echtes Gelübde getan. Er hat doch immer nur gelobt Nikolaus zu folgen. Und das heißt ja wohl eher« – ihre Miene verfinsterte sich – »sich dem Teufel zu verschreiben!«

Aber Gerhard hatte noch mehr Einwände. »Hast du auch bedacht«, fragte er, »dass Bruno überhaupt nicht hier bleiben will? Kannst du dir vorstellen, dass er Nikolaus, den er liebt und verehrt über alles, allein lässt!«

Irmingard sah ihn bestürzt an. »O ich dumme Gans!«, schimpfte sie. »Daran hab ich überhaupt nicht gedacht!«

Sie überlegte eine Weile.

»Wir müssen ihn zwingen zu seinem Glück«, meinte sie schließlich. »Dann brauchst du dir auch wegen des Gelübdes keine Gedanken mehr zu machen, wenn er nicht freiwillig hier bleibt. Aber wie ich das anstellen soll, das weiß ich noch nicht.« Sie sah Hilfe suchend zu Gerhard.

Aber der zuckte nur die Achseln. Er hatte keine Ahnung, was da zu tun war.

Spät am Abend, es war schon stockdunkel, kam der alte Mönch zurück. Er trug eine Fackel in der rechten Hand, die ihm den Weg durch die Reihen der schlafenden Kinder wies.

»Ihr habt Glück, ihr habt Glück«, flüsterte er aufgeregt, als er bei Gerhard und Irmingard anlangte. Bruno schlief immer noch. »Der Vater

Abt ist einverstanden! Allerdings, er sagt, ein bisschen Geld müsst ihr dem Novizen schon mitgeben. Die Ausstattung zu einem Mönch ist teuer! Aber er meint, der Herr Abt, fünf Goldstücke genügen. Dann bleibt euch etwas noch für den Rest von eurer Reise.«

Irmingard lächelte den alten Mann dankbar an. »Ihr seid . . . sehr gut zu uns . . .«, begann sie dann unsicher. »Aber es gibt noch eine große Schwierigkeit. Er . . .« – sie neigte den Kopf zu dem schlafenden Kind – »er will nämlich nicht.«

Im unruhigen Licht der Fackel erkannten sie, dass sich eine steile Falte über der Nase des Alten bildete. »Er will nicht? Ja, dann wir können nichts machen. Wir können ihn doch nicht zwingen, oder?«

»Versteht doch, ehrwürdiger Vater!« Gerhard schaltete sich ein. »Er ist noch ein Kind. Er hat nicht viel Glück gehabt bisher. Er glaubt es auf dieser Fahrt zu finden. Doch wir wissen genau: Hier, in diesem Kloster, da *könnte* er es finden!«

»Bitte helft uns!«, flehte Irmingard.

Der Alte stand einen Moment unentschlossen da. »Ihr verlangt eine Menge Vertrauen«, sagte er schließlich. »Es könnte dahinter stecken irgendeine große Teufelei, Gott weiß es allein.«

Er leuchtete ihnen mit der Fackel in die Gesichter und sah, wie sie voller Hoffnung zu ihm aufblickten. »Ich will Vertrauen haben zu euch«, sagte er und dann glitt ein verschmitztes Grinsen über sein Gesicht. »Wisst ihr, was wir machen am Abend, bevor ihr werdet aufbrechen?

Wir geben ihm einen Liquor mit ganz, ganz viel Mohnsaft. Dann wir bringen ihn in das Kloster, und wenn er aufwacht, er bekommt gleich ein gutes Mittagessen und ihr seid weit fort!«

»Wir sind euch wirklich dankbar, ehrwürdiger Vater«, sagte Gerhard.

»Ach, ich weiß nicht ...« Der alte Mönch lächelte müde. Im tanzenden Schein der Fackel sah sein von tausend Runzeln durchzogenes Gesicht aus, als ob es einem Geschöpf aus längst vergangener Zeit gehörte. »Wenn ich denke an all die Elenden und Schwachen unter euch, denen wir nicht helfen, dann weiß ich nicht, ob wir verdienen diesen Dank. Ich schäme mich für uns alle, dass wir nicht haben eingelassen die Kranken, aber ich sage auch: Wir haben es nicht tun können. Seht ihr, so weit weg ist der Mensch davon, auch nur zu ahnen, was Gottes Wille ist.« Er schwenkte die Fackel zum Gruß und hinkte davon.

Irmingard und Gerhard blickten dem tanzenden Flämmchen hinterher, bis es in der Klosterpforte verschwand.

»Es ist schwer, Gottes Wille auch nur zu ahnen«, flüsterte Gerhard. »Hast du das gehört? Ist es da nicht vermessen, wenn jemand behauptet, er wolle Gottes Wille erfüllen?«

Schweigend saßen die beiden da, bis Gerhard erneut die nächtliche Stille unterbrach. »Wenn Bruno hier eine neue Heimat findet«, begann er vorsichtig, »und wir uns nicht mehr um ihn kümmern müssen, dann könnten wir doch den Zug verlassen, oder?«

Er erwartete halb, dass Irmingard ihn anfahren würde, er solle endlich damit aufhören, aber sie sagte erst einmal gar nichts.

Endlich fasste sie nach seiner Hand und flüsterte: »Versteh doch! Ich kann nicht! Die ganze weite Fahrt, Gerhard, ist auch mein Kreuzzug! Auch ich habe ein Ziel!«

»Aber du kannst ihn ohnehin nicht töten«, wandte Gerhard ein. »Jemanden niederstechen... Glaubst du, du bringst das so einfach fertig?«

»Vielleicht ... vielleicht kann ich ihn nicht töten, vielleicht will ich es auch gar nicht mehr. Aber ich muss ihn unschädlich machen, ich muss zumindest sehen, wie er kläglich versagt. Wie er sich vor den anderen selbst entlarvt. Er darf nicht noch mehr Unheil anrichten.«

»Es ist ja gut ...«

Gerhard wollte ihr zustimmen, aber sie schüttelte unwillig den Kopf. »Nein, gut ist gar nichts! Die Feindschaft der anderen ist schwer zu ertragen, vor allem für dich. Und wer weiß, vielleicht schweben wir sogar in Gefahr. Aber ich muss bei diesem Zug bleiben, auch wenn es mich drängt, mit dir fortzugehen.«

Gerhard merkte, wie sehr sie sich quälte, deshalb sagte er nichts mehr, sondern hielt nur ihre Hand.

Am nächsten Morgen verbreitete es sich wie ein Lauffeuer durch die Scharen der Kinder: Morgen würde es weitergehen, endlich, endlich, zum ersten großen Ziel ihrer Fahrt.

Zwar waren viele der Kranken noch sehr schwach; wer sie sah, blass, abgemagert und mit Schatten unter den Augen, die riesengroß wirkten in den hohlwangigen Gesichtern, der traute ihnen sicher keinen langen Marsch zu.

Aber Nikolaus kannte kein Halten mehr. Er war von der Krankheit verschont geblieben; natürlich, nicht nur der Blitz prallte von ihm ab, auch die giftigen Dünste, die so viele krank gemacht hatten, konnten ihm nichts anhaben.

»Wir haben die Seuche besiegt«, schrie er, als er die Kinder gegen Mittag hatte zusammenrufen lassen. »Gott hat uns gestärkt durch diese Prüfung. Nur die Schwachen hat ER aus unseren Reihen getilgt. Uns aber wird ER zu einem herrlichen Sieg führen!«

Und alle jubelten, sogar die, die sich vor Schwäche noch kaum auf den Beinen halten konnten, wie Bruno.

Gerhard, der aus einiger Entfernung zugehört hatte, wandte sich ab. Sehen sie denn alle nicht, was er sah? Es war, wie wenn ein Händler auf dem Markt finniges Fleisch anbot. Von weitem konnte man es für gut halten. Aber wenn man genauer hinschaute, dann sah man die ekligen Wurmeier, die es verdarben. Schaut doch genauer hin!, flehte Gerhard im Stillen.

Aber die Kinder jubelten weiter und bald war wieder der eintönige Chor des »Gott will es« zu hören.

Am Nachmittag brachten die Leibeigenen und die Mönche des Klosters eine letzte Mahlzeit. Wieder waren die köstlichen süßen Pflaumen dabei.

Großmütig hielt Gerhard seinen Anteil dem kleinen Bruno hin. »Nimm sie! Du musst neue Kräfte sammeln!«

Aber Bruno verzog angeekelt das Gesicht. »Ein Verräter bist du! Ein Gottloser«, zischte er. »Nichts würde ich berühren, was du in der Hand gehalten hast!«

Gerhard senkte betroffen den Kopf, aber Irmingard wurde plötzlich so zornig, wie sie Gerhard noch nie gesehen hatte. »So, wie einen Aussätzigen willst du ihn behandeln?«, fauchte sie den erschrockenen Jungen an. »Wer glaubst du, hat dich sauber gemacht, als du vollgeschissen und vollgepisst halb tot auf dem Boden lagst? Wer hat dich zugedeckt, wenn du vor Kälte mit den Zähnen geklappert hast? Wer hat dir die Stirn gekühlt, als das Fieber in dir gebrannt hat? Wann merkst du endlich, wer deine Freunde sind? Wenn du mit Gerhard nichts mehr zu tun haben willst, dann heißt das, dass auch wir beide wie geschiedene Leute sind!«

Der Kleine war so bestürzt über den Ausbruch, vor allem, weil er doch von Irmingard kam, die ihm neben Nikolaus am meisten von allen Menschen bedeutete, dass er keine Antwort gab, sondern sich auf die Seite rollte, die Augen schloss und so tat, als ob er schliefe. Aber an seinem Schniefen und an den zuckenden Augenlidern merkte man, dass er nahe dran war zu heulen.

»Irmingard, was ist los mit dir?«, fragte Gerhard erstaunt. Es freute ihn, dass sie ihn so heftig verteidigte, aber der Kleine tat ihm doch Leid. »Du wirst nichts ändern, wenn du so streng mit ihm bist«, fuhr er fort, »aber du machst es ihm schwer, weil er nicht mehr weiß, was richtig und was falsch ist. Außerdem ...« – er sah das Mädchen bedeutungsvoll an – »... wird sich doch jetzt sowieso alles ändern!«

»Das stimmt«, antwortete Irmingard. »Aber es wurmt mich schon, dass er nie die Wahrheit erfahren soll!« Doch dann siegte ihre Zuneigung zu dem Kleinen. Sie strich ihm liebevoll über den Kopf und sagte: »Es war ja nicht so gemeint, Bruno!«

Da öffnete er die Augen und lächelte ihr zu. Aber Gerhard sah er trotz allem nicht an; Gerhard merkte es und es machte ihn sehr traurig.

Am Abend kam der alte Mönch ein letztes Mal. »Ich wollte euch sagen auf Wiedersehen und geben meinen Segen«, sagte er fröhlich. »Und für unseren Kranken habe ich einen wunderbaren Liquor zum Abschied. Er ist süß und schmeckt wunderbar! Du musst ihn austrinken in einem langen Zug.«

Bruno trank mit sichtlichem Behagen.

»Na gut«, meinte der Alte zufrieden, »das ist geschafft.«

Es dauerte nur einige Minuten und Bruno schlief wie ein Toter.

Inzwischen war es dunkel geworden.

»Gleich wird kommen ein junger Bruder und tragen den neuen Novizen in seine neue Heimat«, sagte der alte Mönch. »Euer Wunsch ist erfüllt.« Er legte den beiden die Hände auf die Köpfe.

»Wollt ihr empfangen den Segen eines alten sündigen Gottesdieners? Gott soll euch beschützen auf eurem weiten Weg. Und wenn ihr wirklich seht das Grab Christi, dann betet für den unwürdigen Mönch, der zu viel Angst hatte um zu sein ein guter Mensch.«

Ehe einer von ihnen etwas erwidern konnte, war er bereits humpelnd in der Dunkelheit verschwunden.

Kurz darauf kam ein stämmiger junger Mönch mit einer Fackel, lud sich Bruno ohne viel Federlesens auf die Schulter und trug ihn ins Kloster. Niemand achtete darauf.

»Leb wohl, Kleiner«, flüsterte Irmingard.

»Leb wohl, Alter«, fügte Gerhard hinzu.

Dann legten sie sich eng umschlungen ins Gras; jetzt waren sie wirklich ganz allein, allein unter den vielen Kindern.

# 12

Es war eine seltsame Schar, die sich mühsam die Serpentinen in den Hügeln des Apennin hinauf- und hinunterkämpfte. Zerlumpt und dreckig waren alle, manche so geschwächt, dass sie torkelten beim Laufen. Aber keiner blieb stehen, keiner machte Pause, bevor nicht das Zeichen dazu kam.

Immer wieder stimmte irgendeine Gruppe das Kreuzzugslied an, dann fiel der ganze Haufen ein. Heiser und schrill, aus trockenen Kehlen, sangen sie: »Jerusalem, nun lache ...«

Die letzten Tage des Marsches nach Genua waren die härteste Prüfung außer der Fieberseuche, die die Kinder bestehen mussten. Nach der Hitze der Ebene war es in den Hügeln empfindlich kalt. Herbstliche Regenfälle durchnässten die Kinder, nachts froren sie erbärmlich in ihren feuchten Lumpen.

Der Hunger war ihr ständiger Begleiter, denn es gab keine großen Ortschaften mehr, nur kleine Dörfer, Weiler oder Gutshöfe, die ihnen wenig mehr als ein bisschen Mehl und Obst geben konnten.

Aber Hunger, Nässe und Kälte schienen sie nur noch entschlossener zu machen. Sie stapften weiter, besessen davon, ihr erstes Ziel zu erreichen. Dort würde das unfassbare Wunder geschehen und danach, glaubten sie, musste alles wie von selbst gehen.

Wenn Nikolaus abends zu ihnen sprach – nein, sprechen konnte man das nicht mehr nennen, wenn er seine Gebete zu Gott und das, was er in der Zukunft zu sehen glaubte, verzückt in den Himmel schrie –, dann tobten die Kinder vor Begeisterung. Sie jubelten ihm zu, sie umdrängten ihn und wollten ihm die Hände küssen. Und wenn nicht seine Leibwache sie immer wieder zurückgedrängt hätte, hätten sie ihm die Kutte vom Leib gerissen um einen Fetzen davon zu ergattern und wie eine kostbare Reliquie zu bewahren.

»Es ist, als ob sie alle die Fallsucht hätten«, bemerkte Gerhard eines Abends zu Irmingard, als Jubel und tobende Begeisterung überhaupt nicht enden wollten. »Ist das nicht seltsam? Wenn ich diese Kinder ansehe, mit denen ich so lange gezogen bin, dann kommt es mir vor, als ob sie Freunde sind, die ich nicht verstehen kann. Weißt du, wie wenn ein Reisender in ein fernes Land gerät, wo die Leute auf den Händen gehen, zwei Köpfe haben und eiserne Nägel fressen. Er sieht es, aber er kann es einfach nicht glauben. Genauso fremd und unbegreiflich sind mir die Kinder geworden. Dabei hab ich mal genauso gejubelt wie sie.«

»Denk nicht zu schlecht über sie«, entgegnete Irmingard. »Sie haben nicht gesehen, was du gesehen hast. Warte ab, was geschieht, wenn Nikolaus seine vermessene Forderung an das Meer stellt. Keinen Fußbreit werden die Wellen zurückweichen. Dann wird die Begeisterung der Kinder verfliegen wie Rauch im Sturm und sie werden ihn mit Fußtritten davonjagen. Dann kann er demütig zu seinem Herrn Christus beten. Doch der wird ihn nicht hören, denn der hört nur die, die mächtig und stark sind. Aber das ist er dann nicht mehr!« Irmingard hatte die Fäuste geballt, ihre Augen funkelten.

»Lästere nicht Gott!«, flüsterte Gerhard entsetzt.

Doch Irmingard hörte ihm nicht zu.

Und dann, endlich, endlich: Genua! Unter ihnen lag sie, die große mächtige Stadt. Von ihren vielen Türmen flatterten bunte Fahnen, unzählige Schiffe und Schiffchen lagen im großen Hafenbecken vor Anker. Eine gewaltige Mole, aus Felsbrocken aufgeschichtet und mit Ziegelmauern befestigt, schützte Hafen und Stadt vor stürmischer See.

Dahinter dehnte sich endlos das Meer, das die rotgoldenen Strahlen der untergehenden Sonne tausendfach spiegelte. Keines von den Kindern hatte jemals das Meer gesehen; sie standen hoch über der Stadt und staunten. Dass das Meer aus flüssigem rotem Gold zu sein schien, hielten sie für ein Zeichen. »Gott zeigt uns den Weg! Gott will es!«, scholl es wirr durcheinander und etliche wollten die gewundene Straße hinunterrennen um endlich ans Ufer zu gelangen.

Aber überall waren Nikolaus' Gefolgsleute und hielten sie zurück: »Nikolaus will zu euch sprechen! Bleibt hier und hört zu, was er euch zu sagen hat!«

Da stand er, der schwarze Prediger, auf einem Felsen und sah auf die Kinder herab, die auf dem Boden kauerten. »Seht auf das Meer hinab!«, rief er. »Gottes Licht schimmert darin, wie Gottes Gnade über uns leuchtet. Der Herr hat uns in SEINER Güte den richtigen Weg gewiesen. ER hat uns, allen Anfeindungen und Versuchungen zum Trotz, hier an das Meer gebracht, durch das wir zu den Feinden Christi gelangen werden. ER wird an uns morgen ein großes Wunder vollziehen: Wie einst beim Volk Israel wird das Wasser des Meeres vor uns weichen und uns eine Straße freigeben, auf der wir ungehindert gehen können. Aber ...«, laut schrie er die folgenden Worte heraus, »aber wir werden diese Straße nicht zur Flucht nutzen wie das Volk Israel. Wir sind Kämpfer unseres Herrn Jesus Christus und diese Straße wird uns zum Sieg führen!«

Unbeschreiblicher Jubel brach los. Die Kinder sprangen auf, schrien und tanzten und reckten die Arme zum Himmel. Mädchen und Jungen, die vor einer Woche noch keinen Becher Wasser allein zum Mund führen konnten vor Schwäche, stießen fürchterliche Drohungen aus, als ob sie alle Heiden eigenhändig erwürgen wollten. Andere fielen auf die Knie und beteten inbrünstig.

Aber als Nikolaus die Hände hob, herrschte

augenblicklich wieder Stille. Seine Stimme strahlte jetzt Ruhe aus, war sanft wie die Stimme einer Mutter, die ihr krankes Kind tröstet. »Habt Geduld! Ruht euch aus von den Anstrengungen der Reise, morgen erst wird es so weit sein. Bis dahin richtet eure Gedanken auf das Wunder! Nehmt nichts zu euch als Wasser und betet zu IHM, dass ER euch aufnimmt unter die, die SEINEN Weg mit mir gehen dürfen.«

Die Stimme wurde scharf und schneidend. »Denn über den Lästerern und Zweiflern werden die Wogen zusammenschlagen; die Gewalt Gottes wird sie ersäufen, so wie man junge Katzen ersäuft!«

»Woher nimmt er nur die Macht über die Kinder?«, raunte Gerhard Irmingard zu, als er sah, wie sich die Kleineren bei Nikolaus' Worten furchtsam duckten.

»Warum hat der Hirte Macht über sein Vieh?«, fragte Irmingard zurück. »Er hat Macht, weil er dafür sorgt, dass es sich vor ihm fürchtet.«

Aber morgen, so hofften sie beide, morgen würde es damit vorbei sein!

Alle waren auf den Beinen, bevor noch der Tag richtig angebrochen war. Betend und singend zogen die Kinder in langer Reihe die Straße hinab, die vielfach gewunden in weitem Bogen um die Stadt herum bis ans Meer führte.

An der Spitze schritt Nikolaus, den Kopf zum Himmel gewandt, die Hände vor der Brust zusammengelegt. Hinter ihm lief die große Gruppe seiner Leibwächter, in gleichmäßigem Abstand setzten sie einen Fuß vor den anderen und schwangen die Arme.

Dann folgte die Schar der Kinder, große und kleine, Mädchen und Jungen, so unterschiedlich sie auch sein mochten, Entschlossenheit und glühender Eifer leuchteten aus allen Gesichtern, unbeirrbar stapften tausend Beinpaare bergab, dem steinigen Ufer entgegen, als würden sie von einer unsichtbaren Macht getrieben.

Zuerst sangen die Kinder noch, aber bald erscholl, von kräftigen Jungenstimmen getragen, das erste »Gott will es« durch die klare kühle Morgenluft. Und von da an klang es, eintönig und bedrohlich zugleich, ununterbrochen hinunter zum Meer: »Gott will es, Gott will es, Gott will es!«

Stumm gingen Irmingard und Gerhard hinter dem Zug her.

Dann erreichte Nikolaus das Ufer. Er drehte sich um und sah den Jungen, die ihm folgten, entgegen. Sein Gesicht trug den Ausdruck vollkommensten Glücks. Die kleinen Augen strahlten, der breite Mund war geöffnet wie nach einem Schrei des Triumphs.

Nach und nach langten alle Kinder am Wasser an und drängten sich in einem großen Halbkreis um ihren Führer, dessen Füße von den leise gluckernden Wellen umspült wurden.

Irmingard fasste Gerhard am Arm.

»Er soll mir ins Gesicht schauen, wenn seine

Niederlage besiegelt ist. Ich will seine Verzweiflung sehen, wenn sein Haus aus Bosheit, Hochmut und Traumgespinsten zusammenbricht. Ich will hinter ihm herlachen, wenn er wie ein geprügelter Hund davonschleicht!«, stieß sie hervor. Dann ließ sie ihn los und rannte um den Halbkreis der Kinder herum ins flache Wasser.

»Nein, Irmingard«, rief Gerhard warnend, aber sie hörte nicht auf ihn. Er lief ihr hinterher.

Gerade als er den Halbkreis umrunden wollte, griffen vier kräftige Hände zu und rissen ihn zurück. »Du bleibst hier!«, befahl einer der beiden Jungen, die ihn festhielten. »Du wirst keinen neuen Mordanschlag auf Nikolaus verüben!«

Gerhard versuchte wütend die klammernden Finger abzuschütteln, aber er schaffte es nicht. Nur wenige Schritte seitwärts von ihm im Wasser stand Irmingard. Sie bemerkte ihn nicht, denn sie hatte die Augen fest auf Nikolaus gerichtet.

Der hob die Arme, schlagartig schwiegen alle. Langsam wandte er sich um, bis er in die Weite der See blickte, und begann mit singender Stimme, die das leise Rauschen der Wellen übertönte, zu beten: »Herr, du hast mich auserwählt dir zu dienen. Herr, du hast mich auserwählt diese Kinder zu führen. Herr, hilf uns die Hunde zu vertreiben, die deine heiligen Stätten mit dem Unrat ihres Götzendienstes beschmutzen! Herr, gib mir die Kraft, dir zum Sieg zu verhelfen und befiehl den Elementen mir zu gehorchen!«

Unvermittelt hielt er inne und schrie dann mit

der ganzen Kraft seiner Stimme über das Wasser: »Gib ... uns ... den ... Weg ... frei!«

Gleichmäßig schlugen die Wellen an den steinigen Sand. Nichts geschah.

»Gib ... uns ... den ... Weg ... frei!«

Ein leiser Wind kam auf und ließ das Wasser in den Felsspalten gluckern. Nichts.

»Ich befehle es ... Gott befiehlt es ... Gib ... uns ... den ... Weg ... frei!« Die Stimme überschlug sich zu einem heiseren Kreischen.

In unerbittlichem Rhythmus schwappten die Wellen ans Land, wichen zurück und kamen wieder, wie sie es schon immer getan hatten und wie sie es immer tun würden.

Da wurde Nikolaus von Wahnsinn überfallen. Er trat das Wasser mit Füßen, beschimpfte und bespuckte es, tobte, schrie und verfluchte die, die mit ihm gezogen waren.

Plötzlich sah er auf und bemerkte Gerhard, der, immer noch festgehalten, am Rand des Halbkreises stand.

Er stürzte auf ihn zu, fasste ihn mit den knochigen Fingern an der Kehle und schüttelte ihn in rasendem Zorn. »Du bist schuld«, kreischte er. »Du bist mit dem Satan im Bund, du hast dich verschworen gegen Gott und den Samen des Zweifels und des Verrats in uns getragen!« Die Hände fuhren hoch und zerkratzten mit ihren scharfen Nägeln Gerhards Gesicht.

Eine helle Stimme schrie verzweifelt: »Nein, nein, lass ihn, la ...«, dann verstummte sie abrupt.

Mit aller Kraft versuchte Gerhard sich aus der Umklammerung zu befreien. Auf einmal lösten sich die Hände von selbst und er wurde ins Wasser gestoßen. Er stolperte, aber er fiel nicht.

Als ihn der erste Stein traf, starrte er einen Moment lang verwundert in das gleißende Licht der aufgehenden Sonne, das ihn blendete. Was war das? Wieder traf ihn etwas, klatschte ins Wasser und hinterließ einen stechenden Schmerz. Und wieder und wieder.

Endlich begriff er. Sie steinigen mich, dachte er ungläubig. Schützend hob er die Arme über den Kopf, aber es war zu spät.

Er spürte noch den grausamen Schmerz, als ein schwerer Stein an seiner rechten Wange aufprallte, und dann war nur noch Dunkelheit und dann nichts mehr. Er stürzte schwer in das flache Wasser.

Schwarz und leer war alles. Ein leises Dröhnen hörte er, das weit entfernt zu sein schien, aber rasch näher kam und lauter und lauter wurde, bis es seinen ganzen Kopf ausfüllte und unerträglich schmerzte.

Ganz langsam kam die Erinnerung zurück. Nikolaus ... Gott will es ... die plätschernden Wellen ... die Steine ... Irmingard ... Wo war Irmingard?

Ach, das war nicht mehr wichtig. Irmingard war weit weg, weit hinter dem rasenden Schmerz, der in seinem Kopf hämmerte.

Wenn er doch nur schlafen dürfte! Oh, der Schmerz, er konnte ihn nicht mehr ertragen, es zerriss ihm den Kopf ... Dann hüllte ihn wieder die Dunkelheit ein.

Das Dröhnen kam wieder, erst leise, dann lauter und lauter, aber es überwältigte ihn nicht mehr. Erinnerungen kamen und diesmal blieben sie. Der Hass in den Augen der Kinder ... die Steine ... Irmingard ... Wo war Irmingard?

Mit großer Anstrengung öffnete Gerhard die Augen. Das helle Tageslicht blendete ihn und trieb ihm das Wasser in die Augen wie Zwiebelsaft. Er hörte leises Weinen und versuchte mühsam den Kopf zu heben, aber eine Welle so heftigen Schmerzes brandete über ihn hinweg, dass er gequält stöhnte und sich zurücksinken ließ. Sofort verstummte das Weinen.

»Gerhard? Lebst du? So sag doch was, Gerhard! Nur ein einziges Wörtchen! Kannst du nicht sprechen? Du ... du hast ja die Augen geöffnet! Er lebt! Er lebt! O Herr, Gott meiner Väter, du einziger Gott, er lebt!«

Laut begann das Weinen wieder, aber es klang nicht mehr so verzweifelt und hoffnungslos, sondern Freude und Erleichterung klangen darin mit.

Wem gehörte nur die Stimme? Gerhard kam sie bekannt vor. Natürlich! Es war Irmingards Stimme. Irmingard war mit ihm im Heiligen Land. Er sah sie ganz deutlich: Sie stand vor dem Grab Christi, mit einer brennenden Fackel in der Hand. Ein Mann in einer schwarzen Kutte versuchte sie beiseite zu drängen, aber sie hielt ihm die Fackel entgegen ... Um Gottes willen!

Er ging in Flammen auf. Wie das Feuer blendete ... wie sich der höhnische Triumph im Gesicht unter der schwarzen Kapuze in eine Miene aus Angst verwandelte ... Wie die Wangen einsanken, wie die Hitze des Feuers das Gesicht zu einer greisenhaft verrunzelten Maske zusammenschrumpfte ... Er konnte nicht mehr hinsehen ... Tu es nicht, Irmingard ... Ist es schon zu spät? Bitte, lass mich die Augen zumachen! Ich will nicht sehen, was da geschieht!

Wieder umhüllte Dunkelheit seine Sinne.

Als er zum zweiten Mal erwachte, war sein Kopf klarer und er wusste wieder genau, was geschehen war. Er spürte eine Hand, die zaghaft über seine Stirn strich, und schlug die Augen auf.

Irmingard kniete neben ihm und beugte sich über seinen Kopf.

»Es sieht schlimm aus«, sagte sie. »Aber du lebst.«

Unwillkürlich fasste er mit der Hand an die Seite seines Gesichts, die sie so besorgt musterte – und schrie auf vor Schmerz.

»Eine schreckliche Wunde«, sagte Irmingard. In ihren Augenwinkeln bildeten sich große Tropfen und rannen über ihre Wangen. »Mir ganz allein verdankst du sie.«

Gerhard wollte sich aufrichten und ihr energisch widersprechen, aber sofort wurde ihm wieder schwarz vor Augen, und er ließ sich zurücksinken und flüsterte nur: »Wie kommst du auf diesen Unsinn?«

»Das ist kein Unsinn, das ist die Wahrheit«, stieß Irmingard hervor und bemühte sich vergeblich die Tränen zu unterdrücken.

Du wolltest weg von diesem verfluchten Zug. Nur meinetwegen bist du geblieben. Aber verstehst du, ich musste bleiben, ich hatte doch einen Eid geschworen. Wäre ich dir gefolgt, hätte ich ihn gebrochen. Weil ich ihn gehalten habe, hast du solche Qualen aushalten müssen, und nun habe ich ihn doch gebrochen, denn ich bin Nikolaus nicht mehr gefolgt.« Sie schlug die Hände vors Gesicht und weinte, dass ihr schmächtiger Körper bebte.

Gerhard sah hilflos zu ihr auf. Wie konnte er sie trösten? Sein Kopf tat ihm so weh, dass er kaum denken konnte. In seiner linken Gesichtshälfte pochte der Schmerz. Am ganzen Körper fühlte er sich zerschunden. Um Irmingard abzulenken sagte er schließlich: »Was ist eigentlich geschehen?«

Tatsächlich riss sie sich zusammen, wischte die Tränen ab und erzählte. Als die ersten Steine geflogen waren, hatte sie sich auf die Werfenden stürzen wollen. Aber einer der großen Jungen hatte ihr einen heftigen Faustschlag versetzt und sie dann festgehalten.

»Ich habe getreten, gebissen, gekratzt und gespuckt«, berichtete sie. »Es hat nichts genützt.« Sie schob ihren Umhang beiseite und Gerhard sah, dass ihre Arme voller blutiger Kratzer und blauer Flecken waren.

»Der Hundesohn war zu stark für mich. Ich

habe die Augen zugemacht, damit ich nicht mit ansehen musste, was sie taten, die feigen Mörder, die behaupten Gott zu dienen.« Ihre Stimme begann wieder zu zittern. »Aber ... aber ich konnte es hören. Das dumpfe Klatschen, wenn dich ein Stein traf und deinen Schrei hinterher ...«

Plötzlich waren die Angst und das Entsetzen wieder da. Gerhard war es, als ob eine Riesenhand seinen Leib zusammenpresste. Ihm wurde übel. Mühsam drehte er den Kopf auf die rechte Seite und erbrach sich.

Dann legte er sich erschöpft zurück. »Verzeih mir«, sagte er heiser. »Es war die Angst und vielleicht auch der Schmerz in meiner Wunde.«

»Schon gut«, erwiderte Irmingard und strich ihm tröstend über das Haar. Sie lief zum Wasser, feuchtete ihr Halstuch an und wusch ihm dann das Gesicht ab. Sie fasste ihn unter beide Achseln und zog ihn keuchend vor Anstrengung ein Stück von seinem Erbrochenem weg, das sie mit Steinen bedeckte. Dann gab sie ihm Wasser aus seinem Krug. Es war der Krug, den ihm vor vielen Wochen sein Freund Georg mit Wein gefüllt geschenkt hatte. Vor vielen Wochen ... Gerhard kam es vor, als seien seitdem tausend Jahre vergangen.

»Stell dir vor: Man kann das Meerwasser nicht trinken«, sagte Irmingard und versuchte zu lächeln. »Es schmeckt salzig und bitter. Stell dir das vor. Eine so riesige Menge Wasser und man kann es nicht einmal trinken!«

Doch Gerhard ging nicht darauf ein. »Haben denn wirklich alle geworfen?«, fragte er traurig.

»O nein«, rief Irmingard und lachte verächtlich. »Nur die, die am nächsten bei dir standen. Aber gejubelt haben sie alle!«

»Erzähl weiter«, bat Gerhard.

Aber es gab nicht mehr viel zu erzählen. Ein Felsbrocken hatte ihn am Kopf getroffen und er war ohnmächtig zusammengebrochen.

»Fast alle Steine hier sind rund und glatt«, erklärte Irmingard. »Aber dieser eine war voller scharfer Kanten. Er hat dir die schwere Verletzung zugefügt.«

»Aber wo sind die Kinder geblieben?«, erkundigte sich Gerhard.

»Als sie dich wie tot im flachen Wasser liegen sahen, bekamen sie es wohl doch mit der Angst zu tun. Nikolaus jedenfalls befahl den Weitermarsch. Sie sind den Hügel wieder hinaufgegangen um die Stadt zu umrunden und dann am Meer entlang nach Süden zu laufen. Mehr weiß ich nicht.«

Irmingard hatte ihn für tot gehalten. Trotzdem hatte sie ihn aus dem Wasser auf den steinigen Strand geschleppt – wie, das wusste sie selbst nicht mehr. Dann hatte sie ohne Hoffnung und verzweifelnd vor der Zukunft bei ihm gesessen – bis sie gemerkt hatte, dass er noch lebte.

»Schließlich bist du endlich aufgewacht«, schloss sie.

»Und meinetwegen hast du deinen Eid gebrochen?«, flüsterte Gerhard. Er fühlte sich plötzlich furchtbar müde und schwindlig; ein Schleier legte sich über seine Augen, so dass er Irmingard nur noch verschwommen sah. »Was hat er dir angetan, dass du geschworen hast ihn zu töten?«

Irmingard starrte vor sich hin und versuchte das Schreckensbild zu bannen, das wieder in ihre Erinnerung drang. »Er und noch ein anderer, den ich nicht kenne, haben meine Eltern ermordet. Sie haben sie geschächtet wie ein Stück Vieh.«

»Warum um Gottes willen?«, fragte Gerhard entsetzt.

»Sie wollten Gold, viel Gold. Nikolaus wollte Dinge damit schaffen, die Gottes Herrlichkeit verkünden sollten.«

»Wir können ihn nicht mehr strafen«, flüsterte Gerhard, »aber Gott wird es tun! Irmingard, sag mir, wer bist du wirklich?« Er merkte, wie ihm wieder die Sinne schwanden. Er fasste die Hand des Mädchens und hielt sie fest in der seinen.

Wie das Licht einer Laterne durch dichten Nebel drang noch ihre Antwort durch seine Ohnmacht: »Ich heiße Rebekka und ich bin die Tochter eines Juden aus Speyer.«

Irmingard saß am Strand und sah aufs Meer hinaus. Sie weinte nicht mehr, sie ängstigte sich nicht mehr; sie war von tiefer Hoffnungslosigkeit erfüllt. Während sie das Auf und Ab der glitzernden Wellen mit den Augen verfolgte, dachte sie darüber nach, wie ihr Leben weitergehen sollte. Sie wusste keinen Weg.

Ihre Eltern waren tot. Ihren kleinen Bruder, um den sie sich hätte kümmern müssen, hatte sie im Stich gelassen. Damals hatte sie geglaubt, es sei ihre Pflicht, den Mord an den Eltern zu rächen, ja, sie hatte sich eingebildet, Gott hätte es ihr befohlen.

Jetzt war sie voller Zweifel. Sagte nicht Gott der Herr: Die Rache ist mein? Und was hatte sie außerdem erreicht? Ihr Vorhaben war kläglich gescheitert, einmal hätte sie fast Unschuldige ums Leben gebracht.

Selbst wenn sie Nikolaus getötet hätte: Gab es nicht Hunderte fanatischer Prediger? Gab es nicht überall Christen, die zum Mord an den Juden aufriefen, immer, wenn Krankheiten sie bedrohten oder wenn sie die Gier nach dem Gold packte?

Nein, sie hätte bleiben müssen, für ihren Bruder hätte sie sorgen müssen, dafür, dass die Wunden in seiner Seele nicht zu sehr schmerzten. So hatte sie auch ihn verloren.

Der einzige Mensch, der ihr geblieben war, war der Junge, der regungslos neben ihr auf den Kieseln lag, dessen Hand sie hielt und den sie liebte, mehr noch, als sie ihre Eltern und ihren Bruder geliebt hatte. Aber – er war ein Christ und hatte man jemals gehört, dass eine Jüdin und ein Christ zusammenleben konnten wie Mann und Frau?

Juden und Christen – das war wie Feuer und Wasser, wie Taube und Falke. Nein, es gab keine Hoffnung für sie.

Sie löste behutsam ihre Hand aus der des Jungen und sah ihn an. Wie bleich er war! Sie beugte sich über ihn. Die Wunde sah schrecklich aus. Sie hatte sie wieder und wieder mit Salzwasser ausgewaschen und sie blutete nicht mehr. Aber in Haut und Fleisch klafften zwei tiefe feucht glänzende Risse. Vorsichtig tastete sie darüber.

Gerhard stöhnte, obwohl er nicht bei Bewusstsein war.

Nachgiebig fühlte sich die Stelle an. Irmingard fasste an ihren Kopf, dort, zwischen Nase und Ohr, wo Gerhard der Stein getroffen hatte. Sie spürte den harten Knochen. O Gott, so war bei ihm der Knochen verletzt!

Sie hatte nachgedacht über die Vergangenheit und die Zukunft, dabei konnte er immer noch sterben! Aber was sollte sie tun? Niemand war außer ihnen am Strand; sie konnte ihn nicht tragen, aber ihn allein lassen um Hilfe zu holen, das wollte sie auf keinen Fall. Was hätte es ihr auch genutzt, wenn sie zum nächsten Stadttor gelaufen wäre? Sie verstand ja die Sprache nicht. Wer würde schon einem zerlumpten fremden Mädchen auf seine verzweifelten Gebärden hin folgen? Wer würde ihr überhaupt helfen?

Du bist ganz allein, Irmingard, dachte sie. Irmingard ... Rebekka ... Vielleicht war sie doch nicht so allein? Natürlich, es gab Menschen, die ihr helfen würden, auch in Genua. Juden würden ihr helfen. Juden waren anders als Gojim. Sie hielten überall zusammen, sie ließen einander nie im Stich, denn nur so fanden sie Schutz vor ihren vielen Feinden. Sie würde mit Gerhard zu einem Genueser Juden gehen, dann wären sie gerettet.

Aber kaum hatte sie neuen Mut gefasst, da fiel ihr schon ein, wie undurchführbar ihr Plan war. Mochte es in Genua auch freundliche Juden geben – sie konnte Gerhard immer noch nicht tragen und ihn immer noch nicht allein lassen.

Müde und verzweifelt senkte sie den Kopf und wünschte sich so sehr, ihre Eltern wären bei ihr und würden ihr raten, was sie tun sollte.

Langsam wurde es Abend. Die Sonne sank, der Wind frischte auf und es wurde kühl am Wasser. Immer noch saß Irmingard am steinigen Ufer, die Arme vor den Knien verschränkt. Neben ihr lag Gerhard, die Augen geschlossen, in einem Zustand zwischen Wachen und Schlafen, nur an seinem verzerrten Gesicht merkte man, dass er heftige Schmerzen hatte.

Plötzlich hob Irmingard den Kopf. Stimmen, menschliche Stimmen! Nein, sie hatte sich nicht getäuscht! Da glitt ein Boot auf den Strand zu. Zwei Männer mit breitkrempigen Hüten saßen darin, einer von ihnen ruderte.

Menschen! Irmingard sprang auf und gestikulierte heftig mit den Armen. »Helft uns«, schrie sie, »bitte helft uns!«

Die Männer wurden aufmerksam. Einer hob die Hand zum Zeichen, dass er sie gesehen hatte.

Rasch kam das Boot näher; die Männer sprangen heraus und zogen es an Land. Einer hob einen Korb mit Fischen über die niedrige Bordwand, der andere begann ein großes Netz zum Trocknen auszubreiten.

Beide sahen neugierig auf, als Irmingard auf sie zukam. »Ihr müsst uns helfen!«, bat sie flehentlich. »Ihr müsst uns zu dem Haus eines Juden bringen, bitte!« Sie deutete auf Gerhard. »Er ist schwer verwundet und muss zu einem Arzt!«

Die Männer schüttelten verständnislos die Köpfe und sagten ein paar Worte in einer fremden Sprache.

Verzweifelt überlegte Irmingard, wie sie sich ihnen verständlich machen sollte. Sie fasste den einen am Ärmel und zog ihn zu Gerhard; der andere folgte neugierig.

Sie deutete auf seine Wunde und stammelte: »Bitte, bitte, bringt uns zum Haus eines Juden. Kennt ihr vielleicht einen jüdischen Arzt? Versteht ihr denn nicht? Hebräer! Medicus!«

»Ebreo?«, fragte der Mann misstrauisch. Dann hellte sich seine Miene auf. »Ah, medico! Medico ebreo!« Ein Wortschwall folgte, von dem sie natürlich nichts verstand.

»Könnt ihr uns dahin bringen?« Irmingard deutete auf Gerhard, machte eine Gebärde des Tragens und hoffte, dass die Männer das begreifen würden.

Die beiden sahen sich unschlüssig an, zeigten dann auf den Korb mit den Fischen und zuckten bedauernd die Schultern.

»Nein, bitte wartet noch!«

Irgendetwas in Irmingards Stimme bewog die Fischer stehen zu bleiben.

Hastig griff sie nach ihrem Bündel, tastete darin herum, zog zwei ihrer Goldstücke heraus und hielt sie den Männern entgegen.

Der eine pfiff leise und schaute dann seinen Kameraden fragend an. Als der nickte, nahm er das Gold, prüfte es sorgfältig und steckte es ein. Dann ging er zum Boot zurück und holte zwei lange hölzerne Stangen. Mit geübten Bewegungen legte er das große Netz zusammen. Die Stangen steckte er durch die Maschen. Schon war die Bahre fertig.

Die Männer hoben Gerhard darauf. Er öffnete mühsam die Augen und lächelte ihnen dankbar zu.

Erleichtert seufzte Irmingard auf. Vielleicht würde jetzt alles gut werden ... Was gab es noch? Der Mann, der die Goldstücke eingesteckt hatte, holte eines davon hervor, zeigte darauf und streckte Irmingard drei Finger entgegen.

So sind die Christen, dachte sie verächtlich. Und von den Juden sagen sie, dass sie schachern. Aber was sollte sie machen? Gehorsam zog sie ein drittes Goldstück hervor und drückte es dem Fischer in die Hand. Er nickte zufrieden, die beiden Männer hoben die Bahre und gingen direkt am Wasser auf die Stadt zu.

Irmingard folgte ihnen, bepackt mit ihrem und Gerhards Bündel. Am einsamen Strand blieben nur das Boot und der Korb mit den Fischen zurück. Und Steine, denen man es nicht ansah, ob sie zu denen gehörten, die auf einen Menschen geworfen worden waren.

Die Fischer schritten trotz ihrer Last rasch aus. Mit ihren langen Lederstiefeln, die dick mit Fett eingeschmiert waren, war es ihnen gleich, ob sie durch das Wasser platschten oder über Felsen liefen. Irmingard hatte Mühe hinterherzukommen.

Bald wurde der Strand breiter und von den Hügeln führte eine befestigte Straße herab, die sich am Ufer entlangschlängelte. Nun lief es sich leichter. Trotzdem wurde Irmingard der Weg endlos lang. Von der See sah sie nichts mehr, denn zu ihrer Rechten türmte sich eine gewaltige Mauer auf.

Endlich erreichten sie einen zinnenbewehrten Torturm, vor dem zwei Wächter standen, in eisernen Harnischen, mit Speer, Schwert und Dolch bewaffnet. Einer der Fischer trat auf sie zu, sprach auf sie ein und deutete gestikulierend auf Gerhard, der inzwischen wieder zu sich gekommen war und bleich auf der Bahre lag.

Als die Wächter zunächst keine Anstalten machten, den Weg freizugeben, griff der Fischer in sein Wams und holte eines der Goldstücke hervor.

Einer der Wächter griff danach, betrachtete es wohlwollend und nickte dem anderen zu. Dann traten sie beiseite um den Verletzten und seine Begleiter passieren zu lassen.

Ich habe ihnen Unrecht getan, dachte Irmingard, sie wollten das dritte Goldstück gar nicht für sich. Sie haben nur weiter gedacht als ich.

Die Fischer hoben die Trage schwungvoll an; dabei glitt Gerhards Kopf auf die Seite, so dass die schreckliche Wunde deutlich zu sehen war. Ein Wächter sog erschrocken die Luft ein; er sagte etwas zu seinem Kameraden, der nickte zustimmend und steckte mit einer raschen Bewegung das Goldstück in Gerhards Gürtel. Dann bedeutete er ihnen weiterzugehen. Als Irmingard ihm danken wollte, schüttelte er nur lächelnd den Kopf.

Die beiden Genueser Fischer wussten genau, wohin sie zu gehen hatten. Sie trugen Gerhard durch ein Gewimmel von engen Gassen ohne ein einziges Mal abzusetzen.

Endlich kamen sie an einen kleinen Platz, der von schönen weißen Häusern mit flachen Dächern und Laubengängen gesäumt wurde. Vor einem davon machten sie Halt, trugen die Bahre in die Arkade und setzten sie behutsam vor einer Doppeltür aus dicken Eichenbohlen ab.

»Medico ebreo«, sagte einer, klopfte Irmingard auf die Schulter und grinste ihr aufmunternd zu. Er nahm ihr Gerhards Bündel aus der Hand, legte es auf den Boden, hob Gerhard mit seinen kräftigen Armen von der Trage und bettete ihn so, dass sein Kopf auf dem Bündel ruhte. Aus seiner Tasche holte er die Goldstücke, warf einen bedauernden Blick darauf und drückte sie der verdutzten Irmingard wieder in die Hand.

Der andere schulterte die Stangen samt dem Netz; beide winkten noch einmal und waren gleich darauf hinter der nächsten Gassenecke verschwunden, während Irmingard noch ungläubig auf die Münzen in ihrer Hand starrte.

»Nicht alle Christen sind gierig nach Gold«, sagte Gerhard leise.

Irmingard nickte. »Ich muss es nur erst wieder neu lernen«, erwiderte sie. Sie streichelte sein Gesicht. »Jetzt ist das Schlimmste vorbei, Liebster.«

Dann musterte sie die Tür, die so wenig einladend wirkte mit den dicken Bohlen und den eisernen Beschlägen, und Furcht beschlich sie.

Wer sagte ihr denn, dass der reiche Mann, der hier wohnte, sie nicht wie lästiges Bettelpack verjagen würde? Mit ihren drei Goldstücken, die sie jetzt schon zum zweiten Mal behalten durfte, konnte sie dem bestimmt nicht imponieren. Wer wusste schon, ob die Juden in Italien ihren Glaubensbrüdern und -schwestern genauso halfen wie die in Deutschland?

Wieder blickte sie auf die Tür. Dahinter wohnte ihre einzige Hoffnung. Rettung, das Ende der schlimmsten Sorgen, Ausweglosigkeit, vielleicht Gerhards Tod – was würde eintreten, wenn sie sich bemerkbar gemacht hatte?

Kaum länger, als man braucht um einmal Atem zu holen, dauerten all diese Gedanken; schon stand Irmingard vor der Tür, schon hob sie die Faust und pochte kräftig dagegen.

Bald waren drinnen Schritte zu hören, die Tür flog auf und eine kräftige Frau in mittleren Jahren stand auf der Schwelle. Sie hatte ein breites energisches Gesicht und unter ihrer Haube ringelten sich schwarze Locken hervor.

Bevor Irmingard noch den Mund aufmachen konnte, fiel der Blick der Frau auf Gerhard, sein bleiches, schmerzverzerrtes Gesicht, die klaffende, nässende Wunde. Sie schlug die Hände über dem Kopf zusammen und stieß einen Schwall von Worten hervor, so schnell, wie Irmingard noch nie jemanden hatte reden hören. Sie trat in den Flur und rief ein paar Worte nach drinnen. Gleich darauf kamen zwei Männer in einfachen, aber sauberen Kleidern, hoben den Verletzten auf ohne ein Wort zu verlieren und trugen ihn ins Haus.

Die Frau nahm Irmingards Hand, zog das Mädchen in die Diele und schloss die Tür. Dämmrig und kühl war es in dem Haus; ein angenehmer, würziger Geruch hing in der Luft.

Immer noch hielt die Frau Irmingards Hand. Sie sprach zu ihr; ihre Worte klangen freundlich und sanft, und obwohl Irmingard keines von ihnen verstand, merkte sie, wie sich die Spannung und die Angst in ihr lösten.

Plötzlich legte sie ihren Kopf an die Brust der fremden Frau und weinte. Sie spürte, wie zwei Arme ihre Schultern umfassten. Sie hörte eine Stimme, die sie erst seit wenigen Augenblicken kannte und deren Laute ihr nichts sagten. Aber sie trösteten sie so, als ob ihre Mutter zu ihr gesprochen hätte. Für eine Zeit lang vergaß sie alles.

Aber dann löste sie sich aus der Umarmung und schaute sich erschrocken um. »Wo ist Gerhard?«, rief sie.

»Er ist hier bei mir«, antwortete eine Männerstimme in deutscher Sprache. »Komm nur her!«

Irmingard warf der Frau einen entschuldigenden Blick zu und betrat das Zimmer, aus dem die Stimme gekommen war.

Ein wenig erinnerte sie der Raum an das Studierzimmer ihres Vaters, denn es standen große Schränke mit Schriftrollen und Büchern an den Wänden. Auch ein Schreibpult befand sich darin.

Aber es war viel größer. Stellagen mit merkwürdigen Gerätschaften und Unmengen von Fläschchen, Tiegeln und Töpfchen standen herum, Bündel getrockneter Kräuter hingen von der Decke. In einer Ecke glühte auf einem eisernen Gestell ein großes Holzkohlebecken; ein kupferner Topf war darüber aufgesetzt.

Auf einem hohen Bett mit einem Baldachin lag Gerhard. Ein Mann beugte sich über ihn. Er richtete sich auf, als er Irmingard den Raum betreten hörte.

Sie ging entschlossen auf ihn zu. »Ich bin Rebekka von Speyer«, sagte sie, »die Tochter Samuels und Hannas. Ich bitte Euch um Eure Hilfe, im Namen Gottes.«

»Du sollst sie haben.« Der Mann lächelte. Er war hoch gewachsen und schon ein Greis, aber er hielt sich aufrecht und seine Stimme klang kräftig. Er trug ein langes hemdartiges Gewand, das an den Unterarmen geknöpft war, und darüber ein ärmelloses Obergewand. Das graue, kurz geschnittene Haar bedeckte eine Kappe, um die ein Tuch gewunden war, das auf der rechten

Seite lang herunterhing und unter dem Kinn hindurch über die linke Schulter gelegt war.

Das Gesicht des Mannes strahlte Würde und Ernst aus, auch wenn wie jetzt ein leichtes Schmunzeln darüber lag. Über dem in zwei Spitzen geschnittenen grauen Bart war es faltig und zerfurcht. Die dunklen Augen blickten Irmingard an ohne abzuirren. »Ich heiße Salomon, zu deinen Diensten.« Noch immer lächelnd, verneigte er sich höflich.

Er wollte noch etwas hinzufügen, aber Irmingard ließ ihn nicht mehr zu Wort kommen. Zu groß war ihre Sorge um Gerhard, der immer noch die Augen geschlossen und offenbar gar nicht gemerkt hatte, dass sie ins Zimmer gekommen war. »Wie geht es ihm? Hat er Schmerzen? Wird er wieder gesund? Wie lange wird es dauern? Habt Ihr ihn schon untersucht?«

»Ziemlich viele Fragen auf einmal, Rebekka, Tochter Samuels«, gab der Arzt zurück. Aber gleich darauf wurde er ernst. »Ja, ich habe ihn schon untersucht. Seine Verletzung ist schwer. War es ein großer Stein mit scharfen Kanten, der ihn getroffen hat?«

Irmingard nickte wortlos.

»Er hat ihm das Jochbein zertrümmert und sein Gehirn erschüttert. Auch besteht die Gefahr, dass mit dem Stein giftige Stoffe in die Wunde gelangt sind.«

Der Arzt sah das Mädchen mit freundlichem Mitgefühl an. »Aber sei ruhig, er ist jung und kräftig, er wird es schon überstehen. Doch eine hässliche Narbe wird ihm bleiben. Energisch fuhr er fort: »Ich tue jetzt alles für ihn, was nötig ist. Du lässt dir von Miriam eine kräftige Mahlzeit geben und dann wirst du schlafen! Das ist die beste Medizin um Kummer und Erschöpfung zu besiegen.«

Aber damit war Irmingard nicht einverstanden. Jetzt sollte sie Gerhard allein lassen? »Ihr dürft mich nicht wegschicken!«, protestierte sie. »Ich könnte Euch helfen und ... und ... ich möchte wissen, was mit ihm geschieht. Verzeiht mir, Ihr dürft nicht glauben, dass ich Euch nicht vertraue, aber ...«

Der alte Jude nickte ihr freundlich zu. »Ich verstehe schon. Du hast so lang bei ihm gewacht, hast Angst um ihn gehabt ... Also bleib! Ich erkläre dir, was ich tue, und du kannst mir vielleicht wirklich zur Hand gehen! Aber hinterher ...«, sein Ton wurde streng, »hinterher wirst du ohne Widerrede essen und schlafen. Dann wirst du mir erzählen, wie es zu dieser Wunde kam!« Er deutete auf Gerhards Verletzung.

Die gehorsame Zustimmung Irmingards nahm er schon gar nicht mehr zur Kenntnis. Seine Stimme wurde kühl und sachlich, als er erklärte: »Ich werde ihn jetzt zunächst zur Ader lassen, damit ein Teil des vielleicht vergifteten Blutes abfließen kann. So wird die Leber angeregt, rasch neue, gesunde Säfte zu produzieren.«

Er streifte Gerhard das Hemd ab und befahl: »Nimm bitte das Tonschälchen dort vom Regal und halt es unter den Arm!«

Irmingard gehorchte und sah dem Verletzten besorgt ins Gesicht; aber er hatte die Augen geschlossen und atmete ruhig.

»Ich habe ihm einen Trank gegeben, der ihm für einige Zeit die Schmerzen nimmt«, sagte der Arzt, der ihren Blick bemerkt hatte. »Er ist jetzt in einem Zustand zwischen Wachen und Schlafen.«

Er tastete den Oberarm Gerhards ab und machte dann mit einem Messerchen einen kleinen, aber tiefen Schnitt. Rasch sickerte das Blut aus der Wunde. Als das Schälchen voll war, legte der Arzt ein zusammengelegtes Tüchlein auf den Schnitt und band ein anderes fest um den Arm. »So«, sagte er, »jetzt werden wir die Verletzung versorgen. Leider kann man an dieser Stelle den Knochen nicht stützen und nicht schienen. Man kann nur hoffen, dass er von selber wieder halbwegs gerade zusammenwächst.«

Er holte eines der zahllosen Töpfchen aus einem Schrank. »Das ist eine Salbe, die die Entzündung der Wunde verhindert und die Heilung fördert. Sie enthält den Extrakt von Ringelblume und Johanniskraut. Nimm den Spatel da und streich damit die Salbe tief in die Wunde!«

Irmingard tat es. Oh, wie vorsichtig sie war, aber trotzdem schien es ihr, als ob ein schmerzliches Zucken über das blasse Gesicht ging.

»Wie kommt es, dass Ihr die Sprache meiner Heimat so gut beherrscht?«, fragte sie um sich abzulenken.

Der Arzt holte aus einer Truhe eine kupferne

Nadel und eine dünne Sehne hervor, die er in gleich lange Stücke schnitt.

»Ich werde die Wunde jetzt nähen«, erläuterte er knapp.

Irmingard erstarrte. »Näh . . . nähen?«, fragte sie stockend. »Nähen wie ein Hemd?«

Der alte Jude verkniff sich ein Lachen. »Ja, so ähnlich wie ein Hemd. Als ich vor vielen Jahren nach Salerno ging um Medizin zu studieren, da habe ich auch nicht geglaubt, dass man menschliches Fleisch wie ein Stück Tuch zusammennähen kann. Aber es geht, schau her!« Geschickt fädelte er ein Stück Sehne in die Nadel, mit leisem Knacken fuhr die Nadel durch das Fleisch, hin, her, hin, her, dann machten die flinken Finger einen Knoten, der die Wundränder zusammenzog.

»Siehst du«, sagte der Arzt, »so kann die Verletzung viel schneller heilen.« Er fädelte das nächste Stück Sehne ein und fuhr mit seiner Tätigkeit fort.

»Woher ich deine Sprache spreche?«, fragte er ohne seine Arbeit zu unterbrechen. »Vor einem Menschenalter, ich war gerade geboren, da predigte in Deutschland ein berühmter Priester der Gojim, dass seine Glaubensbrüder nach Jerusalem ziehen sollten – vor allem natürlich die waffenfähigen Männer, um die Sarazenen von dort zu vertreiben. Er machte das sehr gut, dieser Priester, so gut, dass er bald nach seinem Tod vom römischen Papst und seinen Vertrauten für heilig erklärt wurde. Viele christliche

Männer entschlossen sich seinem Gebot zu folgen und sie taten das gründlich. Bevor sie nämlich in Jerusalem Sarazenen töteten, brachten sie in der Heimat erst einmal etliche Juden um. Die hatten ja schließlich ihren Herrn Jesus Christus einst ans Kreuz geschlagen. Nicht weit von deiner Heimatstadt, in Straßburg, gab es eine grausame Verfolgung unserer Glaubensbrüder. Mein Vater lebte dort, und als die ersten Morde geschahen, machte er sich mit Weib und Kindern, mit Sack und Pack auf nach Genua, wo er ein paar alte Freunde hatte. Er war willkommen und so blieb er, ebenso, wie ich geblieben bin. Aber die Sprache, die mich meine Eltern in den ersten Jahren meines Lebens gelehrt haben, die spreche ich bis heute. So kann ich mit den Genuesen italienisch, oder, wenn sie Juden sind, auch hebräisch reden, mit gelehrten Medizinern lateinisch und«, er lächelte ein bisschen wehmütig, »wenn ich Besuch aus Deutschland bekomme, deutsch.«

Der Alte machte den letzten Knoten, strich noch Salbe auf die Wundnähte und legte einen festen Verband um Gerhards Kopf. »Er wird jetzt die ganze Nacht schlafen und morgen schrecklichen Durst, ein bisschen Schädelbrummen und auch noch Wundschmerz haben. Ein paar Tage lang darf er nur flüssige Nahrung zu sich nehmen. Wenn die Wunde verheilt ist, ziehe ich die Sehnen wieder heraus. Jetzt musst du aber dein Versprechen halten und essen und schlafen. Miriam wird dir zu essen geben und dir deine Kammer zeigen.« Er rief nach der Magd und verabschiedete sich freundlich.

Irmingard war inzwischen viel zu müde um zu widersprechen. Sie beugte sich zu Gerhard hinab und küsste ihn auf den Mund. Dann ließ sie sich von Miriam in die Küche führen, aß, was sie ihr vorsetzte, und trank einen großen Becher Wein. Sie duldete, dass die mütterliche Frau sie entkleidete und wie ein Kind zu Bett brachte.

Dann schlief sie tief und traumlos und zum ersten Mal seit langer Zeit fühlte sie sich geborgen.

# 13

Gerhard erholte sich rasch. Der viele Schlaf und die nahrhafte Fleischbrühe, die ihm Miriam mehrmals täglich einflößte, wirkten dabei Wunder. Salomons stärkende Arzneien und die Wundsalbe sorgten dafür, dass die Verletzung bald ausheilte und dass sich keine Entzündung ausbreiten konnte.

Irmingard aber, die jeden Tag stundenlang an seinem Bett saß, ihm erzählte oder aus einem von Salomons vielen Büchern vorlas, machte ihm Mut, wenn die schreckliche Erinnerung wiederkam: das hasserfüllte Gesicht des Predigers, die wütenden Kinder, die Schmerzen, wenn die Steine trafen ...

Am fünften Tag fühlte er sich so gut, dass er zu Salomon sagte: »Ihr wollt sicher wissen, was geschehen ist und wie wir hierher gekommen sind. Es ist eine lange Geschichte. Aber heute, glaube ich, könnte ich sie Euch erzählen.«

Der Arzt, der gerade mit Irmingards Hilfe den Verband abgewickelt und vorsichtig die Wunde untersucht hatte, nickte freundlich.

»Es gibt nichts Neugierigeres als einen alten Juden«, meinte er. »Ich habe meine Neugier schon viel zu lang bezwungen. Gleich am Tag nach eurer Ankunft sollte mir Rebekka berichten ...« Er unterbrach sich. »Du nennst sie Irmingard. Sie selbst sagt, sie heiße Rebekka ... Wie ist das zu erklären?«

»Ihr sollt es erfahren«, antwortete das Mädchen rasch, bevor Gerhard etwas sagen konnte. »Er weiß es auch nicht genau. Aber ...«, sie zögerte ein wenig, »hättet Ihr etwas dagegen, mich weiterhin Irmingard zu nennen? Er kennt mich unter diesem Namen, ich heiße so, seitdem wir von Speyer aufgebrochen sind.«

Salomon sah sie forschend an. »Du wirst deine Gründe gehabt haben«, brummte er.

»Aber nun erzähle, Gerhard!«

Und Gerhard erzählte. Von Hunger und Prügel bei seinem Vater, von der Predigt, die er auf der Rheinwiese gehört hatte. Von der Begeisterung, die Nikolaus in seinem Herzen entfacht hatte. Von Berthold, Eckart und Bruno. Wie eines Tages ein schweigsames Mädchen zu ihnen gestoßen war, das sich Irmingard nannte.

Der Alte hörte zu und stellte keine Fragen.

Gerhard fuhr fort. Wie seine Zweifel an Nikolaus entstanden und immer größer geworden waren; wie der Prediger die kranken Kinder hatte sterben lassen. Leise und stockend erzählte er, wie Berthold am Brennerpass in den Abgrund gestürzt war und durch wessen Schuld. Er berichtete von der Feindschaft der anderen, vom Meer, das sich hätte teilen sollen und das sich doch nicht teilen wollte. Wie Nikolaus die enttäuschten Hoffnungen der Kinder in Hass auf ihn verwandelt hatte ...

Dann verstummte er und barg das Gesicht in den Händen. Irmingard sagte an seiner Stelle knapp: »Sie haben mich festgehalten und ihn gesteinigt. Dann sind sie weitergezogen. Zwei mitleidige Fischer haben uns am Abend vor Euer Haus gebracht.«

Der alte Arzt schwieg lange. Seine Stimme klang müde und traurig, als er schließlich sagte: »Die Zeiten ändern sich, aber die Menschen nicht.«

Er seufzte und wandte sich an Irmingard. »Und du?« fragte er »Wie kamst du auf diesen Zug des Schreckens?«

Irmingards Geschichte, die nun folgte, hörte auch Gerhard zum ersten Mal in allen Einzelheiten. Erschüttert lauschten er und Salomon, wie Irmingard mit seltsam unbewegter Stimme den Mord an ihren Eltern schilderte.

»Es war wirklich Nikolaus, den du erkannt hast?«, erkundigte sich Gerhard, als Irmingard geendet hatte.

Das Mädchen nickte. »Es gibt keinen Zweifel. Kann man dieses Gesicht verwechseln? Nikolaus war es, der meine Mutter getötet und den Goldschatz vergraben hat.«

»Und der andere? War er breitschultrig und ziemlich fett?« Gerhard dachte unwillkürlich an den feisten Alten mit dem verschlagenen Gesicht, der in Speyer die Almosen eingesammelt hatte, an Nikolaus' Vater.

Aber Irmingard zuckte die Achseln. »Ich weiß es nicht mehr«, sagte sie. »Nur dieses Gesicht ist mir für immer im Gedächtnis geblieben: das bleiche Gesicht mit den wulstigen Lippen und den kleinen Augen.«

Gerhard ballte die Fäuste. »Wie viele Schandtaten wird er noch im Namen Gottes begehen?«, rief er in hilfloser Wut.

»Niemand weiß es«, sagte Salomon. »Aber ein Trost bleibt euch: Ihr werdet nicht mehr das Ziel seiner Bosheit sein.«

Irmingard blickte ihn fragend an. »Meint Ihr, er schafft es, die Kinder irgendwie nach Jerusalem zu bringen, auch wenn das Meer sich nicht teilt?«

Der alte Jude schnaubte verächtlich. »Er ist nicht nur ein Verbrecher, er ist auch ein Unwissender und Verblendeter. Schaut her!«

Er ging zu einem der Schränke, holte eine große Pergamentrolle und zog sie mit beiden Händen auseinander. »Das ist eine Karte vom Mittelländischen Meer und allen Ländern, die daran angrenzen. Halt mir das Pergament fest, Irmingard, damit es sich nicht zusammenrollt!«

Er legte den Finger auf ein winziges Türmchen, das am oberen Ende der Karte eingezeichnet war. »Dieser Turm, der bedeutet Genua. Die große blaue Fläche ist das Meer. Und jetzt passt auf, so weit ist der Weg nach Jerusalem.«

Der Finger fuhr über die ganze blaue Fläche hinweg bis an das rechte untere Ende des Pergamentblatts. »Hier liegt das Tote Meer und das ist

Jerusalem. Fünfmal weiter ist die Strecke als die, die ihr bisher zurückgelegt habt.«

Salomon schüttelte den Kopf »Was geht nur in ihm vor? Gott hätte das Meer teilen sollen für viele, viele Monate? Trinkbares Wasser hätte es regnen sollen, dort, wo es fast nie regnet? Brot und Früchte, wo wären die hergekommen? Oh, die Wunder, die Gott einst am Volk Israel gewirkt hat, waren ein Nichts gegen die, die dieser Räuber und Mörder euch versprochen hat! Aber ich glaube, das hat er gar nicht begriffen.« Immer noch fassungslos rollte der Alte die Karte wieder zusammen und verwahrte sie wieder.

Gerhard fragte bedrückt: »Ja, aber, was meint Ihr, was wird jetzt aus den Kindern? Viele sind doch noch so klein ... Ob sich vielleicht ein Schiff findet, das sie ans Ziel bringt?«

»*Ein* Schiff?«, gab Salomon zurück. »Es müssten schon mehrere Schiffe sein. Doch welcher Schiffsführer nimmt einen Haufen zerlumpter Kinder an Bord, die noch nicht einmal die Überfahrt bezahlen können? Nein, nein, wenn selbst diesem Verblendeten die Einsicht gekommen ist, dass Gott sich nicht zu seinem Werkzeug machen lässt, wird er das Weite suchen und die Kinder sich selbst überlassen. Dann werden sie nicht nur Hunger und Kälte ertragen müssen, sondern vielleicht auch ihren Glauben verlieren. Bestimmt habt ihr eurem Freund Bruno viel erspart.«

Nach diesen Worten verließ er kopfschüttelnd das Zimmer.

Der alte Jude hatte offenbar Gefallen an seinen Gästen gefunden, denn er lud sie ein so lange zu bleiben, wie sie nur wollten. Etliche Wochen waren sie nun schon bei ihm.

Gerhard war längst gesund; nur eine hässliche Narbe war ihm geblieben und die Erinnerung, die bewirkte, dass er manchmal nachts schweißgebadet aus einem Alptraum erwachte.

Auch Irmingard hatte sich erholt. Sie war nicht mehr so dünn und die Ringe unter ihren Augen waren verschwunden. Sie sprach noch immer nicht allzu viel, aber es kam öfter vor, dass sie lächelte.

Eines Abends – es war draußen bitterkalt und von der See her wehte ein heftiger Wind – saßen Irmingard und Gerhard mit ihrem Gastgeber in der behaglichen Wärme des Speisezimmers zusammen. Vor jedem stand ein Becher mit heißem gewürztem Wein. Seit einiger Zeit schon hatte Gerhard herumgedruckst, als ob ihm etwas auf der Seele läge. Aber er brachte es nicht heraus.

Endlich konnte Salomon es nicht mehr mit ansehen. »Nun sag schon, was du auf dem Herzen hast«, forderte er Gerhard auf. »Oder muss ich dir noch einen Becher Wein geben, damit sich deine Zunge löst?«

»Es fällt mir nicht gerade leicht, Herr«, erwiderte Gerhard, »Euch das zu sagen, was ich Euch sagen muss.«

»Herr nennst du mich«, warf Salomon lächelnd ein. »Da muss es ja um wichtige Dinge gehn.«

Aber Gerhard blieb ernst. »Wir kamen, als es uns sehr schlecht ging«, fuhr er fort. »Ihr habt uns geholfen. Ihr habt mich geheilt, Ihr habt uns zu essen gegeben und uns beherbergt. Aber Ihr seid mehr als ein Medicus und mehr als ein großzügiger Gastwirt. So gut wie Ihr ist mein Vater niemals zu mir gewesen. Durch Euch, durch Miriam und Irmingard weiß ich, dass das, was unsere Priester über die Juden erzählen, nicht wahr ist. Denn ihr seid gute Menschen. Ich habe nichts um Euch für Eure Freundlichkeit zu danken. Doch das Mindeste ist, dass man die Güte eines Freundes nicht ausnutzt. Deshalb ... deshalb wollen wir Euch verlassen.«

Der Alte starrte vor sich auf die Tischplatte. Endlich hob er den Kopf. Die Augen in dem faltigen Gesicht schimmerten feucht.

»Oioi, das war eine lange Rede«, sagte er um seine Rührung zu verbergen. »Aber wo wollt ihr denn hin, Kinder?«

Irmingard antwortete an Gerhards Stelle. »Wir dachten, wir gehen nach Speyer zurück«, sagte sie. »Ich habe noch ein paar Goldstücke und warme Kleider. Gerhard hat eine Felljacke und ein Paar Stiefel, die er noch nicht einmal getragen hat. Das ist mehr, als die meisten Kreuzzugskinder hatten.«

»Und in Speyer?«, fragte der Alte weiter.

»Wir könnten in das Haus meiner Eltern ziehen. Und arbeiten können wir schließlich auch ... Gerhard hat das Schmieden gelernt, ich könnte bei einem Juden in Dienst treten.

Freunde meiner Eltern leben in Speyer ...« Es klang, als wollte Irmingard sich selbst überzeugen.

»Ihr meint es tatsächlich ernst.« Salomon breitete die Arme aus. »Aber das spricht ja nur für euch.« Er räusperte sich und fuhr fort: »Auch ich habe in den letzten Wochen nachgedacht. Meine Frau ist lange tot, Kinder haben wir durch Gottes Ratschluss keine bekommen. Von meinen wenigen Freunden abgesehen, habe ich nur Miriam, mit der ich reden kann. Bei aller Liebe, das ist nicht viel, denn ihr Lebensziel ist es, mich zu mästen und dafür pausenlos gelobt zu werden. Aber ein richtiges Gespräch mit mir führen, das will sie und das kann sie nicht. Meine Patienten jammern nur; wenn sie kommen vor Schmerzen, wenn sie gehen, weil sie so viel bezahlen müssen. Seitdem ihr aber da seid, ist das Haus von Leben erfüllt und ich habe das Gefühl, dass ich so etwas wie eine Familie habe. Kurz, ich habe euch lieb gewonnen. Warum wollt ihr euch erneut auf den Weg ins Ungewisse machen? Bleibt doch lieber bei mir und seid meine Kinder!«

Es dauerte einige Zeit, aber dann hatte der alte Medicus Gerhard und Irmingard überzeugt. Ein wenig Heimweh hatten sie schon, ein paar Freunde wollten sie wiedersehen. Aber Gerhard dachte auch an seinen Vater und den Ochsenziemer, an den Hunger und die Armut. Irmingard dachte an das frische Grab ihrer Eltern und an ihren Bruder, als er voller Wut und Schmerz gerufen hatte: »Ihr Blut soll über dich kommen!« Was hatten sie also daheim Gutes zu erwarten?

Den alten Salomon hingegen hatten sie schon lang ins Herz geschlossen. Also blieben sie in Genua.

Irmingard hatte ihre Freude daran, dem Arzt bei der Zubereitung seiner Salben und Tränke zu helfen, sie lernte einen Verband anzulegen und ein Geschwür aufzustechen. Sie wusste bald, dass man einen heftigen Husten mit Minze, Salbei und Honig lindern und einen verdorbenen Magen mit Süßholzwurzelsaft kurieren konnte.

Gerhard machte sich anfangs im Haus nützlich und erledigte Botengänge für Salomon. Aber am meisten Spaß machte es ihm, wenn Miriam ihn an den Markttagen losschickte um Besorgungen zu machen. Das bunte Treiben zu beobachten oder gar selbst zu handeln und Ware fachmännisch zu begutachten, das war sein größtes Vergnügen. Deshalb lernte er auch mit Feuereifer Italienisch und war darin Irmingard nach ein paar Monaten weit voraus. Im Lateinischen war es genau umgekehrt. Es gab bald kein gelehrtes Rezept, das Irmingard nicht mühelos übersetzen konnte. Gerhard hingegen musste erst mühsam richtig lesen und schreiben lernen, bevor er sich an lateinische Texte heranwagen konnte. Ihm gefiel das nicht besonders; er lernte lieber, indem er mit lebendigen Menschen sprach, als dass er sich über ein staubiges Pergamentblatt beugte.

Aber lernen mussten sie alle beide, da war Salomon unerbittlich. »Nur wer sich das Wissen, das von alters her überliefert ist, aneignet, der kann zu einem sicheren Urteil gelangen«, pflegte er zu sagen. Also brachte er ihnen bei, was er selbst wusste, und das war nicht wenig.

Als er merkte, wie gern Gerhard seine Zeit auf dem Markt verbrachte, nahm er ihn eines Tages beiseite. »Würdest du gern ein richtiger Kaufmann werden?«, fragte er ihn.

Gerhard nickte begeistert.

»Den Juden sind die meisten Handwerke und auch viele Arten des Handels verboten. Aber ich kenne einen reichen christlichen Kaufmann, der mir verpflichtet ist. Denn ich habe seine Frau und zwei seiner Kinder von einer schweren Krankheit geheilt. Er handelt mit kostbaren Stoffen und Gewürzen. Wenn du willst, wird er dich sicher als Lehrjungen aufnehmen.«

Und ob Gerhard wollte!

Der Kaufmann war gerne einverstanden, zumal Salomon ein schönes Stück Lehrgeld zahlte und Gerhard noch nicht einmal Kost und Bett benötigte. Bald lernte er die Arten der feinen Tuche unterscheiden, erfuhr, woher Pfeffer, Zimt und Safran kamen und wie man Verkaufspreise kalkulieren musste um Gewinn zu machen. Mehr als einmal dachte er an seinen alten Traum: ein reicher Gewürzhändler zu sein, der überall willkommen war und wie ein Fürst empfangen wurde. Ob er doch noch in Erfüllung gehen würde?

So lebten Irmingard und Gerhard bei ihrem väterlichen Freund in Genua und die Bilder aus der Vergangenheit begannen allmählich zu verblassen.

Nur eines war merkwürdig: Sie waren sich fremder geworden. Die körperliche Nähe, die Zärtlichkeiten, sie gab es nicht mehr, seitdem Ängste und Schmerzen ein Ende hatten. Zum Teil lag das daran, dass sie in Salomons Haus nicht mehr so ungezwungen miteinander umgehen konnten wie während des Kreuzzugs. Damals brauchten sie einander und niemand achtete auf irgendwelche Regeln.

Aber es gab auch noch einen anderen Grund und der lag darin, dass Irmingard eine Jüdin und Gerhard ein Christ war.

Während Gerhards Krankheit fiel es ihnen nicht weiter auf, aber später merkten beide, dass es Unterschiede zwischen ihnen gab.

Irmingard fügte sich ohne Schwierigkeiten in die Bräuche, die in Salomons Haus herrschten, ein. Sie grüßte die Mezuzah, wenn sie das Haus verließ oder betrat. Genau wie Salomon war sie am Sabbattag zu keiner körperlichen Arbeit zu bewegen. Sie ging mit dem Alten in die Synagoge, sie sprach mit ihm das Achtzehngebet. Und wenn er mit ihr über eine Stelle aus dem Talmud, dem wichtigsten Lehrbuch der Juden, diskutierte, dann zeigte sich Irmingard gescheit und schlagfertig.

Gerhard dagegen saß ahnungslos daneben und konnte nicht mitreden, was ihn obendrein wurmte, weil sie ein Mädchen war. Niemals machten Salomon oder Irmingard den Versuch, ihn für ihre Religion zu gewinnen oder auch nur, ihn mit ihr vertraut zu machen. Vielleicht aber war es gerade das, was ihn kränkte und manchmal dazu führte, dass er sich ausgeschlossen fühlte.

Einmal, als er erschöpft von einer mehrtägigen Reise mit seinem Handelsherrn zurückkehrte, fand er Irmingard im Studierzimmer über ein großes Buch gebeugt, dessen Blätter mit fremdartigen Schriftzeichen bedeckt waren. Das war Hebräisch, so viel wusste er inzwischen.

Er ärgerte sich, obwohl er wusste, dass er eigentlich keinen Grund dazu hatte. »Du solltest dich wirklich besser wieder Rebekka nennen«, sagte er bitter. »Denn die alte Irmingard bist du ja doch nicht mehr!«

»Wieso?«, fragte Irmingard erstaunt. Dann aber nickte sie verstehend. »Ach so, weil ich ein Buch in der Sprache meines Volkes lese. Aber was ist so schlimm daran?«

»Ich verstehe diese Zeichen nicht, sie sind mir fremder als das Land, in dem ich jetzt lebe«, brach es aus Gerhard heraus. Und völlig unvermittelt fügte er bittend hinzu: »Irmingard, du könntest dich doch taufen lassen!«

Sie starrte ihn an, als ob sie an seinem Verstand zweifelte. »Das meinst du nicht im Ernst«, rief sie zornig. »Meine Eltern sind im Namen deines Christentums abgeschlachtet worden. Du bist im Namen deines Christentums gesteinigt worden. Seit Jahrhunderten wird mein Volk im Namen deines Christentums verfolgt, beraubt und gequält! Und du erwartest von mir, dass ich zu denen überlaufe, die das getan haben, dass ich zu denen gehöre, zu denen auch – Nikolaus gehört?«

»Stattdessen gehörst du zu denen, die von aller Welt verachtet und gehasst werden, die unsern Herrn Jesus Christus ans Kreuz geschlagen haben!«, erwiderte Gerhard scharf.

Gleich darauf taten ihm seine Worte Leid, aber ehe er noch etwas Versöhnliches sagen konnte, betrat Salomon den Raum. »O gerechter Gott«, seufzte er, »wie kann es sein, dass zwei Menschen über den rechten Glauben in Streit geraten, obwohl sie weder über den eigenen noch über den des anderen richtig Bescheid wissen! Wüssten sie es nämlich, sie würden sich nicht mehr streiten. Hört zu, ich will euch eine Geschichte erzählen:

Es lebte einmal ein Mann, der einen kostbaren Ring besaß. Aber nicht das Gold und die Edelsteine waren es, die ihn so wertvoll machten, sondern die Kraft, über die er verfügte. Wer nämlich den Ring trug, der war nie verzweifelt. Was das Leben auch mit ihm anstellte, er verlor nie die Hoffnung und den Mut.

Der Mann hatte den Ring stets an seinem Finger und alle bewunderten die Kraft, mit der er sein Leben meisterte.

Nun wollte es das Schicksal, dass seine Frau drei Söhne zur Welt brachte, die prächtig heranwuchsen und ihm alle gleich lieb wurden.

Als er eines Tages merkte, dass es mit ihm zu Ende ging, da wollte ihn zum ersten Mal der Mut verlassen. Welchem seiner geliebten Söhne sollte er den Ring vererben? Wem Kraft, Hoffnung und Zuversicht mit auf den Weg geben?

Nach langem Nachdenken ließ er bei einem Goldschmied zwei Ringe machen, die seinem eigenen völlig glichen. Dann vertauschte er die drei so lang, bis er selbst nicht mehr wusste, welcher der echte war.

Jeden der drei Söhne rief er dann zu sich, gab ihm einen Ring und befahl ihm den anderen nichts davon zu sagen. Bald darauf starb er und seine Söhne zogen in die Welt hinaus.

Jeder glaubte fest den wunderbaren Ring bekommen zu haben und dieser Glauben gab ihnen Kraft, Zuversicht und Hoffnung.

Aber eines Tages, als sie ihre Mutter besuchten, sah jeder einen Ring, wie er allein ihn zu besitzen glaubte, auch an den Händen seiner Brüder funkeln.

Darüber wurden die drei sehr zornig und beschimpften sich gegenseitig als Betrüger, Lügner und Fälscher. Es hätte nicht viel gefehlt und sie hätten einander den Schädel eingeschlagen.

Doch gerade als sie aufeinander losgehen wollten, warf sich ihre Mutter zwischen sie und rief: ›Hört auf, ihr Narren! Hat nicht jeder von euch einen wunderbaren Ring? Hat nicht jedem sein Ring Kraft, Zuversicht und Hoffnung gegeben? Wenn es auch drei Ringe sind, wenn sie auch an drei verschiedenen Fingern stecken, so hat sie euch doch derselbe liebevolle Vater gegeben. Also haltet Frieden und besinnt euch, dass es Ringe des Glücks sind und nicht Ringe des Verderbens!‹«

Der alte Jude lächelte müde. »Leider endet die Geschichte hier. Wir wissen nicht, ob die Brüder dem Rat ihrer klugen Mutter folgten oder einander doch noch umgebracht haben. Aber seht, mit unseren Religionen ist es wie mit den drei Ringen. Sie geben denen, die sie besitzen, Hoffnung, Kraft und Zuversicht. Sie sind verschieden, aber sie stammen von demselben Vater.«

Er blickte den jungen Leuten in die Augen. »Darum streitet nicht mehr, wer von euch den rechten Glauben hat. Jeder für sich hat ihn. Wir beten alle zu dem gleichen Gott und nur ausgemachte Narren werden darüber zu Feinden.«

Gerhard und Irmingard widersprachen ihm nicht. Aber eine Zeit lang gingen sie sich aus dem Weg, wo es möglich war.

Eines Nachts jedoch, Gerhard lag schon lange im Bett und konnte nicht einschlafen, hörte er, wie die Tür seiner Kammer einen Spaltbreit geöffnet wurde. »Was ist los?«, fragte er halblaut in die Dunkelheit.

»Nichts, ich bin es nur, Irmingard«, lautete die geflüsterte Antwort.

Dann schwang die Tür weit auf und wurde wieder geschlossen. Tappende Schritte näherten sich dem Bett. Allmählich gewöhnten sich Gerhards Augen an die Dunkelheit und er erkannte die Umrisse der schlanken Gestalt des Mädchens, das er so liebte wie keinen anderen Menschen auf der Welt.

Er griff nach Irmingards Arm und zog sie zu sich aufs Bett. »Wir waren dumm ...«, flüsterte er. »Nein, ich war dumm. Was Christen dir angetan haben, dir und auch mir ... Aber glaub mir, so wie Nikolaus gehandelt hat, das ist ganz was anderes als das, was Christus gelehrt hat ...«

Irmingard legte ihm sanft die Hand auf den Mund. »Wir wollen nicht mehr darüber sprechen«, sagte sie leise.

Sie hob ihre Beine aufs Bett, legte sich hin und schmiegte sich ganz eng an ihn, so als ob sie noch mit tausend Kindern irgendwo auf einer Wiese nächtigten.

Gerhard legte die Arme um sie und presste sie an sich; für nichts Fremdes sollte mehr Platz zwischen ihnen sein.

Ihre Lippen berührten sich und zum ersten Mal küssten sie sich so, wie sich Liebende küssen. Sie merkten, dass Liebe nicht nur bedeutete, miteinander zu reden, einander zu helfen und füreinander da zu sein, sondern auch sich zu streicheln, zu erregen und schließlich zu vereinigen.

Sie blieben die ganze Nacht zusammen. Erst als der erwachende Tag einen fahlen Schein durch das kleine Fenster schickte, stand Irmingard leise auf, küsste ihn noch einmal und verließ das Zimmer.

Die Zeit verging und es kam ihnen vor, als hätten sie schon immer in Genua gelebt.

Gerhard hatte seine Lehrzeit beendet und arbeitete weiter bei dem christlichen Handelsherrn. Allmählich wurde er ein erfahrener und mit allen Wassern gewaschener Kaufmann. Irmingard wurde Salomon eine geschickte und unentbehrliche Helferin. Miriam sorgte für sie, als wären sie ihre eigenen Kinder.

Immer noch machten Irmingard und Gerhard ein Geheimnis daraus, dass sie wie Mann und Frau lebten; nur nachts, wenn die anderen schliefen, kamen sie zusammen. Und noch bevor der Morgen graute, trennten sie sich.

Aber es war natürlich vergebliche Mühe, vor der lebensklugen Miriam und dem scharfsinnigen Salomon etwas verbergen zu wollen. Auch wenn er lange Zeit nichts sagte, dem Alten missfiel ihr Verhältnis, denn es schien ihm gegen die göttliche Ordnung zu verstoßen.

Deshalb nahm er Gerhard eines Tages mit in sein Studierzimmer und sagte: »Ich muss mit dir reden.«

Gerhard ahnte, worum es ging, und da er selbst kein ganz reines Gewissen hatte, machte er sich auf Vorwürfe gefasst. Aber sie blieben aus.

»Du weißt«, begann der Alte nämlich, »ich habe dich nie gedrängt den jüdischen Glauben anzunehmen. Das ist nicht die Art des auserwählten Volkes, es will niemandem seine Religion aufzwingen. Das will ich auch heute nicht tun. Aber du solltest eines bedenken: Ein Mann, der keine Ehefrau hat, ist nicht wirklich ein Mann. Er lebt ohne Freude, ohne Schutz und ohne Segen. Da aber kein christlicher Priester einen Christen mit einer Jüdin trauen würde, bitte ich dich: Lass dich nach jüdischem Brauch mit Irmingard trauen. Tu es auch für mich, damit die Ehre meines Hauses nicht beleidigt wird. Zwar ist es auch den Juden eigentlich nicht gestattet die Ehe mit Andersgläubigen einzugehen, wenn sie nicht zum Übertritt bereit sind. Aber es hat immer Ausnahmen gegeben. Und was gäbe es für einen besseren Grund für eine Ausnahme als die Liebe, die dem anderen nichts aufzwingen will!«

Gerhard, der den gutherzigen alten Mann wirklich liebte und sich schämte, dass er gegen die Sitten seines Hauses verstoßen hatte, war nahe daran, sofort Ja zu sagen.

Aber dann zögerte er doch. War das nicht eine große Sünde, was er da tun sollte? Stellte er sich nicht gegen die heilige Kirche, wenn er auf diese Weise die Ehe einging?

Salomon, der ihm seine Bedenken ansah, fuhr fort: »Du verleugnest damit nicht deinen Glauben. Du gelobst nur das, was du einer christlichen Ehefrau auch geloben würdest: Treue und Schutz. Natürlich, du darfst niemandem sagen, was du getan hast, denn überall hat die Obrigkeit die Heirat zwischen Christen und Juden unter strenge Strafe gestellt. Doch du ersparst Irmingard vor Gott eine Hure und mir ein Kuppler zu sein.«

Aber Gerhard hörte gar nicht zu. Während er noch gegrübelt hatte, was er tun sollte, war die Vergangenheit wieder in ihm lebendig geworden. Er sah sich mit Irmingard die letzte Hand voll Mehl teilen; er sah sie vor sich, wie sie den kleinen Bruno pflegte, wie sie mit ihm um Berthold trauerte. Er erinnerte sich, wie er halb bewusstlos am Strand gelegen hatte, wie sie ihm seine Wunde gewaschen, über ihn gewacht und ihn getröstet hatte. Er dachte auch an Salomon, der sie mit so viel Nächstenliebe und Großzügigkeit aufgenommen hatte.

Und ohne weiter zu überlegen sah er dem alten Mann in die Augen und sagte: »Ja, es soll geschehen, wie Ihr es wünscht, denn auch ich will es so.«

Wenige Wochen später heirateten Irmingard und Gerhard nach jüdischem Brauch. Kaum jemand erfuhr davon. Zwei Zeugen, alte Freunde Salomons, sahen zu, wie Gerhard seiner jungen Frau den Ring an den Zeigefinger der rechten Hand steckte.

Dann wurde ihnen ein Tuch über den Kopf gelegt. Ein schützendes Dach stellte es dar, wie sie es ihr Leben lang besitzen sollten. Der Vorbeter sprach die sieben Segenssprüche für die Hochzeit. Danach tranken sie Wein aus einem silbernen Pokal und besiegelten damit ihr Treueversprechen.

Für das Festmahl, das es anschließend gab, hatte sich Miriam die Seele aus dem Leib gekocht: Niemals hat eine Tafel erlesenere Speisen getragen als die im Haus des Arztes Salomon von Genua an dem Tag, an dem Gerhard und Irmingard heirateten.

Frühling und Sommer, Herbst und Winter kamen und gingen in ständigem Wechsel. Mal lag das Meer weich und glänzend wie ein seidener Teppich zu Füßen der Stadt, mal tobte es wie ein gefräßiges Untier und schnappte über die Molen nach den Häusern der Menschen.

Freude und Kummer gab es für Gerhard und seine junge Frau im Ablauf der Jahre.

Den guten Beziehungen des alten Salomon hatte Gerhard es zu danken, dass er einen eigenen kleinen Seidenhandel aufmachen durfte. Das erlaubten der Rat und die Zünfte einem Juden nur höchst selten, und wer im Haus eines Juden lebte, der galt als Jude. Ja, er tat gut daran, erst gar nicht beweisen zu wollen, dass er ein Christ war.

Aber Gerhard durfte Handel treiben und die Leute kauften gern bei ihm, denn seine Ware war erstklassig und seine Preise waren maßvoll.

Als Irmingard schwanger wurde und ein Mädchen zur Welt brachte, waren sie und Gerhard vollkommen glücklich und dachten nicht mehr daran, Genua jemals wieder zu verlassen. Doch das Kind starb an einem bösartigen Husten, noch ehe es das erste Lebensjahr vollendet hatte. Alle ärztliche Kunst Salomons hatte es nicht retten können. Irmingard gebar ein zweites Kind, wieder ein Mädchen, aber es überlebte nicht einmal das Wochenbett der Mutter; es war zu zart und zu schwach auf die Welt gekommen.

Der Schmerz der jungen Eltern über den Tod ihrer Kinder war grenzenlos. Und als dann wenig später auch die Zeit Salomons gekommen war, erschien ihnen die Stadt am Meer fremd und feindlich.

Der alte Arzt hatte spät abends noch die letzten Patienten behandelt. Der Frühling hatte in diesem Jahr ungewöhnlich bald begonnen und mit der milden Luft waren schädliche Dünste aus der Ebene in die Stadt gelangt. Ein tückisches Fieber war daraufhin ausgebrochen und viele Menschen brauchten Salomons Hilfe.

Als er gar zu lange nicht aus seinem Studierzimmer gekommen war, obwohl der letzte Patient längst das Haus verlassen hatte, hatte Irmingard nach ihm geschaut. Da hatte sie ihn gefunden, auf dem Boden liegend, mühsam nach Atem ringend und mit heftigen Schmerzen in der Brust.

Irmingard hatte entsetzt nach Gerhard geschrien und gemeinsam hatten sie den Alten aufgerichtet und ihm ein wenig von seinem stärkenden Trank eingeflößt, der schon so vielen Menschen wohl getan hatte.

Aber gleich hatte er mit schwacher Stimme abgewehrt: »Eine Arznei hilft nur, wenn Gott es erlaubt. Bei mir erlaubt er es nicht mehr.«

Das Sprechen war ihm zunehmend schwerer gefallen und sie hatten seine letzten Worte kaum noch verstehen können: »Bitte versprecht mir, dass ihr zusammenbleibt! Jüdin und Christ, warum sollen sie sich nicht lieben dürfen?«

Wenige Augenblicke später war er gestorben.

Am Tag darauf, als sie Salomon begraben und beim Trostmahl seiner gedacht hatten, hatte Gerhard es ausgesprochen, was sie beide dachten: »Unsere Kinder sind tot, unser einziger wirklicher Freund ist tot – was hält uns eigentlich noch in Genua? Lass uns endlich heimkehren!«

Bald waren sie fest entschlossen ihr Vorhaben in die Tat umzusetzen. Und noch einmal kam ihnen Salomon zur Hilfe. Der alte Medicus hatte nämlich ein Testament hinterlassen. Danach bekam die Gemeinde einen Teil seines Vermögens zur Versorgung von Kranken, die selbst nichts besaßen. Den Rest erhielten zu je einem Drittel Miriam, Gerhard und Irmingard.

Damit waren sie auf einen Schlag wohlhabende Leute geworden, denn Salomon hatte im Lauf eines langen erfolgreichen Arztlebens ein großes Vermögen erworben.

Miriam wollte zu ihren Geschwistern nach Piacenza ziehen und den neuen Wohlstand mit ihnen teilen. Gerhard und Irmingard hatten jetzt die Mittel sich niederzulassen, wo immer sie wollten.

Also wurde das Haus und alles, was darin von Wert war und was sie nicht als Erinnerung an ihren Freund behalten wollten, verkauft; ebenso die anderen Häuser und die Weingärten, die Salomon besessen hatte.

Alle Erlöse und alles Gold aus Salomons Truhe wurden so aufgeteilt, wie das Testament es bestimmte. Darüber vergingen noch einige Wochen, in denen Gerhard besorgte, was für eine sichere und bequeme Reise nötig war: Maultiere, ein wetterfestes Zelt, Decken, Reisekleidung und Lebensmittel. Auch kaufte er etliche Ballen feinster Seide und anderer kostbarer Stoffe und mietete einige bewaffnete Knechte, die unterwegs für ihren Schutz sorgen sollten.

An einem warmen Junitag war es dann so weit: Sie verließen die Stadt Genua und machten sich auf den Weg zurück in ihre Heimat. Miriam wollte sie bis Piacenza begleiten.

Der Abschied fiel ihnen leicht und schwer zugleich. Hier hatten sie in höchster Not Hilfe gefunden, hier waren die Gräber ihrer Kinder und ihres väterlichen Freundes. Aber sie waren hier auch all die Jahre hindurch Fremdlinge geblieben. Die Christen waren ihnen mit Ablehnung begegnet, weil sie nicht zu ihnen gehörten; spätestens seit Salomons Tod misstrauten ihnen auch die Juden, zu denen sie ebenfalls nicht gehörten.

Also warfen sie, als sie die Höhenstraße erreicht hatten, einen letzten Blick auf die prächtige Stadt. Sie schauten noch einmal auf den Hafen, in dem die Schiffe wimmelten wie die Wespen im Stock, und auf das gleißende blaue Meer, das sich in unsichtbare Fernen ausdehnte, bis an die Ufer des Heiligen Landes.

Dann folgten sie der Straße nach Norden.

# 14

Am Mittag des zweiten Tages schon erreichten sie das Kloster, in dem sie damals Bruno zurückgelassen hatten. Sie machten Rast und baten den Bruder an der Pforte um einen Krug Bier.

Er brachte das Gewünschte und dankte für das großzügige Almosen, das Gerhard ihm gab.

»Sagt mir, Bruder«, erkundigte sich Gerhard, »wie geht es dem Mönch, der vor vielen Jahren als kleiner, kranker Junge zu euch kam? Bruno, glaube ich, hieß er.«

Der Mönch sah ihn erstaunt an. Woher wusste der Fremde, der fast wie ein Einheimischer Italienisch sprach, von Bruno? Auf die Idee, dass der reiche Herr mit der Narbe im Gesicht eines jener zerlumpten Kinder von damals gewesen sein könnte, kam er freilich nicht.

»Bruno, Herr? Er heißt jetzt Niccolo ...«

»Niccolo?«

»Ja, diesen Namen hat er sich ausdrücklich vom Herrn Abt gewünscht.«

»Gott erhalte ihm seinen reinen Glauben«, seufzte der vornehme Fremde. »Und sag, wie geht's ihm?«

Der Mönch lächelte. »Alle mögen ihn, weil er

bescheiden und fröhlich ist. Obwohl er sehr streng mit sich ist und mehr als jeder andere darauf achtet, die Gebote niemals zu übertreten, ist er ein glücklicher Mensch. Aber woher . . .«

»Fragt mich nicht«, bat Gerhard und forschte weiter: »Der alte Mönch, der sich damals besonders um ihn kümmerte . . .?«

Wieder lächelte der Mönch und seine Augen funkelten vergnügt. »Ihr meint Pater Benedikt! Dem geht es gut! Ja, Gott hat es gefallen, ihn ein wahrhaft gesegnetes Alter erreichen zu lassen. Er steht jetzt im vierundachtzigsten Jahr und will noch gar nicht ans Sterben denken.«

»So sagt ihm einen herzlichen Gruß von uns. Sagt ihm, auch wer Angst hat, kann ein guter Mensch sein, und . . . dass sein Liquor doch viel Gutes bewirkt hat. Ach ja . . .« Gerhard griff in den Gürtel und drückte dem Mönch zwei Goldstücke in die Hand. »Bittet ihn eine Messe für uns zu lesen!« Mit diesen Worten reichte er ihm den Krug, den die Reisenden inzwischen geleert hatten, bestieg sein Maultier und trabte mit den anderen davon.

Verblüfft sah der Mönch ihm hinterher. Das reichte nicht für eine, das reichte für hundert Messen. Aber für wen sollte Vater Benedikt sie halten? Nachdenklich ging er um dem Alten die Botschaft zu bestellen.

»Hätten wir Bruno nicht wenigstens begrüßen sollen?«, fragte Irmingard später, als sie das Kloster längst hinter sich gelassen hatten. »Damals hatte ich eine ganze Zeit lang Sehnsucht nach ihm; er war fast ein Ersatz für meinen kleinen Bruder.«

»Ich glaube, so war es besser«, erwiderte Gerhard. »Du hast doch gehört, er ist glücklich. Warum sollen wir ihm die Vergangenheit wieder ins Gedächtnis rufen?«

Irmingard schwieg, aber man sah ihr an, dass sie anderer Meinung war.

Nach fünf Tagen kamen die Reisenden nach Piacenza. Dort hieß es, Abschied von Miriam zu nehmen.

»Wir werden dich niemals vergessen«, sagte Irmingard, als sie vor ihrer Herberge angelangt waren, und umarmte sie. »Und wenn Gott es will, dann werden wir uns einmal wieder sehen.«

»Das werden wir«, bekräftigte Gerhard. »Miriam, ich danke dir für alles, was du uns Gutes getan hast. Deine Fleischbrühe hat mir mal das Leben gerettet und deine Kochkunst in all den Jahren war ein Vorgeschmack aufs Paradies!«

Miriam lächelte unter Tränen. »Ich sollte euch eigentlich nicht allein lassen, Kinder«, schluchzte sie dann. »Aber was soll ein altes Weib wie ich in einem fremden Land? Hier warten meine Leute, auch sie brauchen mich ...« Heftig schniefend und weinend stapfte sie hinter den Knechten her, die ihre Habe auf zwei Maultieren zum Haus ihrer Familie brachten.

Gerhard und Irmingard sahen ihr gerührt nach.

Es war ein ganz anderes Reisen als damals auf dem Kreuzzug der Kinder. Sie übernachteten in Wirtshäusern oder in warme Decken eingehüllt in ihrem Zelt.

Nie mussten sie schlafen gehen ohne sich vorher satt gegessen zu haben und ihre Füße brauchten sie eigentlich nur um manchmal die Maultiere anzutreiben.

Die ganze Reise, für die sie damals drei Monate gebraucht hatten, dauerte jetzt nur zweiunddreißig Tage.

Fast auf den Tag genau nach zwölf Jahren in der Fremde kehrten Gerhard, der Sohn des Schmieds Wolfram, und Rebekka, Samuels Tochter, genannt Irmingard, in ihre Heimatstadt Speyer zurück.

Von der Wache am Stadttor wurden sie wegen ihrer vornehmen Kleidung und wegen des Silbergroschens, der als Begrüßung seinen Besitzer wechselte, mit großer Zuvorkommenheit behandelt.

Als Gerhard energisch bat zu einem der beiden Bürgermeister gebracht zu werden, da er wichtige Dinge mit ihm zu verhandeln habe, fand sich sofort ein Wächter, der ihn geleiten wollte. Ein anderer führte Irmingard, die Knechte und die Tiere zum besten Wirtshaus der Stadt.

Der Bürgermeister hatte sein Haus, ein wunderschönes frei stehendes Fachwerkhaus, das von großem Reichtum zeugte, direkt an der Hauptstraße. Gerhard kannte das Haus. Er hatte vor langer Zeit ab und zu bewundernd davorgestanden. Er wusste auch, wer darin wohnte.

Ein Bedienter ließ ihn ein und führte ihn in eine Stube. Gleich darauf betrat der Bürgermeister den Raum.

Gerade noch gelang es Gerhard, einen Schrei der Überraschung zurückzuhalten. Denn das war nicht der alte Eckart Wormser, der da breit und behäbig durch die Tür hereinstampfte, das war Eckart, sein Freund Eckart, der ein Kreuzritter hatte werden wollen und der in Innsbruck das Weite gesucht hatte, weil ihm die Füße weh taten und der Magen knurrte!

Ein Ritter war er wahrhaftig nicht geworden! Der Schmied musste erst noch geboren werden, der um dieses Dreifachkinn einen Helm und um diesen Kugelwanst einen Harnisch herumschmieden konnte. Und jeder Gaul wäre unter diesem »Ritter« zusammengebrochen.

Während Gerhard sich vorstellte, beobachtete er sein Gegenüber genau: »Mein Name ist Gerardo, ich komme aus Genua und möchte mich in dieser Stadt niederlassen.« Atemlos wartete er auf die Reaktion Eckarts. Würde er ihn wiedererkennen?

Aber der brummte nur: »Für einen, der aus Genua kommt, sprecht Ihr ein ausgezeichnetes Deutsch, Herr!«

Darauf wusste Gerhard eine Antwort. »Meine Vorfahren kommen aus Speyer, Herr. Sie sind einst mit dem großen Kaiser Friedrich Barbarossa über die Alpen gezogen, haben sich in Italien niedergelassen und es dort zu Wohlstand gebracht. Ich möchte mich jetzt mit meiner Hausfrau wieder in der Stadt meiner Väter niederlassen.«

Eckart nickte wohlwollend und betrachtete die elegante Kleidung seines Gastes. »Es wird Euch sicher nicht schwer fallen, die Bedingungen für das Bürgerrecht zu erfüllen. Ihr gebt der Stadt eine neue Armbrust und ein Klafter Salz. Ihr zahlt die anfallenden Gerichtsgebühren und hinterlegt fünf Pfund Pfennig in Silber oder Gold als Pfand dafür, dass Ihr mindestens zwei Jahre in der Stadt bleibt. Wenn Ihr mir Euer Vermögen nachweist, bin ich gern bereit selbst für Euch die Bürgschaft zu übernehmen, die Ihr benötigt.«

»Ich bin Euch sehr dankbar. Selbstverständlich kann ich die nötigen Zahlungen leisten«, antwortete Gerhard und fügte anerkennend hinzu: »Ihr seid noch jung für Euer Amt. Ihr müsst Euch große Verdienste um die Stadt erworben haben!«

»Ach was, Verdienste!«, erwiderte der Bürgermeister heiter. »Mein Vater ist vor einigen Jahren bei einem Festmahl eines plötzlichen Todes gestorben. Damit war ich als sein einziger Sohn der reichste Mann der Stadt und ich verstand es, mein Vermögen noch zu mehren. Ihr merkt, es sind weniger die Verdienste, es ist mehr der Verdienst, der mich zum Bürgermeister gemacht hat. Außerdem vermag ich meinen Ansichten das nötige Gewicht zu verleihen.« Er klopfte sich behaglich auf den Bauch. »Und ich habe mir von den Pfaffen noch nie etwas gefallen lassen. Mehr braucht man in dieser Stadt nicht um es zu einem Amt zu bringen.«

»Ihr gefallt mir, Herr«, sagte Gerhard und das meinte er ganz ernst, denn er merkte, dass das Herz des Bürgermeisters hinter all den Schwarten auf dem rechten Fleck saß und dass aus dem verwöhnten Jungen von damals ein vernünftiger Mann geworden war. »Ich freue mich, dass Ihr mich in Eurer Stadt aufnehmen wollt. Übrigens ...« – er machte eine kleine Pause und sah seinen Gesprächspartner scharf an – »ins Deutsche übertragen lautet mein Name Gerhard. Es würde mich freuen, wenn Ihr mich so nennen würdet.«

Einen Augenblick lang dachte er, nun sei sein Geheimnis entdeckt, denn Eckart hob die Brauen und sah ihn verblüfft an. Aber er entspannte sich gleich wieder, denn in dem runden Gesicht war nichts von Wiedererkennen zu lesen.

»Seltsam, dass Ihr Gerhard heißt«, bemerkte Eckart. »Vielleicht ist es ein Zeichen dafür, dass wir uns gut verstehen werden. Vor vielen Jahren habe ich mal eine große Dummheit gemacht und bin meinen Eltern davongelaufen um ein Ritter zu werden. Ein Ritter, stellt Euch vor! Dafür hab ich mich einem närrischen Kinderzug angeschlossen, der von einem äußerst redegewandten Gauner angeführt wurde. Wisst Ihr, was das Ziel dieses Zuges war? Die Heiden aus dem Heiligen Land zu vertreiben! Und ich habe eine Zeit lang daran geglaubt! Unterwegs habe ich einen guten und treuen Freund gefunden, der hieß auch Gerhard. Aber sonst hatte er nichts mit Euch gemein, er war ein ganz, ganz armer Schlucker. Was wohl aus ihm und den anderen geworden ist?«

Er seufzte nachdenklich, lächelte aber gleich wieder. »Nun wollen wir aber auf Euer Bürgerrecht einen Becher leeren«, sagte er und rief nach einem Bedienten.

Sie leerten nicht einen, sondern drei Becher und Gerhard verließ den Bürgermeister mit dem Gefühl, dass aus dem alten Freund bald ein neuer Freund werden würde.

Er ging noch nicht in das Wirtshaus, in dem Irmingard auf ihn wartete. Er hatte noch einen Weg vor sich, den er im Schlaf gefunden hätte. Sein Herz klopfte heftig, als er in die schmale Gasse einbog, in der die meisten Schmiede ihre Häuser hatten.

Am Haus seines Vaters blieb er erstaunt stehen. Das Fachwerk war säuberlich gestrichen, die Füllung frisch geweißt, die Tür war nagelneu und hing kerzengrade in den Angeln. Gerhard wollte gerade hingehen und klopfen, als sie sich öffnete und eine fremde junge Frau mit einem Kind auf dem Arm herauskam.

Wo war sein Vater? Nein, lieber jetzt nicht fragen, er würde nachher ohnehin alles erfahren.

Also weiter, ins Nachbarhaus. Dort hatte sich nichts verändert! Gerhard schritt durch den offenen Vorbau und öffnete die Tür zum geschlossenen Teil der Werkstatt. Die Tränen schossen ihm in die Augen. Da – da hinten hockte er und feilte an einem Sägeblatt: Georg! Er war ein bisschen hagerer geworden und auf seiner Stirn hatte sich eine steile Falte gebildet, aber sonst war er der alte geblieben.

Gerhard grüßte höflich und bekam eine etwas brummige Antwort. »Könnt Ihr mir helfen, mein Freund?«, fragte er. »Vor der Stadt habe ich ein gutes Pferd, das hat sich den Fuß gezerrt. Ich will Euch gut bezahlen, wenn Ihr mit mir geht und dem Tier helft.«

Georg krauste die Nase. Auch er erkannte Gerhard nicht wieder, das sah man ihm an. »Ich bin nur ein einfacher Schmied ...«, begann er vorsichtig.

Aber Gerhard ließ ihn nicht ausreden. »Ich habe gehört, dass sich keiner mit Pferden so gut auskennt wie Ihr«, erklärte er. »Und das Tier leidet sehr.«

Schon sprang Georg auf und sagte: »Lasst mich schnell zusammenpacken, was ich brauche, dann können wir gehen.«

Wenige Augenblicke später marschierten sie mit schnellen Schritten durch die Stadt.

»Erlaubt bitte einen kleinen Umweg«, sagte Gerhard, als sie an der Hauptstraße angekommen waren. »Ich muss nur schnell noch etwas holen.«

Sie gingen an dem Wirtshaus vorbei, in dem er und Irmingard abgestiegen waren, und Gerhard holte die in eine Decke eingeschnürten Stiefel, die Georg ihm einst gegeben hatte.

Nachdem sie das Stadttor passiert und ein paar hundert Schritte querfeldein gelaufen waren, blieb Gerhard plötzlich stehen.

Der Schmied sah ihn misstrauisch an. »Wo ist denn nun Euer Pferd?«, fragte er argwöhnisch.

Gerhard antwortete nicht, sondern knüpfte das Bündel auf. »Ich habe den Auftrag, Euch ein Paar Stiefel zurückzugeben«, sagte er. Aber dann hielt er es nicht mehr aus. »Georg, ich bin es doch, Gerhard!«, schrie er und dann warf er sich in die Arme des Freundes, als ob er noch der vierzehnjährige Junge von damals wäre.

Georg packte ihn mit seinen kräftigen Fäusten bei den Schultern und hielt ihn in Armeslänge von sich ab. »Bei allen Pfaffen, die in der Hölle schmoren!«, rief er und machte sich nicht die Mühe, die Rührung in seiner Stimme zu unterdrücken. »Verdammt will ich sein, du bist es wirklich! Wie hab ich dich auch nur einen Atemzug lang für einen Fremden halten können!«

Er drückte ihn an sich, dass Gerhard schier die Luft ausging, und hielt ihn wieder von sich ab. »Tatsächlich, ein Mann bist du geworden. Oder sollt ich besser sagen ...« – er rieb vorsichtig das feine Tuch von Gerhards Mantel zwischen zwei hornigen Fingern – »ein richtiger Herr? Du wirst allerhand zu erzählen haben, mein Freund!«

Georg bückte sich und hob die Stiefel auf, die

Gerhard hatte fallen lassen. »Meine alten Stiefel«, murmelte er. »Haben sie dir gute Dienste geleistet?«

»Ja, das haben sie«, erwiderte Gerhard herzlich, »auch wenn ich sie nie getragen habe. Wenn es mal ganz schlimm kommt, das wusste ich, dann hab ich immer noch die Stiefel. Wenn ich nicht mehr laufen kann um meine Füße zu schützen, wenn ich Hunger habe um sie gegen Brot einzutauschen. So haben sie mir immer Hoffnung gegeben.« Er runzelte die Stirn, als Georg in lautes Lachen ausbrach.

Aber der Schmied ließ sich davon nicht beeindrucken. »So, du hast sie niemals angehabt?«, fragte er und lachte immer noch, als ob das ein großartiger Witz sei. Er griff in den Schaft des rechten Stiefels, tastete darin herum und zog dann ein ledernes Beutelchen hervor. »Wenn ich das gewusst hätte, hätte ich meine sauer ersparten Münzen besser zu meinem Freund Thomas in die Schenke getragen!«, meinte er grinsend und schüttelte den Beutel, dass es leise darin klingelte. »Fünf Speyerer Silberschillinge hatte ich dir mitgegeben für schlechte Zeiten und du hast sie nicht einmal bemerkt. Ist das nicht komisch?«

Gerhard schwieg. Er war so bewegt, dass er kein Wort herausbrachte.

Um ihn abzulenken fragte Georg deshalb schnell: »Sag mal, die Narbe da in deinem Gesicht, wie ist das passiert?«

Gerhard seufzte. »Das ist eine lange Geschichte, aber du wirst sie noch heute hören!« Seine Miene heiterte sich wieder auf. »Aber jetzt komm! Wir gehen in das Wirtshaus zurück und lassen uns einen Krug vom besten Kraichgauer Wein geben!«

Georg grinste. »Es tut mir Leid, hoher Herr, aber ein armer Geselle kann nicht wie Euer Gnaden am hellen Tag im Wirtshaus sitzen, sonst wird er von seiner Meisterin davongejagt.«

Gerhard musste lachen. »Ist sie immer noch so bissig wie vor zwölf Jahren? Verzweifle nicht, ab heute bist du erlöst, wenn du willst. Ich bitte dich nämlich in meine Dienste zu treten!«

»Sie ist zwar noch viel giftiger als vor zwölf Jahren«, gab Georg zurück, »aber ich weiß nicht, ob ich sie so einfach im Stich lassen kann; sie hat sich so an mich gewöhnt!«

»Du hast sie zu sehr *verwöhnt,* glaube ich«, widersprach Gerhard. »Aber wir können später darüber reden. Jetzt komm erst mal mit!«

Gemeinsam schlenderten die Freunde zurück in die Stadt.

Nach einiger Zeit fragte Gerhard: »Vorhin, als ich an unserem Haus vorbeikam, da war alles verändert, neu und sauber ... Eine fremde Frau ... Was ist mit meinem Vater?«

Georg sah ihn mit ernster Miene an. »Er ist seit zwölf Jahren tot. Nachdem du weg warst, wurde es schlimmer denn je mit ihm. Er soff wie ein Loch, und wenn er betrunken war, dann schrie und tobte er, dass man es durch die ganze Gasse hören konnte. Ein paar Wochen nach eurem Aufbruch schien er irgendwie ein bisschen was verdient zu haben, vielleicht hat ihm auch jemand ein Almosen in die Hand gedrückt. Jedenfalls war er bereits am frühen Morgen völlig betrunken und verkündete lauthals, als ob es irgendjemand hören wollte, er würde jetzt zu einer Hure gehen. Stunden später kam er zurück, völlig außer sich, und gebärdete sich wie ein Wahnsinniger. Er schrie irgendwas von einem Gürtel, keiner verstand, was er genau meinte, von einem Gürtel, der bloß Unglück bringt, denn seine Frau sei tot und sein Sohn sei tot und die Hure wäre auch bald tot und das käme davon, dass er den Gürtel gemacht hat. Dann fluchte er wie ein Verdammter. Ich habe mich nicht weiter darum gekümmert, denn du weißt ja: Er wollte sich nie helfen lassen und drohte einem höchstens Prügel an, wenn man sich ihm näherte. Jedenfalls wurde er nach einiger Zeit still und ich dachte, er würde seinen Rausch ausschlafen. Aber zwei Tage später fand man ihn in der Werkstatt auf dem Boden liegen . . . tot.«

»Gott sei ihm gnädig«, sagte Gerhard leise. »Ich will eine Messe für ihn lesen lassen. Weißt du, er war immer ein schwieriger Mensch, aber der Tod meiner Mutter, der hat ihn gebrochen. Und das mit dem Gürtel, das ist ein solcher Zufall, dass man tatsächlich meinen könnte, der Satan habe seine Hand im Spiel. Der Gürtel war ein wirkliches Meisterstück der Goldschmiedekunst. Mein Vater hat ihn einmal für meine Mutter gemacht. Er hat ihn mir zum Abschied geschenkt, ich weiß bis heute nicht, warum. Das Mädchen, zu dem er gegangen ist, ist damals für einige Tage mit uns gezogen und sie hat mir den Gürtel gestohlen. Ich kann es ihr nicht mal verdenken, so wie ich mich benommen habe. Als er ihn bei ihr gesehen hat, da hat mein Vater wohl endgültig gedacht, Gott habe sich von ihm abgewandt.«

Inzwischen hatten die Freunde die Herberge erreicht. Gerhard schüttelte die trüben Gedanken ab und sagte: »So, jetzt wirst du meine Frau kennen lernen!«

»Deine Frau?«, fragte Georg. »Du scheinst die Jahre gut genutzt zu haben! Reich bist du geworden, eine Frau hast du gefunden! Und ich sitze immer noch herum und schlage anderer Leute Pferde Eisen an die Hufe!«

»Das hast du die längste Zeit getan«, lächelte Gerhard. »Komm!«

Ein paar Augenblicke später standen sie vor Irmingard.

Sie hatte ein Bad genommen und sich umgekleidet. Ihre zierliche Gestalt hatte sie in ein weißleinenes Hemd gehüllt. Darüber trug sie ein ärmelloses blaues Kleid, das bis zu den Füßen hinabreichte. Ihr volles dunkelbraunes Haar fiel in großen Locken bis über die Schultern. Ein goldener Haarreif mit leuchtenden Saphiren war ihr einziger Schmuck. Auf dem ovalen Gesicht mit den großen braunen Augen lag ein Lächeln voller Herzlichkeit. Die beiden Männer sahen sie bewundernd an.

»Georg«, sagte sie und trat dem Gast einen Schritt entgegen, »wenn alles stimmt, was Gerhard mir von Euch erzählt hat, müsst Ihr ein wahrer Freund sein! Seid willkommen!«

Georg verneigte sich tief. »Er hat schon als Junge immer übertrieben«, versicherte er. »Aber wenn ich bedenke, dass ich alter Narr ihn davon abhalten wollte, sich dem Kreuzzug anzuschließen ... Mitgehen hätte ich sollen, wenn ... weil ...« Er hielt inne und wurde rot bis unter die Haarwurzeln.

»Weil man da so schöne Damen für sich gewinnen konnte!«, vollendete Gerhard schmunzelnd. »Aber warte, bis du die ganze Geschichte unseres Zuges gehört hast! Ich glaube kaum, dass du mich oder einen der anderen dann noch immer darum beneidest, Georg!«

Irmingard hatte alle Kammern und auch den Gastraum der Herberge gemietet; die Wirtsleute hatte sie beauftragt ein gutes Mahl zu bereiten. Ein Bote wurde zu Georgs Meisterin abgesandt, damit sie nicht vergeblich auf ihn wartete.

Ungestört konnten sich die drei dann bei einem Krug Wein zusammensetzen und plaudern. Bald darauf begannen der Wirt und seine Frau das Festmahl aufzutragen.

Das gute Essen und der Wein halfen mit, dass sich Georgs anfängliche Verlegenheit gegenüber Irmingard bald legte.

Er aß mit gewaltigem Appetit und ließ es sich noch schmecken, als die anderen längst fertig waren. Schließlich rülpste er kräftig, wischte sein Messer am Tischtuch ab, tauchte die Hände in die Wasserschüssel, die auf dem Tisch stand, und meinte dann zufrieden: »Das war besser als bei meiner Meisterin, die immer das Schmalz mit dem Wasser verwechselt, der Teufel soll sie holen! Aber jetzt: Erzählt, erzählt! Zwölf Jahre sind eine lange Zeit und ich will alles erfahren!«

So hörte Georg die ganze Geschichte des Kinderkreuzzugs bis zu Gerhards Misshandlung am Strand von Genua. Er hörte von Salomon, dem treuen Freund, und der langen Zeit, die sie bei ihm verbracht hatten.

Es war längst dunkel und sie saßen beim Licht von Öllampen, als Gerhard und Irmingard endlich zum Ende kamen.

Georg war außer sich vor ohnmächtigem Zorn über Nikolaus' Untaten. »So ein gottverfluchter Hurensohn!«, rief er. »Er muss wirklich und wahrhaftig vom Teufel besessen sein, das hab ich damals schon geglaubt. Aber der Apfel fällt eben nicht weit vom Stamm!«

»Was meinst du damit?«, fragte Gerhard.

»Also hört zu«, verlangte Georg, »auch ich hab was zu erzählen.«

Dann berichtete er von dem Alten, Nikolaus' Vater, wie er die Leute betrogen hatte und wie er, Georg, ihn mit Hilfe Eckart Wormsers verklagt und wie man ihm den Prozess gemacht hatte.

»Dabei hat Herr Eckart seinen Sohn ein paar Wochen später wohlbehalten wiedergehabt, aber dem Alten hat das nicht mehr geholfen. Na ja, außer den Münzen, die er bei den Speyerern eingesammelt hatte, fand man auch noch eine Menge ungeprägter Goldstücke bei ihm. Er wollte nicht verraten, woher er sie hatte, und gleich darauf konnte er es nicht mehr, denn da zappelte er schon am Seil. Ich hab mir lang ein böses Gewissen draus gemacht . . .«

»Das hättest du nicht gebraucht«, unterbrach ihn Gerhard. »Nein, bestimmt nicht! Er war ein dreckiger Räuber und Mörder!« Er warf Irmingard einen fragenden Blick zu; sie nickte.

»Ihr seid ein wirklicher Freund«, sagte sie dann, »und ich vertraue Euch. Deshalb sollt Ihr auch meinen Teil der Geschichte hören.«

Noch einmal fasste Irmingard die Bilder des Schreckens, die sie nie vergessen würde, in Worte. Sie schilderte den Mord und was ihm folgte, wie der Mörder, dessen Gesicht sie hatte erkennen können, dem anderen Gold in die Hand gedrückt und den Rest vergraben hatte.

Als sie geendet hatte, schwieg Georg eine Weile. »Vater und Sohn«, sagte er dann. »Zwei wahre Christenmenschen . . .« Er sah Irmingard in die Augen und legte seine große Hand auf ihre schmale. »Unsere Pfaffen sagen, alle Juden sind Beutelschneider und Blutsauger. Das hab ich nie geglaubt, denn die Menschen sind verschieden. Es gibt überall gute und schlechte. Oder würde etwa jemand behaupten, alle Christen sind Engel? Dem müsste man von Nikolaus und seinem Vater erzählen . . . Ich bin bloß ein Schmied und kann nicht so gut die richtigen Worte finden.

Aber, Frau Irmingard, wenn Ihr nach allem, was Ihr erlebt habt, die Christen außer Gerhard noch nicht hasst, dann bitte ich Euch, dass ich Euer Freund sein darf. Ich wäre sehr stolz darauf.«

Irmingard lächelte ihn liebevoll an. »Ihr wart schon mein Freund, als ich Euch noch gar nicht kannte«, erwiderte sie. »Als ich aus Eurem Krug trank und meine schmerzenden Füße mit Eurer Salbe einrieb. Und mein Freund sollt Ihr auch bleiben!« Sie beugte sich vor und küsste den Schmied auf die Wange.

»Ich danke Euch«, sagte Georg einfach und fuhr dann fort: »Habt Ihr jemals erfahren, was aus Eurem Bruder geworden ist? Verzeiht mir, aber das war nicht richtig, dass Ihr ihn einfach zurückgelassen habt.«

»Ich weiß es«, seufzte Irmingard. »Ich habe damals gehandelt ohne nachzudenken – so, als ob mich etwas zwingt, auf das ich keinen Einfluss nehmen kann. Ich habe mir all die Jahre bittere Vorwürfe gemacht. Hoffentlich hat sich einer von den Freunden meines Vaters seiner angenommen! Isaak vielleicht, er und mein Vater waren wie Brüder. Aber versteht Ihr, ich kann ihn nicht fragen. So wie die Menschen nun einmal sind, darf ich weder den Christen noch den Juden verraten, wer ich bin.«

»Aber ich kann Isaak fragen«, sagte Georg. »Und ich kann ihm auch gleich erzählen, wo er den Goldschatz findet, der das rechtmäßige Eigentum der Juden ist.«

Und genau so geschah es. Georg überbrachte dem alten Isaak einen Brief in hebräischer Schrift. Darin stand der genaue Hergang der Mordtat an Samuel und Hanna. Und die Stelle, an der die goldgefüllte Geldkatze im Garten der Mikwe vergraben war, wurde beschrieben. Der unbekannte Absender des Briefs bat Isaak dem Boten alles mitzuteilen, was er über die Kinder der Ermordeten wisse, wo sie geblieben seien und ob es ihnen gut gehe.

»Wollt Ihr mir nicht sagen, wer Euch diesen Brief gegeben hat?«, bat Isaak eindringlich, als er ihn gelesen hatte.

»Ich darf es nicht«, entgegnete Georg, »aber ich versichere Euch, dass er mit dem gemeinen Mord an Euren Freunden nichts zu schaffen hat.«

»Das habe ich auch nicht angenommen«, sagte Isaak, »sonst hätte ich Euch gar nicht um den Namen gebeten. Ich bin Euch dankbar, dass mit Eurer Hilfe wenigstens das Gold jetzt den Bedürftigen unter uns zukommen kann, wenn auch nicht mehr denen, für die es eigentlich gedacht war. Dass der Vater dieses Nikolaus' einer der Mörder war, das habe ich gewusst. Er ist gerichtet. Auch sein Sohn wird Gottes Vergeltung nicht entgehen können.«

Bedauernd fuhr er fort: »Aber leider – was die Kinder Hannas und Samuels betrifft, kann ich Euch keine Auskunft geben. Nie wieder hat jemand von ihnen etwas gesehen und gehört, weder von dem Mädchen noch von dem Jungen.

Dabei hätten wir so gern versucht ihnen die Eltern zu ersetzen.«

Er schüttelte kummervoll den Kopf und sah dann Georg so forschend in die Augen, dass der den Blick senkte. »Bestellt dem, der Euch den Brief gab, dass er jederzeit zu uns kommen kann. Er wird uns willkommen sein.«

Georg hatte das Gefühl, als ob der Alte etwas ahnte, und verabschiedete sich schnell. »Vielleicht weiß man in Worms etwas oder in anderen Gemeinden Eurer Glaubensbrüder?«, fragte er noch.

Aber der Alte breitete nur resigniert die Arme aus: »Glaubt mir, wen immer ich getroffen habe, ich habe ihn gefragt. Aber nirgendwo gab es auch nur eine winzige Spur.«

Damit musste sich Georg wohl oder übel zufrieden geben und Irmingard musste auch weiterhin mit der Ungewissheit über das Schicksal ihres Bruders leben. Sie litt darunter, denn sie wusste: Was immer mit ihm geschehen war, sie trug einen Teil der Schuld daran.

Nachdem Eckart, der Bürgermeister, persönlich für Gerhard eintrat, war die Erteilung des Bürgerrechts nur noch eine Formsache.

Am Pferdemarkt war bald ein geeignetes Haus gefunden, in das Gerhard und Irmingard – und ihr neuer Hausmeister Georg – einziehen konnten. Der Schmied hatte sich nämlich doch entschlossen seiner Meisterin Lebewohl zu sagen. Sie jammerte und klagte zwar, aber er ließ sich nicht rühren. »Ein Schwein, das man schlachten und einen Mann, den man halten will, muss man mästen«, sagte er und an dieses Gebot hatte sie sich wirklich nie gehalten!

Gerhard begann einen Handel mit Stoffen und Gewürzen. Das Geld Salomons half ihm dabei. Weil er ein tüchtiger und redlicher Kaufmann war, gehörte er bald zu den führenden Bürgern der Stadt. Seine Handelsbeziehungen reichten weit, ein Heer von Gehilfen arbeitete für ihn. Wohin er reiste, überall wurde er wie ein Fürst empfangen. Die Bürger Speyers gaben ihm den Beinamen »der Reiche«.

Bald schon ließ er das alte Fachwerkhaus niederreißen und ein neues errichten, wie das Haus Salomons in Genua mit einem Laubengang und ganz aus Stein. Wenige Jahre später wurde er Mitglied des Rats der Stadt. Aber trotz seiner Erfolge vergaß er nie, dass er selbst zu den Ärmsten der Armen gehört hatte; er blieb freigiebig und großzügig.

Irmingard, die für Gerhards Handel nicht viel übrig hatte, besann sich auf das, was sie bei Salomon gelernt hatte. Sie erwarb sich bald den Ruf, dass sie weit besser als der Bader und die zwei miserablen Ärzte, die es in Speyer gab, Krankheiten behandeln und Schmerzen lindern konnte. Viele Leute kamen mit ihren Beschwerden zu ihr.

Sie konnte keinen besseren Gehilfen haben als Georg, der sich auf die Zubereitung von allerlei Salben und Tränklein und auch auf das Erkennen mancher Leiden bestens verstand.

Achtzehn Jahre lebten Irmingard und Gerhard geachtet und in Frieden in ihrer Heimatstadt. Die Erinnerung an die schreckliche Mordtat und an die Leiden des Kreuzzugs verloren sie zwar nie, aber das alles war jetzt, wie es schien, endgültig Vergangenheit und trübte nicht mehr die Freude am Leben.

Bis zu jenem Tag, an dem der schwarze Mönch auf den Stufen des Domes predigte. Da waren die Wunden der Vergangenheit wieder so frisch, als ob sie gestern geschlagen worden wären.

# 15

Dreißig Jahre sind vergangen seit eurem Zusammentreffen mit Nikolaus und der Teufel hat ihn noch immer nicht geholt«, rief Georg mürrisch. »Also ist auf den Teufel kein Verlass und wir müssen ihm selbst das Handwerk legen. Aber wie?«

Er saß mit Irmingard und Gerhard an der langen Tafel im Speisezimmer. Draußen dämmerte gerade der neue Tag herauf. »Ja, dreimal verflucht, es muss doch einen Weg geben!« Wütend schob er ein großes Stück Brot in den Mund und nahm einen langen Zug aus dem Bierkrug, der vor ihm stand.

Seit Gerhard gestern von der Begegnung mit dem verhassten Prediger berichtet hatte, hatten er und Irmingard keine Ruhe gefunden, denn grell und hässlich war die Vergangenheit zurückgekehrt. Zu allem Überfluss hatte sich auch noch ein heftiges Gewitter direkt über der Stadt entladen. Nachdem sie sich ruhelos eine Zeit lang im Bett von einer Seite auf die andere gewälzt hatten, waren sie wieder aufgestanden. Georg hatte sie gehört und war zu ihnen ins Speisezimmer gekommen.

Da hatten sie nun die ganze Nacht gesessen,

meistens schweigend und grübelnd, manchmal hatte jemand eine Bemerkung gemacht, aber keine Antwort erwartet und auch fast nie eine bekommen.

Doch jetzt hatte Georg die Geduld verloren. »Hört auf, vor euch hin zu starren und an die Schmerzen der alten Wunden zu denken«, schimpfte er. »Wohin soll das führen?«

»Du hast Recht«, meinte Gerhard und fuhr sich über die müden Augen. »Irmingard, misch uns einen großen Becher Wein mit Mohnsirup, dann können wir schlafen.«

Aber damit war Georg nicht einverstanden. »O nein, das werdet ihr nicht tun«, schalt er. »Der Sirup ist da, um Schmerzen zu lindern ...«

»Du sagst es, alter Freund!«, warf Gerhard ein.

»Aber er beseitigt nicht das Übel«, fuhr Georg unbeirrt fort. »Wenn man erwacht, ist alles schlimmer als vorher. Also ist es nötig, das Übel zu beseitigen. Aber wie?«

Er kratzte sich verlegen am Kopf, als Gerhard ihn unterbrach: »Siehst du, so weit waren wir schon einmal. Ich fürchte, dass nicht einmal meine Stellung im Rat uns helfen kann. Denn ich frage euch: Wen schert nach dreißig Jahren noch der Mord an zwei Juden? Wen schert es, dass vor dreißig Jahren ein Junge aus Köln die Felsen am Brennerpass hinabgestürzt ist? Wen schert es, dass vor dreißig Jahren der Sohn eines heruntergekommenen Schmieds gesteinigt worden ist? Mit dem, was er uns angetan hat, können wir Nikolaus nicht zu Fall bringen. Wenn aber herauskommt, dass wir, ein Christ und eine Jüdin, in verbotener Ehe leben, dann wird nicht Nikolaus der Angeklagte sein.«

Gerhard atmete hörbar aus und schlug zornig mit der Faust auf den Tisch. »Was aber in mir wühlt, das ist der Hass. Er macht mich krank. Außerdem bin ich sicher, dass der verfluchte Hund wieder Übles im Schild führt, er bringt Streit und Unfrieden, wenn nicht Schlimmeres in die Stadt!«

Irmingard hob den Kopf. Gerhard erschrak, als er ihr Gesicht im fahlen Morgenlicht sah. Sie hatte tiefe Ringe unter den Augen; ihre Miene war verschlossen, die Wangenknochen traten hervor, die Lippen waren schmal.

Gerhard kannte sie so. So hatte sie ausgesehen, als sie vor dreißig Jahren zum Zug der Kinder gestoßen war, ein Mädchen noch damals, aber der Ausdruck war derselbe gewesen. Kurze Zeit später war Nikolaus' Zelt in Flammen aufgegangen. »Was hast du vor?«, fragte er besorgt.

»Ich wollte, es gäbe etwas, das ich tun könnte«, erwiderte Irmingard. »Ich sehe die Gesichter meiner ermordeten Eltern vor mir, ich sehe die Steine auf dich fliegen und ich sehe dich, wie du wie tot am Strand von Genua liegst. Ich habe wie damals Lust zu töten, auch wenn ihr mich verdammt deswegen, und es fällt mir sehr schwer, Gott die Rache zu überlassen.«

Die beiden Männer schwiegen. Gerhard legte seine Hand auf Irmingard und streichelte sie.

Unterdessen wurde es im Haus lebendig. Im

Erdgeschoss erwachten die Gehilfen, die im Warenlager und im Kontor beschäftigt waren, in der Küche entfachten die Mägde im großen steinernen Herd das Feuer.

Plötzlich pochte es an die Tür des Speisezimmers. Die drei schraken zusammen.

»Ja, was gibt's?«, rief Gerhard ungehalten.

Ein junger Gehilfe kam herein. »Verzeiht, Herr, dass wir Euch stören«, sagte er verlegen. »Aber der da . . .« – er zog einen kleinen blonden Jungen am Kragen in die Stube – »der da sagt, er hat eine wichtige Nachricht für Euch. Er lässt sich nicht wegschicken. Und da wir gehört haben, dass Ihr schon wach seid, dachten wir . . .«

»Schon gut, schon gut, du hast recht gehandelt«, sagte Gerhard, dem seine Unfreundlichkeit Leid tat. »Wir sind ja keine Heiligen im Gebet, dass man uns nicht stören dürfte! Lass den Kleinen ruhig hier und geh wieder nach unten!«

Erleichtert verschwand der junge Mann.

»Also, was hast du für uns?«, fragte Gerhard den Jungen, der von einem Bein auf das andere trat, als ob er es kaum abwarten könne, seine Botschaft vorzubringen.

»Ein Mann gab mir einen Schilling, damit ich Euch das hier bringe.« Der Kleine hielt Gerhard ein großes grünes Bärenkrautblatt entgegen. »Es ist ein Brief drinnen«, sagte er mit wichtiger Miene.

»Ich danke dir«, entgegnete Gerhard. »Da hast du einen zweiten Schilling!«

»Gott vergelt's«, rief der Junge strahlend und

sauste hinaus. An der Tür hielt er noch mal an und rief. »Seid vorsichtig, Herr. Wisst Ihr, warum ich das Blatt genommen hab? Der, der mir die Nachricht gab, ist ein Aussätziger!« Und draußen war er.

»Was das sein mag?« Neugierig nahm Irmingard ihrem Mann das zusammengerollte Blatt aus der Hand.

»Mach es nicht auf!«, bat Georg. »Wenn das, was drin ist, ein Aussätziger in der Hand gehabt hat . . .«

Aber Irmingard winkte ab. »Mach dir darüber keine Sorgen, mein Lieber. Es ist ein Ammenmärchen, dass man krank wird, wenn man etwas berührt, was ein Aussätziger berührt hat. Glaub es mir, Georg, ich bin viele Jahre beim besten Arzt Genuas in die Lehre gegangen!«

Entschlossen wickelte sie das Blatt auf. Ein zusammengefaltetes Stück Pergament lag darin, das mit Wachs versiegelt war. Sie öffnete es, blickte darauf – und die Farbe wich aus ihrem Gesicht. »Gerechter Gott«, flüsterte sie, »kann es solchen Zufall geben? Von wem haben wir die ganze Zeit gesprochen? Da, lest selbst!« Sie reichte den Männern das Pergament.

Gerhard las vor: *»Für Rebekka, die jetzt Irmingard heißt, und Gerhard den Reichen. Kommt heute, wenn die Sonne sinkt, an den Ort, wo der Speyerbach in den Rhein mündet. Dann werdet ihr mehr über Nikolaus erfahren.«*

»Was wollt ihr machen?«, erkundigte sich Georg.

»Das fragst du noch?« Irmingard hatte ihr entschlossenstes Gesicht aufgesetzt. »Wir alle wollen Nikolaus das Handwerk legen und wissen nicht wie. Vielleicht zeigt uns dieser arme Kranke einen Weg?«

»Du hast Recht«, sagte Gerhard. »Wir gehen auf jeden Fall.«

»Also geht«, seufzte Georg. »Ich kenne euch lang genug um zu wissen, dass ich euch nicht umstimmen kann. Aber wohl ist mir nicht dabei!«

Etwa um die gleiche Stunde, als der Tag hereinbrach, erhob sich der Mann, der sich Bruder Heinrich nannte, von seinem harten Lager bei den Minderbrüdern. Er hatte am mitternächtlichen Chorgebet teilgenommen und eilte jetzt wieder in die Kirche um das Gebet zur ersten Stunde des Tages nicht zu versäumen.

Schlaf hatte auch er kaum gefunden in dieser Nacht, denn das namenlose Grauen vor der Berührung des Aussätzigen hatte ihn am Einschlafen gehindert. An die Begegnung mit dem reichen Bürger, der ihn offenbar so hasste, dachte er zwar auch noch hin und wieder, aber ohne Furcht. Hatte man ihn nicht immer bedroht? Mussten nicht alle wahren Streiter Gottes den Zorn der Kleingläubigen und der Sünder ertragen? Schon vor vielen Jahren hatte er dabei an eine Fliege gedacht, die einen umschwirrte. Man ertrug es, aber wenn sie lästig wurde, zerquetschte man sie. Ihm war nichts anzuhaben.

Er trug einen neuen Namen und war geschützt durch den Papst selbst. Aber die Angst vor der entsetzlichen Krankheit, die Angst vor dem Aussatz! Lang hatte er mit auf dem Bauch ineinander verkrampften Händen und kaltem Schweiß auf der Stirn auf seiner Pritsche gelegen und sich ausgemalt, wie Stück für Stück seines Körpers verrotten würde. Wie er durch die Zerstörung seines Gesichts den Abscheu aller Menschen erregen würde. Er, der bisher mit ein paar Worten eine Menge in seinen Bann schlagen konnte! Wie er schließlich, wenn seine Glieder abgefault waren, als hilfloser Krüppel auf die Gnade der Menschen angewiesen wäre, anstatt ein Vermittler der göttlichen Gnade zu sein.

»Herr!«, hatte er gebetet. »Herr, gnädiger Gott, es kann nicht deine Absicht sein, deinen treuesten Diener deinem Dienst zu entziehen, indem du ihn so furchtbar prüfst. Herr, gnädiger Gott, du wirst nicht zulassen, dass die Tat dieses ruchlosen, verfluchten Teufelsboten den Erfolg hat, den er sich gewünscht hat. Herr, gnädiger Gott, gib mir ein Zeichen, dass du deinem Knecht noch gewogen bist, dass du willst, dass er einen Tempel für deine Pracht und Herrlichkeit errichtet!«

Und das Zeichen war gekommen! Aus dem in der Ferne leise grollenden Donner war ein heftiges Gewitter geworden, mit prasselndem Regen und krachenden Schlägen. Plötzlich hatte ein greller Blitz das Dormitorium einen winzigen

Augenblick lang in unwirkliches Licht getaucht, so dass die Brüder verstört von ihren Lagern hochgeschreckt waren. Ein gewaltiger Donnerschlag war ihm gefolgt.

Nikolaus hatte gehört, wie seine Nachbarn angstvoll Gebete murmelten, und geringschätzig vor sich hin gelächelt. Fußvolk Gottes! Sklavenseelen!, hatte er gedacht. Nie werdet ihr das Wort des Herrn wirklich verstehen! Wer glaubte durch Armut und demütiges Gebettel Gottes Willen zu erfüllen, der sollte ruhig Angst vor einem Blitz haben. Ich weiß es besser! Ich habe dich vernommen, Nikolaus, das war die Botschaft, die der Blitz überbracht hatte. Geh weiter den Weg, den ich dir gewiesen habe! Die Krankheit kann mir so wenig anhaben wie einem Reichen eine Hungersnot. Er hat eine volle Kornkammer, ich habe die Gewissheit, nach Gottes Willen zu handeln!

Als Nikolaus jetzt in der ärmlichen Kirche der Minderbrüder auf den Knien lag, waren die Schrecken der Nacht vergessen. Heute noch, sobald es dunkel geworden war, würde er den Schatz heben, den er vor dreißig Jahren zum Ruhm Gottes den Juden genommen hatte. Und dann würde er endlich seinen Traum verwirklichen!

Irmingard ging ruhelos im Zimmer auf und ab. Sie hatte den ganzen Tag nichts essen mögen, sie war schweigsam gegenüber Gerhard und Georg und unwirsch zu den Dienstboten gewesen.

Jetzt, eine Stunde vor Sonnenuntergang, ertrug sie das Warten nicht mehr.

Sie rief nach ihrem Mann, der im Kontor über ein Schreibpult gebeugt stand und versuchte sich auf eine Warenliste zu konzentrieren. »Gerhard, es wird Zeit. Können wir gehen?«

»Es ist noch viel zu früh. Warum sollen wir lang draußen herumstehen?«, lautete die Antwort.

Irmingard gab sich fürs Erste damit zufrieden. Aber eine halbe Stunde später hielt sie es im Zimmer nicht mehr aus. Sie band sich ein Tuch um den Kopf, legte einen Umhang über die Schultern und stieg über die steile Treppe hinab ins Kontor. »Komm jetzt!«, drängte sie ungeduldig. »Er wird nicht warten wollen!«

Gerhard legte seufzend die Rohrfeder hin und drehte sich um. »Du hast ja Recht«, meinte er resignierend. »Ich bin ja auch nicht bei der Sache. Also, gehen wir!«

Draußen war es nach dem nächtlichen Gewitter stürmisch und kühl. Immer noch trieben schwarze Wolkenfelder über den Himmel, ballten sich zusammen und schickten ab und zu kräftige Schauer zur Erde.

Gerhard und Irmingard gingen schweigend durch die Gassen der Stadt. Hin und wieder, wenn jemand grüßte, nickten sie geistesabwesend oder hoben die Hand. Der Wächter am Tor schaute ihnen verwundert hinterher; aber Gerhard den Reichen und seine schöne Frau fragte man nicht, wohin sie gingen.

Endlich standen sie an der Stelle, an die sie der Unbekannte bestellt hatte. Üppiges Holundergehölz wucherte da, überragt von hohen Pappeln und Weiden mit ausladenden Kronen.

»Es ist noch niemand da«, sagte Irmingard, als sie sich kurz umgesehen hatte. »Wir müssen warten.« Sie fröstelte in ihrem leichten Umhang.

Gerhard legte ihr fürsorglich den Arm um die Schultern. »Ich bin mir nicht mehr sicher, ob es richtig war herzukommen«, meinte er zweifelnd. »Vielleicht steckt Nikolaus hinter dem Ganzen.«

»O nein, das tut er nicht! Ich glaube, er hat dich schon fast wieder vergessen. Er steht doch im Dienst Gottes; wie sollte er da an die Menschen denken!« Die helle Stimme hatte einen spöttischen Unterton.

Die beiden fuhren herum – und da sahen sie, an den Stamm einer Weide gelehnt, eine hohe Gestalt, die in eine graue Kutte gehüllt war und im Zwielicht des sinkenden Tages wie ein Schatten wirkte.

»Wer bist du?«, fragte Irmingard atemlos und ging ein paar Schritte auf den Unbekannten zu.

Einen Augenblick lang erwachte der graue Schatten aus seiner Reglosigkeit, weite graue Ärmel hoben sich wie Flügel und ein hölzern klappernder Ton erklang. »Kommt nicht näher!«, warnte die helle Stimme. »Vergesst nicht, dass ich zu denen gehöre, die schon gestorben sind, obwohl sie noch leben. Wer ich war . . . ? Erspart mir die Antwort. Was für euch wichtig ist, das will ich euch aber gern berichten. Auch mein Schicksal ist, wie das eure, mit Jerusalem, der heiligen Stadt, verbunden. Aber ich stand auf der anderen Seite, ich kämpfte für el-Adil, den Sultan der Sarazenen, gegen die Christen.«

Gerhard sog scharf die Luft ein und wollte etwas sagen.

Aber der Aussätzige ließ ihn nicht zu Wort kommen. »Verdamme mich nicht! Du weißt nicht, was mich dazu gebracht hat! Bedenke, dass den Sarazenen die Stadt Jerusalem ebenso heilig ist wie den Christen und den Juden. Wer sagt dir außerdem, dass vor Gott das Leben eines Sarazenen weniger wertvoll ist als das eines Christen? Die Schmerzen, die ein Schwerthieb, ein Speerstich oder ein Keulenschlag verursacht, sind jedenfalls für alle gleich. Wenn einer stirbt, dann trauern Freunde, Frauen, Kinder und Eltern um ihn, ob er Christ ist oder Heide, wie du ihn nennen würdest. Unter allen Menschen, ganz gleich, welchen Glauben sie haben, gibt es solche, die wirklich großherzig und aller Liebe wert sind, aber auch wahre Ungeheuer. Das habt ihr wohl selbst erfahren.«

Die Stimme des Grauen war laut geworden; wie um sich selbst zu beruhigen, ließ er ein paar Mal die Klapper ertönen. »Verzeiht«, sagte er dann und wieder klang seine Stimme ein bisschen spöttisch, »ich wollte euch keine Predigt halten. Es gibt andere, die das viel besser können.«

In ernstem Ton fuhr er dann fort: »Nein, auch

heute noch bereue ich nicht die Seite, auf der ich gekämpft habe. Was ich bereue, ist nur meine Grausamkeit. Ich war wie tollwütig in meinem Hass auf alle Christen, als ich el-Adil meine Dienste anbot. Fast ein Kind war ich damals noch, aber ich hatte schon einen langen Weg hinter mir, auf dem mich nur Härte und Verschlagenheit am Leben erhalten hatten. Der Sultan jedenfalls behielt mich bei sich und ließ mich zu einem Kämpfer ausbilden, der mit allen Waffen umzugehen verstand. Kein Kreuzfahrer konnte von mir Schonung erwarten; nie machte ich einen Gefangenen. Wer mir in die Hände fiel, den tötete ich ohne Gnade. Ja, sogar die Verwundeten schlachtete ich ab.«

Er hielt inne. »Warum starrst du mich an, Irmingard? Bist du entsetzt? Hast du nicht auch schon das Verlangen gehabt zu töten?«

Irmingard senkte den Blick und schwieg.

»In jedem dieser Kreuzfahrer, den ich umbrachte, sah ich die Fratze des einen, der die Ursache für meinen Hass war, der die Schuld daran trug, dass ich alles verloren hatte, dass ich als Kind einsam und ohne Liebe durch die halbe Welt ziehen musste. Ja, ich gab ihm auch die Schuld daran, dass ich ein so unbarmherziger Mörder geworden war und mich selbst verabscheute.

Eines Tages, es war die Zeit, als König Andreas von Ungarn seinen vergeblichen Kreuzzug unternahm, ritt König Johann von Jerusalem mit einer Schar Bewaffneter gegen el-Adils kleine Festung auf dem Berg Tabor, deren Kommandant ich war. Obwohl ihm eine Anzahl Ordensritter zu Hilfe kam, war sein Angriff vergeblich. Wir schlugen ihn mit Leichtigkeit zurück. Ein Trupp meiner Kämpfer hatte einen Ausfall gemacht, dabei etliche der Feinde getötet und andere gefangen genommen.

Als die Gefangenen, von denen einige schwer verwundet waren, in den Burghof geschafft worden waren, wollte ich den Befehl geben ihnen Waffen und Rüstungen zu nehmen und sie dann niederzumachen. Ich selbst hatte meinen Säbel in der Hand und senkte ihn eben über einen der Unglücklichen um ihm ins Herz zu stoßen, da sagte er in deutscher Sprache: ›Ja, töte mich nur, ich habe es verdient!‹

›Du hast eine seltsame Art, um Gnade zu betteln‹, höhnte ich und bedachte nicht, dass er von meiner Herkunft ja gar nichts wissen konnte.

›Ich bitte nicht um Gnade!‹ Seine Antwort klang zornig, und obwohl er einen tiefen Hieb in die linke Seite erhalten hatte, richtete er sich halb auf. Erst dann wurde ihm bewusst, dass ich ihm in seiner Sprache geantwortet hatte.

›Du bist aus Deutschland?‹, fragte er verwundert und fiel schwer auf den Boden zurück. Plötzlich begann er zu lachen, obwohl sich sein Gesicht verzerrte, so sehr schmerzte ihn die Bewegung.

›Warum lachst du?, fragte ich seltsam berührt und tat etwas, was ich noch nie getan hatte: Ich steckte den Säbel in die Scheide ohne mein Opfer zu töten. ›Erzähle! Vielleicht kannst du dein Leben retten!‹

›Ich will mein Leben nicht retten, begreifst du das nicht?‹

Aber dann erfuhr ich doch, was ihm die Seelenruhe geraubt hatte: Er war mit einem Prediger namens Nikolaus gezogen, der eine große Schar von Kindern von Köln bis ins Heilige Land führen wollte.«

Der Aussätzige unterbrach sich; eben ging ein kurzer heftiger Schauer über ihn und seine beiden Zuhörer nieder. »Entschuldigt, dass ich euch den Launen des Wetters aussetzen muss«, sagte er und wieder schien es so, als ob ihm ein wenig nach Spott zumute wäre. »Aber leider sind Leute wie ich in einer warmen und gemütlichen Schenke nicht sonderlich erwünscht.«

Inzwischen war es fast finster; noch immer wehte der kühle Wind und die Blätter der Pappeln und Weiden rauschten.

Regungslos standen Irmingard und Gerhard da und warteten, dass der Geheimnisvolle, der inzwischen nur noch eine Stimme in der Dunkelheit war, mit seinem Bericht fortfuhr.

»Der Mann, der verwundet in meiner Festung lag«, begann der Aussätzige wieder, »hatte offenbar zu den engsten Vertrauten Nikolaus' gehört. Er erzählte mir, dass er und andere der älteren Jungen, die mit Nikolaus zogen, den Prediger wie eine Art Leibwache umgaben. ›Wir waren immer in seiner Nähe‹, sagte er. ›Anfangs glaubten wir, er sei wirklich von Gott erleuchtet und könne Wunder bewirken. Aber bald schon merkten etliche von uns, dass er abgrundtief boshaft und schlecht war und dass es die göttliche Berufung nur in seiner Einbildung gab. Einmal weigerte sich ein Adliger leibeigene Kinder mit uns ziehen zu lassen; am nächsten Morgen lag er tot und grässlich entstellt in seinem Bett. Alle glaubten, Gott habe ihn bestraft, aber ich und einige andere wussten es besser: Nikolaus selbst hatte uns das Gift gezeigt, das er in einer kleinen Dose aufbewahrte. Seine Verblendung ging so weit, dass er allein schon darin, dass dieses Gift in seinen Besitz gelangt war, eine Fügung Gottes sah. Wir bestärkten ihn noch in seinem Wahn. Denn wir waren im Bann seiner starken Persönlichkeit, aber vor allem genossen wir die Macht, die uns seine Gunst verlieh. Tausend Kinder fürchteten uns und gehorchten unseren Befehlen, aber nicht, weil wir stärker waren als sie, sondern weil wir das Vertrauen ihres von Gott gesandten Anführers hatten.‹

Ich muss euch sagen, dass mich die Geschichte meines Gefangenen so fesselte, dass ich gar nicht mehr daran dachte, ihn zu töten. Ich ließ ihn in eine Kammer schaffen und auf ein bequemes Lager betten. Seine Wunde wurde verbunden und er erhielt zu trinken. Dann bat ich ihn fortzufahren.

Er berichtete mir genau den Verlauf des Zuges bis zum ersten Ziel, zum Strand von Genua, wo nach der Ankündigung Nikolaus' das Meer den Weg ins Heilige Land freigeben sollte. ›Ich hatte einmal fest daran geglaubt, dass dieses Wunder geschehen würde‹, meinte er. ›Doch jetzt, als wir am Ufer des Meeres standen, schaute ich nicht einmal hin, als Nikolaus sein Gebet begann. Natürlich geschah nichts und dann‹ – hier wurde die Stimme des Verletzten leiser –, ›dann lud ich große Schuld auf mich. Es gab da einen Jungen, der Nikolaus seit längerem anfeindete, seine Sendung bezweifelte und Zeuge einer seiner Untaten gewesen war. Dieser unschuldige Bursche sollte nun daran Schuld haben, dass Gott das große Wunder nicht geschehen ließ. So sagte es jedenfalls Nikolaus. Ich warf den ersten Stein, viele andere folgten meinem Beispiel, bis der Junge tot am Strand lag.‹

Inzwischen war der Verletzte so erschöpft, dass er kaum mehr reden konnte. Ich ließ ihn also in Ruhe.« Der Aussätzige machte eine Pause.

»Hat er dir später noch erzählt, was weiter geschah?«, fragte Gerhard. Seine Stimme klang tonlos und heiser.

»Ja, das hat er«, erwiderte der Unbekannte. »Am nächsten Tag. Ich hatte inzwischen Befehl gegeben auch die anderen Gefangenen zu verschonen, so weit man sie nicht schon umgebracht hatte. Als ich den Kreuzfahrer wieder aufsuchte, hatte ihn ein heftiges Fieber befallen. Ich schickte nach einem Wundarzt um ihn zur Ader zu lassen und ihm ein hitzemilderndes Mittel zu geben. Danach besserte sich sein Zustand ein wenig und er konnte weitersprechen.

›Wir sind dann weiter bis zur Küste vor Pisa gezogen‹, berichtete er. ›Und Nikolaus versuchte wieder, ob Gott nicht das Meer zurückweichen lassen wollte. Wir, seine Vertrauten, lachten heimlich darüber, denn wir glaubten schon lange nicht mehr an das Wunder. Aber offen wagte niemand seinen Unglauben zu zeigen. Und für die meisten Kinder war immer noch alles, was er sagte, eine Offenbarung direkt aus dem Mund Gottes. Er betete also wieder, und wieder blieb das Meer so, wie es war. Wieder tobte und fluchte er und beschuldigte die Kinder sündige und versteckte Zweifler zu sein.

Wir lagerten dann bei Pisa. Am nächsten Tag ging Nikolaus in die Stadt. Er kam mit einigen Schiffseignern wieder, die bereit waren einen Teil der Kinder ohne Entgelt und um des christlichen Glaubens willen mit ins Heilige Land zu nehmen. Unter denen, die sich dafür meldeten, wählten die Schiffer dann eine Anzahl aus, die stärksten, gesündesten und ansehnlichsten. Ihr könnt euch denken warum, Herr!‹

Ich konnte es mir tatsächlich denken.

Der Kranke fuhr fort: ›Am Abend erzählte Nikolaus mir und einigen anderen prahlerisch, er habe aus schlechten Christen gutes Geld gemacht. Die Schiffer würden in Wahrheit nach Damiette segeln und die Kinder als Sklaven nach Ägypten verkaufen. Stellt Euch vor, Herr, er glaubte auch jetzt noch im Dienst Gottes zu handeln!‹

›Was geschah dann?‹, fragte ich gespannt.

›Nicht mehr viel, was ich euch berichten könnte‹, sagte mein Gefangener. ›Wir zogen weiter, eine Horde von Strauchdieben, denn etwas anderes waren wir nicht mehr. Wir raubten, stahlen und erpressten, was wir zum Leben brauchten. Mancher arme Teufel starb für das bisschen, das er bei sich trug. Außer unserem Anführer führte niemand mehr den Namen Gottes auf den Lippen. Wie es in den Herzen aussah, weiß ich nicht. Ich allerdings begann das Leben, das wir führten, zu verabscheuen, den Prediger zu hassen und mich selbst zu verachten. Denn was für Sünden hatte ich nicht nur geduldet, sondern sogar gefördert oder selbst begangen!

Was soll ich noch erzählen? Wir erreichten Rom, die Ewige Stadt. Nikolaus verließ den Zug unter dem Vorwand, er wolle uns eine Audienz beim Herrn Papst verschaffen. Uns, einer Bande heruntergekommener, verdreckter junger Straßendiebe!

Wir sahen ihn nie wieder. Nach einigen Tagen löste sich der Zug auf, was aus den anderen geworden ist, weiß ich nicht.

Mich selbst drängte mein Gewissen, endlich doch das zu tun, was ich eigentlich versprochen hatte: im Heiligen Land für die Sache des Kreuzes zu kämpfen. Ich heuerte auf einem Schiff an, das nach Akkon segelte, und verdiente mir so die Überfahrt. Dann verdingte ich mich im Heer von Johannes von Brienne, des Königs von Jerusalem. Aber mein Gewissen hat mich über den

Verbrechen, an denen ich während dieses Zugs mitschuldig geworden bin, nicht zur Ruhe kommen lassen.‹ Der Kranke ließ sich ermattet auf sein Lager zurückfallen.

›Glaubst du denn, dass du keine Schuld auf dich lädst, wenn du hier im Namen deines Gottes Sarazenen tötest?‹, fragte ich ihn. ›Töte ich nicht im Namen Gottes Christen? Wer hat da nun Recht? Aber ich will dich nicht noch mehr beunruhigen. Dein Leben jedenfalls ist dir geschenkt.‹«

Der Aussätzige schwieg, so dass eine Zeit lang nur das Rauschen des großen Flusses und der Baumwipfel zu hören war. »Ich weiß nicht, was mich dazu trieb«, fuhr er dann in seiner Erzählung fort, »aber eine Frage musste ich ihm noch stellen.

›Sag mir‹, forderte ich ihn auf, ›wie sah der Anführer eures Zuges aus? Beschreibe ihn!‹

›Warum wollt Ihr das wissen, Herr?‹, fragte der Verletzte erstaunt.

›Das kann ich dir selbst nicht beantworten. Sag's mir!‹

Da schilderte er mir den Prediger. ›Er war groß und ziemlich hager und sein Gesicht hatte eine bleiche Farbe, obwohl es doch von Wind und Wetter hätte gebräunt sein sollen. Das Auffälligste an ihm waren seine kleinen starrenden Augen und sein breiter Mund mit den wulstigen Lippen . . .‹

Ich musste mich mühsam zusammenreißen um nicht laut aufzuschreien. Es gelang mir wohl nur deshalb, weil ich im Innersten meines Herzen schon ahnte, wie die Beschreibung ausfallen würde.

Er war es! Er, der die Ursache meines Hasses auf die Christen war, er, dem ich den grausamsten Tod wünschte, weil sein Verbrechen mein Leben zerstört hatte.

Mein Gefangener starb wenige Tage später; er erlag dem Fieber und dem Wundbrand. Ich sage euch, es war das erste Mal seit langem, dass ich wieder um den Tod eines Menschen trauerte. Plötzlich hatte ich das Kämpfen und Töten satt. Einmal noch sollte mein Säbel einen Menschen durchbohren, den, der wirklich schuldig war, nicht mehr Hunderte Unschuldiger an seiner Stelle. Dann wollte ich an einem ruhigen Ort die Zeit verbringen, die mir noch vergönnt war. Ich bat el-Adil um meinen Abschied und machte mich auf die Suche nach Nikolaus, dem Führer des Kinderkreuzzugs. Nun hatte ich wenigstens einen Namen, nach dem ich fragen konnte, und genügend Geld um meinen Fragen Nachdruck zu verleihen.

Von Tyros segelte ich nach Genua, von Genua nach Rom. Überall zog ich Erkundigungen ein, beschrieb, fragte, suchte. Aber nirgendwo fand sich eine Spur.

Irgendwann merkte ich, dass Gott beschlossen hatte, meine Verfehlungen mit der furchtbarsten aller Krankheiten zu sühnen. Ich will euch mit der Schilderung der Ängste und Qualen, die ich durchmachte, nicht behelligen. Körper und Gesicht waren bald so vom Aussatz entstellt, dass ich mich mit einer Kutte verhüllte. Meine Nachforschungen konnte ich nun nicht mehr fortsetzen, denn wie viele Unschuldige wären durch meine Berührung krank geworden! Hätte man mich erwischt, wäre ich außerdem ohne Erbarmen getötet worden.

Ich wanderte also unter unsäglichen Mühen nach Norden bis in die Gegend, die einmal meine Heimat gewesen war. Nicht weit von hier lebe ich nun seit einigen Jahren in einem abgelegenen Siechenhaus und habe geglaubt meinen Frieden mit Gott und den Menschen gemacht zu haben.

Über einen Mann, der uns ein paar Mal im Jahr Wachs und Öl brachte, zog ich Erkundigungen ein und erfuhr, dass Nikolaus' Vater in Speyer gehängt worden war. Mehr wusste niemand.

Vor einigen Tagen nun machte ich einen Spaziergang auf der Straße, die am Rhein entlangführt, als ich eine Gruppe Reisender erblickte. Ich wich ihnen aus, wie es den Aussätzigen befohlen ist, aber dann erblickte ich eine lange, hagere Gestalt unter ihnen, die, ganz in Schwarz gekleidet, auf einem Maultier ritt.

Ich konnte nicht anders, ich musste mich heranpirschen. Und da sah ich für einen Moment unter der schwarzen Kapuze das Gesicht, das ich niemals vergessen hatte: bleich, mit kleinen starrenden Augen und wulstigen Lippen.

Meine Hände können schon lang keinen Säbel

mehr halten, sie sind zerstört von der Krankheit. Aber ich verfüge noch über eine Waffe, die gefährlicher ist als ein Säbel.

Auf einem verborgenen Pfad, den ich von früher kannte, drang ich in die Stadt ein und beobachtete ihn. Ich bemerkte, wie du ihn angreifen wolltest, sah deine Narbe und erriet manches. Ich fragte, wer du seist und wo du wohntest; dort ging ich hin und sah am Fenster das Gesicht einer Frau ...«

Die Stimme des Unbekannten brach, es schien, als ob ihn ein trockenes Schluchzen schüttelte. Doch bald darauf sprach er ruhig weiter: »Nikolaus wird seine Strafe erleiden. Alles, was er uns und anderen angetan hat, wird gerächt werden. Das war es, was ich euch sagen wollte.« Der Aussätzige verstummte.

Irmingard fasste nach Gerhards Hand und presste sie mit aller Kraft. Sie starrte in das Dunkel der Bäume und rief: »Was hat er dir angetan, bitte sag mir, was hat er dir angetan?«

Noch einmal ließ sich die helle Stimme hören: »Ich war ein Junge von zwölf Jahren, als ich zusehen musste, wie er und ein anderer meinen Eltern die Kehle durchschnitten. Hier in dieser Stadt, vor dem Haus Samuels und Hannas, war es und ich stand neben meiner Schwester Rebekka. Aber jetzt lebt wohl!«

»Geh nicht fort, Jakob«, schrie Irmingard, »geh nicht fort!«

Aber noch während sie schrie, wusste sie, dass es vergeblich war, dass es vor ihr nur noch Dunkelheit gab und Weiden, deren Laub im Wind raschelte.

Das Licht des Lämpchens, das zwischen den beiden Apfelbäumen stand, flackerte.

Keuchend wühlte der schwarze Mönch in dem lockeren Boden. Da – da waren die Steine. Darunter hätte die Goldkatze liegen müssen, aber da waren wieder nur Steine. Steine, Steine, dreimal verfluchte Steine! Ein heftiger Windstoß fuhr durch den Garten der Mikwe, das Lämpchen erlosch. Aber der Mönch störte sich nicht daran. Er brauchte kein Licht um die Stelle zu finden. Hier war die Stelle! Verbissen wühlte er weiter. Die langen Finger fuhren in die Erde und schoben sie beiseite, sie umschlossen Steine und warfen sie fort, sie fühlten und tasteten. Aber sie fanden nichts.

Dreißig Jahre hatte er gehofft auf dieses Geld. Wie viele Jahre Demütigung, Hunger und Kälte ertragen, wie viele Jahre Gottes Wort in die Herzen gleichgültiger und lasterhafter Menschen gepflanzt! Jetzt, da die Kirche seine Berufung endlich richtig gewürdigt hatte, jetzt, da er mit päpstlicher Autorität ausgestattet war, war er zurückgekehrt um dieses Gold zur Ehre Gottes zu verwenden. Sein größter Triumph hatte es werden sollen, mit dem Gold der verfluchten Hebräer Gott eine Kirche und ein Kloster zu errichten. Aber Gott lästernde Verbrecher hatten es gestohlen!

Er würde es dieser Stadt schon zeigen! Heulen und Zähneklappern würde es für alle geben, die Gottes Gebote missachteten! Sie würden alle dreifach zahlen für sein Gold, das ihm einer von ihnen gestohlen hatte!

Außer sich vor Wut und Enttäuschung griff der schwarze Mönch nach der Laterne und richtete sich auf.

»Suchst du den Schatz, für den du zum Mörder geworden bist?«

Nikolaus hatte die helle Stimme am Tag zuvor das erste Mal gehört, aber er würde sie nie vergessen. Rasend vor Zorn fuhr er herum, aber er sah nur einen flüchtigen Schatten, der gleich darauf im Nichts zu verschwinden schien.

»Ich bin kein Mörder!«, brüllte er, dass es von den Mauern des Gartens widerhallte. »Ich bin nur einer, der im Garten Gottes das Unkraut ausreißt! Aber wer bist du? Wie kann ein Aussätziger es wagen, in die Stadt zu kommen?«

Aber der Fremde ging nicht darauf ein. »Sie haben deinen Vater gehängt«, rief er. »Sie hätten besser auch dich gehängt!«

»Wer bist du?«, brüllte Nikolaus erneut, aber es kam keine Antwort mehr.

Zum zweiten Mal, seit er in Speyer war, griff die Angst mit eisigen Fingern an sein Herz.

# 16

Einige Monate vergingen und noch immer war der schwarze Mönch in der Stadt.

Äußerlich schien es so, als ob das Leben seinen gewohnten Gang ging. In den Werkstätten der Handwerker wurde gearbeitet, auf dem Markt fand der Handel statt, im Ratshof kamen die Patrizier zusammen. Wie immer wurde gegessen und getrunken, geliebt und gestritten.

Aber trotzdem war etwas anders. Wenn eine Frau am Abend eine Beschwörungsformel murmelte um ihre Hühner vor Diebstahl zu schützen, so tat sie das erst, nachdem sie sich argwöhnisch umgeschaut hatte, ob ihr nicht einer zuhörte. Wenn jemand einen schlimmen Traum gehabt hatte, erzählte er ihn niemandem. Manch einer beobachtete bei seinen Nachbarn, ob sie sich auch an die Gebote der Kirche hielten, und traute seinerseits dem nicht mehr, mit dem er früher jeden zweiten Tag in der Schenke gesessen war.

Das Misstrauen, das sich wie ein Schatten über die Menschen in der Stadt legte, war nicht ohne Grund entstanden. Der Gesandte des Papstes, der sich Bruder Heinrich nannte und der den Kampf gegen die Missachtung kirchlicher Gebote führen sollte, nahm seine Aufgabe sehr ernst. Kein Tag verging, an dem er nicht in einer der Pfarrkirchen predigte, dass die Menschen einander beobachten und ermahnen sollten.

»Nennt eurem geistlichen Hirten die schwarzen Schafe ohne falsches Zögern«, pflegte er oft zu rufen. »Nur so können ihre Seelen gerettet werden.«

Obwohl die meisten Menschen sich unbehaglich, ja, manchmal gar bedroht fühlten angesichts der neuen Glaubensstrenge, waren doch fast alle beeindruckt von der Überzeugungskraft, die der schwarze Mönch ausstrahlte. Seine Predigten waren so mitreißend, dass es kaum einen gab, der nicht glaubte: Eigentlich ist es richtig, was er verlangt!

War es nicht tatsächlich unerhört, wie der Bader die Fastengebote übertrat? War es nicht eine Schande, dass die Witwe des Flickschusters reich wurde, indem sie krankes Vieh mit Zauberformeln und höchst verdächtigen Salben zu kurieren versuchte? Dagegen musste doch wirklich etwas unternommen werden!

So war der schwarze Mönch bald eine stadtbekannte Persönlichkeit. Längst wohnte er nicht mehr bei den Minderbrüdern, sondern im Haus eines verstorbenen Domherrn.

Den Bischof hatte er schnell für sich eingenommen und wurde sein Berater in allen Glaubensangelegenheiten. Seine erste Maßnahme war die Einsetzung einer Kommission, die genau prüfen musste, wer die kirchlichen Gebote übertrat. Viele Männer und Frauen, aber auch Kinder, wurden vor die Kommission geladen, verhört und mit strengen Kirchenbußen belegt. Von Woche zu Woche stieg die Zahl der Sünder.

Gerhard und Irmingard sahen dem Treiben mit ohnmächtigem Zorn zu. Sie konnten nichts tun. Und wenn ihre verbotene Beziehung ans Tageslicht käme, dann würde ihnen nicht einmal ihr Reichtum helfen.

Denn die Reichen galten nur etwas, wenn sie sich in die Gemeinschaft einfügten. Waren sie anders, weckte ihr Besitz höchstens Hass und Begehrlichkeit.

Eines Tages, als Gerhard mit den anderen Patriziern zu einer Sitzung im Ratshof zusammengekommen war, wurde ein Bote des Bischofs gemeldet. Man ließ ihn herein und er verkündete, dass auf Befehl des Bischofs und auf Anraten des päpstlichen Beauftragten Ketzer und Gotteslästerer künftig auch mit einer weltlichen Strafe rechnen müssten. Das könne eine Geldbuße, aber auch die Verbannung oder der Feuertod sein.

Die Mitglieder des Rats waren wie vom Donner gerührt und so fiel es niemandem auf, dass Gerhard der Reiche totenblass geworden war.

Er hatte sofort erkannt, dass Irmingard in höchster Gefahr schwebte. Wenn man sie beispielsweise fragte, warum sie nie eine Messe besuchte – niemals würde sie ihren jüdischen Glauben verleugnen! Was ihr aber dann drohte …

Als die Ratsherren nach einer langen und erregten Debatte auseinander gingen, ging Gerhard auf Eckart zu, der auch in diesem Jahr wieder einer der beiden Bürgermeister war. »Du weißt, wer Bruder Heinrich ist?«, begann er ohne Umschweife.

Eckart nickte sorgenvoll. »Wer könnte dieses Gesicht jemals vergessen?« Dann lächelte er. »Ich weiß aber auch, wer du bist, mein Freund. Oder besser, wer du einmal warst.«

»Du hast mich damals also doch erkannt?«, fragte Gerhard erstaunt.

»Schon bei unserer ersten Begegnung, als du mir so treuherzig erzähltest, wie deine Vorfahren nach Genua gekommen seien.«

»Ja, aber, warum hast du nie etwas gesagt?«

»Warum nicht?« Der Bürgermeister rieb sich nachdenklich den massigen Hals. »Du wolltest nicht erkannt werden, das reichte mir. Sicher dachte ich manchmal darüber nach, warum du nicht sagen wolltest, wer du eigentlich warst. Vielleicht hing es mit dem schlechten Ruf deines Vaters zusammen? Vielleicht mit deiner früheren Armut? Vielleicht mit deiner schönen Frau, die du aus Genua mitgebracht hast und die sich doch in Speyer so gut auskannte? Ich konnte es nicht erraten, aber ich achtete deinen Willen, Gerhard. Mein Freund bist du ja auch so geworden, zum zweiten Mal, und doppelt genäht hält schließlich besser, oder nicht? Doch du bist nicht deshalb gekommen, du wolltest mit mir über Nikolaus reden?«

Gerhard bejahte. »Er muss weg aus der Stadt. Du hast den Kreuzzug verlassen, bevor sich zeigte, zu welchen Schandtaten er fähig ist.« Er deutete auf die Narbe. »Mich hat er fast zu Tode steinigen lassen, Bertholds Leben hat er auf dem Gewissen. Hier in Speyer hat er vor vielen Jahren zwei grässliche Morde begangen ... Das sind die Verbrechen, die ich kenne. Wie viele andere mag er noch begangen haben! Jetzt darf er gar mit Zustimmung des Bischofs morden, auch wenn er nicht mehr selber Hand anlegt. Er muss weg aus der Stadt!« Erwartungsvoll blickte er den Bürgermeister an.

Der ließ sich auf eine Eichenbank fallen, die unter seinem Gewicht ächzte. »Du kennst mich, Gerhard«, seufzte er. »Ich bin am Wohlergehen meiner Stadt und an guten Geschäften interessiert und liebe ansonsten meine Bequemlichkeit. Deshalb habe ich mich auch bisher um diesen verdammten Mönch, den ich schon auf dem Kreuzzug bald für einen höchst merkwürdigen Heiligen gehalten habe, nicht weiter gekümmert. Aber inzwischen ist er zu einer Bedrohung für meine Stadt und damit auch für meine Geschäfte und für meine Bequemlichkeit geworden. Ich würde dir also doppelt gern helfen, ich weiß nur noch nicht wie. Ich vermute« – der Bürgermeister sah Gerhard scharf an –, »dass du die schweren Vorwürfe gegen Nikolaus nicht als

Ankläger vortragen kannst oder willst. Sonst hättest du es doch längst getan.«

»Du hast Recht«, gab Gerhard zu. »Ich kann es nicht. Und zwar aus Gründen, die ich nicht einmal dir nennen möchte.«

Eckart nickte verständnisvoll. »Bedenke aber«, fuhr er fort, »auch wenn wir uns schon manche Freiheit erkämpft haben, so herrscht in Speyer nach wie vor der Bischof. In allen geistlichen Angelegenheiten haben wir ihm ohnehin nichts dreinzureden, aber auch sonst ... Sein Vogt ist unser oberster Richter ... Dazu kommt, dass Nikolaus ein päpstliches Mandat besitzt ... und dass der Bischof ihm sein volles Vertrauen schenkt ...« Er trommelte mit den Fingern auf der Tischplatte. »Es wird nicht einfach sein, gegen ihn vorzugehen.«

»Vielleicht könnten wir es so versuchen«, schlug Gerhard zögernd vor, »dass du ihn anklagst, sich derselben Vergehen wie sein Vater schuldig gemacht, nämlich Kinder ihren Eltern entführt und Almosen erschwindelt zu haben.«

Eckart nickte bedächtig. »Ich will es probieren. Freilich, zu seiner Verurteilung wird es nicht führen, denn was bei einem Schweinehirten ein todeswürdiges Verbrechen ist, das kann bei einem Mönch, der noch dazu päpstlichen Schutz genießt, aller Ehren wert sein. Aber vielleicht schädigt es wenigstens seinen Leumund und bringt die Leute dazu, ihm zu misstrauen. Wenn wir es schaffen, dass sich der ganze Rat hinter uns stellt, dann wird vielleicht auch der Bischof an seinem Schützling zweifeln.«

Als Gerhard heimkam, war er ungewöhnlich schweigsam. Während des Essens blickte er über die große Tafel. Da saßen sie alle, Lehrbuben, Gesellen, Schreiber, Mägde und Knechte, Georg und – Irmingard. Irmingard, die ihm mehr bedeutete als die anderen zusammen, obwohl er sie doch samt und sonders in sein Herz geschlossen hatte.

Sie sah elend aus. Bis heute hatte sie es nicht verwunden, dass Jakob, ihr Bruder, die fürchterlichste aller Krankheiten hatte. Sie wusste, dass sie mitschuldig an seinem Elend war, und darunter litt sie sehr.

Sie hatte bei den umliegenden Siechenhäusern nach ihm geforscht, sie hatte mit ihm sprechen und ihm sein Los, soweit sie es vermochte, lindern wollen. Aber wo sie auch gefragt hatte, niemand wusste etwas von dem großen Mann mit der hellen Stimme und der grauen Kutte.

Da konnte ihr auch Gerhard nicht helfen, aber vor jeder Gefahr würde er sie beschützen, und wenn er dafür töten müsste.

Irmingard bemerkte, dass Gerhard sie ansah, und lächelte ihm zu. »Was bedrückt dich, mein Lieber?«, fragte sie.

Er schüttelte den Kopf. »Nichts, gar nichts«, erwiderte er, aber sie wusste, dass das nicht stimmte.

Später, als die beiden wie so oft mit Georg bei einem Becher Wein beieinander saßen, berichtete Gerhard schließlich doch, was Nikolaus beim Bischof erreicht hatte, welche Folgen das haben könnte und was er und Eckart dagegen unternehmen wollten.

»Ich weiß nicht, was dein unglücklicher Bruder meinte, als er von einer Waffe gegen Nikolaus sprach«, seufzte er. »Aber sie scheint ebenso stumpf zu sein wie alle anderen, die ihn treffen sollten.«

»Es gibt nur eine Waffe gegen diesen Mann«, grollte Georg. »Das ist ein Schmiedehammer. Der ist zwar auch stumpf, aber kein Schädel kann ihm widerstehen. Es muss sich nur jemand finden, der zuschlägt. Ein Wort von euch und ich tu's!«

Irmingard legte leicht ihre Hand auf seinen Arm. »Vielleicht muss es nicht so weit kommen«, sagte sie. Wieder einmal stand in ihren großen dunklen Augen Entschlossenheit.

Aber die beiden Männer bemerkten es nicht.

Seit zwei Wochen wusste der schwarze Mönch, dass er Gottes Zeichen nicht verstanden hatte. Jetzt kannte er die grausame Wahrheit. Erst hatte er noch gehofft, sich selbst belogen und nicht zur Kenntnis genommen zu haben, was er sah und fühlte. Aber dann war der Tag gekommen, an dem keine Selbsttäuschung, kein Hoffen mehr möglich war.

Seitdem bewohnte er nur noch einen einzigen

Raum des Hauses. Kein Tageslicht drang durch die verhängten Fenster. Ein paar Öllampen gab es, ein hölzernes Bettgestell, einen Tisch, einen Kasten, der auch zum Sitzen diente, ein Schreibpult mit einem Stoß Pergamentblätter, Tinte und Federn. Auf dem Tisch lagen ein paar Bücher, die Werke der Kirchenväter und die Rechtssammlung des Gratian enthielten, und ein Band mit Schriften des berühmten römischen Arztes Galen.

In diesem Zimmer hauste er ohne jemals auszugehen. Hier schlief er jede Nacht ein paar Stunden, hier schrieb er beim Schein einer einzigen Lampe genaue und strenge Anweisungen für die geistliche Kommission, der jetzt ein anderer stellvertretend für ihn vorsaß. Oft aber saß er am Tisch und grübelte vor sich hin.

Niemals zog er die schwarze Kutte aus, nie streifte er die Kapuze ab. Auch nachts nicht, wenn er schlief. So geschah es immer wieder, dass der Stoff ihm über Nase und Mund fiel und ihm das Atmen erschwerte. Dann wachte er schreiend auf, weil er glaubte, man habe ihn schon wie einen Toten in die Erde gebettet.

Ein alte Magd stellte ihm zweimal am Tag Essen und einen Krug Wasser vor die Tür und leerte den Eimer, in dem er seine Notdurft verrichtete. Es war ihr strengstens verboten, das Zimmer jemals zu betreten. Sie hielt sich daran, denn sie glaubte fest, dass der fromme Mönch in dem dunklen Raum meditierte und Zwiesprache mit Gott hielt. Das erzählte sie auch allen anderen, mit denen sie sprach, und bald glaubte es die ganze Stadt.

Aber er hielt keine Zwiesprache, er war ganz allein. Er durchlebte jeden Tag viele Male alle Stationen der Angst und der Verzweiflung, als er gemerkt hatte, dass ihm Wimpern und Augenbrauen ausgefallen waren, dass sein Haar dünner wurde. Als das Lämpchen auf seinem Schreibpult umgefallen und das heiße Öl über seine Fingerspitzen gelaufen war und er keinen Schmerz verspürt hatte. Als er die kleinen eitrigen Wunden an seinem Körper entdeckt hatte – und dann schließlich, als seine Hände tastend über sein Gesicht geglitten waren, die entsetzliche Gewissheit ... Genau wie es in dem Buch stand, in dem Buch des verfluchten heidnischen Arztes.

Stundenlang hockte Nikolaus dann regungslos auf dem hölzernen Kasten, die Ellenbogen auf den Tisch gestützt und das Gesicht auf die Unterarme gelegt. Dutzende von Bildern standen ihm vor Augen: das Heilige Land und die leuchtenden Kuppeln von Jerusalem, eine jüdische Frau mit durchschnittener Kehle, eine Hand, die ein kleines entwurzeltes Bäumchen umkrampfte, tausend jubelnde Kinder ...

Ist es ein Martyrium, Gott, das du mich erleiden lässt, damit ich deiner ganz würdig werde?, dachte er dann. Oder ist es eine Strafe, weil ich mich erhoben habe über meinen Stand, ich, Nikolaus der Hirtenbub, der nach Schweinedreck stinkt und weniger wert ist als eine fette Sau in seiner Herde?

Am Tag, nachdem er die strengen Strafen für Ketzer hatte verkünden lassen, saß er wieder so da, als jemand an die Tür klopfte.

Nikolaus schrak hoch. »Lass mich in Ruhe!«, rief er barsch. »Du weißt, dass es dir verboten ist, mich zu stören!«

»Ich weiß es, Herr«, antwortete die alte Magd, »und ich hätte es auch nicht getan, aber Ihr habt Besuch und ... und sie will sich nicht abweisen lassen!«

»Eine Frau?«

»Eine Frau. Sie sagt, sie sei die Frau von Gerhard dem Reichen.«

Gerhard der Reiche ... Nikolaus sah einen Mann vor sich, in vornehmer Kleidung mit einer hässlichen Narbe im Gesicht. Einen Mann, der ihn kannte, der ihm drohte. Irgendeine Erinnerung hatte er an den Mann gehabt, aber er hatte sie nicht greifen können ...

»Schick sie herein ... Halt, warte noch! Sie soll vor der Tür stehen bleiben, ich rufe sie!«

Mühsam rückte er den Kasten an die Tür und stellte das brennende Lämpchen darauf. Dann zog er die Kapuze vor das Gesicht und lehnte sich an die Wand gegenüber der Tür. »Komm herein!«

Die Tür öffnete sich, die eisernen Beschläge quietschten. Die Frau kam herein, ein matter Schein fiel auf ihr Gesicht. Es war ein schönes Gesicht mit großen dunklen Augen. Auch dieses Gesicht hatte er schon gesehen ... vor langer Zeit. Aber wo?

Die Frau war kostbar gekleidet. Ihr Umhang war mit weiß schimmerndem Pelz besetzt, eine goldene Kette mit edlen Steinen glänzte an ihrem Hals. An den Ohren trug sie goldene Ringe und auf ihrer Stirn funkelte ein Diadem.

»Was wollt Ihr, Frau? Und warum kommt Ihr mit all Eurem glitzernden Tand? Meint Ihr, einen Diener Gottes damit beeindrucken zu können?«

Die Stimme der Frau klang ruhig und beherrscht. »Ich will dich nicht beeindrucken, Nikolaus. Ich trage das, was ich durch meine und meines Mannes Arbeit und durch die Güte eines Menschen, der uns liebte, erworben habe. Ich habe es erworben ohne Mord, ohne Raub, ohne Lüge und ohne Betrug. Kannst du das auch von dir sagen, Nikolaus?«

»Ich habe nie etwas erworben«, rief der Mönch. »Alles, was ich besitze, ist in diesem Zimmer!«

»Oh, du hast sehr viel mehr besessen, Nikolaus! Du hast die Liebe von tausend Kindern besessen, aber durch Lüge und Betrug hast du sie erworben. Du hast einen großen Goldschatz besessen, aber durch Raub und Mord hast du ihn erworben.«

»Doch nicht für mich!«, rief Nikolaus. »Du brauchst Gold um dich zu schmücken und dein Wohlleben zu führen. Ich brauchte das Gold für Gott! Und die Kinder wollte ich für den Dienst Gottes gewinnen!«

»Rechtfertigt das Mord und Betrug?«

»Ist es Betrug, wenn ein Hirtenjunge Gott sieht und den Ärmsten der Armen ein Ziel gibt? Ist es Mord, zwei Juden, die all ihr Gold auf Kosten der Christen zusammengerafft und gestohlen haben, zu töten und das schmutzige Geld zu reinigen, indem man damit der Herrlichkeit Gottes ein Denkmal setzt?«

Vergeblich versuchte die Frau ihre Ruhe zu bewahren. »Gott willst du gesehen haben?«, brach es aus ihr heraus. »Ein Zerrbild des Teufels hast du gesehen! Deine maßlose Eitelkeit hat es ihm leicht gemacht, dich zu täuschen! Den Ärmsten hast du ein Ziel gegeben? Benutzt hast du sie für dein eigenes Ziel! Die Juden, die du so verächtlich machst, sind Geschöpfe desselben Gottes wie du. Und indem du sie getötet hast, hast du Gott nicht verherrlicht, sondern ihn verhöhnt und beleidigt! Du hast nie etwas für Gott getan, Nikolaus, nie! Alles, was du getan hast, hast du für dich selbst getan und für den Teufel, der dein wahrer Herr ist!«

Schwer atmend hielt sie inne und ballte die Hände zu Fäusten, damit sie nicht mehr zitterten.

Kaum hörte sie über dem Schlagen ihres Herzens und dem Geräusch ihres Atems die Stimme des Mönchs: »Wer bist du?«

Mit ihrer ganzen Kraft gewann sie die Herrschaft über sich und entgegnete ruhig: »Ich bin die Tochter der Juden, die du ermordet hast, und die Frau des Mannes, den du fast zu Tode hast steinigen lassen!«

Eine Zeit lang war es still in der dunklen Kammer.

Dann fragte der Mönch lauernd: »Was will die Tochter des Juden und Frau des Christen von mir? Warum bist du gekommen?«

»Vor dreißig Jahren hab ich geschworen dich zu töten, Nikolaus. Einmal wär es mir fast gelungen und du wärst in deinem Zelt einen qualvollen Feuertod gestorben. Auch heute noch denke ich manchmal, meine größte Freude wäre, dich unter Qualen sterben zu sehen. Aber die Rache ist bei Gott, sagen die Juden, die du so sehr verachtest. Doch wenn du die Stadt nicht bis morgen vor Sonnenuntergang verlassen hast, werde ich all deine Verbrechen beschreien und dich anklagen. Ich muss dann eingestehen, dass ich einen Christen geheiratet habe, obwohl ich eine Jüdin bin und nie meinen Glauben aufgegeben habe. Aber ich habe Freunde in dieser Stadt, Menschen, denen ich geholfen habe, einen Mann, der Mitglied des Rats ist. Sie werden mich schützen. Dein Leumund jedoch wird zerstört sein. Selbst wenn du dem Galgen oder dem Schwert entgehst, wird ein Makel an dir haften bleiben. Kein Mensch wird mehr deinen Predigten zuhören; für alle bist du dann nicht mehr ein Mönch, sondern ein größenwahnsinniger Schweinehirt! Also verlass diese Stadt und komm nie wieder!«

Wieder war es still im Zimmer.

Dann begann der Mönch mit leiser Stimme zu sprechen. »Du wärst auch ein guter Prediger,

Jüdin. Aber meinst du denn tatsächlich im Ernst, du kannst mich noch schrecken, wenn du mir mit dem Tod oder mit der Verachtung der anderen drohst? Weißt du nicht, was mit mir geschehen ist? Nein, du weißt es natürlich nicht. Aber glaube mir: Nichts, womit du mir drohst, könnte mir größere Angst einjagen als die, die ich schon habe.«

Seine Stimme wurde schärfer. »Du dagegen hast noch viel zu verlieren! Hast du vergessen, wozu ich in diese Stadt gekommen bin? Ich will es dir noch einmal sagen: Ich bin gekommen um die Einhaltung von Gottes Gebot zu überwachen und die Ketzer zu bestrafen. Was, meinst du, wird geschehen, wenn ich dich als jüdische Hexe anklage, die einen Christen verführt und zur Ehe gezwungen hat? Auf deine Freunde willst du vertrauen? Ich schwöre dir, wenn sie Jüdin hören, verlassen dich die einen; wenn sie Hexe hören, folgen ihnen die anderen. Du sagst, vielleicht könnte ich dem Galgen entgehen? Dir ist der Scheiterhaufen gewiss! Und jetzt lass mich allein!« Die letzten Worte schrie er ihr entgegen, so dass sie zusammenzuckte.

Wortlos wandte sie sich um und ging hinaus. Wider besseres Wissen hatte sie den Kampf aufgenommen und sie hatte verloren.

Aber in dem dunklen Zimmer blieb kein Sieger zurück. Immer noch lehnte Nikolaus bewegungslos an der Wand. Wieder schossen die Bilder durch seinen Kopf, zu denen diesmal noch ein neues kam: das eines Jungen, der unter einem Hagel von Steinen blutend zu Boden fiel.

Zwischen den Bildern dröhnten Irmingards Worte in ihm, als ob sie jemand immer lauter wiederholte: »Du hast Gott verhöhnt und beleidigt ... du hast nie etwas für Gott getan, nur für dich und den Teufel ... größenwahnsinniger Schweinehirt ... nie etwas für Gott getan ... Gott verhöhnt ...«

Nikolaus stöhnte und schlug die Hände vor das Gesicht, das schreckliche Gesicht.

Draußen war es dämmrig. Als ob ein Puppenspieler ihre Beine bewegte, ging Irmingard durch die Straßen der Stadt. Ohne es zu merken hatte sie den Weg zum Judenviertel eingeschlagen.

Gerade bog sie in die Gasse ein, die zur Mikwe führte, als sie hinter sich eine leise Stimme hörte: »Du hättest nicht zu ihm gehen sollen, Rebekka.«

Sie erwachte aus ihrer Erstarrung und drehte sich rasch um. Vor ihr stand die hoch gewachsene, grauverhüllte Gestalt, die ihr schon so vertraut erschien, obwohl sie sie erst einmal gesehen hatte. »Jakob!« Sie machte einen Schritt auf ihn zu und wollte ihn umarmen.

Doch wieder hielt er ihr warnend die Arme in den langen weiten Ärmeln entgegen, die keinen Blick auf die Hände erlaubten. »Fass mich nicht an, Rebekka«, bat er in einem Ton, als ob es ihm schwer fiele. »Bitte nicht, Rebekka!«

»Wir haben bei einem jüdischen Arzt gelebt, Gerhard und ich«, entgegnete sie. »Er hat immer behauptet, es sei nicht so gefährlich einen ... Aussätzigen zu berühren. Nur vor seinem Speichel und vor dem Ausfluss aus seinen Wunden müsse man sich hüten.«

»Oh, ich glaube, er hat sich geirrt, dein Arzt«, sagte Jakob. »Nein, ich weiß, dass er sich geirrt hat. Denk auch an dein Entsetzen und deine Abscheu, wenn du sehen, fühlen und riechen müsstest, was der Aussatz aus einem Menschen macht. Denk auch an meine Scham und Qual, wenn ich mich zeigen müsste, wie ich jetzt bin. Ich bitte dich, fass mich nicht an!«

Sie gingen nebeneinander auf die Mikwe zu. Jakob achtete darauf, dass nicht einmal ein Zipfel seiner Kutte den Mantel seiner Schwester berührte. »Du hättest nicht zu ihm gehen sollen«, wiederholte er. »Er kann dein Leben zum zweiten Mal zerstören.«

»Ich wollte verhindern, dass er es tut«, erwiderte Irmingard. »Er ist dabei, auf die Bürger dieser Stadt seinen Einfluss auszuüben, wie es ihm vor dreißig Jahren bei den Kindern gelang. Es wird wieder Opfer geben. Deshalb wollte ich ihm zeigen, dass wir uns wehren können, und habe ihm befohlen die Stadt zu verlassen.« Irmingard hob den Kopf. »Auch aus einem anderen Grund bin ich zu ihm gegangen. Ich wollte sein Gesicht sehen, wenn ich ihm sage, dass er der Mörder meiner Eltern ist. Aber sein Gesicht war verhüllt und meine Vorwürfe haben ihn wenig beeindruckt. Ich muss mich damit abfinden, dass er für den Mord und für andere Verbrechen im irdischen Leben nicht mehr bestraft wird.«

»O doch, das wird er!« Jakob lachte, aber es klang nicht froh. »Habe ich dir nicht gesagt, dass ich eine Waffe habe, die schärfer ist als der Säbel, den ich bei Sultan el-Adil getragen habe? Sie hat ihn getroffen. Es hat lang gedauert, aber jetzt habe ich Gewissheit. Er ist verzweifelt und am Ende seiner Kraft. Aber wer weiß, ob der Löwe, dessen Tatzen gichtbrüchig geworden sind, nicht noch zu einem letzten Schlag ausholt und noch einmal tödlich trifft? Deshalb hättest du nicht zu ihm gehen sollen.«

Inzwischen waren sie im Garten der Mikwe angekommen. Kühl und still war es dort.

»Wie oft sehne ich mich danach, wieder einmal einzutauchen in das reinigende Wasser«, flüsterte Irmingard.

»Gott wird es dir nicht verbieten«, gab ihr Bruder zurück. Unvermittelt fragte er: »Was hat dir der Mönch geantwortet?«

»Er hat gesagt, ihn könne nichts mehr schrecken, aber mich könne er vernichten. Er hat gedroht mich als jüdische Hexe zu verklagen.«

»Siehst du? Er holt noch einmal zum Schlag aus, der alte Löwe«, murmelte Jakob. Eindringlich sagte er dann: »Ich hoffe, dass du mit Gottes Hilfe davonkommst. Dann bitte ich dich: Bewahre dein Geheimnis für immer. Du musst deinem Glauben nicht abschwören, aber bekenne dich auch nicht offen zu ihm. Sonst wirst du aussätzig wie ich. Die Gojim werden dich hassen, weil du in ihre Reihen eingedrungen bist ohne dich taufen zu lassen. Die Juden werden dich verachten, weil du zu denen gegangen bist, von denen sie verfolgt und erniedrigt werden. Was ihr getan habt, das habt ihr sicher aus Liebe getan. Aber fromme Juden und fromme Christen wissen oft nicht, was Liebe wirklich ist. Du darfst nicht mehr Rebekka sein, hörst du? Nur noch Irmingard!«

Irmingard sah ihn mit Augen voller Tränen an. »Ja, Jakob«, sagte sie, »ich weiß es. Aber deshalb kann ich nicht mehr in die Mikwe gehen, verstehst du?«

Der Aussätzige gab keine Antwort. Aus seinem Ärmel schüttelte er ein kleines Päckchen heraus direkt vor ihre Füße. Kaum konnte sie es in der Dämmerung erkennen. »Heb es auf«, befahl er. »Du kannst es unbesorgt anfassen, ich trug es in ein Tuch gehüllt bei mir. Halt in Ehren, was darin ist. Vielleicht wird es dir Glück bringen.«

Irmingard bückte sich gehorsam und hob das Päckchen auf, Als sie sich wieder aufrichtete, war die graue Gestalt verschwunden.

Langsam ging sie durch die Gassen zur Hauptstraße zurück. Vor ihrem Haus im Schein der Lampen entfernte sie den Seidenstoff, der den länglichen Gegenstand umhüllte. Sie erkannte ihn sofort. Es war die hölzerne Mezuzah vom Haus ihrer Eltern.

Zwei Tage später um die Mittagszeit polterte Georg in die Kammer, in der Irmingard mit den Mägden die gewaschenen Hemden und Leintücher zusammenlegte.

Die Frauen waren ganz allein im Haus, denn es war die Zeit der Herbstmesse, und alle, vom Lehrjungen bis zum Herrn, waren jeden Tag von Sonnenaufgang bis Sonnenuntergang beschäftigt. Deshalb sah Irmingard den Alten erstaunt an und fragte: »Was . . .«

Aber Georg ließ sie gar nicht zu Wort kommen. »Nikolaus predigt auf dem Domplatz«, verkündete er erregt. »Eben ist ein Bote des Bischofs über den Markt geritten und hat es bekannt gegeben. Es geht das Gerücht, er habe einen besonderen Anlass.« Sorgenvoll sah er sie an.

Einen Moment lang schien es Irmingard, als ob sich die langen knochigen Finger des schwarzen Mönchs um ihren Hals schlossen und ihr die Kehle zudrückten. Ihr Herz klopfte rasend und sie hatte Angst, wie damals, vor dreißig Jahren, als sie Gerhard wie tot am Strand von Genua liegen sah.

Georg erriet, wie es in ihr aussah. Er nahm ihre Hände in seine und streichelte sie. »Ich hätte dir vielleicht gar nichts davon sagen sollen, aber Gerhard hielt es für besser. Und wenn der verfluchte Mönch dich wirklich vor den Ohren der ganzen Stadt verklagen will, würdest du es ohnehin bald erfahren.«

»Es hat keinen Sinn, sich zu verstecken«, sagte

Irmingard mit ausdrucksloser Stimme. Sie entzog dem Alten ihre Hände. »Warte bitte auf mich.« Sie eilte in ihre Schlafkammer und machte sich zum Ausgehen zurecht. Nach kurzer Zeit war sie fertig.

Niemand, der sie auf dem kurzen Weg zum Dom an der Seite Georgs sah, merkte ihr die Angst und die Verzweiflung an, die sie empfand.

Gerhard kam ihnen bereits entgegen. Er umarmte Irmingard und dann fassten sie sich an den Händen wie zwei Kinder, die sich im Wald verlaufen hatten.

Georg ging hinter ihnen; einmal drehten sie sich um und sahen den Alten mit den breiten Schultern, dem trotzigen Gesicht und den geballten Fäusten. Sie lächelten ihm zu und fühlten sich ein wenig sicherer.

Der Domplatz war voller Menschen und immer noch wurden es mehr, die herbeiströmten um den schwarzen Mönch zu hören.

Plötzlich öffneten sich die gewaltigen Flügel der Domtür und Nikolaus trat auf die breiten Stufen.

Die Sonne stand schon so tief, dass der Platz im Schatten lag. Vor dem rötlichen Sandstein des Doms wirkte die große schwarze Gestalt wie eine bronzene Statue. Die weite Kapuze verdeckte das Gesicht.

Der schwarze Mönch hob die Arme. Die weiten Ärmel der Kutte fielen zurück und die großen Hände mit den langen knochigen Händen deuteten in den Himmel, als Nikolaus zu sprechen begann: »Der verfluchte Feind ist überall, sagte ich euch, als ich zu euch kam«, begann er mit lauter, weit tragender Stimme. »Und ich wollte der sein, der ihn bekämpfte. Denn ich glaubte, ich sei ein auserwählter Diener Gottes.«

Plötzlich veränderte sich der Klang seiner Stimme, sie wurde schrill und kreischend: »Jetzt seht her, wer ich wirklich bin!« Mit einer schnellen Bewegung riss er sich die Kapuze herunter.

Einen Atemzug lang war kein Laut zu hören. Entsetzt starrten alle auf das von Knoten und Geschwüren furchtbar entstellte Gesicht.

Dann gellten Schreie aus der Menge: »Er hat das Löwengesicht!«

»Gott hat ihn gezeichnet!«

»Er ist aussätzig!«

Der schwarze Mönch spürte, wie ihm aus der Menge Hass, Ekel und Angst entgegensprangen. Zum ersten Mal seit vielen Jahren stiegen ihm Tränen in die Augen.

Da spürte er, wie ihn jemand an der Schulter berührte und ihm dann behutsam die Kapuze wieder überstreifte.

Es war der große Mann in der grauen Kutte. »Komm, Bruder«, sagte er freundlich und mit leise spöttischem Unterton, »komm! Ich glaube, wir haben denselben Weg.«

Und während die Menge noch starrte und

ihre Wut und ihre Angst hinausschrie, führte er ihn rasch um die Mauer des Doms. Dann gingen die beiden Männer durch Gassen und Gässchen zum Stadttor hinaus und bogen in die Straße ein, die nach Süden führte, bis in die Länder, in denen ewig Sommer ist und wo das Wasser die Farbe des Himmels hat.

Kein Speyerer Bürger sah sie jemals wieder.

## Bernd Perplies

# Flammen über Arcadion

Roman

Wenn das Licht den Tod bringt, musst du in die Schatten fliehen

Die sechzehnjährige Carya lebt mit ihren Eltern in Arcadion, einer der wenigen Zufluchtsstätten in einer öden, verwüsteten Welt. Doch das scheinbare Paradies, über das der religiöse Orden des Lux Dei herrscht, wird von Angst und Irrglaube beherrscht. Als der Geliebte ihrer besten Freundin von der Inquisition festgenommen wird, lässt sich Carya zu einer verzweifelten Tat hinreißen, um ihn vor der Folter zu retten. Doch damit gerät sie selbst ins Fadenkreuz der Inquisitoren. Ihre einzige Hoffnung ist der junge Templersoldat Jonan, der für Carya sein Leben aufs Spiel setzt …

**Band 1: Flammen über Arcadion**
528 Seiten, gebunden mit Schutzumschlag
€ 19,99 [D]
ISBN 978-3-8025-8637-8

**Band 2: Im Schatten des Mondkaisers**
544 Seiten, gebunden mit Schutzumschlag
€ 19,99 [D]
ISBN 978-3-8025-8638-5

**Band 3: Das geraubte Paradies**
512 Seiten, gebunden mit Schutzumschlag
€ 19,99 [D]
ISBN 978-3-8025-8639-2

www.egmont-lyx.de

LYX
EGMONT